台灣文學十講

鍾肇政 講述
莊紫蓉 筆錄

感謝與感動

——代序

大約兩年前就聽說鍾老曾經應邀在武陵高中做過十場台灣文學講座，每次載鍾老赴會的錢鴻鈞全勤旁聽，並且做了完整的錄音。向錢君借來了錄音帶，卻因種種雜務而沒去動它，直到去年才開始聽錄音帶做筆錄。

整理這十場演講錄音，並不覺得吃力，因爲只要將鍾老所講的話如實地記錄下來，就是一篇很好的文章了。不必在文字上做修改，也不需費心調整前後順序，順著鍾老閒談似的談話，自然而然地就有了完整的結構。每一講筆錄下來有一萬二、三千字。字數雖不很多，內容卻很豐富而各有重點，處處可見鍾老獨特的見解。就以賴和這一講爲例，講到台灣文學之父賴和戰後進出忠烈祠時，鍾老提出他的看法說：

我內心裏面覺得，忠烈祠有什麼了不起，那只是忠於國民黨，是不是忠於國家，恐怕有商榷的餘地哦。國民黨主導的，像我這種人都抱著一種懷疑的態度。雖然我被邀請參加那個「平反」的慶典，也上台演講，我心裏面並不以爲賴和回到忠烈祠有什麼榮耀可言的。

至於當時的社會狀況，比方啓蒙運動、文化協會、街頭演講、文化講座等等，鍾老簡要的說明總能夠讓聽者很快地進入情境。對於賴和的文學作品，鍾老的鑑賞分析鞭闢入裏，非常細膩，充分發揮了他中日文的造詣，和對文字、文學的品賞能力。鍾老在看過這一篇筆錄後給我的信上也說「好像蠻有內容的。——使我覺得再講，必無法講得這麼周到。」

這十講可以說是台灣文學史的入門書，雖然因爲時間的關係，只講到戰後初期，但是，鍾老給萌芽、開花、成熟等各期的台灣文學，畫了一個清楚的輪廓，對於當時的社會背景也都有重點式的的描繪。講演中，鍾老常常會順著當時的情境，講到旁的地方，就是所謂的跑野馬。我覺得那往往令人印象深刻，也最具啓發性。鍾老對於跑野馬似乎也頗感得意，曾提到他在東吳大學講課時，就經常講題外話。他的學生談起鍾老當年教書時的風采，那些最精彩的部份，就是跑野馬跑出來的啊！以下就是其中一個學生在《作家身影》裏的現身說法：

記得那時候老師在講一篇作品時，講到作者坐在火車裏面，車窗有水氣，用手指一畫，畫過的玻璃中映出後面的女孩的臉龐。講到這裏，我記得老師把眼鏡往頭上一推，臉上陶醉的表情說，好美啊！這是我到今天都一直還記得的。老師把眼鏡望上一推，好像飛行員剛下來，他享受過天空以後，下來告訴我們，其實地面上的污濁，不一定每個地方都如此。

跑野馬講題外話，為主題增加深度與廣度，這是鍾老演講的一個特色吧。有一件事情也令我印象深刻，就是這幾年來鍾老演講時講到自己成長的過程時一定會提到二二八。同樣的，台灣文學十講裏鍾老也談自己的成長，也談到二二八，他說，台灣人在戰後初期有一股想要建設一個強大中國的熱情與理想。但是經過二二八之後，他說那樣的想法：**「簡直是做夢！」**。「做夢」兩個字，鍾老是咬著牙用強烈的語氣說出來的，重重地敲入聽者的耳膜，進入內心深處。似乎事隔幾十年，那種夢想破滅的痛苦仍然緊緊地攫住他的心。至今，鍾老那樣的聲調語氣好像還在我的耳邊響著——

筆錄做到第九講時，很奇異地，竟然有一種捨不得結束的心情油然而生，不自覺地把筆錄的速度放慢。全部完成之後，更有意猶未盡的感覺，很想再聽聽鍾老繼續講戰後第二代、第三代台灣文學種種。那是花費了他許多心血培植的作家，投注了全部精力的台灣文學，鍾老一定有非常獨特深刻的見解。這是我深切的期待。

♣ ♣ ♣

我曾經三次訪問鍾老，有了三種不同的經驗與感受。第一次訪問是與鍾老初次見面，鍾老的輕鬆與親切，很快地消除了我面對大師的緊張。對於我提出的童年、讀書等等很多人問過的問題，鍾老不厭其煩地回答，並且進一步闡述他對台灣文學的看法與做法。如果說那一次的訪問有較獨特的內容，應該是鍾老發揮出來的。

第二次是我再一次看了《插天山之歌》後，對於鍾老身邊的女性以及他對待女性、看待愛情的態度發生興趣，所以特別請他談談女性與愛情。記得我在訪問之前並沒有告訴鍾老要問他什麼，訪問一開始，我只說請他談談女性、愛情。好像能夠洞察我的內心似的，鍾老就針對這個主題侃侃而談，把我心裏想的、沒問出來的都一起講了。鍾老那麼眞實地、毫無保留地將內心裏的情感說出來，眞令人感動！

第三次是因爲拍攝作家身影鍾肇政紀錄片，想請鍾老唱唱歌。那時鍾老正爲嚴重的咳嗽所苦，但是他還是勉爲其難地答應試試看。他強忍住咳嗽對著麥克風唱舒伯特的菩提樹、小夜曲的情景，我永遠忘不了。接著和鍾老聊起他最愛的音樂與文學，雖然談話間不時地咳嗽，鍾老似乎興致很高，想起一首歌，就到鋼琴邊彈起來，滿臉陶醉的神情。又以他個人的經驗談了很多音樂，也談了不少文學。那天的訪問是愉快的，可惜這裏無暇作更詳盡的記錄了。

♣ ♣ ♣

認識鍾老快四年了，聽過他演講，訪問過鍾老，每一次都有不同的經驗與感受，也有很多的啓發與感動。不過，最令我感動的是下面這件事。去年（一九九九年）11月6日，眞理大學召開鍾肇政文學會議，頒贈鍾肇政台灣文學家牛津獎。鍾老致謝辭時講了一段話：

今天最高興的，我昨天到台北開一個會，回到家已經晚上六、七點了，桌上有一封信——邀請函。看到這個是最高興的。這是什麼東西？成功大學過幾天將頒榮譽文學博士給我們的老朋友葉石濤（鍾老語調拉高，高舉手上的邀請函，衆人鼓掌）。人家外國的作家得什麼榮譽博士很常見，我們台灣破天荒第一個——葉石濤、葉老。（衆人再次鼓掌）榮耀歸於所有台灣作家詩人評論家，榮耀歸於天主啊！

當時我聽了這段話，忽然有個錯覺，以爲這是葉石濤文學會議，以爲是葉石濤獲頒文學獎。可是明明是鍾肇政文學會議啊！今天的主角是鍾老啊！回過神來，聽到大家熱烈的掌聲。他們是爲葉老，爲所有的台灣作家的榮耀而鼓掌嗎?!也爲鍾老的大氣度而鼓掌吧!?

我的眼眶湧上了一陣熱。

♣ ♣ ♣

爲什麼鍾老能夠爲台灣文學付出那麼多心力?台灣、台灣文學在他的心目中佔有何種地位?這樣的地位是如何形成的?這恐怕不是很容易地就可以說清楚的。錢鴻鈞長期跟隨鍾老、閱讀鍾老、研究鍾老，這兩年來更努力研讀鍾老與文友往來的信件，參閱相關書籍與論文，天天苦思，完成了收在本書附錄四的〈台灣文學——鍾肇政的鄉愁〉這篇論文。從論文當中除了可以明瞭台灣文學成爲鍾老的鄉愁的經過，也可以看出錢君追尋探索的軌跡。行文間不時展現新的看法，令人眼睛一亮，閃現在字裏行間的火花，也很耀眼動人。讓我們隨著物理博士錢鴻鈞，從另一個角度來了解文學家鍾肇政吧。

感謝武陵高中舉辦這一系列的講座。感謝錢鴻鈞慷慨地將錄音帶借給我。感謝前衛出版社願意出版這本書。感謝國家文藝基金會贊助出版。

感謝鍾老做了這十場演講！

二〇〇〇・六・十　莊紫蓉　謹識

《台灣文學十講》目次

貳、台灣文學十講之二

──一個台灣作家的成長(上)

參、台灣文學十講之三
——一個台灣作家的成長(下)

肆、台灣文學十講之四
——台灣文學之父賴和和他的時代(上)

伍、台灣文學十講之五
——台灣文學之父賴和和他的時代(下)／台灣文學開花期(上)

陸、台灣文學十講之六
——台灣文學開花期(下)

柒、台灣文學十講之七
——小說創作種種(上)

三、吳濁流

附錄

台灣文學十講之一

——文學下鄉

一、帶一顆台灣文學的種籽下鄉播種

大家好！很高興今天到這裏來跟各位見面。

藍老師第一次跟我提起要我到這裏來做一系列的——不算演講，聊天啦，我覺得我是要來聊天的。那時候我就有一些徬徨的感覺，當然一方面是很高興，另一方面是很惶恐。我高興的是能跟各位老師面對面地談談，也許會有一些交流，也可以向各位討教討教。而我所感到徬徨的是，各位已經看到了，我，一個老頭是不是能夠勝任呢？一方面我固然是從事文學工作的，過去看了好一些書，寫了好一些東西是沒錯，不過這幾年來當然是因爲年紀大了——經常有人問我：最近忙什麼呢？我說：忙著衰老。這是眞的，從心裏面講出來的。

老，就牽涉到，以前讀的、寫的一些東西也可能都忘記了。如果忘記了，我要做這個系列的聊天，還有什麼東西好談呢？我有這樣的惶恐。另一方面，雖然我住在龍潭不算很遠，這樣來回跑，體力上受得了嗎？有這樣的危懼感。不過，我還是答應了過來這邊跟各位談一點什麼。答應的當中，當然我有過一些內心裏面的掙扎，就是剛剛我提的那種惶恐感。

1 文學下鄉的使命感

我爲什麼膽敢接受這樣的任務呢？說我內心裏面有一種使命感雖是有一點誇大，不過，確實的，就像過去幾十年來有某種力量在推動我做這樣的文字工作、文學工作、文學運動等等，還有最近幾年來的客家運動，就是這股力量無形中在推動我。特別是文學下鄉的問題是我所關心的。最近我寫的一篇短文就提到文學下鄉的問題。在那篇文章裏，我說，十月份上旬，台灣文學裏關鍵性、影響最深遠的作家吳濁流先生逝世二十週年，我替他辦了一個紀念活動，在他的故鄉新竹縣舉行吳濁流學術研討會、紀念音樂會，我還希望能蓋一個吳濁流紀念館，新竹縣文化中心確定會有一個「吳濁流館」，我也希望能幫他在他的家鄉豎一個銅像。我們這裏的銅像已經太多了，大家都知道。這麼多銅像了，另外還是要銅像嗎？我覺得是需要的，因爲文化範圍裏面的人的銅像，一般人是看不到的，而這是需要的。我那篇文章說，在鄉下辦學術研討會，除了提出論文的，以及文學界裏的人以外，一般民衆參與的非常有限，十月份那天晚上的紀念吳濁流音樂會，參加的民衆也非常有限，我深深地感覺到文學下鄉的問題現在正是需要推動的時候。

事實上，文學下鄉這個問題我已經想了幾十年了，我們這邊文學和一般民衆之間一直都沒有一個影子，這是很悲哀的事情。我相信各位當然很明瞭我們這裏的文學教育非常缺乏，文學教育並不是大學裏面才應該有，應該從小學開始，國中、高中都非常需要。各位老師都是從事文學教育的，不必細想也可以知道，我們並沒有嚴格意義的文學教育。當然，我是教小學教了很久了，我在我的能力範圍內做了一些，我個人的力量非常的微弱、有限。國中、高中方面我一直都不很熟悉、不知道狀況，不過我相信文學教育——我所體會的文學教育——是缺乏的，特別是最近被談得很多的所謂的本土文學，我想，到目前爲止，恐怕還不多。不過，最近情形有所改觀，高中的國文課本已經有4篇本土作家的作品，這是以前所沒有的。我就覺得我辛苦一點點，在文學下鄉的目標上做那麼一點點起碼的工作，是非常有價值的。在這樣的考量下，我也就答應下來。

2 用聊天座談的方式談台灣文學種種

今天我要聊的是有關台灣文學的問題以及過去種種，我是用聊天的方式，就是想到哪裏講到哪裏，想到什麼就講什麼。我的計畫是，2個小時當中，我會留下二、三十分鐘讓各位提出疑問或高見，讓我們交換意見。相信這樣的交談，各位和我本身同樣都能得到學習的機會，這是我深信不疑的。因爲是閒談方式，所以我所講的並沒有什麼系統，事先我會有個大概的腹案，不過這腹案也不一定是非常有系統，我深怕各位老師會失望，如果各位老師對我失望了，我只好先請各位原諒，因爲，除了我剛剛提的以外，我只會寫一些騙人的小說，而且有的是又臭又長的。研究工作我根本沒有做，過去我因爲從事寫作，也從事編輯的工作，所以我必須看很多的東西。看是看過了，我也不會有個研究的心情來看，也不會做什麼筆記之類的。所以我並沒有特意地去研究台灣文學的問題。我事先要聲明，我這樣閒談的方式，不一定有系統，而且我本身又不是很有研究，不學無術，要先請各位原諒。

3「問題作家」

另外還有一點，我大概是一個很有問題的作家。幾年前這個問題大了，經常有「某某是有問題的」這樣的說法。解嚴以後，特別是這三、四年來，本土的問題被提了很多，所有的禁忌，過去幾十年間那種恐怖的禁忌都解除了，所以我大概可以放心地忘我高論，恐怕也不至於給各位帶來什麼困擾。我說困擾，過去就有這樣的經驗，大約一、二十年前，有一次新竹師專找我去演講，當然也是談談台灣文學的問題。後來過了很多年之後——大概是三、四年前——，那個指導老師偷偷地告訴我，那場演講後，他們學校裏的文學社團被命解散，原因是我去做了一場演講。我的問題就在這裏。今天我們可以不把它當做問題，不過，過去這問題就很大，所以我要先向各位聲明一聲，我過去確實是這樣的。今天雖然這個問題已經解決了，可是我所說無謂的困擾，同時所謂的「問題」，牽涉到的也有些意識形態的問題。今天意識形態很多人在談所謂的統獨問題，有標榜台灣獨立的政黨出來，比方民進黨台獨黨綱，最近又有建國黨，這是標榜台灣獨立的。到了今天，要統要獨都可以攤開來談，所以我想問題就不會太嚴重，這也是我要事先向各位說一聲的。

二、台灣的文學教育

今天我第一個要提的是文學教育的問題。我有一個女兒在美國，她的孩子在就讀小學高年級時就有一些文學的討論，比方老師會提一個作家的作品要求小朋友看，然後提出意見，也有交換意見、討論的場面出現，從很小就是這樣。我個人也有個記憶，我上了淡水中學（現在淡江中學）一年級時，有一位歷史老師（日本人）有一天上課時從口袋裏掏出了一本書——岩波文庫，那是日本首創袖珍本的文庫，一般學術性的東西都有。岩波文庫標榜要嚴肅的，通俗小說是沒有，都是一些純文學的東西，都是小本，比方大部頭的書可以印第一本、第二本、第三本、第四本、第五本、第六本，《卡拉馬助夫兄弟們》就有六本，《戰爭與和平》也有六本，有時候一本也可以三、四百頁那麼厚。這個老師掏出了一本不算很厚的岩波文庫告訴同學說：「現在我要唸一段文章給你們聽聽哦。」，他就開始唸了。四、五十個同學——至少我——聽得津津有味，覺得好像忽然碰到了一個以前所不知道的世界一樣。他唸的那本書是日本明治時代，也是日本近代文學史上最重要的一位作家夏目漱石的《少爺》。不一定是我文學方面因而受到了啓蒙，因爲在小學的階段我就開始看課外書，而且看了非常多，是個小書迷。不過小學階段看的都是一些給小朋友看的故事書、少年小說，還有日本作家寫的，也有翻譯的。我現在都還記得我那時候著迷的狀況，所以小學畢業考中學硬是考不上，只好唸二流、三流的私立中學。

兩年前李登輝（他是我淡水中學的學長，我提他並沒有炫耀的意思）到我家裏坐了半個鐘頭，我們就聊起了從前唸書的狀況。我們住在同一間宿舍，有一段時間還同一個房間。那時他很用功，每天晚上開夜車讀書。我們那所中學是五年制的，四年級就可以考大學預科，考高等學校。他還記得我專門看閒書，他說：「像你啊，都不用功，一直看那些七七八八的書，所以考不上。」他是開玩笑地說，並不是罵我這個小學弟。

我是一個這樣的小書迷，所以聽到老師唸的那一段眞正的文學作品裏面的文章，無形中得到了一些啓發，我也開始看很多的文學書。

1 從中學國文課本的教材談起

課本裏面的東西暫且不談，那位歷史老師爲什麼在歷史的正課時間唸那麼一段文學性的文章給我們聽，我到現在還搞不懂，不過，對我有一番啓發則是確實存在的，我想這也是一種文學的機會教育。日本人的課本裏面當代作家的文章非常多，我們這裏，根據我的了解，有朱自清、徐志摩等三十年代作家的作品。當代的呢？我不知道有哪些作家作品。藍老師告訴我現在有當代的本土作家的文章四篇。稍早，國中課本裏面編進過楊逵、黃春明兩位本土作家的文章，可是沒有多久就被刪除了，聽說以後國中課本裏面就不再有本土作家的文章出現。高中方面我也沒聽人家說過，不過想像中可能也是蔣中正、蔣經國的文章，徐志摩、朱自清的文章也許都有，就是沒有本土作家的。最近幾年才有這四篇本土作家的作品，我非常高興，我們確實在改變，整個國家正在做大幅度的改變，在課本裏面出現了這樣的改變。

最近鬧得很兇的教育改革問題，教育改革由李遠哲負責，已經有二、三年了，我們還看不到實際的改革方案出來。國語、國文課本裏面出現本土作家的文章，我就覺得非常新鮮，非常令我感動，也令我高興。雖然並不是李遠哲所主持的那個改革方案的提出、改革方案的研究等等，在另外一方面透露出了一線光明，我覺得特別高興。

各位老師都是中文系出身的。我也唸過中文系，而我不敢說中文系出身。戰後不久台灣只有一所大學，並不是新設立的，是日據時代就有的台北帝國大學把它接收過來改爲台灣大學。那時沒有聯考，我莫名其妙地填上中文系，而且讓我考上了，開學時我也去唸了。日據末期我當過日本兵，我的耳朵因爲生病受損，上課時我把我的座位一直移到老師的桌下來，勉強可以聽個大概。這個倒不是很重要，有很多中文系的課程，我發現到自己根本沒有能力讀下去，所以學期末我連期考都沒有參加就捲鋪蓋跑了。後來很多人說我很可惜沒有唸完，如果唸完大概是個大學教授了。我心裏面想，也許可能當一個老冬烘樣的，是不是會成爲一個寫文章的人呢，是大有疑問的。今天我的命運不一樣，這是可以肯定的。沒有辦法唸書了，只好乖乖地當一名小學老師，因爲我是彰化青年師範畢業的，那是戰時特別成立的師範學校，當時全省總共有十所，要訓練青年，特別是軍事教練。當然戰後就沒有這樣的師範學校了。我是師範學校畢業的，當小學老師算是正牌老師，後來我也跑去大學開課，我大學等於沒有唸，是沒有文憑的、冒牌的大學教師。

2 保守封閉的中文系

(1)鄭邦鎭〈建立台灣文學系所的制式迷思〉

話說回來，我在一篇文章裏面提到我們的大學裏中文系的問題。聽說中文系有二十個，碩士班有十八個，博士班有十三個，還有師專改制的師範學院有九個，總共有六十個中文系所。這些中文系所所訓練出來的，在中學老師當中佔有最多名額。在我印象裏面，師範大學是最保守的，以前我好幾次見過師大校長郭為藩，他的保守出乎我的想像之外。從郭為藩這一號人物約略可以猜想得到師範大學裏面，至少國文系裏面到底是什麼個樣子，我在那篇文章提到了。很奇怪的，師範大學辦了一個台灣本土文化學術研討會——台灣文學與社會，其中一篇論文是靜宜大學的鄭邦鎮老師提出的〈建立台灣文學系所的制式迷思〉，他開頭把大學裏的中文教育加以批判，現在我把其中精彩的一段介紹給各位聽聽：「在這種政府規範下的中文系、國文系，一方面因受限而只滯留在一個無法田野調查、沒有競爭對手、不准接觸、未曾到過的罐裝「中國古典文學」的標本裏。一方面又壟斷了所有號稱「本國」的語言文學文化的學術和教育頻道，影響所致，這樣的中文系培養出來的師生，再經過幾十年近親交配繁衍出來的徒子徒孫，多半頑固反動，不但直接阻礙了台灣兒童和青少年的文學視線，也間接影響了台灣青年的國家認同。所以態度上往往是台灣文化覺醒運動的怠惰者，表現上台灣社會改造運動的缺席者，而本質上更可歸類為台灣政治民主運動的被改革者。這樣的人竟是全台灣各級學校教師中最大的一群。」

這裏是說得非常不客氣，恐怕各位老師都會嚇一跳。「政治改革的被改革者」這樣強烈的措詞，我看了都嚇一跳。今天各位會找我來談一點台灣文學的問題，我很肯定地說，鄭邦鎭的說法恐怕是以偏概全不一定是對的，至少武陵高中的國文老師並不是他所批判的那樣，這也是我樂於來跟各位見面的原因之一。

(2)張良澤的例子

很多年以來我的感覺裏，確實中文系是比較封閉，而且對於文學教育產生了很嚴重的反作用。多年前我有一個朋友張良澤，他師範畢業前就開始寫小說，那是一九五〇年代末期。那時我算是稍稍有一點名氣，經常注意副刊、文學雜誌，看到有陌生的名字寫的文章呈現出來的一些才華，有時候會使我很驚奇、高興。張良澤是這樣的當中我發現的當時年輕一輩裏非常富於潛力的小說家。後來我們取得了聯繫變成好朋友。他在小學教了三年書，義務年限已經做完，他說要升學，去參加聯考，考取了成功大學中文系。他很高興地告訴我說，他有中文系好唸了，可以好好發揮一下。我在信裏面告訴他說：「你已經是個富有潛力的青年作家，中文系會害你，你準備轉學吧。」他不但不聽我的，而且一年都還沒唸完，寫來的信就不一樣，裏面都有之乎者也出來了。我心想：完了完了，寫之乎也者算什麼！當然之乎也者這樣帶有文言味道的並不是什麼值得特別提出來的事情，那是很常見的，特別是戰後從大陸過來的一些文人，他們寫信的樣子就是之乎也者。那時我已經開始寫文章將近十年了，已經懂得文學是怎麼樣來培養一種文字的運用。我就覺得張良澤做為一個小說家的才華，很明顯地、而且幾乎已經是鐵定地被扼殺掉。果然，從此他的小說作品就不再出現。開始還有一、兩篇，一年間也不過就是一、二篇。那時我開始編《台灣文藝》，常常逼他寫小說，叫他不要停筆。創作是不能停筆的，一停，這個作家就報銷了。可是他還是停筆了。現在想起來是福是禍很難講。張良澤現在在日本的大學教書，他收集台灣文學、文化的資料、文獻等等，成爲私人收藏最豐的收藏家、研究家，經常有一些論文發表。

3 設立台灣文學館的心願

最近我有一個構想，我準備弄一個台灣文學館。我們這裏到目前還沒有這樣的館，一個現代化的國家，沒有一所文學館、現代文學館或近代文學館，眞是不可思議的事。幾年前郝柏村當行政院長時，擬定過六年建設計畫，其中赫然出現了一個中國近代文學館，名稱倒無所謂，不過雖然無所謂，也牽涉到現在北京那邊中南海有一個很大的房子可以充作中國文學紀念館，巴金、魯迅這些人的著作、手稿、書簡等等都蒐羅進去，成爲相當完整的文學資料館，可以提供給全世界研究中國文學的人使用。台灣另外成立一個中國文學館，會有魯迅、巴金的東西嗎？那是不可能的，只有台灣的。那麼，中國文學館只有台灣資料的收集，當然也無所謂，我也沒有眞的把他放在心上。問題是五年前的這項計畫後來漸漸地又沒有下文了。所以最近我才想官方不做，是不是我們來做？我們是否有能力做？當然還有很多問題存在，不過目前我是有這樣的一個目標，如果讓我做出來了，我就把張良澤抓回來，他的收集通通搬回來。現在日本一所大學幫他蓋了一個資料館之類的，收藏他的東西，聽說他的資料有幾萬件之多。他到日本留學回來在成功大學教書時，開始收集台灣的東西，台灣很多舊書店他都跑遍了。然後他跑到日本，他的目的之一就是在日本收集台灣的東西，他在日本的舊書店也買了很多。幾年前我去看了一次，他在大學裏的研究室滿坑滿谷的。那麼多台灣已經不可能存在的資料，如果能夠全部搬回來，讓他當館長，我想他會願意的。因爲這些東西最後還是有需要回到他的故鄉。可是這個事情能否成功，我也還不知道。

話說回來，我們高中課本已經有台灣本土的東西出現，特別是各位老師有心想接觸台灣文學，我非常欽佩、推崇，也非常高興。將來，像各位老師這樣的，是不是可以漸漸增加呢？別的學校也會有這樣的想法嗎？至少我今天是帶著來播一顆種籽的想法。

三、坎坷命運的台灣文學

1 台灣文學就是台灣人的文學

現在我要向各位報告最近台灣文學的發展狀況，也提供一份書單給各位。《台灣文學本土論的興起與發展》，這是游勝冠的碩士論文擴充而成，指導老師呂正惠、陳萬益兩位老師都寫了序文。光是這兩篇序就值回書價了。文學的本土論是什麼？台灣文學應該是屬於本土的，這牽涉到台灣文學定義的問題。台灣文學是什麼？這幾年來被討論得很多。我說，台灣文學就是台灣人的文學，就是這麼簡單。不過有些人不這樣認爲，他們認爲台灣文學是在台灣的中國文學，離不開「中國文學」或「中國」。還有另外一種說法：台灣文學是中國文學裏面的一支。同樣地離不開「中國」兩個字。而台灣文學本土論就是認爲台灣文學並不是中國文學的一支，也不是在台灣的中國文學。爲這本書寫序的其中一位是清華大學呂正惠教授，他自稱是統派，而這位研究生游勝冠則是完全相反立場的本土派。我們可以想像到，立場、認同，或學術見解最基本的東西，這兩者是完全在兩極的，這樣的老師和學生之間會成立一個學問的研究，最後成為一本碩士論文嗎？這是使我非常感興趣的地方。呂正惠在序文裏很坦白地說，他的見解和這位研究生是完全不同的。這中間，師生之間就會有一種非常有趣的，也可能非常奇異的互動。作者在後記裏也提到他跟他的老師有完全不同的學術立場。這裏面所發展出來的學術探討的問題，相信可以給我們一些參考。對本土論有興趣的，不妨把這本書當作參考來看。

文學有這樣意識形態的問題嗎？有的。這是我們台灣文學非常特別的地方。歐美、日本的文學並沒有意識形態的問題，我個人還認為在文學作品或其他的藝術，意識形態並不是需要的東西，假使有，也是泡沫，終究是要破滅、消失的。唯獨台灣的文學在這方面非常特殊，統獨的問題到現在還沒有完全探討清楚，這是因為台灣過去有五十年間被殖民的歷史，戰後雖然說是光復了，事實上也等於被殖民的狀況，跟日據時代是五十步與百步之差而已。各位老師當中也許有人並不同意這樣的說法，這都沒有關係，各人有各人的見解，這是應該的。如果讓我來主張，我認為台灣文學是台灣人的文學，是產生於這塊土地、這個人民、這個文化背景下的文學作品，跟中國文學是無關的。這些是從今天開始要跟各位聊一聊，同時也和各位討論，交換意見，甚至向各位討教的內容。

2日據時期——被日本人看作「外地文學」

談到文學現況，如我剛才所說，台灣文學到目前爲止還有一點渾沌不明的狀況，這是意識形態上。台灣文學爲什麼有意識形態的問題？一九二〇年代開始有台灣文學時就有這個問題了。其原因之一是台灣文學發軔於日據時代，開始時有人用日文創作，有人，比方到北京留學的人，用華文創作，也有人認爲日文、華文都不能反映台灣民間的心聲，主張用台灣話文——福佬語或客語、甚至原住民語也包含在內——的台灣語文。事實上最開始時，一些報紙或是文學性、綜合性雜誌上所出現的文學作品，往往是二、三種語言並列的，一本雜誌上可以同時看到日文、華文、或台文的作品，你高興用什麼語言就用什麼語言，完全沒有人會加以限制、干涉。這樣開始的台灣文學是什麼呢？在日本人統治下，那些作家詩人很多是有日本國籍的，甚至到北京留學的也一樣，日本國籍的日本國民用日文來寫，或者跑到北京留學用華文來寫，那算是什麼呢？日本統治下的台灣的文學是日本文學嗎？日本人不承認，了不起認爲是邊地文學、外地文學，當然他們也用「台灣文學」這四個字。而用華文寫的是中國文學嗎？沒有人說台灣文學是中國文學，不可能的。這是剛開始時的狀況。

台語文又如何呢？那時也有一些人希望能建立起屬於台灣本地語言的文學，有人做了努力，也打過筆戰。可是筆戰沒有呈現出很好的結果。最大的問題是台灣語文的文字化、精緻化、文學化，還有困難的一段很難的路沒有走完，中日戰爭就打起來了。日本人推行皇民化運動，規定台灣人要講日本話、看日文書、寫日文，結果，華文、台語文都被消滅掉，變成清一色的日文的天下。報紙、雜誌上出現的文學作品都是日文的，這是日本文學嗎？人家也不這樣認爲，還是邊地文學、外地文學。那麼，台灣文學當時就有一個屬於他本身的一種風貌，一種很嚴正的狀況就出現了，就是台灣文學，不是中國文學，也不是日本文學，變成一種傳統，在我的領略裏面，這個傳統被繼承到今天。

3 戰後自由中國文壇沒有台灣文學的地位

是不是很多人都這樣認同呢？戰後的幾十年間，這樣的說法是不會被承認的，甚至心裏有這樣的想法也不敢提出來，因爲一提出來就會被打成台獨等等有問題的叛亂份子。今天，拜解嚴之賜，我可以公開地把我的意思提出來，不必有所顧慮了。這樣一來台灣文學是不是有一個好的發展呢？也不見得。因爲幾十年來不但提出「台灣文學」這個名稱時要小心翼翼，而且在自由中國文壇裏面，台灣文學一直都是沒有地位的，我們這些台灣作家只能躲在一個小小的角落裏面創造我們的文學。把這種狀況最明顯呈現出來的是作品的流通問題。我開始寫作時，固然很多作品是在一般的報紙副刊、文學雜誌上發表出來，也建立了小小的名聲，可是我一直都是被監視的對象，我必須時時提防我的言辭、我的文章會有什麼不妥當的言辭出現。三年前很莫名其妙地我得了一個國家文藝特別貢獻獎。我還記得那時我當台灣筆會會長，開始舉辦台灣文學營，在陽明山嶺頭山莊辦了三夜四天的活動，我是當然的營主任。第二天晚上有一通電話告訴我說，文建會一位處長卓英豪要來陽明山看我，說是要透露給我一個消息。他果然跑來了，告訴我要給我這個獎，希望我能接受。我嚇了一跳，國家文藝獎跟我們這些本土作家一直是無緣的，幾乎沒有人得過這樣的獎，因爲是國家辦的，等於是國民黨辦的。我有一點徬徨，接受這個獎，我那些朋友會罵我說被收買了；不接受則很可惜啊，有一筆獎金呢。想到我這苦哈哈的，有一筆獎金對生活不無小補，我老早就是個沒有收入的老人了。（我現在是沒有收入，可是老人年金還不給我）我跟卓處長說考慮一下再答覆。剛好那天很多朋友(當然淸一色是我們這個範圍裏的)來到山莊，他們知道了都說這不是國民黨的，獎金是納稅人的錢，我們拿得光明正大，沒有所謂被國民黨收買的事。我這才放心地接受。可是問題在後頭，過了一陣子通知我要開得獎人的記者會，我就到台北參加。他們印了一本小册子，裏面有得獎人介紹和評語，其中有一句關鍵性的話：「雖然他的思想有不合時宜之處，不過文學著作……」。這是三年前的事，已經解嚴好幾年了，官府還是這個心態，很不得已、不心甘情願地把這個獎給我。幾乎同時的，另外有一家報紙也打電話給我說他們今年有一個文學獎要給我。那是國民黨的報紙。我在電話裏當場就回絕了。那時眞的深深地體驗到，時代眞的變了，國民黨的獎、政府的獎還會給我。雖然有「他的思想有不合時宜之處」這樣的但書，不過我認爲那是抬高我的身價。後來我寫了一篇短文對「不合時宜」提出我的感覺，我說政府有關方面還是有那樣的心態，不過做爲反對派裏面的一號人物的我，好像受到了很大的肯定。

從文學獎的一件事，可以看出台灣文學在整個所謂自由中國文壇裏面所處的境遇是如何了。

4 銷路奇慘的台灣本土純文學雜誌

目前台灣文學在市場上還得不到很多的注意，台灣本土的純文學雜誌至少有《台灣文藝》、《文學台灣》、《台灣新文學》等三種，每一種每一期的發行量至多一千、兩千。《聯合文學》剛開始時聽說有七、八千的發行量，現在可能減少一半，而這個數目就很令我羨慕了。十幾年前我到韓國訪問，那時他們剛剛推動消滅漢字的運動，漢城街路上的看板所有的漢字都不見了，如果發現有漢字的，就是中國大使館、中國餐廳之類的，其他都是韓文。我也聽說他們要從文學作品裏面把漢字通通除掉，那以前漢字是很常被使用的，就像日文一樣夾雜很多漢字。可是我跟韓國的友人交換名片卻發現他們的名字通通是漢字。聽說日本人也有一段時間要把漢字消滅，後來失敗了。爲什麼失敗？聽說高速公路的地名都是用漢字，如果把它改成平假名或片假名，車子跑那麼快會來不及看。那次在漢城等幾個大城市看了幾家書店，我最關心的是他們文學雜誌發行的問題，《中央文學》、《文學與評論》等等好幾種雜誌，其中最重要的一份雜誌每個月發行量三到四萬。那時我在辦《台灣文藝》，每期發行量只有一千。創辦這本雜誌的吳濁流老先生過世以後由我接辦了六年，太辛苦了，因爲銷不出去，出一期就賠一期。那時台灣經濟已經起飛了，韓國比我們落後，沒想到他們文學雜誌的發行量多至三、四萬，少的也有一萬五、六千，比我們多太多了。我問一家韓國書店老闆文學雜誌銷路這麼好的原因，他也不知道。後來在一家大學裏得知他們的國文系所教的是現代文學，讓學生唸的、研究生研究的都是當代文學。韓國也有古典文學，都是中文、文言的，那套東西只有特殊的同學、研究生會去鑽研，一般大學國文系裏面學的都是當代他們自己的文學，還有西洋的、日本的文學。他們大學國文系畢業的學生，一大部分分散到全國各地的中學去當老師，把他們在大學裏所唸的，或所受的影響帶到中學去。所以，不但中學生和中學老師會看，大學的學生都會看當代的文學雜誌，三、四萬份的發行量就是這樣建立起來的，就是這麼簡單。十幾年前，台灣哪裏有大學會開台灣文學的課?!

我從韓國旅遊回來沒有多久，有一次清華大學請我去演講，我就把在韓國的所見所聞，特別是有關文學雜誌發行，以及大學裏國文系所開的課程的情形報告出來。那時有一個老師也在場聆聽。過了好多年之後他向我透露說，他會在清華開那麼多台灣文學的課，清華大學中文系會有一種在全國來講開風氣之先的而且最盛況的台灣文學研究，就是受了我那場演講的影響。他就是清華大學的陳萬益教授。很多年以來，圈內的人都知道清華大學在這方面貢的是開風氣之先，而且做得很好，現在經常有碩、博士研究生的研究論文以台灣文學爲主題，例如剛剛我介紹過的游勝冠目前就在清華大學博士班。在台灣文學方面，清華大學是走在很多大學的前面，而保守的師範大學也會舉辦台灣本土文化的研討會，可見我們的大學裏的風氣是漸漸地在改變之中。

今天我就跟各位聊到這裏。接下來請各位提出意見來討論。

問：鍾先生說要設台灣文學館，我是很贊成。台灣人都很有錢的。

鍾：台灣文學館我目前還沒有具體的行動。我現在是國家文藝基金會的董事，透過基金會我提出很多提案，可能文藝基金會沒有這樣的能力，我也認爲他們沒有這樣的能力，不過我是循序漸進，把它當作第一步。現在文建會有另外一個構想，用另一個方式在台南成立，名稱是「——資料研究中心」，將文學資料集中。而文學是五組當中的一組。我理想中是希望有一個國家級的台灣文學館，將來我可能向我那個老學長投訴一下請他再幫個忙。以前我辦鄧雨賢音樂會就是找我那個老學長才辦成功的。像我無官無職又不是民意代表，到官府裏人家不會理我的。我要辦鄧雨賢音樂會，國家音樂廳一下子就把這個案子打下來，說鄧雨賢的是流行歌曲，怎麼可以上國家音樂廳！眞是氣死人！我眞是走投無路，就去找我那個老學長，他一口答應了，於是轟轟烈烈地辦成了。台灣文學館說不定只好走這條路，要看看未來。現在要召開國家發展什麼什麼會，其中就沒有文化類，李登輝標榜說是文化總統，是騙人的啦。所以也許我從旁建議他來設立文學館，那麼他就可以成爲文化總統了。

問：您提到的台灣話文和華文如何區別？

鍾：差眞濟咧！現在很多人所說的台語就是指閩南語，我非常反對。我是客家人，客家話也是台灣話啊！台語文就是將本土的語言用文字寫出來，使用漢字、羅馬拼音都可以。閩南語的研究已經有相當長的歷史了，也有不同的派別，大家坐在一起討論時就像吵架一樣，有人主張用羅馬拼音，有人要用代替的字，有人發明一些新的符號，有人利用注音符號等等，有很多不同的方式。現在還沒有整合，所以台語的文章，嚴格地講是還沒有建立起來，有待未來大家來努力。我希望官方能做，把這些專家聚在一起討論，共同研討出一個大家能接受的方式。現在我們本地的語言，不管是福佬話、客語、原住民語，在文字化當中會有很多困難，很多口頭上的語言都找不到字。這樣的狀況必須要警覺才能使我們的本土語言文字化。文字化還不夠，還要精緻化、文學化。我想還有相當長的路要走。我個人並不一定堅持必須用本土語言來創作，現在要我用客家話來寫文章，我覺得很困難。我寫了四、五十年，都是北京語系統的華文。寫文章就是思考，現在我思考的方式好像有些定型了，北京語化了。

下禮拜我就以「一個台灣作家的成長」這樣的題目來談談我自己，從一個唸日本書的怎麼樣變成寫中文的作家，說不定談談我的羅曼史哦！

問：早期我們聽台語歌，歌詞可以看得懂，但是不容易直接唱出來。現在的台語歌，歌詞的字看不懂，但是可以看著歌詞直接唱出來。顯然地，那已經是台語的發音了。不曉得這算不算台語文？

鍾：當然是。你說的台語是福佬話吧？很多口頭上的語言還沒有文字化，或者找不到文字，這是需要解決的。歌詞可以看作是歌的詩，是文章的一種，因爲是歌，用字是很簡化的，跟一般文章往往有所不同。閩南語或客語的歌，唱的時候很容易可以唱出來，可是要把口頭上所有的語彙文字化，現在還在研究探索當中，還沒有可行的大家可以接受的標記方式。

時間差不多了，今天就談到這裏。謝謝各位！

（一九九六年十月十五日）

台灣文學十講之二
——一個台灣作家的成長（上）

一、台灣文學研究狀況

今天我要談的是一個台灣作家的成長，在進入本題以前，我想為上禮拜漏掉的稍稍做個補充，那就是有關台灣文學在國外研究的狀況。聽過上禮拜我的報告以後，也許各位老師對台灣文學的現況有一個概括性的了解，這是我所期望的。根據我的預定，台灣文學在國外的研究情形，非常有需要向各位做一個報告。

1 國內的台灣文學研究剛剛起步

台灣文學的研究到目前為止在我們國內還在起步的階段，上禮拜我介紹的游勝冠那本著作，目前被認爲是從統獨的角度來探討台灣文學發展的經過的第一本書。當然，國內的研究說是剛起步，就是因爲向來台灣文學的研究是被列爲禁忌的，有沒有事實的某某單位下條子或是某某單位正式的命令不許研究台灣文學嗎？沒有，並沒有這麼一回事。不過從過去的狀況很明顯地可以看出來，很長的一段歲月裏面，台灣文學的研究應該是不許的，或者說是屬於敏感的，很多人不敢碰。有一個具體的事實，大概民國四十年代，《台北文物》(文史哲學的綜合性雜誌)有一個台灣文學的專輯，主要是日據時代就在台灣文壇活躍的一些老文化人所寫的一些回憶性的、整理性的、研究性的文章，分成上下兩期刊出，結果被查禁了。被查禁就是說官方正式認爲做這樣的專輯或是做這樣的研究、報導並不適合。不適合是客氣的說法，坦白說就是不許的。所以那以後有關台灣文學的研究，一直沒有在雜誌或報刊上出現，大學裏面的文學系就更不用談了。至少我接觸的就有三位來自日本的留學生對台灣文學感興趣，碩士論文準備以台灣文學作爲研究的主題，結果指導老師認爲台灣沒有文學，所以不接受這樣的研究。其中有兩位來我家裏向我提到這麼一回事，他們非常失望，而且感覺非常奇怪，爲什麼在台灣想研究台灣文學是不行的呢？爲什麼人家認爲台灣沒有文學呢？明明有很多作品啊！他們把這樣的意思向我透露，直到現在我記憶中還很新鮮。其中一位是岡崎郁子，一個很美的日本女孩，她結束了在台灣的學業之後回去日本在一家大學任教，繼續研究台灣文學，發表很多這方面的論文。當然在日本做學問毫無禁忌，你高興唸什麼、研究什麼，沒有人會干涉。我最近還接到她一本厚達四百多頁的論文集，非常有份量的有關台灣文學的研究。

我們台灣這幾年來在大學裏面漸漸地有人開有關台灣文學的課，研究工作已經踏出了第一步，漸漸地有成果出來，碩士、博士論文都有了，而且數量相當不少，一部份人甚至認爲研究台灣文化、台灣文學是當前的顯學，在一部份人當中形成一股熱潮，研究論文一篇篇地出來了。國內目前的狀況是這樣，還在起步的階段。

2 日本的台灣文學研究會

國外，根據我所知道的最早的是在日本。將近二十年前我在鄉下的學校退休後，到東吳大學東方語文學系（事實上是日文系，當時剛剛創系）開了幾堂課，教授翻譯和日本文學。在我到東吳大學任教的好幾年前，文化大學日語系就開始跟日本的一所大學有交換教授，寒暑假有學生的交流活動。我在東吳教課那段期間經常跟文化大學有一些來往，特別是日文系和日文系之間的來往。我認識了來自日本的一個老師塚本照和，他特別喜歡跟我接觸，因爲他來到台灣以後，對我們台灣文學漸漸地產生興趣，跟我接觸的過程當中，他了解了台灣文學的種種。他的任期（二、三年）滿了回去日本後，在日本成立了一個台灣文學研究會，這是我所知道的在國外由外國學者所成立的研究台灣文學的團體當中的第一個，大概是一九七八、一九七九年那段時間。這個研究會剛創會時，成員只有一位台灣籍的學者張良澤，目前台灣籍的會員好像有好多位，詳細情況我不太明瞭。這個會成立後，每年定期的有二到三次的聚會，大家提出論文互相討論，也發行學術性的會報，一年會出二到四期。

據我所知，日本學者做學問在風氣方面和我們這邊有所不同，日本學者在公開發表方面——比方送到報章雜誌發表，非常愼重，認爲這樣的發表是有違做學問的。塚本照和回日本後當上了系主任，他也是這個研究會的靈魂人物，該會會員很多都是他一手調教出來的，他常常告誡他們要愼於發表，不要輕易地發表論文。目前這個會的成員有好幾十位，分布在很多所日本的大學裏面。我們台灣去的留學生也有一些慕名而參加的，這些台灣留學生畢業回國之後當然就離開了那個會。直到目前爲止，這個會的學術活動還相當蓬勃。

3 中國的台灣文學研究

(1)為統戰而研究

中國方面，根據我所知道情形如下。七〇年代末期是我們台灣黨外運動蓬勃發展的年代，黨外雜誌滿天飛的年代，然後發生了美麗島事件。那段期間中國也做了統戰的工作，（我對「統戰」這兩個字還是迷迷糊糊的，不曉得什麼意思，大概有他們要統一我們台灣這樣的含意。）統戰工作需要了解台灣，所以展開了台灣的研究。台灣的研究當中，文學部門應該是最重要的一個項目，台灣文學研究在中國那邊就是這樣展開的，到目前為止大概十幾年不到二十年。

(2)出版台灣作家的作品

我第一次接觸到中國那邊研究台灣文學的狀況是一九八四年我第一次到美國旅行，做好幾場演講，其中一站在紐約時，有一位自稱是一份中文報紙的副刊主編的女士到我住的地方來找我，她手上拿著一套書，就是我的《台灣人三部曲》三本，當然是簡體字的。她告訴我，這套書出版了有一、兩年了，她是在紐約剛剛買到手的。她問我有沒有看過這麼一套書，手上有沒有。我說沒有。事實上我微微知道中國的台灣文學研究、出版的情形。我怎麼知道的呢？聽說中國那邊每天晚上十二點以後有對台灣的廣播，我們在國內是不能夠收聽的，只能偷偷地聽，萬一被查獲了恐怕會惹來很大的麻煩，坐牢那一類的恐怕是逃不掉的。我的一些朋友喜歡聽一下廣播，他聽了有關我的消息就會來我家偷偷地告訴我。偷偷地告訴我的消息當中，有關我的作品出版的情形，研究的情形，聽說鄧小平或是誰會在廣播裏向我喊話。眞假我是不知道。那朋友還告訴我，《台灣人三部曲》和《濁流三部曲》已經在中國出了簡體字版，而且多半是印十萬套。這個數目在台灣這些可憐兮兮的台灣作家來講，根本是天文數字。不過中國那麼多人口，十萬套好像也不算什麼。我暗地裏盤算一下，十萬套如果照台灣的標準，少算一點的話，三本書也要三百元，通常版稅是百分之十，一套我可以拿三十元，十萬套就差不多是我一輩子寫稿子都賺不到的那麼大一筆錢。可是盤算歸盤算，也不敢想要這麼一筆錢。現在我在紐約眞的看到了那套書，那女士說她剛剛買的，書上她已經簽了名，也寫上了購買地點、日期，但是因爲我手上沒有那套書，她就把那套書送給我。她說中國那邊準備了一筆版稅要送給我，她可以安排我到中國去領這筆錢。她說有多少錢她不知道，不過根據她的判斷應該不會很少，可以在上海、南京、北京買兩棟樓房。那時二元人民幣換一元美金，四十元台幣換一元美金，中國的大學教授每個月了不起二百元人民幣，相當高級的公務員才可以有三百元。我還沒看到也看不到的這筆錢可以買到兩棟幾層樓的樓房應該是沒有問題，我是更相信了。相信歸相信，我也不敢要，去中國領那筆錢眞是問題多多。她說我在中國那邊的名字很響亮，鄧小平也常常喊我的名字，我到那邊的話報紙一炒，我豈不是有家歸不得？或者我回到台灣馬上會被抓起來坐牢，槍斃大概不至於，坐牢也受不了。十五、六年前跑一趟中國，而且是領人家的版稅，那眞是夢想。

(3)在大學設立台灣文學研究所、開台灣文學的課程

由這一點約略可以猜到中國那邊台灣文學的研究是相當有進展的，譬如好幾家有名的大學如廈門大學、濟南大學等等都有台灣文學的研究所，在台灣根本上不了大學課堂的台灣文學，在人家大學裏面堂堂正正地打出台灣文學的招牌，想起來，當然不無高興的地方。比方我前面所講的那些日本學者都是教中國文學的，不過在教中國文學時他們會把台灣文學教給學生。就是說，台灣文學堂堂正正地上了人家大學裏面的課堂。

研究台灣文學的日本學者，每年都有好幾批會到台灣來，比方天理大學每年暑假都有老師帶學生來研習北京話。其他的大學對台灣文學有興趣，在做研究的，有時也會帶學生到中國那邊去研習，兩邊都有人跑。我想起有一次神戶大學一個老師帶學生來台灣，跟我有接觸。他說，從台灣去日本的一位留學生回來了，這位同學幫他安排的遊覽參觀的course是先到花蓮，再從橫貫公路出到台中，我跑到台中跟他會合。他告訴我，他離開花蓮時碰上麻煩，他們準備要走時，有特務到他們住的房間翻查，找到幾本什麼反動的書刊，就認爲他們把這種書刊帶到台灣來是非常不應該的。那個老師告訴我，如果被留下來會動彈不得的，後來電話連絡，費了很多唇舌，好不容易才放行。他說，以後他不敢來台灣了，反而是共產黨的中國，他已經跑過好多次了，麻煩比較少。

爲什麼要做這樣的動作呢？我們不難想像，對外國的老師和學生要用這種方式來表達他的不歡迎。

4 德國的台灣文學研究——以魯爾大學爲中心

今年五月間我到德國跑了一趟，因爲那邊有一些大學、同鄉會等等要我去談一談有關台灣文學的種種。德國魯爾區有一所魯爾大學，研究台灣文學已經有好幾年的歷史，成就也滿可觀的。我接觸到一個剛剛通過碩士論文的研究生，她的碩士論文的主題是研究吳濁流的作品，她準備繼續唸博士學位，同樣是要研究吳濁流。我跟她聊了一下，她當然是會講華語。根據我跟她短時間交談所得到的印象，這名女研究生非常用心地在做研究，對台灣文學整個的狀況也有相當深入的了解，我感覺非常欣慰。

還有另一位女研究生是研究我的作品的，我去德國時沒有見到，那個指導老師告訴我那篇碩士論文寫得並不理想，本來不讓她通過的，不過最後還是讓她通過了。是不是那個女研究生因爲論文沒有寫好所以不太敢跟我接觸呢，這我就不知道了。反正在魯爾大學對台灣文學的研究是有整套的計畫，而目前呈現出來的成果相當可觀，非常令人欣慰，論文作品非常多，也在做一些翻譯的工作，比方他們將吳濁流的作品翻譯成英文。德國的大學用英文翻譯台灣文學作品，這中間有一些很有趣的狀況，據我猜想，大概是因爲英文本可以流行比較廣，所以用英文翻譯。接下來吳濁流的其他作品也會有英文本和德文本出現，可能在不久的未來。

以上是外國研究台灣文學的狀況，我這樣提出來是給各位參考而已。

5 小結——在台灣研究台灣文學比外國困難

(1)在台灣，有關台灣的研究受到政府漠視、打壓

目前台灣文學被研究的狀況，不論是國內國外，都還在初步的階段。這中間我發現日本人的研究工作做得非常認真，比方塚本照和，他從文化大學卸任回去後，馬上著手的是台灣文學年表。台灣文學之有年表，塚本教授是第一個做出來的，他認爲要研究台灣文學，年表是最基本的，所以他花了好多工夫把年表做出來，哪一年某某作家誕生、某某刊物創刊、某某作品發表、論文發表等等，都有詳細記載。外國人替我們這樣做，我們自己沒有人做，會覺得很慚愧。沒有人做，一方面表達出在我們本國台灣文學的研究還在非常困難的階段，十幾年前外國學者就辛辛苦苦地把台灣文學年表作出來了。中國那邊到目前爲止台灣文學作品的出版，數量非常可觀，十幾年前開始就陸續地出版一些選集、個人的集子、長篇小說等等，特別是研究論文的出版非常多，動不動就是三、四百頁大部頭的，如《台灣文學史》、《台灣小說發展史》、《台灣新詩發展史》等等。三年前他們又出了一本七、八百頁的《台灣文

學辭典》，從日據時代到現在的台灣作家、作品篇名、書名、論文等等，都可以查得到，這也是研究文學最基本的東西，在我們自己還沒有的時候，外國已經把它做出來了。

我一直強調外國人做了而我們沒有做，並不是我們不願意做，而是有敏感的問題，經濟問題也是很嚴重的。中國所有的出版都是公家的，所有的研究都是拿國家薪水的人在做研究，著作的出版、字典辭典的出版，都是國家提供金錢，不勞私人的出版機構或個人。這一點我們台灣還是想像不到的，都是靠民間，比方葉石濤的《台灣文學史綱》完全沒有得到官方的補助，是葉老個人花了好多年的時間辛辛苦苦地寫出來，一家私人的出版社把它印出來的，都是靠私人在做，所以其間困難的狀況實在是很難說清楚的。

我們台灣文學，基本上可以自認爲是本土的、被認爲是本土的，帶有一種台灣文學傳統的反抗意識。反抗什麼？反抗當道，在台灣來說，就是反國民黨的統治。所以現在握有經濟大權的我們的政府對於這樣的本土的，當然不會伸出手來拉你一把，或者補助你、幫助你。

(2)彰化高中、台中一中的台灣文學社團

前幾天我收到一封台中一中的同學寫來的信。現在的台中一中是日據時代我們台灣民間

辦起來的第一所中學，據說有八十幾年的歷史了，是台灣早期從事文化運動、抗日運動的林獻堂、楊肇嘉那些人共同合資創辦的一所中學。這個同學大約兩個月前第一次寫信給我，我也回信給他。前幾天他給我的第二封信裏告訴我說，他的母親是中學的國文老師，他從小在母親的引導下接觸了不少中國古典文學，所以他自認爲對中國古典文學已經相當有基礎。他也寄了一份他們剛剛成立的文學性社團的簡章，簡章的宗旨一看就知道是這個同學寫的，是四六對偶的文章。我眞是被他嚇了一跳，這個高二的年輕人眞的有相當不錯的國學基礎，在目前的高中生當中是很少見的。他跟我通信是有目的的，因爲他們要成立一個文藝性的社團，希望一些文藝先進來給他們指導。他透露出他很大的雄心，他要把台灣文學整個推翻，建立新的、本土的台灣文學。他也說要辦文學獎，希望很多人來參加，也希望有一筆相當優厚的獎金。因爲我住在北部，不可能當他們的指導老師，所以我建議他去找附近的一位詩人小說家當指導老師。後來我得到消息，由彰化中學一位老師來當他們的指導老師。彰化中學也是省中，成立文學社團已經有二、三年的歷史了，因爲這一名呂老師對這方面很熱心，很有活力，把對文學特別喜愛的，或者對寫作有興趣的同學組織起來成立了高中的文學社團，當時那是全國第一所有文學社團的高中，我還在一篇文章裏面讚揚了一番。台中一中請到這位老師是很不錯的。這位同學在信上說，他們把台中一中、台中第一女中兩校聯合起來成立一個專門研究文學、寫作的社團，請呂老師來當指導老師。

文學在中學階段就來播種，採取這種方式應該是相當可行的。同時在老師們當中也不妨有像這樣的一個禮拜一次的聚會，大家一起來聊聊有關文學的問題，或者大家共同感興趣的問題。

(3)期待武陵高中成爲桃園地區台灣研究的中心

上禮拜我跟各位報告過台灣文學推廣的困難，以及剛剛我所提的研究方面落後於外國一大步的情形，都可以靠第一步的文學下鄉，文學紮根到中學的作爲來加以改正。所以我抱著很大的期望，各位老師會要我來聊聊台灣文學的問題，應該會在這裏面有所感、有所發現。未來我們桃園縣裏面高中的文學組織，是不是就從武陵高中發起呢？這是我內心裏所抱的期望。本土文學之外，其他鄉土的歷史、文化都可以藉助各位的熱心來做，相信在桃園縣裏面應該可以成爲一個典範，甚至在全國的高中裏面也可以成爲典範。

二、一個台灣作家的成長

今天我要報告的是「一個台灣作家的成長」。我爲什麼選這樣的一個題目?因爲戰後的台灣文學我是身在其中，從來沒有離開這個崗位，不管是實際的從事文學創作，或是一些文學運動，比方辦雜誌、編書等等，我敢說這方面我做得最多，好壞不論。把我的一些經歷向各位報告，對於我們的文學的發展狀況，應該會有一個了解。

1 從小書迷、小音樂迷談起

很多年以來，我經常會碰到人家問我一個問題：你是唸日本書，講日本話長大的人，爲什麼會成爲一個中文作家?最近很多年來，這樣的疑問幾乎沒有再聽過了。二、三十年前我剛剛有一點虛名的時候，這樣的疑問經常會被提起。一個唸日文、講日本話長大的人，甚至我也唱日本歌，跟女朋友寫情書也是用日文寫的，這樣的人會變成中文作家，好像會引起若干好奇。事實上，我是台大中文系的逃兵。當時台灣只有一所大學，現在的師範大學那時改制成爲師範學院，還沒有大學的名稱。民間有一個延平學院是夜間大學，可是成立一年左右就解散了。我爲什麼要進中文系呢？我並不知道中文系要唸什麼，就看中「文學」兩個字。我從小就是個書迷、音樂迷，說來很難令人相信，我還自認爲是個音樂小天才。從小我對樂器非常有興趣，抽糖時如果抽中了口琴之類的樂器，我就非常高興。拿到這樣的樂器，我通常是無師自通，很快就學會了。有唱片在響或聽到人家唱歌覺得很好聽，我一面聽一面就用簡譜把它記下來，唱完了我也把譜記下來了。我在小學、中學、或是彰化師範唸書時，都沒有碰過有這樣的能力的，所以我就自以爲是音樂小天才。在日據時代這樣的天才註定是沒有辦法發揮的，風琴、鋼琴、小提琴等等都沒有，只有小孩玩的一把小口琴。甚至我上私立淡水中學（今淡江中學）時，音樂課都被取消。

我從小是個書迷，功課不算頂差，也是前幾名的，名次是各科平均，不會輸人家太多。可是面臨中學考試時，我硬是考不過人家。我還記得我讀龍潭公學校時，那個日本老師很熱心地幫我們補習，晚上在教室點電燈教我們，沒有補習的台灣人子弟幾乎是考不上的，因爲中學的試題是從日本人子弟讀的小學校的課本出的。當時台灣人子弟讀公學校，小學校專供日本人子弟就讀，只有少數台灣人特殊份子才能進小學校讀書。我們龍潭鄉下只有公學校沒有小學校，日本老師的子弟就必須跑到中壢的小學校就讀。教我們的日本老師因爲有一些日本人子弟，我特別記得那個校長的兒子跟我們同年級，他跟我們一起參加補習，九個參加補習的同學（加上他一共十個），去考中學，只有一個考上，就是那個校長的公子。我們十個一起補習，彼此的功課狀況都很清楚，他的功課遠比不上我，勉強排上第八、九名。那時大新竹地區（現在桃竹苗地區）只有一所新竹中學（今新竹省中）。這件事讓我小小年紀就受到很大的衝擊，感受到差別待遇的況味。

2 中學時在書堆裏渡過

落榜了，我只好去考私立學校，私立中學都是落榜生來考的，我很輕易地考取了私立淡水中學。那個學校一年級只有兩班一百人左右，日本人子弟只有二、三個，大概是功課最差的，公立學校沒有人要的，其中有一個好像是小兒麻痺症。其他大部分是台灣人子弟，我們唸的是這種二流、三流中學，我們那個學長李登輝總統有一次說：「我們淡水中學都是出天才。」我說：「老學長你才是天才。」他好像高興了一下。不過出多少天才是很難講，出了一些人才大概是錯不了的。

我在中學階段照樣是個書迷，中學畢業照樣考不取上級學校，就是因爲我是書迷，看的都是閒書。小學階段看少年小說、童話，中學時涉獵的範圍漸漸擴大，開始看翻譯作品，我記得比較有文學性的是賽珍珠的《大地》，那時她剛剛得到諾貝爾獎，日本人很快就有翻譯本。中學一年級時就有一位歷史老師向我們介紹日本有名作家的作品，我個人覺得受到相當大的啓發。中學五年間，我也是在書堆裏渡過的。

3 彰化青年師範時期——大量涉獵西洋文學

中學畢業後因爲考不取學校，當了一陣子小學代用教員，然後我去唸彰化青年師範學校，那是專門訓練青年學校的教官的學校，是軍國主義下的產物。在那裏我的興趣開始轉變，因爲我交了幾個朋友跟我一樣是書迷，其中有一位對於西方文學已經有不少的涉獵。那所學校在彰化，我住龍潭，距離較遠，非有二、三天的特別放假時，沒辦法回家。那個同學家住后里，禮拜天早上回家，傍晚可以趕回學校。他每次回去一定帶二、三本西洋文學的日文翻譯書來學校，我第一次經由這名同學帶來的書，接觸到眞正有深度的西洋文學作品。剛剛我提到賽珍珠的《大地》有一點文學味，事實上文學味並不算很重。她的作品暢銷，因爲寫的是異國情調，在西洋人來看，中國人是神祕的，神祕的東方人民的神祕故事，在全世界風行了一段時間。

我開始接觸西洋文學作品，所謂見獵心喜，很快地被吸引住，每一次他回家就等著他把新的書帶來，有時他兩個禮拜才回去一次，二、三本書剛夠我們在這段期間好好下工夫來看。

我特別要提出來這一段我讀閒書的生活，因爲這所學校是要培養青年學校的軍事教官，教官的管教非常嚴格，功課也相當吃力。那時開始有空襲，美軍飛機來台灣扔炸彈，晚上學生宿舍裏面不許點電燈，天晚了很快地就要熄燈。不過，因爲那個學校是用軍事式的管理，晚間都有同學輪流守夜到天亮，每次兩個人守一個鐘頭。守夜的地方就有一盞燈，記得是二十燭或四十燭的小燈泡，有一個黑色燈罩罩下來，在桌上會有一個三、四十公分直徑的圓圈，我跟那個書蟲就相對坐在桌旁，書擺在桌上利用半個圓圈的光來看，經常看到天亮，這是我印象很深刻的讀書的年代。那一年間，我就這樣地看了不少西洋文學名著。

4 戰後重新學習中文

一年後畢業，接著當兵。當兵期間當然不能帶書，我就帶一些筆記，那是我看書時作的筆記，那些筆記幫助我打發了半年多的當兵期間。不久，日本人宣佈無條件投降，我們得到了解放。（解放，有人說是光復，有人說「光復」兩個字不對，是從一個外來政權淪陷到另一個外來政權的，不能說光復，要說終戰。有人說終戰是日本皇民的說法，日本人說終戰。現在我們都不管，你高興說光復也沒什麼好反對的，你說終戰也未嘗不可以，我就單純地說戰後。）

(1)戰後一年間，中日文通用

戰後，問題出在哪裏呢？我們這一批唸日本書、講日本話、當日本兵長大的台灣青年，現在必須面臨學習另外一種語言的局面。記得光復剛剛一週年時，當時的陳儀政府下了一道命令，光復節那天開始，所有報章上的日文通通取消，不許再刊登日文的。終戰開始那一天，台灣所有的報章上都出現日文、中文並列的狀況，歷史又重演。台灣文學剛剛發展出來的時候，報章上的文學作品，無論是詩、小說、散文、評論，都是中文、日文並列，你高興寫日文的就用日文來寫來發表；你喜歡用中文的用中文寫用中文發表，一份雜誌甚至一張報紙裏面都有中日文並列的狀況，不是翻譯過來的，中文的是原本就用中文寫的；日文的用日文寫的。戰後的一段期間，歷史重演，又開始出現中日文並列。爲什麼說重演呢？因爲戰爭打到最後，日本人把中文禁掉，中文從報章上消失，戰後又恢復本來的面目，所以說歷史重演。不但是歷史重演，戰後所有的限制通通都解除了，所以百無禁忌，想說什麼、想寫什麼就寫什麼、說什麼，沒有人會干涉，完全的自由。

(2)終戰一年後，禁用日文

這樣的狀況只有光復週年以前，光復一週年時，在政府的命令下日文部份被禁掉了。那時也有一些很特別的情形，根據目前留下來的記錄，不會寫中文的只好用日文來寫，沒有地方發表怎麼辦？一些報紙副刊或雜誌會有專人幫你先翻譯成中文再發表，所以報章上淸一色是中文沒有錯，其中有一部份原來是用日文寫的，經過報章雜誌的人翻譯過來的。

(3)戰後初期對建設祖國充滿熱忱和理想

我個人在這當中還有種種遭際，光復對我們這批人的衝擊相當大，第一個，毫無例外的，我們對中國，就是祖國，抱有很大的期望。因爲我們受日本人差別待遇，甚至受到很多欺負，受到很大的委屈，隨著光復，這些通通都沒有了，我們當自己的主人了。我們當了自己的主人，我們後面還有龐大的祖國——中國。我們被欺負受委屈越是嚴重，越是嚴厲，戰後對於祖國的心焉嚮往也就越大。我們那時漸漸地明瞭，中國確實是很落後的，戰前日本人是這樣宣傳的。不過，我們有很大的期望，祖國有那麼豐富的人力資源和天然資源，台灣，在當時來講，日本人已經留下了相當可觀的工業化基礎，用現在的說法是尖端科技。那麼，有尖端科技的台灣和有豐富資源的祖國結合起來，是不是可以建立成一個強大的國家？我們對這一點抱有很大的憧憬，我們眞的相信中國會強的，只要有台灣的工業基礎、台灣的科技，中國一定會強的。因爲我們受到外國的統治那麼長久，我們受到那麼多欺壓和委屈，今天我們將揚眉吐氣。我跟朋友碰面多半是談這些，有人說，現在民主了，我要競選縣長，選上了就請你當主任秘書，我們來建立我們台灣，三民主義模範省的台灣，建立一個強大的祖國。這種理想、這種願望，我認爲是非常純潔的，並不帶有什麼功利的思惟，是眞的對於祖國的一份熱愛。

(4)用心學習祖國的語文

基於這樣的熱愛，我又是對文學這麼有興趣，所以我當然要拚命地學習祖國的語文，我用心地學，我所知道的，不論是鄰近的或是遠方的親友，都同樣非常用心、非常努力地，幾乎可以說是拼命地在學習一種展現在我們眼前的新的語文。那時甚至ㄅㄆㄇㄈ都還沒有傳進來，所以在我們那個鄉下，就有四所北京語（那時還不叫國語）補習班，第一家是來接收警察單位的派出所的主管開的，他是從廣東梅縣來的，他講的話跟我們講的一樣是客家話，他開班授徒教北京話，你去聽一聽會發現他講的跟客家話一樣。第二位說是廣東中山大學畢業，戰後才回來的所謂半山，他的底細沒有人知道。他開班授徒，照樣門庭若市。第三個也是本地人，日據時代參加台北的北京語補習班。那時台北有一所高等商業學校（後來併入台大變成商學院），日據時代叫做商業專門學校，那時專門學校在學制上等於是目前的大學，那邊有北京語班。爲什麼戰爭的年代會有北京語班？因爲日本需要北京語的人才，所以培養一些會講、會聽、會寫北京語的，送到中國那邊，因爲當時打仗，中國大半邊被日本人佔領了，北京語是那時候最熱門的一種外國語言。他在北京語班受過訓練，戰後搖身一變就開班授徒了。另外一個說起來有一點不好意思，是我的老爸開的。他跑過一次中國大陸，在我誕生沒有多久，他離開教育工作的崗位，暫時沒有工作，也有一點錢，就跑去大陸，他要看看祖先的土地。因爲我的曾祖在日本人來台灣時不願意接受日本人的統治，所以帶領一家老少回到原鄉。我祖父是曾祖父的老大，要留在龍潭老家掌管田園，那時我家還算是相當大的地主。日本人剛來台灣時給台灣人二年時間，高興回去原鄉的就回去，不回去留下來的就會取得日本國籍。我曾祖父一家，除了老大一家留下來以外，通通過去中國大陸，靠我祖父在龍潭帶著一群長工苦苦地耕種，剩一點錢匯過去供回去原鄉的人之用。坐吃山空的狀況就發生了，好像經過三年，或者日本人定的二年期限以內，他們回來了。聽說回來的前一晚，我曾祖母很早就起來梳頭（從前客家人的頭髮梳得高高的），不小心頭髮把油盞打翻了，我的曾祖母被燒死了，就葬在那裏。我父親就是想要把曾祖母的遺骨找回來，所以跑一趟原鄉，待了一、二個月，好像也看了很多地方。聽說跑到上海時，錢也被騙光了，向上海一個親戚借了一點錢才能夠回來。

我父親在中國待了一兩個月間，好像學了幾句那邊的話，光復後他就開班授徒。那時我父親在龍潭鄉下三和分校當主任（戰後三和分校獨立，我父親就成為三和國小校長），他就在三和鄉下開北京語班。說是北京語班，事實上是靠不住的啦。

當時我在教書，在街路上聽聽那三個北京語班，發現三個老師教的不一樣，我就覺得現在來學恐怕有問題，我學某甲的，他所謂的北京語正不正確我也搞不清楚，把他那套學會了，將來如果錯了要改過來又是一個麻煩。所以我跟幾個朋友同事就決定不唸什麼北京語了，學校裏也還沒有北京語，上課用客家話講，有時講不下去了用日本話來講，小朋友都會講日本話。

(5)重讀漢文

我們學習祖國的語文，偏重在漢文，用我們自己的語言來唸。這中間的問題很多，我們讀中學時有漢文課，有漢文教科書，唐宋八大家、李杜的詩都有，不過要用日本話來唸。用日語唸漢文，倒過來倒過去的，又加一些片假名、符號等等。一年級的漢文教科書，日本人所寫的漢文較多，年級越高，中國的漢文就越多。這一套漢文教科書用日文唸我當然可以朗朗上口，用自己的語言就不曉得怎麼唸了，沒有字典，有字典我也看不懂，我只好去找漢文先生。日本人禁止漢文的同時，把漢文私塾通通都關掉了，從前那些漢文老師通通變成無業遊民。戰後搖身一變，漢文先生的地位忽然高起來了，也是門庭若市。龍潭的街路上有兩三位這樣的漢文老師。我把唐宋八大家的文章拿去請他們教我唸，他們不一定唸得出來。後來我才發現那些所謂的漢文先生都是老先生，只懂得基本的三字經，昔時賢文，還有用自己的語言唸的三言、四言、六言的雜記，了不起唸到四書。這幾本書他們是倒背如流，可是其他的像我的漢文課本裏唐宋八大家的文章就會把他難倒，他們就唸不出來了。不過，至少初步的我也靠這些老先生教我唸，比方我也唸三字經，大概一天多就讀完了。幼學瓊林比較難一點，也沒有幾天就讀完了。

那時最大的想望是有一部字典，我叔叔是漢文老師，也被我問倒，不過他留有一套康熙字典。我當然不會翻，也不懂反切，是我那個叔叔教我的。用兩個字來切出一個音來，切來切去切得莫名其妙，覺得很困難。

時間到了（鐘聲響起），也沒有時間讓各位發問了。今天就講到這裏，謝謝各位！

（一九九六年十月廿九日）

台灣文學十講之三

——一個台灣作家的成長（下）

今天我繼續談「一個台灣作家的成長」。

戰後初期，我還不是什麼作家，不但不是，而且講日本話看日本書看慣的，戰後忽然在語言方面被逼得必須做一百八十度的改變，對我個人來講，是生命歷程上的一個非常非常重要的、重大的轉變。因爲這不是我個人的問題，是整個國家、整個社會的變動，個人在這當中自然是無能爲力，只好適應著時代的變化。所以戰後很快地跟很多青年——不但是青年而已，其他各年齡階層的也差不多，都很用心地學習那時叫做祖國的語言。不過，在開始的時候並沒有所謂的國語，我們都不知道什麼國語，日本人說的「國語」，當然是指日本話，日本人走了，我們還是有一種國語嗎？大家有這麼一個疑問，不但是有疑問，對什麼才是國語也是糊裏糊塗的。那時有幾個補習班，有的說是北京語補習班，有的說是國語補習班，那些補習班的老師所教的，好像都有出入，某甲老師教的跟某乙不一樣，某乙又跟某丙不一樣，所以更加感到無所適從，有一種徬徨的感覺。在我個人來講，我就想，還不如用自己的語言來唸一些漢書，這樣來做一個出發——在我人生上來講，學習方面應該可以說第二次的非常重要的出發。

(6)上台北買漢文書

我有一段期間經常上台北，主要的目的是要找醫生，因爲在當日本兵時，我兩個耳朵都受到很嚴重的傷害。台北很多家耳鼻喉科我都找遍了。上台北，我個人還有一個很重要的目的，就是要買一些參考書之類的，特別是有關中國語文的，其中又以古典的東西佔很大的比重，因爲我還不知道有所謂的中國的國語，只知道有所謂的北京語。可是北京語學起來卻讓我徬徨、無所適從，所以我需要找一些古典的參考書來看。有關古典的當然就是中國古代的唐宋八大家、李杜詩之類的東西。

我中學的課程裏就有漢文，比我早十歲左右的台灣人，在公學校裏還保存有漢文課，那時漢文是用自己的語言(客家庄用客語；福佬庄用福佬語)唸的，到我唸小學時已經取消了。不過上中學以後又有漢文教科書，這所謂漢文完全日本化了，全部用日本話唸。日本人很早以前（一千年以上了）就發明了用種種符號來唸漢文，那是唐朝遣唐使到中國學習中國的東西，大量的中國文物傳到日本，日本人爲了消化就發明了一種非常聰明的方法來唸漢文，不管是四書五經，或是唐宋的文章詩詞，日本人唸起來一點困難都沒有，因爲他們有一套相當完整的用日語來唸漢籍的符號與方法。我進中學以後所學的就是這一套，在漢文文章加一些符號、片假名就可以唸了。那些符號顚來倒去的，比方「花開」是名詞跟動詞，日本人唸成はなはさき。有的同樣是二個字，比方「行路」，日本人的唸法是先唸「路」，動詞「行」後唸，就在「行路」旁邊打個勾，表示這二個字要顚倒過來。日本人就發明這套東西，所以他們不但把漢籍研究得很徹底，日本人也照樣會寫漢文，會作漢詩。我一直覺得很奇怪，作文章恐怕是比較單純，作詩要講究押韻平仄，中國的漢字傳到日本以後，讀音當然有轉變，有些聲韻完全走樣，平仄聲當然也完全沒有了。我們每個字都可以屬於平或仄，日本人唸起來是沒有平仄的，只有他們的重音、輕音。而日本人作的漢詩，居然這些規則都沒有走樣，押韻押得完完整整的，甚至連平仄聲都非常合乎漢詩的規則，日本人這方面是相當了不起。

我上台北除了找醫生以外，就是買有關漢籍的參考書，比方我買到一本唐詩三百首的很完整的註解。日本人比較盛行的是唐詩選，比較少看唐詩三百首。他們怎麼會有唐詩三百首的註解？我猜想，因爲唐詩選日本人很熟，同樣重要的一部詩選——唐詩三百首看的人比較少，所以特別挑出來列入日本某一個天皇即位的紀念出版，整套總共六十本，從四書五經開始，漢唐、宋詞等等都有，我買到的只有唐詩三百首這一本。不過我憑著這一本，對於唐詩三百首得到了一個初步的了解。比方平仄押韻，日本人雖然靠他們本身的語言沒有辦法分別平仄聲和韻目，不過，他們有詳細的解說，所以日本漢學家會作漢詩，那些韻目平仄是硬背起來的。我們是因爲會唸，唸出來就知道是平是仄，這方面完全沒有問題，日本人是要用背的。所以日本人作漢詩，要下很大的工夫。

不久以前我看一部日本片，描寫日俄戰爭時打到中國的土地，乃木將軍率軍去攻打旅順。乃木將軍有一首很有名的漢詩，現在我還背得出來。根據我所知道的，他這首詩的平仄押韻完全正確。一個帶兵的將軍爲什麼會有這樣的本事呢？這當然要上溯到日本德川幕府時代——明治維新以前，每一個年輕的，特別是武士階級，從小一定要唸書，所唸的書可以說百分之百是漢籍。所以一個帶兵的將軍作的漢詩是這麼樣的工工整整，其實沒有什麼可詫異的地方，在日本人來講是很平常的。我也聽說日本人一八九五年佔領台灣以後，爲了籠絡台灣人，經常會辦一些吟詩、作詩的聚會，對於讀書人也相當敬重。作詩就要酬唱，你作一首我就要和你一首。日本人來台灣那些做官的或帶兵的都有這樣的一套，都會跟台灣那些舊知識份子、讀書人互相酬唱、唱和。

戰後我買了好多有關漢籍的書，是我用心研讀的對象。我特別要提出來的是，在那個階段，我靠日本人寫的東西，用日本式的解說和讀法，可以讀懂一首漢詩或一篇漢文，可是我用自己的語言卻唸不出來，所以我必須找漢文老師，而他們很容易地就被我問倒了。這是我學習古典中國文學的經過。

(7)初見中國白話文小說——《大地之春》

另外，有一天我買到一本所謂的白話文《大地之春》，描寫戰爭的年代，日本人開始打侵華戰爭時，提倡中日親善。這是一本以中日親善爲主題的書，在戰後這樣的一本書是不合時宜的，可是我買到這本書如獲至寶，在回程的擠得水泄不通的火車上，我就開始看這本書。後來我一直記得那個場景——前前後後的人擠得滿滿的，我翻開書，前面的人的肩膀、後腦勺一動就會碰到了。開始看我就發現到，這跟我戰後以來所研讀的中文完全不一樣，這是白話文。我發現白話文比那些古色古香的漢文容易看懂，不必靠日本人的解說我就可以看得懂。這本書對我來說是個很大的發現。回家以後有一段時間我把這本書反反覆覆看了好多遍，所以很容易地就領略到現代文跟古代文章在哪些地方不同。還有，中學時唸過一些英文，對於文法也懂得一些，形容詞用「的」，副詞用「地」，很容易地可以分辨出來，對我來說也是在學習上產生了很大的幫助的一本書。這是我初初學習中文的經過。

至於北京話，則要等到戰後過了好幾年──三、四年──，我已經在故鄉的小學教書，因爲需要教給小朋友們，所以自己必須好好地學習，也就開始學習ㄅㄆㄇㄈ。因爲一方面教、一方面學，所以我也覺得有一些進步，大概在戰後約五、六年就很自由地可以用北京話交談、教書了。

5 建設祖國的期望破滅

當時發生了一件事，我心裏有所感受，必須提出來向各位報告。我這一代的台灣青年，對於學習所謂的祖國的語言，剛開始時有一份對於祖國的情懷，所以很熱心地投入。陳儀政府一開始就提出「建設三民主義模範省」的口號，這樣的口號當然很容易地打進我們這一代年輕人的心坎裏面。可是問題很快地顯現出來了。戰後中國那邊開始有東西傳進來，我們發現中國是很落後的，我們台灣在各方面都比中國進步。不過，儘管落後，中國這麼大的一個國家有豐富的資源——人力資源、天然資源，樣樣都有。像我們這種殖民地小孩，幾乎可以說是在殖民地統治當局的壓迫下長大，幾乎是天生地有一種希求解放的心願，我們希望能夠早日擺脫被人家統治的生活。現在，這樣的日子實現了，我們發現到祖國很多地方都很落後，台灣有進步的「尖端科技」，有日本人留下來的工業基礎，各方面的建設都相當進步，已經完全現代化。不說別的，教育方面，台灣人在日治時代雖然受到很大的差別待遇，但是至少各級學校都已經齊備，受到教育的人數也增加得很快。教育進步，社會各方面都有一套規則與法治，不會亂來。科技加上前進的教育制度，我們自認為有一個責任，就是說中國跟台灣結合起來，台灣的進步可以使落後的祖國建設成為一個現代化的強國——不會被外國欺負的強國。一個殖民地小孩所能夠需求的不外就是這樣。

這樣的願望在我們這一批年輕人當中是非常普遍的，那時跟老同學碰面時，不外是談這些——我們要把台灣建設成三民主義模範省，成為其他各省效法的對象，我們認為建設一個現代化的強大的祖國應該是可以達到目標的。現在看起來，那種想法當然是很荒謬的，而且是很天眞的。不過我們當時確實是這麼想的。

⑴親眼目睹接收人員、國軍的貪污腐敗

我們這樣的願望，這樣的責任感爲什麼會破滅呢？因爲我們很快地就發現到從我們的祖國那邊過來的，不管是接收的或是所謂的國軍，我們親眼目睹了之後，就覺得要建設什麼什麼，根本是癡人說夢。比方那些做官的來台灣接收，最大的目的就是要發財。其他做生意的當然是爲了發財，不過這種發財和那種發財應該是不一樣的，可是看起來並沒什麼兩樣。做官的還包含軍方的官，我們這些向來守法的、不懂貪污的，眞是開了眼界。而且物價每天在跳，可以一天兩跳、三跳，那些做官的就會利用這樣的物價波動賺錢，比方長官應該今天發薪水的，他不發而延遲半個月或一個月再發薪水，這一個月間就賺到了很多利息。還有，那些特權份子可以從銀行貸款，他可以買一塊土地，二、三個月之後把土地賣掉還清銀行貸款，還可以賺一大筆錢，因爲所有的物價，包括土地，都是一天兩跳、三跳地在漲價。比方我今天買一百噸或一千噸的米或糖，一個月後賣出去，可以賺到兩、三倍以上。有辦法貸款的，很容易就可以發財。我還記得當時日本人走了以後很多房子空著沒有人要，我們鄉下也

有很多年輕人說要跑台北「剝狗皮」，狗是指日本人。因為戰敗，日本人不久就要被送回日本，在那以前他們要處分自己的財產，房地產賣不出去就空著，其他家裏的東西如衣服、書籍等家當都搬出來擺在路邊讓人家選購，隨便給多少錢都可以成交，幾乎不必討價還價都可以買到手。我上台北「剝狗皮」就是買書。有人則看到一間房子沒有人就住了下來，那房子就等於是他的。可是這中間當然也有很大的問題，你佔到了一間房子後一定要守在那裏，否則你走了別人又會佔去，就變成人家的，可是你守著那房子就不能出去工作賺錢維生了。所以很多人佔到了一間房子之後，只好又望望然地丟下不要了。有辦法的人可以佔到底的，很容易就發財。

(2)「日產歸公」，納入接收人員私囊

接收的人來了以後情形又不一樣了，他們說那是日產要歸公，而歸了公全部都變成私人的了。貪污的情形，今天我們看得很多，今年因為沒有選舉，所以法務部、情治單位拼命抓人，很多貪官被抓起來。有選舉時他們就不敢抓。貪污的問題到今天還鬧得很兇，我們這些台灣孩子第一次看到無官不貪的狀況，眞是大開眼界，吃了一驚。為什麼一個做官的可以這

樣貪污呢？怎麼天才都想不出來的貪污的手法，在他們來說是很平常的，那是從中國那邊帶過來的。我可以舉個例子，我們龍潭那邊有個機場——戰時用最迅速的方式築起來的臨時性的軍用機場，日本人投降以後，好幾架日本飛機留在那邊，日本軍解散走了，不久就有接收的國軍進駐，把機場接收下來。那時我住在靠近山區的三和，上班是在龍潭國小，每天要爬一座不很高的山頭。爬到山頂上看下來，龍潭街路就在眼前，飛機場的飛機閃閃發光，很漂亮。為什麼覺得很漂亮呢？因為內心裏有一種安慰，日本這麼先進的飛機——零式戰鬥機，現在變成我們的了，我們從來沒有過這麼好的飛機，現在有了，這是建設一個強大國家的資本之一，現在我們擁有了，我就覺得很高興，那飛機看起來就很漂亮的樣子。過一段期間之後，那飛機閃閃發亮的亮光漸漸地就沒有了，它是在生銹。那時候也沒有想到為什麼生銹得這麼快。後來才有人告訴我，那些接收的我們國軍用鹽巴水潑在飛機上讓它生銹，生銹了就報廢，報廢了就沒有人管。同時，街路上出現很多戰時絕跡的鋁鍋，漂亮的、新的茶壺、鍋子，用鋁做的。哪有那麼多鋁呢？原來是飛機拆下來的。還有手錶，日本時代所用的手錶都是錶面上有一小塊薄薄的玻璃，一碰就破掉。以前戴手錶換那塊玻璃是很苦惱的，花錢又破得很快，經常要換。戰後，手錶上的玻璃變成厚厚的不會破的。哪裏來的？飛機上的防彈玻璃剝下來的。因爲那些飛機開始生銹了，那些軍官就把它拆下來賣到民間，民間將那些鋁熔掉做成鍋子等物品。戰時很長一段時間，鍋子這一類東西完全買不到新的，所有的金屬都被日本軍方徵收去了，煮飯煮菜的鍋子，補得破破爛爛的。現在有那麼多好的，而且看起來很漂亮、很輕的鍋子，大家很高興地去買。手錶也一樣。

這個對我來講是很大的衝擊，明明是要建設一個強大的中國的軍方的東西，就這樣被報銷了。台灣人被日本人管的時候很守法，現在管台灣的中國官員帶來一個不好的示範，貪污、偷懶、偷工減料等等，台灣人馬上就學會了。好的東西好不容易才學會，可是幾乎是一夕之間馬上就變壞了。所以就覺得，憑什麼要來建設一個新中國、強大的祖國？根本就是做夢。這樣的想法在我的腦子裏很快地產生出來。

6 二二八事件——從建設強大祖國的夢想轉而期望建設台灣成爲一個可安居的小而美國家

不久之後發生的二二八，大體上可以說是因爲這樣社會的狀況所激起來的一種民變。我們這些人心中對祖國的嚮往、憧憬，以及對於建設新中國的想望，一下子都破滅了。二二八談起來需要花很多時間，不過大體上不難想像得到那時普遍萌生在台灣人心胸中的一種不平不滿，演變成一種痛恨，所以才激起這樣大規模的民變。造成的結果是，台灣的菁英份子幾乎被屠殺盡淨。今天我們回顧這些歷史，還會覺得很傷心。當然今天我們所要建設的目標，在我個人來講不再是強大的祖國，而改換成一個小的也好，像台灣這麼一個小小的國家無所謂，只要人民過得安居樂業，沒有恐怖感，也沒有貧窮的人，沒有人會受到不公平的待遇，沒有人會看不起別的人——特別是族群的相處方面等等，那麼這樣一個小的國家是不是更值得我們用心來建設呢？我想這是值得我們大家來思考的。

7 學習用中文寫作

(1)翻譯階段——用日文思考、日文寫作，再自己譯成中文

剛剛報告的是有關國家認同的一種轉換的心理經過。我個人學習方面是希望能夠往文學這條路走，所以我必須更用心地學習中國的語文。一方面我在小學教書，有教學相長的狀況，不管是講或是表達方面，很快地都有一些進步，很自然地我會開始想用中文（白話文）來

表達一些東西。這中間有一個很特別的狀況，恐怕是各位所想像不到的。當我開始想要用中文來表達時，我第一個採取的步驟就是翻譯。什麼樣的翻譯呢？因爲我滿腦子所裝的就是日本文、日語語彙，這些日語的語彙在我的腦子裏裝得滿滿的。漸漸地中文的語彙加進去了，這中間當然會有一些混淆的狀況。不過，最重要的是我根本不會用中文來思考，我必須面臨第一道牆，就是不會用中文思考，也就是說，我必須靠日文來思考。所以我剛剛想要寫東西時，必須用日文來寫草稿，然後才自己把它翻譯成中文。

跟朋友通信當然用日文。我漸漸發現到有些朋友寫來的信當中會夾雜著三兩句中文，整篇日文書信當中，偶爾發現到一句兩句的中文，當然這所謂的中文是很口語化的、很簡單的，甚至很容易地可以學會的。比方說日文所沒有的「莫名其妙」，很容易可以學會。而且經常地會掛在嘴巴上，所以寫信時自然就會被帶進信裏面。例如用日文談到現在政府如何如何，然後加上一句「莫名其妙」，中文就來了。像這樣的情形可以說是中文表達的最早的一步，還不算中文表達，只是日文表達的當中，偶爾加上一兩句、一個詞、一個成語的中文。當然這個跟正式的寫作無關，我想要寫作時，就必須先用日文寫一個草稿，然後自己辛辛苦苦地把它翻譯成中文，這樣翻譯出來的中文當然是毛病百出的。我沒有留下當時所寫的東西，把自己的日文翻譯出來的中文，毛病出在哪裏，是怎麼個毛病百出的樣子，現在沒有辦法覆按，不過我依稀記得有些翻譯過來的是很勉強的，不但勉強而且帶著很濃重的日本味，日本的語彙在中文裏面所沒有的，我照樣把它用進去。有些日本式的語詞到現在還保留下來的相當多，不過一般民間交談當中，很自然地把日本的語彙取進來，變成一種外來語一樣的。比方說，「阿莎力」是純粹的日語，現在很多人講。不久以前李登輝總統說他的頭控固力，「控固力」就是コンクリード，簡化成コンクリ，是混凝土的意思。我們台灣民間常常有「あだまコンクリ」的說法，コンクリ留下來了。這是中文或是日常交談當中，不管是本土的或是中文的，都採進了為數相當可觀的日本的語詞。不過在戰後當初，這種情形又不太一樣，日本人慣用的語詞我還不知道這是中文裏所沒有的，所以照樣套進來用，所以這樣寫出來的中文當然是毛病百出。

(2)譯腦

這種情形繼續了好一段日子，然後漸漸地發現到中文進步很快，我在想的時候照樣用日文在想，不過日文想了一個句子，在腦子裏就把它翻譯成中文，中文漸漸進步了就有這樣的本事。不但我是這樣，後來我才知道很多戰後第一代台灣作家差不多都經過這樣的階段，就是所謂的腦譯（或譯腦），這是戰後台灣文學一個很特殊的現象，恐怕在外國找不到這樣的例子。很多殖民地獨立以後都是沿用殖民母國的語言，比方南非洲很多本來是西洋國家的殖民地，那些黑人，國家建立起來了，可是他們沒有自己的文字，只有語沒有文，只好沿用殖民母國的語言——法語或英語，這種例子各位當然是不會不知道的。在台灣就很特殊地變成文字轉換當中一個很特殊的景象。

(3)直接用中文寫作

腦譯過了一段期間以後，自然，思考方面用中文來思考，這時中文的程度又向前進了一步，可以運用中文來想東西，這時候寫作就變得比較順利了，不必再經過日文這樣轉彎抹角的、辛辛苦苦地翻譯。大概也是從腦譯轉換成比較正常的寫作方式的當口，我有第一篇文章寫出來，我還記得那是一九五一年（民國四十年）——戰後經過了六年的光陰。就是說這六年當中我經過純粹的翻譯來寫作，然後譯腦的階段。從譯腦快要轉成正常寫作的階段，我有第一篇文章寫出來。這第一篇文章寫作的動機是很偶然的，因爲我自己覺得我用日文講話交談很自然，用日語演講，隨時都可以上台的，到現在還是這樣。像我們這種唸日語長大的，在我來講是滿二十歲才接觸ㄅㄆㄇㄈ、接觸中文、接觸漢文，這樣的一個人可以成爲中文作家嗎？我自己認爲是不可能的，雖然我有這樣的期望，希望在文學方面有一點進展和表現，有這樣模糊的期望，不過現實上眞的是不敢抱持這樣的想望，因爲我已經認定自己在這方面是不可能的。我看了很多西洋文學作品，對西洋文學發展當然有一些初步的認識，對一些西洋文學作家也涉獵過他們的生平等等，很多十七、八歲就已經成名了，有非常好的作品留下來。我還念念不忘我最喜歡的一個法國作家，他十八歲就寫下了傳世之作，到現在在世界文學史上還留有一個閃爍的名字。戰後我已經超過二十歲了，而且辛辛苦苦跟方塊字搏鬥了這麼久，腦子裏還是擺脫不掉日文，怎麼可能做一個中文作家呢？用日文可能嗎？當然不可能，在台灣光復一週年的時候，陳儀政府就頒佈一道命令，報章上的日文通通禁止了，這就是說，你有用日文寫作的自由，可是你寫出來的東西鐵定是沒有地方發表的。那麼，用日文寫東西的想法必須排除掉，這樣一來我怎麼可能成爲一個作家呢？

(4)第一篇文章〈婚後〉發表

一九五一年那一年，我訂的一份月刊雜誌《自由談》新年特大號登出了一則命題徵文的啓事，題目是「我的另一半」，並簡單地說明可以寫自己的丈夫、太太或是男朋友、女朋友。我是民國三十九年結婚的，民國四十年我的老婆正懷著我的第一個小孩，挺著個大肚皮。我父母親都還健在，我下來還有三個妹妹，算是一個相當複雜的大家庭。我太太是一個鄉下的女孩，也不是唸了很多書的，我的妹妹們都在小學教書，我父親也是，一家都在教書。我太太忽然加進這麼一個相當複雜的家庭，所以有一些苦惱、困擾，都是不可避免的。我就覺得有文章好作。這個題目觸發了，我就來試試看，因爲我有現成的話好講的。這篇大約三千字的文章是怎麼把它弄出來的，我也記不太清楚了，不過從時間上來回憶，分明有一大部分是用譯腦譯出來的，有一部份是用正常的方式，用中文的思考寫下來的，大概是一半一半的樣子。很奇異的，也是很僥倖的，我這篇文章讓我給投中了。因爲是普通的徵文沒有分名次，不過我那一篇排在頭一篇，那個老編先生特別給我介紹說，這是個台灣青年，光復後才經過這麼短的歲月，有這樣的文章寫出來，非常了不起。他幫我說幾句好話。我被這樣一說，心情就改變了，覺得我可以寫東西了。這對我來講是非常重大的發現。記得我那篇文章三千字，領了六十元的稿費。那時我的薪水一個月大概一百多元，另外還有米、煤等實物配給。六十元大約等於我十天、甚至半個月的薪水，我覺得很不錯啊，心裏非常高興。當然最高興的是發現到我可以寫東西了，那時候很狂妄的，我甚至也想到以後固定每個月要寫多少多少篇啦，我可以賺到多少稿費啦，那些稿費要做什麼啦。這樣的想法，現在我可以說很狂妄，不過那時是很眞切的。說是狂妄，因爲後來我發現到根本沒有那麼便宜容易的。我變成了一個退稿專家。

⑸變成退稿專家

眞的，我是開始寫了，經常地在寫，一天到晚在想著我要寫什麼。我寫出來的東西一篇篇地投寄，一篇篇地給退回來。我寫第一篇的時候，因爲我住在鄉下，當然沒有志同道合的朋友，甚至稿紙是怎麼樣的我都不懂。通常報章上會登出稿約，就會註明要用有格稿紙來寫。什麼是有格稿紙？鄉下是有賣文具的，可是也沒問到有格稿紙。有一天我跑到鄉下的老家（那時我住在學校宿舍），把我老爸的一個書櫥翻翻找找的，翻到一疊一格一格的紙，上面印著「原稿用紙」，日本話說的「原稿用紙」，分明就是稿紙了。我就用這個稿紙來寫，寫了四張，三千字左右。這是我第一次所經驗的寫作。

然後，我成了退稿專家，寄給甲刊的稿子退回來就寄給乙刊，回來了再寄丙刊，有好幾個可以投稿的刊物，我的稿子都會跑遍然後回來。當然偶爾也會有少數幾篇登出來，不過大體上來說，我自認爲成了個退稿專家，這是很眞實的說法。

經過了好幾年，我現在還記得，大概是民國四十六、七年，若我這頭一篇算是我寫作的開始的話，那麼我開始寫作以後大概經過了六、七年，退稿的狀況才稍稍地有所改善。四十九年，我有第一部長篇小說寫成，就是〈魯冰花〉。前幾年魯冰花拍成電影，聽說很多人看過，賺了很多人的熱淚。我爲什麼膽敢寫長篇小說呢？因爲那時候我已經有很多志同道合的朋友了，比方鍾理和、陳火泉。陳火泉前幾年成了一個暢銷作家，勵志類的文章寫了很多。他本來是寫小說的，前幾年忽然寫起勵志性的、短短千把字的或幾百字的文章，大量地寫、大量地印書，聽說有好幾本都是暢銷的書。陳火泉和其他幾位，總共有七、八位，現在被認爲是戰後第一代台灣作家。我們這幾個共通的有了一個活動，這個活動很值得向各位詳細報告出來，我要留到談鍾理和時再來說明，因爲跟鍾理和有密切的關係，今天暫時按下不表。

(6)第一篇長篇——〈魯冰花〉發表

因爲有很多志同道合的朋友，所以互相激勵，互相鼓勵，互相安慰——退稿的安慰，我們都是退稿專家。——而且互相切磋，進步也很快，我就有一個野心要寫一個長篇。事實上我也曾試寫過長篇，可是長篇賣不出去，沒有出路，不過我念念不忘要寫，就寫成了〈魯冰花〉，而且一投就中了，在聯合報連載。當時聯合報是林海音在編，她給我的信當中說：因爲預定中的連載作品沒有到，而你的〈魯冰花〉寄來了，所以連夜拜讀，覺得很不錯，就讓它開始連載。我寄出去大概一個禮拜左右就開始連載了。很奇異地，一個偶然又發生了。

在報紙上有連載，稍稍成名了，讀者的信，用一個誇大的說法是——雪片般地飛來。每天都有幾封信從報社轉給我。還有一個改觀就是，很多報紙副刊或是雜誌編輯主動地寫信來要我供稿。以前我一篇篇寄去，人家就給退回來，現在是主動來邀稿，我抽屜裏面塞得滿滿的被退過的稿子，就把它找出來，看看還可以的，寄去了就會登出來。不但登出來，我寄去很快就有信先來，說：「謝謝，尊稿已經收到了，這是本刊的光榮。」——眞是改觀了。

8 不合時宜的台灣作家

(1)不寫反共戰鬥歌德文學

今天我們再來檢討那一段歲月，被退稿變成退稿專家，是我寫得那麼差勁嗎？差勁可能也有啦，不過更重要的就是像我們這些台灣作家，說起來是不合時宜的。什麼時宜呢？因爲那是反共文學的年代，反共的文學、戰鬥的文學，還有歌功頌德的歌德文學，歌誰的功頌誰的德？當然是什麼民族的救星、反共的導師，就是這樣了不起的，大家拚命來歌來頌。所以你要寫這樣歌頌的，或者戰鬥的、反共的，把共匪寫得越壞，你的文章登得越快，成名得越快，稿費越多，文學獎也越多。或者歌頌的，怎麼肉麻的歌頌沒有關係，你只要把歌頌寫出來，照樣會有一筆稿費，會有成名的機會。今天那些反共作家哪裏去了？恐怕通通都不見了，他們的作品也沒有人看了。當時他們是目空一切地霸佔著文壇，我們這些不願意反共的——事實上是這樣，你要我反共，我怎麼反呢？我從來沒有看過共產黨長得什麼樣子。他們殺人如麻啦等等，人家寫的我是看了一些，可是我沒有親眼看過，我怎麼寫呢？我要反也反不起來啊！還有歌功頌德的，你要我歌頌誰嗎？眞的偉大的人物當然我也願意歌頌啊，可是我覺得也不見得啊，殺人如麻的呀，獨裁的呀，我歌頌不起來嘛。所以我們這些都是不合時宜的，註定當一名退稿專家。

三年前，國家文藝獎特別貢獻獎頒給我，還加上一個附註說我的思想有不合時宜之處。我覺得莫名其妙，直到三年前我還是不合時宜的啊。解嚴以後，自由了，民主時代來臨了，言論完全沒有什麼顧忌，還有什麼不合時宜的？所以腦筋控固力轉變不過來。

(2)作品有強烈的批判性

我稍微成名了，就繼續往長篇創作這方面走。這中間我還有一件事必須提出來的。剛剛我說我不歌功頌德、不戰鬥、不反共，那麼〈魯冰花〉是什麼呢？有人說那是鄉土文學先驅性的作品，這樣的說法當然也未嘗不對。其實，如果各位看過這本書或者看過電影的，一定可以發現出來，比方以電影來講，雖然是用相當含蓄的方式，委婉的方式表達出來的，不過它的含意明明是一種批判，甚至可以說那種批判是很強烈的。批判什麼？比方說，賄選。戰後不久台灣就有選舉，台灣有選舉就有賄選。一開始有選舉時，這些不爭氣的台灣人開始動腦筋做這種賄選的勾當。說起來很令人洩氣，台灣人就是這樣的。賄選是批判的一個對象。〈魯冰花〉也探討了一些教育的問題，比方對於有錢有勢的人的子弟特別看待啦；美術教育方面，要畫得很像才可以得獎才被承認。可是你畫得不像，你表達你的個性，才是眞正的一種藝術作品，在我們這裏得不到好的評價，必須要送到國外去參加國外的比賽，才可以得到很好的名次，甚至可以優勝。這是教育的很大的缺陷。

到目前我們台灣的教育還是千瘡百孔，問題很多。最近教育改革的問題被談得很多，教育改革眞的是牛步化。前天一個朋友拉我去參加一個訂婚的婚宴，結婚當事人新郎新娘我都不認識，雙方的家長我也不認識，女方家長有一個姊夫是我的老同事，他透過這個老同事希望我能夠參加。男方在南投，他說很早就看我的作品，對我很崇拜，也希望我能夠參加，那就變成男女雙方都邀請我去參加這個訂婚禮。南投來的男方還拉來了一個作家林雙不，我跟林雙不就不期而遇碰頭了。我跟他說最近有一個高中的老師們要我談談台灣文學，也有教育廳主辦的一個高職老師研習會，明年三月份要在劍潭的什麼中心舉辦，是針對台灣文學的研習會，而且對象是全國的高職國文老師，聽說被派參加的有一百位左右。我說這是不是透露出台灣在本土教育方面，特別是文學教育方面開始產生一種變化呢？如果說是變化，我是有很大的期待，我希望這樣的變化會把我們台灣教育，特別是文學教育方面，導向一個比較正確的方向。高中國文課本有幾篇本土作家的文章，國中方面我就不懂了。我問過女方的家長，他是國中的國文老師，他說現在還沒有啊。我就向林雙不提，我們這個文學下鄉應該從教育單位開始做，我告訴他高中有這樣的變化，國中我不知道。他說，國中國文課本裏面本土作家的像吳晟的文章，五、六年前就有了。我告訴他那女方的家長那個國文老師說沒有，林雙不說，那個國文老師不行啦，他沒有認眞地教啦。國中國文課本裏已經有本土作家的文章，這是可以確定了。這就透露出國中的國文老師還在睡大覺，還沒有醒過來。所以各位老師在高中執教的有這樣的活動，我個人覺得非常高興。

有關我個人的成長經過，大概就到這裏爲止。各位有什麼高見或疑問，請舉手發言。——好像沒有，是嗎？那麼我們就進入「台灣文學之父賴和和他的時代」。

問：請教您，當時台灣文學作家在本省裏面分布的地區大概是怎樣？有沒有偏重於都市或是北部？

鍾：是剛剛我提的戰後第一代嗎？因爲我跟他們都有非常密切的關係，我已經向各位說過，我在講鍾理和的時候會詳細說明。剛才我提的陳火泉本籍是鹿港，不過他一輩子都在台北工作。第二個是施翠峰，他也是鹿港人在台北工作的，是師大美術史的老師。鍾理和是高雄縣美濃的，李榮春是宜蘭縣的，兩年前才過世，第四位是我，桃園縣的，再下來有個廖清秀是台北縣汐止人，許炳成，筆名文心，好幾年前已經過世了，他當時在我們這一夥人當中是最年輕的，可是他是繼鍾理和之後走掉的，他是嘉義縣人。另外，桃園有一位林鍾隆老師，也許大家都認識，楊梅有個鄭煥。大概十個左右。當初是這樣的，吳濁流、葉石濤、楊逵這些人戰後都停筆，還沒有東山再起的年代，他們都是到了六〇年代才漸漸地回到文學的崗位。第一代通常是指從日文很快就過渡到中文的。剛剛我舉出來的八、九位，分布情形，宜蘭、台北縣、桃園、彰化、嘉義、高雄美濃，幾乎分布在各地方，沒有一定是在哪裏。

第一代台灣作家，今天還經常在從事一些文學創作、文學活動的，好像剩下我一個，廖清秀偶爾——很少——也會有一些短文發表。我個人這幾年創作幾乎也停頓了，一方面當然是因爲年紀大了，我最近一本書是三年前出版的，是四年前寫的，已經接近七十歲的時候。這幾年——六十八、九歲，七十歲，現在七十一歲了——這三年多，長篇創作已經停頓。我最近的一本書是《怒濤》，是繼《濁流三部曲》、《台灣人三部曲》、《高山組曲》等大部頭的同樣構想的有怒濤三部曲，我現在出來的只有第一部。高山組曲本來也是有高山三部曲，只寫了第一部、第二部，第三部沒有出來，所以出版時就印成高山組曲兩本。第三本在哪裏？還沒有寫。高山組曲是要寫原住民或者山地爲背景的，當然牽涉到平地的問題，原住民、漢人相處的，特別是二二八的動亂當中，他們是怎麼樣合作、怎麼樣一起奮鬥一起打仗。這是我高山組曲第三部的主題，到現在都沒有寫。高山組曲出版了都有十年多了，爲什麼經過這麼久還沒有寫呢？我到吳鳳鄉——現在改爲阿里山鄉——找資料，那裏的原住民，我有幾個線索，參加二二八打仗後來被政府槍斃掉的，有一個原住民非常優秀的菁英份子，以他爲中心就可以構成一個我心目中的高山組曲第三部。他的遺族一直從事傳教的工作。高山組曲第一部、第二部寫完的時候，我就開始跟他連絡了，那時電話還沒有很普遍（十幾年前），電話沒有辦法連絡就寫信。寫信寫了好多次，最後才回信給我，我發現到他回信對於我要找他的目的，有濃重的避諱的意思，不太願意跟我交談，怕我了。並不是我是一個情治單位調查局的特務，因爲他自己身分很敏感，他父親，他家族的事情很怕人家知道，是這樣的害怕。後來解嚴，現在說解嚴，好像說戒嚴令解除了什麼事都沒有。不是，剛解嚴兩三年之間還是很恐怖的，比方說我盜印了香港的一套書《金陵春夢》，那是台灣文藝出版社出版，發行人就是我。這套書出來以後，國民黨中央黨部接連地派人來找我，說怎麼可以出這樣的書。我說為什麼不可以啊？我們是解嚴了，言論方面應該可以解放了。他向我提了很嚴重的抗議。第二次派一個女的，她說：「鍾老，你認為這套書怎麼樣呢？」我說：「有趣啊，看得有趣就好嘛。」她說：「我們先總統蔣公不是蔣家的人，這是開玩笑嘛，怎麼有這樣的事情。」我就問她為什麼知道他不是非蔣家的人呢？你有什麼證據嗎？她說，我們一直都知道他是蔣家的人啊，浙江省奉化縣。我說，人家有不同的看法寫出來也沒什麼不好啊。《金陵春夢》總共有八冊，大套書，很長很長的說部，就是通俗小說，香港的人寫的。把先總統蔣公（平常我不這樣講的，我都是說蔣中正）的家事通通挖出來。他跟本不是姓蔣的，他的母親沒有飯吃了，替人家幫傭，被老闆收留當作側室的，所以他根本不是蔣家血統的。這些通通挖出來了，我覺得很有趣啊。打破偶像，對我們台灣也是有好處啊。現在到處還有他的銅像，有一天我們要把它拉下來。

我只是舉一個例子，解嚴了之後還有幾年間還在恐怖的歲月當中。

下次我們再來談談賴和的生平。今天就到這裏，謝謝各位！

（一九九六年十一月十九日）

台灣文學十講之四

——台灣文學之父賴和和他的時代（上）

今天的講題是「台灣文學之父賴和和他的時代」。

賴和目前被尊稱爲台灣文學之父，這麼一個封號從日據時代就已經存在了。我們今天可以看到六、七十年前寫下來的文章都尊他爲台灣文學的開山鼻祖，今天，文學圈內當然對他抱持一種尊崇——無比的尊崇。我們要認識賴和這個人，根據我個人的領略，有些事情恐怕必須有所了解。

一、賴和的文字風格

1 創新的語彙、語詞、語句——以〈一桿稱子〉爲例

首先我想跟各位談談賴和的文章。想必各位老師在我開的書單當中的《日據時代台灣小說選》這本書裏面已經看到他的作品，這本書裏第二篇就是賴和的〈一桿稱子〉。他的文章今天我們看起來，特別是年輕一輩的，恐怕會對這樣的文章、這樣的風格感到有一點格格不入。比方一開頭我們就會碰到跟我們今天所使用的語彙稍稍有所不同的。語彙方面如此，一個句子、一篇文章的構成，我們往往會覺得有一點怪怪的。一方面我相信七十年間文章有所演變，這是不用說的，不過更重要的恐怕是日據時代，特別是台灣所謂的新文學發軔了以後，我們台灣前輩作家所創造出來的文體當然是有他的特色。這個特色首先要提出來的是，賴和的文章本身是華文沒錯。（聽說現在海外都把中文叫做華文，我們的國語叫做華語，盡量避免「中國」兩個字。這當然有意識形態的複雜問題，不過，根據我個人的感覺，稱之華語華文應該是相當妥當的一種說法。）賴和的文章基本上是華文沒錯，不過這華文問題出在哪裏呢？因爲賴和是日本人統治下的台灣文學發軔時期的開創性的作家，所以他也是有意地要給剛剛萌芽的台灣文學用一種實驗性的心態，因爲沒有前例可循，所以他必須在一種嘗試的心態下，創造出一種文體。這樣的文體，基本上是華文，這一點是無可動搖的。可是在文章的構成，一個句子的構成，特別是語詞的用法，很多部份是採取當時台灣社會的實際情況。比方日本式的語詞，

〈一桿稱子〉這篇小說裏的「結局」，這是日語的用法，不管是台灣或是中國，都不用「結局」這樣的詞，因爲這是日本人慣用的，跟我們所說的「結果」雷同。日本人也用「結果」，日語是「けっか」，可是一般日本人口頭上比較喜歡用結局「けっきょく」。這是一個很明顯的例子。另外，第一段裏有一句：「村中除了包辦官業的幾家勢豪」。「官業」是華文很少見的，不過意思可以從這兩個字猜想出來，就是跟官方有關的事業。「勢豪」也是一樣。我認爲這是賴和新創的詞，因爲要適合當時台灣的社會，他創造出來的。「官業」是什麼？如果讓我來解釋，並不是官方的什麼事業，而是他做的事業跟官方有關的。比方日本時代有專賣局賣煙、酒、鹽、樟腦、鴉片等這些官方的專賣品，「專賣」是官方才可以製造、販賣的，一般民間是不許的，一般商店要賣這些專賣品必須有執照。所以我猜想「官業」說不定是指這些專賣品販賣的地方，因爲這裏所描寫的分明是個小村子裏面的故事，不可能是很大規模的如製糖公司等大企業，一般民間，特別是小村子裏面，官業，不外就是指這些專賣品的販賣。「勢豪」，從字面上很容易可以判斷出意思。

第二段，「村中，秦得參的一家，尤其是窮困的慘痛」。這是一個我們很難索解的用法，我們會覺得這樣的用法好像是形容句。事實上這已經是個完整的句子，而不是形容句。

我們讀這樣的文章時，需要特別動一下腦筋來思索它的含意，不像我們今天看慣的小說，一路地看下去就會懂。七十年前台灣新文學剛剛發展出來的年代的文章，大體都是這個樣子。我還猜想，編者施淑教授爲什麼不選賴和其他的文章而選這篇呢？大概是因爲日本式的詞句用得比較少的緣故。我手上這一本《賴和先生全集》，中華民國六十八年出版的，十七年前了。另外這一本《台灣作家全集——賴和集》，把賴和所有的小說作品或類似小說的文章通通蒐羅進去，其他的新詩、舊體詩、隨筆、評論等文章沒有包含在內。

說到這本書，我也是感慨萬千的。民國六十八年（一九七九年）是個什麼樣的年代呢？我們台灣正處在鄉土文學的年代，鄉土文學論戰（有關這個論戰，以後我再做比較詳盡的介紹）正在打得如火如荼的時候，整個台灣的鄉土文學熱忽然高漲起來。在那個年代，有一個叫做李南衡的，辛辛苦苦到處去蒐羅挖掘，讓一些舊的東西出土，編成了一套《日據下台灣新文學》，其中第一本就是《賴和先生全集》。說是全集，是當時他所能蒐羅到的有關賴和的東西通通收進來了，不單是賴和自己所寫的小說、新詩、舊體詩，還有一些有關賴和的評論，特別是他逝世時一些友好所寫的悼念文字。另外還有戰後初期有關賴和的種種評論、介紹等等。如果說是賴和的小說、隨筆、新詩、評論等文章的集子，說是全集還不算太離譜。事實上，今天我們已經查出來，賴和的作品除了這些以外，還有將近一千首的舊體詩。《台灣文學與時代精神》作者成大教授林瑞明是賴和專家，（他所寫的有關台灣文學，特別是台灣新文學發軔期那一段期間的種種研究，還有他所集中精力去挖掘的、探討的賴和，他目前已經寫下了幾本書，都是有關台灣文化協會，有關賴和的。）根據他的整理，他把賴和留下來的舊資料整理出來，發現還沒有發表的文章有好多篇，還有一些沒有寫完的稿子。最重要的就是舊體詩一千首左右。我二年前碰到林瑞明的時候，他正在策劃要把賴和的舊體詩一千首左右出版。爲什麼我說一千首左右？因爲他在整理的過程當中，常常還會有新的東西出來。一千首舊體詩，當然不算破記錄，台灣的舊體詩詩人，早從鄭成功的時代就有一些舊體詩流傳下來。也有人在研究，說不定將來我們能夠看到這方面的一些專著。近代的人留有完整記錄的，有三千首的，適當時候我會向各位介紹，那就是吳濁流。

2 帶有濃厚的日本味——以〈鬥鬧熱〉爲例

賴和的文章，從〈一桿稱子〉這篇作品大體上已經可以看出他的文章風格。另外，從〈鬥鬧熱〉這篇小說裏面句子的構成，我發現他的文章有濃厚的日本味。除了剛剛我提的有很多辭句是日本人慣用的之外——不但是日本人慣用，而且是當時台灣民間所慣用的，不管是寫文章或是口頭說的都用到，日本的辭句已經台灣化了，甚至到今天偶然地我們還看得到這類的辭句。嚴密地講起來，這應該算是外來語，不過外來語被取過來，已經當成我們的日常用語了，比方說到餐廳吃生魚片，你說生魚片也許有人不知道，你說さしみ，則大家都知道。トラク是日本人的外來語，我們把它當成日本人的用語拿到台灣來用。我說賴和的〈鬥鬧熱〉不僅是這樣的，他文章本身思考的過程分明是日本的句子，這篇小說的開頭：「拭過似的、萬里澄碧的天空，抹著一縷兩縷白雲，覺得分外悠遠，」這是一個簡單的自然風景的描寫，但是我們絕對不會這樣講，而日本話就是這麼講，非常平常的都會在口頭上提到，寫的時候也會提到，日本人把副詞「拭過似的」拿到前面來，華文沒有這樣的說法。如果照我們習慣的說法是：「萬里澄碧的天空，好像剛剛擦拭過一般」，這樣比較符合我們口頭或者行文上的說法。所以，根據我的判斷，賴和有時候免不得地腦子裏浮現的也是日文日語。

3 兩個感慨

⑴用殖民母國的語文寫作——被殖民者的悲哀

說到這個，我免不了又要發一番感慨。前面二堂課我已經向各位報告過我學習中文的經過，在學習的過程當中，常常覺得在我腦子裏的日語日文非常不容易擺脫。我急著要擺脫它，所以我必須多吃一點點的苦楚。我爲什麼覺得必須擺脫呢？因爲社會環境已經是這樣了，我非學中文不可，說起來很不得已。這中間我們自然會有一個思考，比方說寫文章，特別是文學創作，我們爲什麼一定要依靠人家的文章？爲什麼沒有我們自己的文章來寫？我們有這樣的疑問。這也正好反映出一個殖民地作家的悲哀。在這樣的悲哀之下，我們會發現我們沒有機會去發展出我們自己語言的文學用的語詞、文學用的文章。我們都是用人家的，日據時代一大部分的人用人家的日語日文來創作，戰後，本來用慣的日語被搶走了，沒有回歸到自己語言的機會，我們不得不趕快地要去學習另外一種語言，然後用這樣的語言來從事創作，這就是殖民地文學作家的困窘和悲哀。我們看到很多殖民地在第二次世界大戰以後獨立起來的，特別是非洲國家，還有一些落後國家，他們本來就沒有自己的文字，殖民地時代是用殖民母國的文字，也許是被迫學習的，不過他們確實已經學習下來了。他們獨立了以後，是不是從頭來建設自己語言的文字化，來當作創作的文字？我們還沒有看到這樣的例子。很多非洲國家、黑人國家的文學作品也是相當可觀的，他們不是用英文就是用法文來創作，沒有自己的語文。這是因爲他們過去都沒有文字的緣故。我們不一樣，我們有很長遠傳統流傳下來的文字、文章，可是我們從事文學創作的時候，硬是必須學習人家的，我們沒有自己的機會，也沒有從頭建立自己文學語言的機會。像我這一輩人必須苦苦地把學會的日語日文丟掉，從頭學習中文。所以我說台灣過去是殖民地，殖民地文學就是在這樣的狀況下建立起來的，日據時代用日文，戰後用中文。

當然，我們看賴和的作品時，會發現到賴和在這中間做了很多的嘗試，實驗性的嘗試。所以今天從他的爲人、生平、人格、做人處事等等，塑造成一個賴和的塑像。另外，他的文學作品也可以塑造出一個文學先驅的、而且可以算是一個典範的文學作家。因此賴和變成了今天我們所尊奉的台灣文學之父。

(2)成語妨礙了寫作上創新和獨立思考的創造精神

另外，我還想到一件事情，我在學習中文的過程當中，大概是五〇年代，我剛剛開始寫作了，而且發表了頭一篇文章，拚命地寫，變成一個退稿專家。這中間對於「中文」有另外一份感受。比方說五〇年代台灣的文壇當然反共文學、歌德派的文章是主流，是當時所謂自由中國文壇的主流。我們這些本土的、剛剛冒出來的，被擺在一個角落裏面不起眼的地方，那是不用說的。不過當時的文壇有一個很特別的現象，現在回憶起來還鮮明如昨，那就是女作家特別多，而且被說成特別優秀。比方鍾梅音、林海音、徐鍾珮等等女作家的名字，過了三、四十年的今天，我還可以數家珍般地一個個唸出來。她們的作品有一個特色，寫的東西都是身邊瑣事如家庭、丈夫、子女、鄰居、下女。這些女作家家裏多半都有下女，她們的文章裏面的下女，都是呆呆的沒什麼知識，下女被寫得很沒有水準。聽說最近也有一些電視劇還可以看到這一類的台灣女人，亂沒水準的，講的是土土的台灣國語。這些都不打緊，最重要的一點，這些女作家的作品被認爲文采燦爛，詞華優美。我，剛剛開始學習中文的人，覺得這些女作家的文章好漂亮、好動人。這種感覺有一大部分是來自於成語，我也拚命地學習成語，吸收成語，我家裏現在還有一本成語辭典，民國三十幾年上海出版的。那本成語辭典幾乎被我翻爛了，我好像學會了滿腦子的成語，運用得很純熟，追求那種美麗的文章，詞華燦爛的。

我在小學教書，民國三十七、八年左右，不少以前的青年軍開始退伍下來當老師，我就覺得他們寫的作文滿不錯的，那些外省鄉親改學生的作文，我覺得很新奇，學生的作文成語用得很恰當，他們就劃上圈圈表示嘉許。我剛開始時也模倣那樣用毛筆蘸紅墨汁在成語旁邊畫圈圈。後來我發現到成語用得很恰當是沒錯，光從成語的觀點來看，是應該嘉許的。可是這當中我想到一件事情，比方說去參觀遠足，他一定說「走馬看花」。我們根本沒有馬可以騎啊，你走馬看什麼呀！要動一點腦筋啊，台灣也沒有馬好騎啊，爲什麼是走馬看花呢？難道沒有別的辭句來表達嗎？我這樣的疑問漸漸地開始產生了，對於成語也就有了另外一種看法。我覺得用成語實在是不值得鼓勵，所以我教作文時，漸漸地不太講成語，也不再鼓勵，成語用得好，我也沒有給他圈圈。現在我寫文章時成語往往也會很自然地在我的筆下冒出來，不過我希望我用的成語並不是違反眞實狀況的，比方走馬看花就是其中之一。各位老師在改學生作文時不知道還有沒有成語用得好就一路圈下來。我沒有教過高中，不知道情形如何，而且現在時代進步了，不會再抱住古老的成語作爲鼓勵學生的一個方式了。我個人至少站在不鼓勵的立場，我盡量培養他，在要表達、要形容一件事物或一個動作狀況時，不要馬上去想到一個適當的成語來用，是不是另外有辦法把他表達出來。比方走馬看花，你去參觀時明明沒有騎馬，這個已經可以不談了，可是走馬看花以外，是不是還有另外一種表達的方式呢？這就是要動腦筋，一種創造性的思考，獨立思考。你用人家用慣的成語就沒有獨立思考的機會，因爲你用成語時幾乎是機械化，有現成的東西你拿過來放在那邊就好了。我不是做學問的，只是提出來供各位參考。

4 賴和用樸素的文字，表達反抗強權、批判封建的文學主題

剛剛我提的賴和，根據我的判斷，也有他用日語日文來思考的這樣一小部份的狀況，我不是說他全部是這樣，至少有時候在他腦子裏會冒出一個日文的句子。賴和現在被稱道的事情其中之一是他堅決不用日文來創作。他爲什麼不用日文？我們台灣新文學剛剛開始的時候出現的第一篇小說作品是用日文寫的。《日據下台灣新文學》這套書總共五本，淸一色是中文的，翻譯的作品不在裏面，不過，《賴和先生全集》有一個例外，有些當時因爲賴和過世時寫的悼念文章是用日文寫的，翻譯過來放進這一冊裏面。有一些評論賴和的用日文寫的也把他翻譯過來放在這本裏面。一九八〇年有另外一套是我掛主編名義的《日據下台灣文學全集》，總共有八冊，其中有三分之二是日文翻譯過來的，三分之一是中文的。好多年之後再追加了四冊新詩的部份，總共十二冊。前面八冊是小說作品。

大體上來說，賴和的文字很樸素，這是毫不意外的。因爲一般華文，特別是中國本土那邊所盛行的文字用法，詞藻豐富的、詞華燦爛的，那一類的文章在賴和的作品裏面當然是看不到的。他寫的主題，可以說是要表達當時台灣社會在日本人統治下的一些痛苦，他是台灣民間痛苦的代言人。此外，富有一種反抗的精神，反抗日本人的統治，反抗強權，這是他經常放在心頭上的一個文學主題。另外，台灣當時的社會還只能說是近現代，已經接近現代而還不完全現代化，不可避免的有一些傳統的陋習、迷信、封建等等，追求台灣的現代化也自然地成爲他要表達的一種主題。比方說封建的問題，當然台灣社會上當時漸漸地走向現代化的路途。不過台灣民間還留有很多封建制度，比方家庭制度，還有農業社會的一些農業問題種種，都是很封建的，特別是婚姻方面也是很封建的。有一些新派的人提倡自由戀愛，然後結合建立一個新的小家庭，在當時的台灣，這還被認爲是一個離經叛道。在追求現代化的過程當中，這一類問題是非常非常多。比方剛剛我提到台灣文學出現的第一篇小說作品《他往何處去》，是用日文寫的，出現在一九二三年，裏面所探討的就是封建婚姻的問題。這些都構成賴和作品一種特殊的風貌。此外，還有一些直接反抗日本人的，比方當時發生了霧社事件、二林事件等台灣社會的問題。

(1)二林事件

二林事件是農業問題，當時日本人在台灣發展一些食品工業，特別是製糖業。台灣適合種甘蔗，日本人喜歡吃甜的，食糖的消費量非常大，日本本身因爲是在溫帶，不能種甘蔗，沒有蔗糖，只有寒帶有一種甜菜，比方北海道等較寒冷的地方盛產甜菜可以製糖，那是甜菜糖，產量有限。台灣適合種甘蔗，日本人在台灣發展的工業，首先就是製糖工業。製糖工業要廣闊的土地來種甘蔗，而土地從哪裏來？一定要從台灣民間搶過來的。我用的是「搶」這個字，日本人搶台灣人的土地，用了很多的方式，當然是明目張膽地搶。比方說日本人來了，很快地就丈量台灣的土地，台灣在滿清的時代土地政策好像在劉銘傳的年代就已經建立起來，就有所謂的丈量土地的工作，每一筆土地官方都有登記，登記下來就可以抽稅。日本人來了以後，重新丈量，他們認爲需要比較正確的、分分毫毫都不會差的土地政策。有的小地主，比方說這塊土地是我開墾的，應該是我的土地，可是日本人來了要丈量，這些人心裏就害怕，如果我說是我的，將來就要課稅了。所以有些鄉下人就不敢表示這塊土地是他的，如果你表示土地是你的，丈量過了以後，日本官方把它登記下來就會有地主，這塊土地的所有人就確立了，然後就憑這樣子丈量的結果來課稅。那麼有的人為了怕被課稅就不敢表明這土地是他的，結果這塊土地就成為無主的，那當然就變成官方所有的了。這也是日本人搶奪土地的一個方式。

另外，我們在〈一桿稱子〉裏也看到，有些地主很多土地都租給佃人去耕種收取一些地租，地主有權決定地租多少，當然會有一般的行情，不敢提高也不敢太離譜。有的地主刁難佃人，故意提高地租，這個佃人就有苦頭吃了，辛辛苦苦種的東西多半被地主拿走。日本人就利用這種方式，比方製糖會社提高他的地租，這塊土地是你的，你給佃人耕種的時候收到的地租如果是一斗米，製糖會社提高到二斗米，就很容易地可以租過去。這當中又用種種手法，最後這塊土地說不定莫名其妙地變成會社的。還有有一些反抗日本人的，被抓起來了，土地要沒收。當時沒收的土地非常多，因為台灣民間到處都是反抗日本人的，從乙未年（一八九五年）開始，台灣就不停地在反抗日本人的統治，大大小小的事件發生了很多起。這些叛亂的（叛亂是國民黨的說法，聽說戒嚴年代，有些叛亂犯的土地都被沒收了），土地要被沒收。日本人把這些官方的土地大量地賣給製糖公司，所以製糖公司往往都有非常廣闊的土地，比方我們桃園台地很多也變成蔗園，內壢就有一個規模很大的製糖廠，從內壢到龍潭，一大片土地都是種甘蔗的。這種甘蔗的蔗園，一大部分是官方土地便宜賣給公司的，還有一部分是台灣民間地主的所有地。

二林事件是製糖公司首先把土地租給佃人種甘蔗，甘蔗收割了，公司把甘蔗買過來的價錢大有問題，公司方面高興給多少就多少，沒有討價還價的餘地。其次，台灣的土地已經用了幾百年了，一定要大量的肥料，而肥料的價錢也是公司方面片面定的，他高興多少賣給你，你就一定要多少錢跟他買。沒有肥料根本不會有收成，耕種的人一定要依照公司方面的意思用很昂貴的價錢買肥料，然後用很便宜的價錢把甘蔗賣給糖廠。這中間就有勞資的問題發生。比方糖廠來講，肥料價錢的問題，甘蔗收成以後甘蔗價錢的問題，都很容易發生勞資的糾紛。二林事件就是這樣發生的，那些種甘蔗的人合起來反抗公司，公司後面當然就是日本官方，所以演變成一個很嚴重的衝突事件。這時日本官方就會把那些反抗的農人通通抓到警局裏面毒打一頓，一定要使他們就範。

(2)中壢事件

當時中壢也發生過一個中壢事件。各位也許記得我們所知道的中壢事件是許信良選縣長的時候，因為有一方做票被抓到，民衆就發怒把中壢分局燒掉，是一個很嚴重的官方跟民間——不如說國民黨和反國民黨兩個勢力之間——的嚴重衝突。在七十年前，中壢事件就曾經發生過一次。中壢有廣闊的土地，是種水稻的，同樣是官方的土地。台灣農民很多都是從官方租到田耕作的，和蔗田一樣的情形又發生了，種田一樣要大量的肥料，收割以後要給地主繳納多少地租，也是地主單方面決定的，這中間就會有勞資的問題發生。所以那一次中壢事件發生的時候，日本官方中壢郡役所警察課(今中壢分局)抓了很多人。聽說現場正在發生衝突的時候，日本人把佩劍拔出來。通常日本警察腰邊佩著一把劍，除非警匪槍戰那樣嚴重的事態發生，那個劍是不許拔的，那劍是要嚇唬百姓用的。不光是台灣的警察佩劍，日本本土的警察一樣是佩劍的，穿那種制服，腰間佩一把金閃閃的劍，也可以說是當裝飾用，不過主要是要嚇百姓的。有一個警察在衝突當中把劍拔出來，他就變成犯了錯誤了，聽說那個警察後來被革職。這些我們看起來不算什麼，問題是很多農民那時候被抓起來，我有一部作品以七十年前的中壢事件為背景寫下來的，那就是《台灣人三部曲》的第二部《滄溟行》。

賴和也用詩來表達他的反抗、他的同情，明潭出版社出的《賴和先生全集》裏面就有他的新詩。

二、賴和生平

我從葉石濤著的《台灣文學史綱》裏挑出幾個跟賴和有關的事件，以及賴和本身所發生的種種，我們做一個概略性的了解。

一八八四年，賴和出生。

一九四三年，賴和過世。——他只活了五十歲。

他從公學校唸起，唸到台灣總督府醫學校，變成了台灣早期的西醫，在彰化地區懸壺問世。

1 台灣新文學產生的時代背景

(1)結束武裝抗日

當時台灣社會的狀況是這樣的：

一九一五年，發生西來庵事件，是台灣反抗日本人的最後一個大規模的武裝起義（暴動）。西來庵就是噍吧年，現在台南縣玉井。這個事件是相當有組織的，幾個首腦利用種種手段，也有宗教的，也打出一個類似反清復明這樣的口號，殺了好多個日本人。結果，這個事件造成台灣人犧牲的有千人之多，事件當中雙方交戰，很多人當場就被打死了，後來被抓到的，正式審判之後判死罪處決的有二二八人，有些人逃走後自首或歸順被處決的又有三十幾個，書面上正式的記錄是犧牲了二百多人。這件事情變成台灣武裝抗日最後一個有規模的嚴重的反抗事件。

一八九五年，日本人來到台灣時就有所謂乙未抗日之役。從這一年開始，表面上日本人很快地平定了全台的反抗義軍，不過，以後陸續地很多地方都有小規模的抗日事件發生。今天我們從歷史上來看，最後一個武裝抗日是西來庵事件，很有名的霧社事件又在這以後發生（一九三〇年）。霧社事件就是原住民同胞反抗日本人統治的集體的武裝抗暴事件。

(2)教育普及

當時台灣是怎麼樣的社會狀況呢？爲什麼會產生台灣文學？又爲什麼會有賴和這樣一號人物出現呢？我們要知道，日本人來台灣以後，銳意地經營台灣，其中一個項目就是教育。

最近以來我們會在報紙上看到：某某學校創校一百年，比方台北師範創校一百年（去年或今年？）。這就是說，日本人一八九五年來到台灣，第二年開始就踏出了教育的第一步——當然是日文的教育，要把日文教給台灣人。日本人的教育做得相當徹底，各地方都有公學校（台灣人子弟唸的學校）設立起來，後來有小學校（專門給日本人子弟唸的）。日本統治最末期，學制改革，一律改爲國民學校，日本人唸的小學校也變成國民學校，台灣人子弟唸的也是國民學校，變成平等的樣子。日本人表面上要做到平等，所謂「一視同仁」。事實上還是有差別的，日本人小孩還是唸本來是小學校改名爲某某國民學校的那個學校，台灣人子弟唸的，名稱同樣是國民學校沒錯，不過，事實上仍然是有分別的。

武裝抗日事件一路打下來，台灣人發現到武裝抗日犧牲太嚴重了，流血太多。因爲日人教育漸漸普及，所以受到現代化教育的新一代的人漸漸多起來了。台灣在清朝的時候還沒有學校，只有一些私人的私塾，還有縣學、府學，不過唸的還是四書五經那一套，現代化的學校到滿清統治的年代一直都沒有。日本人在佔領台灣的第二年就開始做這樣的教育的工作，所以在全台灣遍設公學校，然後有中學。日本人來台灣大概過了三十年的樣子，也有一所帝國大學在台北出現，就是今天的台灣大學。在台北帝國大學成立以前，台灣只有一所高等農林，還有高等商業、高等工業，那是舊制的學校，小學六年，中學五年制，高等學校三年制，然後才大學。剛剛我提的專門學校，台灣有四所：農林專門學校、商業專門學校、工業專門學校、醫學專門學校，這是中學五年畢業以後再考上去唸，那些工業、商業、農林的唸三～四年，醫學的要唸七年，這是當時的學制。然後才有一所正式的大學——台北帝國大學。到台北帝國大學設起來，台灣的教育算是齊備了。不過，台灣也有很多子弟在台灣唸完中學的階段，到日本去留學。比方在我的年代，我中學五年制畢業的時候是民國三十二年，日本人統治快要結束了，我也參加了好幾所學校考試，像台北帝大預科，我當然考不上，我很多同學都考不上。李登輝總統是我中學高我一屆的學長，他四年級唸完就考上去了，他是特別用功的。像我這樣專門看閒書的，五年唸完還考不上，很多同學只好到日本去留學。比較早期，台灣中學畢業出來要升學，情況也是差不多的，學校不多，而且主要的名額都被日本同學佔去了，從小學升中學的階段，情形就已經是這樣，中學唸完要再上一級，情形更嚴重，所以大部分都跑到日本去升學。

日本人在台灣實施這樣的初等教育、中等教育，培養出來很多台灣孩子的菁英份子紛紛地跑到日本去升學。到日本升學唸專門學校、唸大學、唸高等學校都有，這些人就變成台灣的新一代菁英份子。我們從歷史的記載上，像《台灣文學史綱》附錄的年表當中可以看出來，這些去日本留學的新一代菁英份子在一九二〇年時就在日本辦刊物。台灣人辦的刊物，當然過去也有一些舊體詩的小刊物，不過眞的是現代化的一種刊物的話，《台灣青年》月刊是第一本，這是一九二〇年創刊的。一九二二年改爲《台灣》，遷回台灣發行。爲什麼在日本才能創刊呢？因爲台灣的官方管得特別嚴，在日本則和日本本地的差別不大，官方管得也沒有那麼嚴，所以他們發行了二年以後就遷回台灣發行，一直到一九三〇年停刊。這份刊物對台灣民間知識方面的傳播，對台灣民間落後思想的啓發，對於現代化的追求等各方面都產生了很深遠的影響。聽說這幾年有人把它翻印出來，台北可以買到。

2 受到科學、民主、自由等現代思想的影響

賴和在這樣的社會空氣下，就是說台灣當時已經有新一代的現代化的知識份子出現，而且人數越來越多，賴和本身當然也是其中的一員，不過他唸的是醫學，畢業後開業行醫。一九一九年，賴和跑到廈門一家醫院工作，第二年就回來。他在廈門的期間好像不很長。今天我們還看不到有關賴和非常詳確的年表，《台灣作家全集——賴和集》和《日據時代台灣小說

選》這兩本都有賴和的年表，不過互相有出入。這就是說，賴和研究建立一個詳確的年表還有待後人的努力。

一九二〇年賴和就回來台灣了。我們可以猜想，他在中國只有短短的一年左右，可是他受到很大的影響。賴和很小的時候唸過私塾，漢學方面稍稍有基礎是可以想像的，他在中國約一年的期間，得到的中國的影響恐怕是非常地大。今天我們可以從歷史年表看出來，那段期間中國剛好發生五四運動。五四運動，我們比較熟悉的除了賽先生、德先生等科學民主的提倡之外，還有胡適所提出來的文學革命，所謂八不主義、我手寫我口，這樣的一種文學運動在中國如火如荼地展開。賴和置身在這樣的環境下，本來他是有一些漢學基礎，看古典中文的東西應該是沒有問題，現在又受到文學現代化、現代文學的衝擊，他有滿腦子的現代文學的思考是可以想像的。——我一直說「想像」、「可能」，都是因爲還沒有詳確的年表，也沒有他的傳記出來的緣故。

一九一八年，日本東京有個學生運動，他們組成了應聲會，一九二〇年改爲啓發會，又變成新民會，有一些民間的結社。在台灣，民間結社是不被允許的，因爲民間結社就變成祕密的結社，一定受到官方的取締，搞不好會被抓起來。

同年(一九一八年)，美國總統威爾遜提出民族自決的口號，這是針對殖民地而發的，被統治的民族應該有自決權，有人說這也是一種和平宣言。第一次世界大戰打了五年之久，死了那麼多人，很多歐陸的大城小鎮化成廢墟，被戰火燒光，人類的進步也因此停頓了好一段歲月。最後美國參戰，很快地結束了戰爭，然後美國總統發表民族自決的口號。

日本在大正年代實施民主，所謂「大正民主」，自由主義、民主主義等口號在日本喊得非常響，日本整個社會也開始民主化，有一些民主類型的政黨紛紛出現，在日本政府當中主導日本的民主化政治的推行。當然我們今天已經可以看出來一九三〇年日本就開始軍國主義化，因爲有對外擴張的野心，所以日本人首先佔領了東北，建立了一個僞滿洲國。這以前，日本人大體上往民主的方向走了一段期間的，所以叫做大正民主。有這樣的社會風氣，這樣政治的指向，所以民間就有一種自由開放的民主的風氣，在東京留學的台灣菁英份子，必然地受到這樣的影響。

3 因治警事件第一次入獄

(1)台灣議會設置期成同盟

中國的五四、日本的民主風氣，還有第一次世界大戰以後世界性的民族自決的潮流、自由和平的呼聲。這樣整個全世界的風氣當中，台灣新一代的菁英青年，漸漸地有了現代化的覺醒，我們不如說這是一種民族的覺醒。他們也要追求台灣民族的自決，不過日本人當然不會容許台灣人有什麼民族自決。所以台灣有發展出一些民主的社運團體，比方說台灣是不是應該設一個議會呢？日本人來台灣以後，台灣是一直都沒有議會的。議會就是一般民衆的代議士(議員)所組成，反映民間的願望、希冀，決定政治的方向。因爲台灣一直都沒有議會，他們就組成一個台灣議會促進同盟。這樣的組織在台灣是不被允許的，所以這些人就跑到日本去做了一個結社，成立了一個社運團體——台灣議會設置期成同盟。台灣總督府非常不高興，民間的結社在台灣是不被允許的，跑到日本，在台灣還是非法的。結果在台灣抓人，很多人被抓起來，賴和也是其中一個。這次事件叫做治警事件。日本有一個台灣單行法——治安警察法，違反治安警察法叫做治警事件。賴和被抓起來，第一次入獄，這是一九二四年。這以前台灣文化協會已經成立，賴和也參加了，並當選第一屆理事。一九二三年第一篇台灣文學範圍內的小說作品〈他往何處去〉(謝春木著)出現在《台灣青年》。一九二三年，〈神祕的自治島〉(作者筆名無知)出現，這篇作品有強烈的批判精神，所謂批判精神也可以說就是一種反抗精神。這篇作品，嚴密地說並不是很現代化的小說創作，而是帶有一點中國舊小說味道的寓言式的小說。一九二四年發生治警事件，賴和被抓。

(2)文化協會

賴和從廈門回來以後，仍然在彰化開業，懸壺濟世。一方面開始參與台灣民間的社會運動、政治運動、文化運動，還有文學運動。文學運動幾乎是賴和帶動起來的。社會、政治等民間運動，以文化協會的活動最爲有聲有色。剛剛我提的台灣議會設置期成同盟，做得轟轟烈烈，每年到日本帝國議會(日本國會)請願，前後有二十年之久，結果都沒有成功。文化協會的活動，如辦刊物——《台灣》、《台灣新報》——，經常辦下鄉演講活動。因爲刊物辦起來常常被查禁。日本人查禁的情形很少，不過事先一定要通過他的審查，每一期的雜誌或單行本，校對好的校樣要送到總督府，經過審查通過才能出版，如果總督府認爲哪一篇文章不能登出，那篇文章就要拿下來，這本雜誌印出來就開了個天窗，那一頁或那一段文章是空白的。日本人用這種方式來檢查出版物。台灣戒嚴年代，標榜的是言論自由、出版自由，不過出版的雜誌常常會被查禁，查禁時書已經印出來了，可是他全部抄下來不讓你去賣，你的損失會非常嚴重。這是掛羊頭賣狗肉，掛的羊頭是言論自由、出版自由，事實上根本沒有言論、出版的自由。日本人說你沒有言論、出版自由，因爲我一定要檢查你所有的文章，如果有一篇文章、一句話不妥，我會下令這篇文章不能登，你要讓它空下來開天窗。

日據時代我們沒有自由是沒錯，不過好像有一個圈圈，有一個範圍，在這個範圍裏面，你怎麼做都可以，你不能把手伸出來、把腳踏出來。戰後戒嚴年代，什麼都沒有，沒有圈圈，標榜的是言論自由，民主國家，可是你的言論有不妥的地方，他就把你整個查禁掉，就這樣不一樣。

今天就講到這裏，謝謝各位！

（一九九六年十一月廿六日）

台灣文學十講之五
——台灣文學之父賴和和他的時代(下)／台灣文學開花期(上)

三、台灣文化協會

今天我想向各位報告有關台灣文學之父賴和的種種。上上禮拜我已經提了一些，我還覺得需要再做一些補充。記得上次向各位談的主要是賴和當年的台灣社會的狀況，我也提到台灣文化協會。台灣文化協會是日本統治台灣以後第一個在台灣本島(當時稱台灣為本島、日本本土為內地)所成立的比較有規模的、所做的事情影響力比較大比較深遠的一個純粹由台灣人成立的文化類型的社團。因為我們需要明瞭當時的社會狀況，所以我覺得有需要就文化協會做稍微詳細的說明。

1 啓蒙運動

台灣文化協會是一九二一年成立的，主導的人是蔣渭水，他有個兄弟蔣渭川，是戰後最早成立的台灣省政府裏的民政廳長。不過根據我的記憶，蔣渭川在二二八時有一隊軍人奉命去抓他，他有個女兒去應門，當場被打死了，蔣渭川就從後門溜走，撿了一條命。後來經過種種的曲折，往國民黨那邊靠攏，當了大官。他哥哥蔣渭水本身是西醫，我們台灣較早期的，或是日據時代很多從事民主運動、社會運動、政治運動、文化運動等台灣民間抗日的種種活動裏面，很多都是醫生，像賴和也是醫生出身的。蔣渭水被認爲是台灣民主運動的祖師級的人物。當然其他還有多位也在歷史上留下大名的，比方林獻堂。

蔣渭水是台灣文化協會的主導，他講出了一句話：「台灣人患了知識營養不良症。」他就是要針對這營養不良症。現在我倒認爲今天我們的社會不是營養不良，而是營養消化不良。當時根本沒有什麼營養，營養是有，台灣一般民間多半是不懂得去吸收，只有受過現代化教育的知識份子還有一種覺醒，認爲我們應該要增加更多的現代的知識方面的營養。針對台灣人的營養不良症，台灣文化協會在各地方成立了讀書社、講習社，或者讀書會、講習會這一類比較小規模的而且非常地區性的民間團體。台灣文化協會本身也辦了巡迴演講，一九二五、二六兩年之間留下的記錄，總共是三一五場，這個數目眞是不得了。台灣的社會在滿清統治的年代還保有比較濃厚的移民社會的色彩，日人統治以後，日本人在台灣實施新式的教育，所以新的知識漸漸地在民間增加，然後才有現代化的步子一步步地邁出來。戰後國民黨時代，所謂的戒嚴年代衍生出來的就是戒嚴文化，一種恐怖社會的狀況。這十幾二十年，台灣經濟起飛，又變成功利社會，現代化社會所應該有的社區意識、市民意識、人文教養，直到目前都還非常缺乏，這是各位所親眼看得到的。我們在歷史的記錄上可以看出來，大約七十年前就有透過由日本人主導的現代化教育而長大的一代知識份子，他們非常敏銳地看出，台灣要邁向現代化，需要有更多的知識，台灣人是營養不良的，所以要增加營養。增加營養是知識方面，不過同時他們也沒有忘記我們是受異族統治的，所以要激發民族意識，反抗異族的統治。這些都變成一個整體的活動，事實上，不光是文化指向而已，政治味道也非常濃，這是一九二一年代就開始的。

在那以前，在東京的留學生成立了一些民間的社團。爲什麼在日本成立呢？因爲一方面在日本留學的台灣青年在覺醒方面先走一步，同時，在台灣本土這邊，日本人的官縣，特別是警官，干涉、監視得很嚴重，所以不如在日本做起來比較能夠推動。是不是日本和台灣這邊在思想、言論控制方面有所差別呢？確實是有的。台灣人到日本，聽說不太能明顯地感受到差別待遇，在台灣差別待遇非常明顯，不但日常生活，教育方面，尤其思想、言論方面，台灣所被賦予的自由可以說非常有限，在日本東京，這方面就比較寬鬆一點。不但在東京，我們從記錄也看到，在中國留學的學生，比方在北京有北京台灣青年會，在上海有上海台灣青年會，特別是上海的台灣青年會，聽說有一些有力的台灣青年在那邊非常努力、非常用心地做這方面的工作，其中有一個張我軍。我特別提他是因爲他有一個兒子患了帕金森病，他是美國哈佛大學非常有名的教授，叫做張光直。他的學問當然是世界級的，但是他研究的範圍集中在中國那邊的考古學。最近在雲貴一帶有新的出土，挖掘到很古老的東西，起碼有五、六千年那麼久了。聽說最近出土的東西可以把中國的歷史再往前上溯好幾千年。根據報紙上的報導，張光直得了那種病，聽說台灣有一種新的療法，他就回來，報上說他希望能夠再活三年。他已經是六十出頭了，年紀不算多麼大，希望能再活三年，把目前在做的發掘工作完成，做一個報告留下記錄，他就可以瞑目了。他的父親就是張我軍，台灣文學剛剛發軔那一段期間，他從上海、北京等留學的地點寫回來很多提倡新文學的論文，也有一些創作，創作比較少，他也是台灣文學先驅人物之一。另外，還有一個是洪炎秋，也是在中國大陸的文壇活躍一時的，他後來回來當了很久的立法委員。剛剛光復時，我記得他好像是台中師範的校長——接收台中師範，並且當上戰後第一任校長。

2 街頭演講

台灣文化協會辦巡迴演講會，兩年之間辦了三百多場，留下了輝煌的記錄。我還記得這樣的演講會，我們的戒嚴時期是幾乎不被允許的，幾乎看不到。後來戒嚴到了末期，官方漸漸地有一些鬆懈，特別是選舉的時候——所謂的民主假期，言論的尺度就放寬，平常就管得很嚴，像我寫了大半輩子的文章，經常都是兢兢業業的，深怕一句話講不對了——干犯法記之類的，或者碰了國民黨、我們政府、民族救星偉大領袖，稍微碰了他，可能就會被抓起來。這樣的年代，街頭演講是不可想像的。漸漸鬆懈了以後，黨外雜誌也多了起來，然後有所謂街頭小霸王出現，就是林正杰，他好像是最早有街頭演講，街頭運動的領導人物，後來當了立法委員，目前他好像勤於做統一的工作，變成一個大統派。

剛剛我談到台灣文化協會舉辦的巡迴演講，當然街頭的居多，利用什麼公共場所來開演講會當然也有，街頭的也有，都有日本警方派人臨場監視，那是正式的，不是偷偷摸摸什麼蒐證啦拿カメラ、拿錄音機。他們是正正堂堂警察穿著制服，特別設了一個位子讓他坐的，如果有什麼言論干犯了統治當局，他會當場就站起來大聲喝令說你言論超過範圍，要下台。被下令了就乖乖地下來，換一個人上去，就這樣。跟我們常見的警察一大堆，鎮暴警察團團圍住，還有鎮暴武器、舉牌等等不同，當時好像沒有這一套。日本人就乾脆穿制服坐鎮在那邊，言論方面有什麼不妥，當場提出糾正，命令你下來。現在我們想像那場面，免不得要覺得很有趣，因為我們看到日據時代是什麼個樣子，戰後的國民黨時代又是怎麼個樣子，可以有一個很明顯的對照。

3 文化協會因路線之爭而分裂

文化協會弄了幾年，到了一九二七年，才經過六年而已，就發生分裂。這分裂是怎麼來的呢？是路線之爭。當時是一個大正民主的年代，明治四十五年之後是十五年間的大正年代，然後是昭和年代，大正年代和民國同時，大正元年就是民國元年。大正年代相當於民國初年，在日本形成一個大正民主。所謂民主，簡單說就是模仿西洋那一套民主，不過日本人模仿西洋的東西都模仿得非常得好，大正民主模仿西洋的民主也模仿得很道地，所以言論、思想方面完全是開放的。開放的結果當時就有所謂的左派出來，社會主義、共產主義這些都屬於左派。日本人在大正民主時代，左派是很風行的，很多年輕一輩的都嚮往社會主義、共產主義的政治。我相信各位都很明瞭，共產的或社會主義的，主要是一種均等的社會，沒有貧富差別，簡單地說，就是生產出來的東西分配要均勻，這是跟資本主義完全不一樣的地方。共產主義的社會和社會主義的社會，當然兩者之間稍微有所不同，共產是完全的均等，社會主義是標榜社會福利等等，大略來講有這樣的分別。年輕人當然會有嚮往，爲什麼有人那麼有錢，爲什麼有人那麼貧窮？心裏面會有一種不平的感覺，所以嚮往這種社會主義、共產主義的社會，可以說也是一種人道主義的嚮往。

大正年代日本人模仿這樣的民主做得相當徹底，台灣也受到感染。所以文化協會搞了幾年就有路線之爭出來，一方屬於右、一方屬於左，左右兩方路線涇渭分明，主張各有不同。比方說當時台灣是農業社會，社會主義、共產主義主張的是工農階級的平等，特別重視階級的問題，所以中國的共產革命也叫做階級鬥爭、工農革命，就是要消滅國民黨的資本主義。大正年代台灣的文化協會也感染到對於共產主義、社會主義的嚮往，所以會有路線之爭。文化協會在鬥爭的過程當中，左派得勢，取得了領導權。因爲當時的年輕人嚮往左邊的非常多，自然就取得了多數、取得了領導權。蔣渭水、蔡培火他們就不得不另外成立台灣民衆黨。

四、台灣民衆黨

台灣民衆黨是台灣自有歷史以來第一個政黨，而且是民間的，所追求的是民主，當然也是改革的。台灣的共產主義、社會主義追求的也是改革，台灣社會的改革。台灣民衆黨標榜的民主，同樣把他的目標訂在社會改革上面。所以這就變成同樣是要改革台灣社會，可是一方面是激進的，共產主義是激進的，另一方面是溫和派的。我們看到今天是不是歷史在重演？台灣民主化以後，有民進黨出現，國民黨這邊又有路線之爭，國民黨的主流標榜的是台灣化的改革，這對於一些標榜中華民國的就變成路線之爭，所謂的主流派跟非主流派。國民黨是這樣分裂的，所以會有新黨出現。民進黨這邊最近也在鬧分裂，當然民進黨的分裂不像國民黨那麼明顯——同樣是國民黨員，一方變成台灣國民黨，一方面是保存中國國民黨這樣的路線之爭。民進黨方面則不一定是民進黨員分裂出來的，而是過去民進黨成立以後，一直地都在幕後給民進黨做一個後援的，比方台灣教授協會爲主的這些高級知識份子，他們覺得民進黨要談大和解、不主張台灣獨立、說台灣已經獨立了四十幾年，民進黨這樣的主張，他們認爲這是不對的，有違原來的追求台灣獨立的民進黨黨綱，所以他們離開（所謂離開，並不是本來是民進黨而脱離民進黨，而是本來成為民進黨後援的這些人，他們有的集中力量地來支持民進黨），另外成立一個獨立黨，這可以算是一種路線之爭，也是一種分裂。

台灣人，包含來自中國的中國國民黨，中國國民黨在台灣化的過程當中就有這樣的分裂，我們也可以說這是台灣的國民黨開始分裂了，台灣的民進黨開始分裂了。所以我說歷史在重演，台灣人就是這樣，簡單地說是見不得人家好，你了不起，我比你更了不起；你大，我比你更大，誰怕誰啊。所以一直都在反覆著這樣分分合合、合合分分的狀況，我認爲台灣人從移民社會的移民性格留存下來的民族性是非常要不得的。

五、二〇、三〇年代的劇變

台灣文化協會分裂，就有台灣民衆黨的誕生。一九三一年，台灣民衆黨被日本官方下令解散，這時蔣渭水已經死了，日本開始邁出親華戰爭的第一步，剛好也在這一年，九一八事變發生，民國二十年，日本進軍東北，在東北成立了滿洲國。日本在這同時也踏出了軍國主義化的第一步，大正民主自然被丟掉了，同時軍國主義抬頭，台灣共產黨——後來取得文化協會領導權的那些人都是台共——都被抓起來。我們也看到台灣反抗日本統治的武力抗爭霧社事件，是在一九三〇年發生的，可以說這幾年間，台灣的歷史眞是非常熱鬧、非常有意思，甚至文學方面也有台灣文學鄉土論戰，還有台灣話文論戰種種。現在我們的歷史、國文所教的，就是沒有台灣，我們只知道第一次世界大戰打完了以後，中國那邊有什麼樣的變動呢？當然現代化的步子漸漸地邁出來了，有所謂的五四啦，更早的比方清朝末年的維新運動，都是追求現代化。現代化追求了半天一直都沒有成功，到了五四步調就快起來，連帶地文學方面也有所謂的文學革命這樣的事情發生，然後，軍閥割據，內戰打得非常激烈。全世界，還有中國，在我們的歷史課上都講得很清楚，獨獨缺乏台灣。

台灣在那一段期間，歷史千變萬化、波瀾壯闊，非常地有趣，各位不妨看林瑞明的《台灣文學與時代精神》這本書。二〇年代到三〇年代這段期間，台灣的現代化步驟快了起來。台灣的現代化是非常可觀的，是非常有趣的一段歷史，這本書雖然以賴和的研究爲中心，不過對於當時的社會，特別是文化運動、社會運動、政治運動、文學運動，通通可看個大概。要不然我們也可以看施淑的《日據時代台灣小說選》，書末有一個簡單的年表，哪一年發生什麼事情，可以約略地看出來。二〇年代、三〇年代台灣社會的變動非常激烈，同今天的台灣十幾年來社會的變化差不多，是可以等量齊觀的。我非常希望各位能夠看看這兩本書。施淑這本書可以讓我們對日據時代的代表性的台灣文學作品看個大概，林瑞明這本書則對當時作爲文學的時代背景，應該也可以看個大概。

1 賴和第二次入獄、過世

賴和在一九二五年就有〈無題〉寫成，一九二六年有〈鬥鬧熱〉、〈一桿稱子〉這些先驅性的作品寫出來。賴和本身做的是社會運動、政治運動、文化運動、文學運動，每一樣他都不缺席，像剛剛我提的巡迴演講，遠的地方他有時候也會大老遠地去參加，鄰近的台中彰化地區，每次巡迴演講都少不了他的。這當中他也經常地遭受到日本警方的騷擾。他第一次被捕是所謂治警事件，那次事件被捕的台灣知識份子有好幾十位，賴和就是其中之一。太平洋戰爭爆發的那一年，一九四一年，賴和第二次被捕，這次被關得比較久，聽說在牢裏面身體就漸漸地壞了，出獄後經過一年他就過世了。

2 戰後賴和進出忠烈祠

有一件有趣的事需要向各位提一下。因爲賴和的反日、抗日，還有文學方面的成就，戰後沒多久他就被請入忠烈祠，國民黨認爲他是忠黨愛國的，所以在忠烈祠裏面他有了一個位置。可是才過了六、七年，一九五八年，他從忠烈祠被除名，因爲有人說他是左派的、他是台共。那時候是反共戰鬥的年代。我們也看到一九五四年《台北文物》裏面有一個專輯介紹日據時代台灣文學，因爲提到早期日據時代台灣作家，所以官方的《台北文物》這個刊物被查禁了。賴和當然也是在那篇有關日據時代台灣文學發展情形的論文、報導當中，可能被說成是屬於左派的，又有人密告說他是屬於台共的，所以他就被除名。事實上，我們今天已經很清楚地從他的生平、他的作品、書信等等看出來，賴和本身並沒有參加共產黨，他不是台共，不過，他跟台共非常接近，這個事實也是很明顯的。比方那些文化運動、巡迴演講、文學運動、政治運動等等，這些台灣民主運動、反對運動的先驅，幾乎有三分之二是屬於左派的。所以賴和被誣告，變成很容易地就可以成立罪名的一件事情，所以他被除名。然後又過了二十好幾年，一九八四年，有一批知識份子向官方請願，做一些平反的活動，所以一九八四年賴和獲得平反，又一次被奉祀到忠烈祠。這時美麗島事件發生也有四、五年了，黨外雜誌被查禁了又出；出了又被查禁這樣的年代，台灣的民主化已經變成一個無法遏止的狀況，這是解嚴前夕。

賴和平反，在彰化地區辦了一個很盛大的慶典，慶祝賴和又一次回到忠烈祠裏面受到全民的景仰（這是官方的說法）。我內心裏面覺得，忠烈祠有什麼了不起，那只是忠於國民黨，是不是忠於國家，恐怕有商榷的餘地哦。國民黨主導的，像我這種人都抱著一種懷疑的態度。雖然我被邀請參加那個平反的慶典，上台演講，我心裏面並不以爲賴和回到忠烈祠有什麼榮耀可言的。

今天我們研究台灣文學自然是從賴和開始，這是沒有錯的。有關賴和的研究，現在出現的論文有好幾十篇，前年東海大學辦過一場賴和文學研討會，那是賴和紀念館成立時附帶辦起來的一個大型的學術活動。然後，當然就是林瑞明的研究。林瑞明教授這十好幾年來，把精力集中在賴和的研究，目前他有關賴和的論文已經有好多篇了，恐怕不只這一本，現在先結集出版的是這一本。有關賴和的研究，現在還有一個還沒有做出來的，就是賴和的舊體詩的研究。賴和留下來的舊體詩有上千首左右，他在世時所發表出來的，根據林瑞明的研究，只有十好幾首，二十首不到。正式發表就是在詩刊或報紙的漢詩欄正式發表，其他賴和所參加的詩社裏面發行刊物裏面恐怕不多，因爲今天都看不到了，只有在詩社的社友之間傳閱的，這也算半發表的，數量應該非常多。還有從他留下來的遺物、遺稿當中找出來的，總共大約有一千首。聽說已經整理得差不多了，彰化縣文化中心會把它印出來。賴和的研究，現在可以說有一個相當完整的狀況出現，其他很多台灣作家的東西，現在研究的人不是很多，我們可以看到的非常有限，不過漸漸地多起來，這是一個事實。

有關賴和，我們就談到這裏。

♣ ♣ ♣

台灣文學開花期(上)

現在我們開始進入下一個單元，我取了一個名稱「台灣文學開花期」。前面我們已經談到有關賴和生平種種，這是屬於台灣文學萌芽期。既然萌芽了，就漸漸長大，就會有開花的日子。台灣文學開花期裏面，我想向各位介紹的有四位作家，分別是楊逵、呂赫若、龍瑛宗、張文環四位，恰巧同樣都是日文的作家。在萌芽期以後有一段時間，中文的作家還是非常多，華文作家的數量也是相當可觀的。這本《日據時代台灣小說選》裏面總共選了十好幾篇作品，大略來講，前半是中文期的，後半是日文期的。不過看目錄也不一定，比方目錄第一頁一路下來都是中文的沒錯，末尾的楊逵、呂赫若這兩位是日文的。所以這本書裏面這兩位作家的作品是經過後人翻譯成華文的。第二頁開頭的王詩琅、朱點人這兩位也是華文作家，然後就清一色是日文作家，經過翻譯過來的。從篇數來說，華文跟日文大約是一半一半。我要向各位介紹剛剛我說的那四位，清一色是日文作家，因爲我認爲台灣文學眞正到了開花期，還需要靠日文來表達。我相信各位已經了解到接受日本式的現代化教育長大的一代，當然日文是比較熟悉的。這四位當中，小時候有沒有唸過一些漢文呢？從現在留下來的記錄看，可以說幾乎沒有。像賴和，他受的教育當然也是日文的，從公學校一直到台灣總督府醫學校，當然都是日文的教育。不過，他在那以前唸了幾年的私塾，所以他有一些漢文的基礎，聽說他的漢學根基相當不錯，所以他才會有上千首的舊體詩留存下來。

我覺得那些華文作家，台灣文學從發軔期到成長期，這中間的幾個華文作家，如果我們純粹從文學的眼光來看，事實上是還不太成熟的。所以我們用文學的觀點來看，各位不妨參考這本書裏面的好幾篇作品，這樣一覽而過就差不多了。倒是日文作家的部份，從文學的觀點來看，成就是非常可觀的，所以我只選了這四位，其他的華文作家我就不再提。

一、呂赫若

1 呂赫若文學研討會

剛好上個月月末、這個月月初，有一場呂赫若文學研討會，我記得有一份通知單讓我的女婿交過來的，可能各位也會看到。已經在十一月三十日、十二月一日舉辦完畢了。現在我帶來了一份會議手册，我家裏還有十好幾篇這次會議的論文。現在我把篇目簡單地說一說。頭一篇是師大莊萬壽教授主持、陳萬益教授寫的〈蕭條異代不同時——從清秋到冬夜〉。〈清秋〉是呂赫若的一篇有名的短篇小說，〈冬夜〉也是，這篇論文是從〈清秋〉這篇作品到〈冬夜〉，來闡釋呂赫若小說的內涵、寫作技巧。第二篇是林明德教授的〈呂赫若短篇小說的藝術技巧〉。第三篇是清華呂正惠教授的〈「皇民化」與「決戰」下的追索——決戰時期下的呂赫若小說〉，決戰時期就是大戰時期，或者大戰末期。第四篇是林瑞明的〈呂赫若的寫實風格〉，第五篇是張恆豪的〈日據末期的三對童眼——以〈感情〉、〈論語與鷄〉、〈玉蘭花〉爲論析重點〉；第六篇是藍博洲的〈呂赫若的黨人生涯〉，這是指呂赫若身爲共產黨員的那段歲月的故事。第七篇是楊照寫的〈國境內的流放者——試論呂赫若的文化認同危機〉，第八篇是東海大學林載爵教授寫的〈呂赫若小說的社會構圖〉，第九篇是日本人野間信幸教授的〈關於呂赫若作品〈一根球拍〉〉，第十篇是施淑的〈首與體——日據時代台灣小說中頽廢意識的起源〉，第十一篇是日本教授垂水千惠的〈初期呂赫若的足跡——以一九三〇年代日本文學爲背景〉，第十二篇是陳芳明的〈殖民地與女性——以日據時代呂赫若的小說爲中心〉，第十三篇是日本教授藤井省三的〈呂赫若與東寶國民劇——自入學東京聲專音樂學校到演出「大東亞歌舞劇」〉，第十四篇是陳映眞的〈呂赫若與楊逵——殖民地抵抗文學的曲折〉，最後一場是座談會。這十幾篇論文，各位如果有興趣可以向我借。

2〈牛車〉進軍日本文壇

今天我就先談談呂赫若。呂赫若的成名是靠進軍日本文壇。日本有一份很有名的文學雜誌《文學評論》，他有一篇作品〈牛車〉在這份雜誌的徵文比賽得獎。事實上進軍日本文壇的台灣作家，呂赫若是跑第二棒（第一棒是楊逵），在日本的重要雜誌出現，而且比賽得獎，這是一件了不起的事情。一方面最明顯的是，台灣在日本人統治三、四十年以後，台灣人寫的日文可以跟日本作家寫的日文比一日長短。戰後也有同樣的情形，受日本教育長大的台灣人，寫的中文要跟來自中國的作家比一比，以我親身經歷來講，實在是不簡單。我的文章跟所謂的外省作家是不是可以比得上，我自己不敢說。不過，當時日本人在統治台灣三十幾年那個階段，台灣作家完全學習另外一個語言文字已經學到那麼道地、那麼有成就，我認爲是相當了不起的一件事情。

3 競爭意識

事實上我們也可以猜想得到，那時候的台灣作家，他們內心裏面應該會有一種競爭意識，就是說日本文當然你們日本人寫得好，可是我們台灣人寫出來的也不會比你差，我要學到不比你們差。有這樣的競爭意識，就像我當年學中文，內心裏面免不得有這樣的想法，經常的退稿，退得都火大了，我的文章眞的那麼差嗎？不能跟你們比嗎？心裏有一種不服的感覺。事實上並不是我把自己說成怎樣的，我認爲我開始寫東西，跟一些來自大陸的作家比起來，文字方面雖然是差，可是也差不到哪裏去吧。有這樣的想法。呂赫若的〈牛車〉寫什麼呢？各位恐怕沒有看過牛車，台灣的牛車老早就絕跡了，一些博物館、文化館可能還看得到一點牛車的殘骸，我們那邊鄉下就有，有收集古物的，根本沒有牛車，只找到一個輪子。我小時候還有牛車，不過車輪變成輪胎的，早期的是用木頭做的，後來稍微進步了，木頭外緣有一層鐵皮，走起來顚顚擺擺的很不好坐，再後來演變成有內胎外胎的輪胎。台灣的牛車，最早也是完全是木頭，我們在一些老照片上可以看到，那輪子直徑大概有一米半，恐怕有一個人高，後來輪子變小了，加上了鐵皮。最早是兩輪的，牛在前面拖，輪子很大。後來輪子變小了，變成四個輪子，這樣漸漸演變。

4〈牛車〉——普羅文學

呂赫若所寫的〈牛車〉，內容是一個人本來家裏有一隻牛、一輛牛車，要混口飯吃並不是很困難的，當然是很貧窮的，不過，以當時的水準來看，起碼的溫飽是可以達到的。可是日本人來了以後，馬路漸漸開大了，本來是牛車走的路。牛車路最明顯的特徵就是馬路上有兩個很明顯的溝，那就是兩個輪子輾過的溝。這樣的路當然也是馬路，不過很小，而且是泥巴、碎石子，早期說不定碎石子都沒有，鋪一些鵝卵石那一類的。日本人馬路開大了，有一些用人力來拉的，當時叫做りあか，「か」就是車。也有汽車。

這篇文章寫的就是牛車的故事，本來是溫飽不太有問題的，後來馬路四通八達，快速的車子也漸漸來了，最後卡車、汽車來了。駛牛車必然面臨求生困難的境地，除非轉業去學開汽車或者推台車。有的地方台車也要有起碼的條件，就是要有兩條鐵軌，沒有的話，台車也不能用。所以他在面臨這樣生活困頓之下，發生的種種事情。他混不到飯吃，要他老婆操皮肉生涯，孩子也丟在那邊沒有人管。像這樣困難的生活漸漸地顯現出來。我們也可以一句話來把他概括爲，這是無產階級的一個明顯的階級文學，或者無產階級文學，或者普羅文學。呂赫若確實是屬於左派，而且是不折不扣的一個台共。所以他雖然作品在日本一下子就一夜間成名，在日本成名，在台灣當然是更不得了了，大家都認爲他是個文學家。從前唸一點書的起碼知道那文學家是了不起的人物，不像今天，今天我做一個小說家，誰看得起我呢？幾乎沒有。台灣早期文學家的身價是相當的不凡，就是因爲他有作品在日本發表，而且是在一個重要的文學刊物上，又是得獎者。

有關呂赫若的種種故事，今天所知的並不多，呂赫若研究剛剛也是在起步的階段。剛剛我所提的呂赫若研討會，也是第一次有這麼一個專門討論呂赫若的研究會議。有關呂赫若，我們現在知道他曾經是師範畢業的，當過老師，然後跑到日本去唸書，他唸的是音樂，學習聲樂，參加日本的一些歌舞團。然後回來，參加台灣的文化協會巡迴演講之外，也有過並不多的音樂會，呂赫若是男聲的主唱者之一。

5 鹿窟事件

戰後問題就來了，因爲他是共產黨員，二二八時，現在沒有記錄，所以不太明瞭。不過想像中他也是參加反抗國民黨政權的，眞的是上過火線的一個戰士。二二八時他沒有死，然後國民黨撤退到台灣，有地下共產黨，呂赫若又是其中重要的一員。台北縣汐止有個地方叫做鹿窟，那裏有個地下武裝部隊，或者說，地下的共產黨台灣黨部。當然這個共產黨地下組織後來被圍剿，被消滅掉了，還沒有消滅以前，呂赫若就死了，聽說是被毒蛇咬死的。因爲他是共產黨身分，在戰後的這麼多年當中就變得很敏感，沒有人敢去研究他、去碰他，所以他的生平被外界所知的非常的有限。最近台中一中的文藝社有幾個高中生跑到我家裏來向我說明他們高中裏面文學社活動的情形種種，其中有一個告訴我：「呂赫若的孫子就坐在我後面。」呂赫若的孫子現在唸高中，大概十好幾歲，呂赫若如果還在，現在也是八十出頭了，他是一九一四年出生的，一九五一年就死了。怎麼會被毒蛇咬死，這也是個懸案，沒有人可以證實。當然有人說出來，說他沒有被國民黨抓走、沒有被打死，而是在鹿窟山上，有一天晚上出外時不小心被毒蛇咬了，因爲山上急救不及，算是死於非命。這是鹿窟被國民黨圍剿前一兩年的事。今天我們知道的有關呂赫若的生平非常有限，不過我們現在可以確定的是他死於一九五一年，還有他是豐原人，是客家的後代，可是他本身會不會講客家話，還沒有人查出來。

有關呂赫若，我就簡單介紹到這裏。

二、楊逵

1 楊逵與葉陶

另外一位是楊逵，他比呂赫若稍微年長一些，是一九〇五年出生，一九八五年過世，整整活了八十歲，算是一位相當長命的人物。較早期的國中國文課本裏面有他的文章〈壓不扁的玫瑰花〉，也許各位有人唸過了。楊逵也是個傳奇性的人物，他也是屬於左派的，直到他晚年參加台灣的反對運動，他就是偏向左邊的。他有沒有入黨，我是不太清楚，也沒有被提過，大概是沒有。如果他入黨了，國民黨不會放過他的。事實上國民黨有沒有放過他呢？沒有。二二八的時候，他參加了，二二八剛剛結束時，他被抓起來了。他的太太葉陶是日據時代台灣民主運動的重要女性之一，非常活躍的，非常有魄力的女性，大概在六、七十年前，她就敢脫離家庭談自由戀愛、自由結婚。聽說他們結婚那天剛好被日本人抓起來了，夫婦兩個都被抓，從南部送到台北。所以後來楊逵說：「我們結婚沒有什麼蜜月旅行的，如果說有呢，就是那一趟被日本人抓著從台南送到台北這段旅程，算是我們的蜜月旅行。」這是個很有趣的笑話。

2 戰後因〈和平宣言〉入獄

楊逵二二八被抓起來大概關了兩、三個月，然後被放出來了。爲什麼被放呢？因爲國民黨裏面有人很早就認識他的，因爲他的〈送報伕〉這篇作品很早的時候就被翻譯成華文，在中國那邊抗戰時期很多人都看過。那本書叫做《弱小民族文學選》，裏面已經選刊了〈送報伕〉，是胡風翻譯的。胡風也是共產黨員，共產黨取得了中國大陸以後，在反右派的鬥爭時，聽說胡風被鬥死了。

楊逵在二二八時沒有死，後來沒經過多久，國民黨撤退到台灣以前，大概是一九四九年到一九五〇年那段期間，楊逵有一篇〈和平宣言〉約七百字的短文，他起草了沒有發表。有一位朋友看到了把這篇文章帶到中國上海的《大公報》發表出來。這篇文章發表出來就變成一個很嚴重的事態，因爲這篇文章所謂的和平宣言就是提倡國共內戰不要打了，用談判的方式，不要兵戎相見這一類的話。我想這樣的建議應該是非常允當的，自己人打自己人，國民黨和共產黨的內戰打了好幾年了，打得那麼激烈，死的人不知道有幾十萬、幾百萬，所以他提議用和平的方式來解決。可是這樣的說法對國民黨就變成大逆不道，楊逵第二次被捕，經過軍法審判判刑十二年，送到綠島唱綠島小夜曲，那是一九五〇年的事情。

3 日據時代積極參與反抗運動

楊逵的反抗統治者的活動，在日本時代就非常熱烈地展開，就像賴和一樣，每一種活動——文化的、政治的、社會的、文學的——他沒有一樣是缺席的，剛剛我提的他結婚那天夫婦兩人雙雙被捕，事實上在日本時代，楊逵被日本人抓起來總共有十二次的記錄，坐牢總共合起來大概三、四個月。戰後他因爲六、七百字的一篇和平宣言被捕，一判就是十二年，這又形成了非常有趣而鮮明的對照。日本人抓人爲什麼那麼快就放呢？前面我提的治安警察法，警察被賦予了大權，抓人、關人可以不經法院的正式審判，警察有裁量權。比方楊逵生平參加的活動非常多，文化協會後來分裂，有民衆黨。同時成立的社團還有農民組合，那完全是農民運動方面的。日本人在台灣當然是剝削唯務，對於農民的殘害可以說是最嚴重的。比方二林事件，賴和的詩留下來一首〈南國哀歌〉，這是以二林事件爲主題所寫的新詩。二林事件就是日本人在二林那裏蓋了一個很大的糖廠，糖廠需要很多甘蔗，土地都讓農民來種甘蔗。這當中剝削的方式很多，比方農民種甘蔗需要大量的肥料，由會社（公司）來配肥料，肥料的價錢是由公司單方面定的。甘蔗種出來收割了，由糖廠收購，價錢又是單方面由公司規定，肥料和收購層層的剝削。二林就發生農民拒割甘蔗的事件，這就違反了公司的運作，日本人由官方警察來取締，這時農民就起來反抗。這樣的反抗不算是很大規模的，也沒有什麼武器，恐怕就是守在那邊不讓人家收割。警察就大肆抓人，楊逵也被抓。這樣的反抗事件被抓起來，警察可以有個裁量權，要罰你在拘留所。日本時代大大小小的警察機關都有留置場，關犯人的，關一個禮拜、兩個禮拜、一個月或兩個月，由警察來裁量。楊逵被抓了那麼多次，總共合起來也不過關了幾個月。我們戰後所看到的情形就不一樣了，有所謂軍法審判，軍法審判起來罪名就很嚴重——叛亂，這個字眼還眞是嚇死人。我手上有軍隊，每個士兵都有武器，我要攻首都、攻哪裏，這樣算叛亂，武力對抗。而一個文人拿一枝筆寫幾百個字，算什麼叛亂？也許各位搞不懂，我也搞不懂，反正國民黨就是這個樣子，我們出了那麼多叛亂犯就是這樣來的。叛亂犯，我們聽多了、看多了也覺得沒什麼，事實上比較早期叛亂犯是要判死刑的，要槍斃的，我們民間說的「槍殺」，就是槍斃。

4〈壓不扁的玫瑰花〉

楊逵是叛亂犯，爲什麼沒有槍斃呢？聽說有人偷偷地在幕後保護他，所以他留下了一條命。他坐牢出來是民國五十三年，一九六四年那段期間。那時我拿個大招牌說紀念台灣光復二十週年，有兩套叢書是我一個人弄出來的。我聽到楊逵出獄就想辦法跟他連絡上，請他提供作品編進我這兩大叢書裏面，他也提供出來了。他坐牢時在綠島牢裏面有壁報之類的，他用中文寫了一些文章，提供出來，好像是〈春光關不住〉，後來改爲〈壓不扁的玫瑰花〉。之後我就開始跟楊逵有接觸。我還記得有一件很有趣的，那時我在龍潭國小教書，住學校的宿舍，我父親當小學校長退休下來了跟我一起住。小小的宿舍裏面住有我們一家人，我上有父母，我是個多產作家有五個小孩，總共九口人擠在小小的宿舍裏面。有一天有客人來了，講日本話，我打開玄關的門，看到一個矮矮瘦瘦的客人站在那裏，那就是楊逵。那是民國五十四年，光復二十週年。他向我說，你那套台灣作家選集總共十本，這很有意思，他要義務代銷，已經跟出版社談妥了，賣一套他可以收到一點佣金。他說：「我賣一套，到下一站的火車票錢就有了，吃跟住就叨擾跟我買書的人。」他推銷了多少套，我不知道，不過他出獄不久，大家都怕他，那時看到坐牢出來的政治犯，大家都怕得要死，不敢跟他講話，遠遠看到了就避開。他一站一站跑，我還記得那天晚上我老爸、我、還有客人，我們都愛喝幾杯的，我們三個人喝了三、四瓶紅露酒，聊得很高興，喝得也很高興，到現在我還記得很清楚那個場面。

5 以〈送報伕〉進軍日本文壇

楊逵是第一個進軍日本文壇的，他的作品〈送報伕〉，我建議各位這篇作品無論如何要好好看一下，是中國的胡風翻譯的。〈送報伕〉是一種階級鬥爭的作品，好像是以他自己的經歷為主構成的。是說有一個台灣青年到日本留學，因為貧窮而付不起學費和生活費，所以他必須工讀，日本話叫做苦學。他苦學的時候就做送報的工作，早上一大早天還沒亮就起來挨家挨戶地去送報。可是這個派報的老闆也要剝削，苛扣他的工資，於是他跟老闆鬧得很不愉快。在故鄉這邊也有一些反抗日本統治者的事件發生，那些農民被日本人整得很慘。把這樣的非常眞實的故事，用文學的方式表達出來。

這篇作品作為進軍日本文壇的第一篇作品，是不是有他的文學價值？我認為有，確實有。如果純粹從文學的眼光來看，他的寫作技巧，文字方面，他的日文是不是可以跟日本的作家比呢？日本平均的日文水準當然可以比，那是沒問題的。而以寫文章的專業作家來比一比，我覺得楊逵的日文確實是有那麼一點遜色，我想這是免不了的。不過以當時台灣的狀況來說，能夠寫出那樣的日文，可以算是已經非常了不起了。戰後很多年之後，楊逵在東海大學對面山坡地租了一塊地種花，取名叫做東海花園，我跟他取得聯繫以後，東海花園我也跑了很多次，他住的矮矮小小的一個草寮，眞的是無產階級。可是後來很諷刺的，他變成有產階級，因爲他租的那塊地，因爲三七五、放領等土地改革，租地變成私有地，他變成有土地的有產階級。但是他的生活完全是無產階級化，剛剛我說的那個小故事可以看出來，他不把錢財當一回事，今天我要到哪裏，有車錢就夠了，我要吃一頓飯，我有飯錢就夠了，其他的他不會去考慮。他本來就家無恆產，而且他生活方面也遵奉無產階級的生活。楊逵在資本主義社會裏這樣徹底地奉行他的無產階級生活，我覺得很了不起。

6 楊逵全集即將出版

最近有一個消息，是從文建會傳來的，昨天我接到一通電話，楊逵全集已經準備好快要出版了。楊逵所有作品通通翻譯過來，以前翻譯的作品已經有一些了，並不多，大概是佔楊逵所有作品當中的三、四分之一，剩下的還有上百萬字的還沒有翻譯，最近文建會拿出一筆經費，把它全部翻譯出來，出版計畫也差不多了，再過幾天會有一個編輯會議，他們要請我當顧問，不給我工作，掛一個名當顧問，編輯會議要我參加，我已經答應了。我相信快的話，明年春天或春夏之交的時候，也許我們就會看到楊逵到目前爲止可以找得到的所有作品集中起來出版，我想對台灣文學，這是一個非常好的消息。

時間已經到了。今天就報告到這裏，謝謝各位！

（一九九六年十二月十日）

台灣文學十講之六
——台灣文學開花期（下）

現在是年終，新年快到了，先預祝各位新年快樂！

上次我要回家以前跟藍老師聊了一下，好幾次以來我都講得有一點熱起來而沒有顧慮到下課鐘響了，時間已經到了。時間飛快地過去，沒有留下大家來交換意見的時間，非常抱歉。我已經跟藍老師稍微提了一下，各位老師如果有什麼疑問，不妨寫在條子上交給我，我就可以當場提出來大家交換意見，我想這個方式應該是可行的。各位在聽的當中想到什麼，或是回去家裏以後想到什麼，台灣文學範圍內的或者以外的，相關的問題都可以提出來大家交換意見。這方面還要請各位不客氣地把高見提出來。對於我所講的，有不同的見解的，更歡迎提出來給大家做參考。

從上次以來我所講的是台灣文學的開花期，我是取了這麼一個名稱的——台灣文學的開花期。萌芽期就是賴和爲中心的那段期間，那一段期間當然是萌芽的階段，台灣文學距離成熟的境地好像還有一段艱辛的路子要走。漸漸地，作品的水準也好像逐漸地提高，所以就有所謂台灣文學開花期。我記得上次已經稍微向各位提到開花期代表性的作家楊逵、呂赫若這兩位。另外還有兩位我想向各位介紹的就是今天我們要談的龍瑛宗和張文環。我挑選這幾位代表性的作家，都是從《日據時代台灣小說選》這本書裏面挑出來的，他們算是整個台灣文學當中的非常有代表性的作家，而且在這本小說選集裏面都有他們的作品，有個現成的參考，非常希望各位抽一點空把他們的作品看一下。

三、台灣文學開花期的背景——教育制度完備

1日據時期台灣陸續設置各級學校

有關開花期，由剛剛我所報告的約略可以凝結成一個輪廓，就是說萌芽期主要是用華文寫的好像多一點點，不過仍然是日文和華文並列的狀況。這中間我們可以發現到有一個相當普遍的心態，就是日本人來了以後，在台灣各地方普遍地設立學校，有初等學校也有中等學

校，高等學校則大概日據中葉以後才有，比較屬於後期了，台灣也有了幾所高等學府，例如台北帝國大學（現在台灣大學的前身）。台北帝大是日據後半期才有的，另外，有高等工業學校、高等商業學校、高等農林這三家，名稱上都有「高等」兩字，在當時的學制上來說，應該是屬於專科學校，不過都需要中學五年級畢業以後才可以報考。另外還有一個約略在舊制學制上來說等於大學預科的，有台北高等學校一家。台北高等學校就是中學畢業以後還要再唸三年，然後再升大學。不過有一個特例，就是四年肄業的就可以同等學歷來報考了，李登輝總統中學唸到四年級就報考，考上了台北高等學校。高等學校唸三年就可以升大學，大學通常是三年，醫科好像要唸五年。日據末期學制有所改革，在我唸完中學的階段是還沒有改革的，比我晚兩屆的就照新的學制，中學唸四年，高等學校唸兩年，合起來是六年，就等於是目前國中高中合起來六年，一樣是六年的中等教育。所以比我晚一屆的跟比我晚兩屆的同時畢業，有這樣有趣的狀況產生，這是過渡期的情形。

2 日據末期禁止漢文

日本教育越來越普及，中等學校的數目也增加了，自然的結果就是懂日文的人越來越多，能夠欣賞日文的越來越普遍，所以，華文這邊反而懂得的人越來越少。根據我的記憶，好像是七七事變開始那天，日本人就下了一道命令——漢文禁止令。名稱是不是這樣，我記不太清楚，反正就是說報刊上的華文部份全部取消。在那以前是華文日文並列的（不是互相對照），一份報紙或雜誌往往都是兩種不同的文章放在一起。漢文是在民國二十六年（一九三七年）取消的，在這一年以前日本官方也漸漸地覺得這方面需要統合，台灣的語言教育漸漸地要把所謂的漢學、漢文取消。我們從多位作家的經歷上可以看出來，多半是小時候先唸一、兩年的私塾（當時要唸漢文只有私塾），然後才進小學（公學校）。賴和就是經過這樣的讀書經過，所以有一點漢文的基礎。漸漸地，日文普及了，很多台灣人都感覺到漢文是沒有什麼用處了，很多做家長的沒有再讓自己的子弟上私塾唸漢文，了不起利用暑假跑跑私塾唸《三字經》之類的，稍微識一點字就好了。這種情形是很普遍的，直到我小時候我的同學裏面很多都是這樣，或者利用晚間的時間上私塾。現在想起來那一段過渡期，很多家長都不能忘情於讓子弟唸一點漢文。

3 日文作家出現

剛剛我提過，日文漸漸地變成強勢、優勢，這當中日文作家自然就會漸漸出來。我們很湊巧地發現到，日文作家出現以後，文學的內涵好像越來越深，做爲文學作品來看，水準也漸漸地在提高。龍瑛宗就告訴過我，那時候我們這些台灣作家不時都會感受的一種來自日本作家或者日本的壓力——一種歧視的壓力，心裏面自然產生一種反彈：我要學你們的語文，學你們的文章，我要學得不輸給你們，甚至要比你們好。有這種競爭的心態。這樣的心態恰巧符合我本身，我本身也有過這麼一種很切身的記憶。我是唸日文長大的，中文我是一竅不通，不過我在開始學習中文了，而且用中文來寫作，我是不是眞的差很遠呢？也許開始的時候我覺得很差，我漸漸地有一種競爭心理產生：白話文我也要寫得像你們這麼好，甚至比你們更好。有這樣的競爭心態。這是龍瑛宗這位日據時代作家親口告訴我的。我的記憶非常深刻，因爲我就是有過這樣同樣的心態。龍瑛宗競爭的主要對手是日本人、日本作家；我，做爲台灣孩子，要競爭的對手當然不再是日人、日本作家，而是用中文來寫的那些可以說都是戰後從中國那邊過來的中國人、中國作家，有這樣的競爭心態。我相信這樣的競爭心態是相當普遍的，而這樣的心態對於提高日文水準、日文程度，應該是相當有幫助的，這種不屈服的想法，我認爲是非常寶貴的。

4 作品的內涵加深

日文程度提高，作品內涵也加深，所以做爲文學作品來看，他們的作風漸漸地有所改變。前面我介紹的賴和、呂赫若、楊逵，同樣是用日文寫作的，今天我們看起來，楊逵寫的日文，的確並不十分令人滿意，稍後出現的呂赫若，他的日文漸漸地有所提高。不過這兩位作家受到相當強烈的意識形態的左右，他們是屬於左派的，意識形態是屬於無產階級的，在作品裏面顯現出來的，也有相當濃厚的階級意識。階級意識，今天我們很清楚地可以感受到，對於文學作品來看，意識形態等於是泡沫，很快地就要破滅掉。意識形態在文學裏面應該是屬於泡沫一類的東西。有些人自己內心裏面的意識形態或者政治的需求、意圖，他們急著要用文學的方式表達出來，我們從楊逵可以特別明顯地看出來這一點。呂赫若早期的作品例如〈牛車〉，它當然有作爲文學作品本身優美的地方，不過它的內涵還是以意識形態做爲主導，所以在他的筆下就描寫成台灣人是一種受剝削的階級或者受統治的階級，把階級清楚地區分爲統治者與被統治者，經濟方面也一樣，是剝削者與受剝削者，這樣的區分非常明顯。所以〈牛車〉這一篇呂赫若早期的代表作，今天我們仍然可以說這是台灣文學裏面有數的代表性的優秀作品之一，不過，我們可以看出它確實受到這樣意識形態的左右。

5 謝雪紅

另外，接受的這一邊，就是讀者這邊，剛剛我已經提過，可以接受日文作品的、可以讀、可以欣賞的人口越來越多，日文方面很自然地就變成強勢、優勢。附帶地，很快地日本走上了軍國主義。《日據時期台灣文學選》這本書的書後有〈台灣文學史大事記〉，好像簡略的年代表，我看到台灣文學發展出來以後的一九二〇年代、一九三〇年代，直到一九四〇的前半（日本無條件投降），各位可以看一下四〇二頁開頭：

一九二七年，「台灣文化協會左右翼分裂」。一九二八年在當時的台灣思想界也是重要的一年，那一年第一件事情就是台灣共產黨建黨大會在上海召開，謝雪紅在島內組織台共黨中央。謝雪紅是早期台灣共產黨的一個核心人物，前衛出版社有一本《謝雪紅評傳》，陳芳明寫的，各位如果有興趣的話可以看看，了解一下早期我們台灣的婦女到底在台灣的文化界、思想界、政治界扮演過什麼樣的角色。

一九二八年，台灣整個社會還是相當封建的年代，現代化的步子已經踏出來了，很艱難地一步一步開始走。在這樣的狀況下，有一位婦女先覺者這樣走出來領導台灣共產黨，是非常有趣的一個現象。後來二二八的時候，已經過了好多年——日本人投降了、中國政府也來台灣接收了，二二八發生了，那時候有一種說法：二七部隊是由謝雪紅所領導的。不過那個部隊長鍾逸人（他寫了一本書《辛酸六十年》）否認了。爲什麼叫二七呢？因爲二二八事件是二月二十七日發生的，所以叫做二七部隊。二二八是不對的，那是共產黨取的，因爲二二八合起來是一個「共」字，有這麼一種解說，眞相如何我也不大清楚。不過鍾逸人向我提的就是二七部隊是因爲事件發生在二二七，所以取二七爲名。

二二八時，謝雪紅知道國民黨要抓她，就經過香港進入中國大陸，在中國的共產革命完成以後，她搖身一變，成爲中華人民共和國的一個高官。後來文化大革命時，謝雪紅又被鬥爭了，說她是台灣人，有一種資產階級心態，被打成右派下放邊疆地方做苦工。謝雪紅被折磨到死，已經過世好久了。鍾逸人，二二八事件以後也被抓起來。他比較後期才被抓到，沒有被判死刑（早期被抓的都被殺掉了）。

這個年表裏還有：一九二八年，「台灣總督府爲加強思想箝制，設高等警察（專門要管思想的），取締思想犯」。「楊逵負責農民組合工作」。

一九二九年，「台灣文協中央委員會與農民組合聯合，擴大活動，被日警檢舉」。「台共確立對農民組合控制權」。農民組合也在這一年完全被左派控制住了。

6 第一回戶口普查

一九三〇年第二條很有趣：「第一回戶口檢查，全台人口四五九萬。」

大概是六十幾年前，全台人口四五九萬，將近四六〇萬。我爲什麼說有趣呢？因爲我有一本書提到第一次戶口檢查，就是所謂戶口普查。我們目前大概十年辦一次，普查員到家家戶戶去調查人口狀況，有一個詳細的挨家挨戶的檢查。日本人第一次做戶口普查在一九三〇年，算起來日本人來到台灣已經三十五年間，這是一個現代國家所不可少的一種戶政事務。這一次的戶口普查，我看到一個記錄，日本人調查的時候，把福建來的人叫做福建人，講福建話；廣東來的叫做廣東人。語言，日本人很單純地歸納成廣東語跟福建語，福建語就是指閩南語；廣東語就是客家話。我相信日本人也不會不知道福建地區有好多種不同的語言，廣東這邊也有不少。那時候日本人這樣大略地把它區分開來，認爲講客家話的就是廣東話，福建來的都是講閩南話的。人口比率剛剛好福建來的佔七分之六，廣東來的佔七分之一，所以客家跟閩南剛好是一比六。今天，這個數目大體上還是可以相信的，當時統計的結果是這樣，今天台灣人口的分布，大約也是這樣。不過，戰後台灣的人口增加了許多新移民（外省人），聽說民國三十八、三十九、四十年那一段時間，有大批的難民潮移到台灣，總共不下二百萬。當時台灣本土的人口六百萬，加上二百萬變成八百多萬，客家的人口恐怕比後期移民（外省人）還少一點。今天狀況如何我不太清楚，我們歷屆的戶口普查只有本省外省之分，外省大約佔百分之十五，原住民大概佔百分之一、二，其他的是所謂的本省人，人口的分布好像也是一件很有趣的事。不過當時日本人做的，由於只區分福建、廣東兩省，另外的省分來的怎樣處理，我就不知道了。而且福建省這邊，像李登輝、吳伯雄這些從閩西客家地區來的，通通被歸類爲來自福建的講福建話的，這當中必然地會有一些誤差。廣東這邊也同樣的，有一些沿海地區講閩南話的也被歸類爲講客家話的廣東人。這中間的誤差，今天好像不容易再來做一個正確的統計。

7 霧社事件

一九三〇年第三條：「霧社事件」。剛剛藍老師向我提到有些老師對霧社事件很有興趣。

當然，當作一個題外話來做一個簡單的報告是可以，不過如果眞的要講霧社事件，大概需要兩個鐘頭才有一個輪廓出來。簡單地說，十月廿八日是日本人在台灣的重要日子，這是神社祭的日子，以台灣來講就是廟拜拜的日子。各地方的神社祭都是在同一天——十月廿八日舉行的。霧社的原住民有六個部落決定在這一天起義。爲什麼選這一天呢？因爲這一天是神社祭，是大拜拜的日子，當地的日本人通通會集中到霧社來。當時管理全台灣都是一樣的，山地也一樣，霧社地區有很多山地部落，每一個山地部落都有一個、兩個或三個警察駐在所，有日本警察在那裏駐在，就是管區的意思。這些日本警察當然很多都有家眷，有的家眷放在台中或哪裏；有的還沒有結婚，說不定也有幾個是有家眷在一起的。另外一種是日本警察採取一種和親政策，被規定應當娶當地原住民的女性爲妻。這樣被強迫當日本警察妻子的，他們生下來的小孩也有。這些人這一天通通會翻山越嶺地來到霧社，參加一個重要的活動——運動會。從前日本人辦運動會就好像一種賽會一樣，不但是小學生（那裏只有小學）的運動會，而且是部落居民、各村居民共同的運動會。小孩有小孩的比賽項目；大人有大人的，多半是一些趣味競賽，這一天大家熱熱鬧鬧地來過一個歡慶的日子。原住民就看好這一天舉事，把日本人通通砍頭砍掉了。日本人被砍掉的，現在留下來的記錄是大概一百二、三十位，不但是住在霧社一帶的日本人，還有日本上級機關來的好多位也通通被砍掉了。日本人就加以鎮壓，聽說動員了將近兩千左右的警察和軍隊，甚至也動員了幾架飛機（那時已經開始有軍用飛機了，是兩層機翼的），就是要撒毒瓦斯。我們都知道原住民是很彪騂的，特別是在山裏面來去自如，他們赤著腳可以在山裏面翻山越嶺跑來跑去的，神出鬼沒，日本的警察部隊、正規軍，拿他們沒有辦法，所以只好用非人道的方式來撒毒瓦斯，把參加舉事的六個部落差不多都殺光了。這是霧社事件。

8 第二次霧社事件

這個事件鬧下來，日本的首相引咎辭職，因為雖然消息被封鎖了，國會裏面還是有許多人聽到了一些鎮壓手段的殘酷，所以有譴責的聲音，首相因此下台，內閣倒了。還有後續，日本人把這幾個部落剩下來的人口——大部分是老弱婦孺，集中在另外一個部落裏面，在埔里附近有一條眉原河，也就是國姓鄉附近，選了一塊地，把這些劫後餘生的老弱婦孺集中在那邊，有一天晚上又發動原住民再發動一個奇襲，讓他們去砍。事件發生當時參加起事的被集中在一起，沒有參加起事的，被日本人利用再發動一次出草，把那些劫後餘生的老弱婦孺砍掉了很多。日本人還不放過他們，第二次霧社事件剩下來的，把所有的十六歲以上的男孩，通通抓來處死。

霧社事件是台灣史上一個重要的暴動、起義。我們平地人的武裝起義，一九一五年的西來庵事件是規模比較大的最後一次抗日事件。平地的規模比較大的武裝抗暴事件幾乎已經停止了十五年之後，又發生了霧社事件，這當然有他的遠因近果。我的作品裏面有針對霧社事件寫下來的三本書，第一本是比較早期的《馬黑坡風雲》，馬黑坡是起義的山地部落的中心人物他當頭目的部落，死傷最慘重。過了十幾年之後，我希望能夠將霧社事件整個交代出來，又寫了《川中島》。剛剛我提到的霧社事件劫後餘生的部落原住民被集中到一個地方，那地方叫做川中島，是日本人取的名稱。《川中島》就是要描述這些劫後餘生的人怎麼樣活下去。到了戰時，這些部落的年輕一代，他們的父祖的血海深仇都忘得一乾二淨，高高興興、歡歡喜喜地參加日本的侵略戰爭，組織一個高砂義勇隊，去攻打菲律賓一個日本軍根本沒有辦法攻的要塞，因爲他們可以攀岩如履平地，所以日本軍沒有辦法打下來的，就靠高砂義勇隊把它打下來。父祖的血海深仇，他們難道不知道嗎？爲什麼會幫日本人去打菲律賓呢？這中間也有一些值得探討的，這是我的第三部小說《戰火》。

馬黑坡是部落名，那一年我到那邊去採訪做一些調查，發現到馬黑坡那裏的居民根本不知道什麼霧社事件，那裏就是今天的廬山溫泉。馬黑坡是有熱的水湧出來的意思，山地語言叫做馬黑坡。春陽村他們也有一個山地的名稱，現在我一時想不起來，原住民語言裏面，就是有斜坡太陽晒得到的地方。他們取名字滿有意思的，戰後把它改爲春陽，剛好符合它原來的意思。

有關霧社事件就講到這裏爲止。

9 九一八事變

我們要明瞭這一段期間台灣文學是怎麼樣發展的，我們繼續來看這個年表。

一九三一年，「九一八事變」，日本正式地動手侵略中國。「檢舉台共，台共黨中央遭破壞。」日本人開始整肅共產黨。這也不是台灣爲然，這是日本全國性的。因爲日本從九一八走上軍國主義的道路。我現在還記得很淸楚，我在唸小學的時候，一九三一年我滿六歲，剛剛上小學。在小學六年間，我不住地聽老師提到：現在是非常時。我也學會一隻歌是這麼唱的(鍾老用日語唱一段望春風)，這是我第一次接觸鄧雨賢的曲子，改成日語歌詞的。歌詞的含意是：大地在招手。什麼大地在招手呢？因爲日本已經搶到了東北三省，建立了一個滿洲國。滿洲國地曠人稀，可以提供人口過剩的日本人很大的工作、生存的餘地，所以日本人拼命地鼓勵他們的農民移民到滿洲國去從事開墾，這隻歌的歌詞就變成大地在招手。日本，小小的島國根本沒有什麼大地，中國這邊眞的是大地，很廣闊的土地，日本人很鼓勵農民移民到那邊。所以日本戰敗以後，那些到滿洲去的日本人都遭受到非常悲慘的景況。所以也可以說我從小被灌輸這樣的觀念：日本現在是非常時，不管老的、小孩，全國的帝國國民都要體認到現在是非常時期，大家要好好工作，好好唸書。

10 台灣鄉土文學論戰

一九三一年最後一條：「台灣鄉土文學及台灣話文論戰全面展開。」台灣話文的論戰，上次我已經向各位報告過了，就是有的人用日文來寫，有的人——特別是在北京留學的那批人——用白話文來寫。在台灣本土這邊，有些人認爲日文也好，北京話文也好，跟我們本地的語言完全不同，是脫節的，我們應該建立一個本土爲主的文學語言，就是台灣話爲主的文章。這中間就發生一場相當大規模的、相當激烈的論戰。

一九三二年「日本當局濫捕抗日文化工作者，台共四十五人被捕。」「《南音》雜誌創刊。」《南音》是華文爲主的重要文學雜誌。最後有「楊逵〈送報伕〉刊登於台灣新民報，遭腰斬。」日本當局下令不可以登。

一九三三年第三項有「《福爾摩沙》創刊於東京」。《福爾摩沙》也是個重要的刊物。

一九三四年，「楊逵的〈送報伕〉獲東京《文學評論》徵文獎第二名，第一名缺，全文發表於該雜誌。」就是說在台灣本土發表的時候被下令停載，不許發表，拿到日本去居然得到了非常重要的獎。

一九三五年，接連地又有台灣作家用日文寫的文章在日本得到很高的評價。三十五年最後二項：「張文環〈父親的顏面〉入選日本《中央公論》小說徵文獎。」最近這幾年有幾位研究台灣文學的日本學者找遍了《中央公論》這本雜誌，就是找不到所謂張文環入選日本的小說徵文的那篇作品，所以日本學者普遍地都存疑：張文環眞的有這麼一篇作品嗎？是不是眞的得獎呢？一直到現在都還沒有定論。不過，在我們的記錄裏面像這本書所寫的，張文環的這篇作品被認爲是入選日本的一家非常重要的而且有名的一家雜誌《中央公論》的小說徵文獎。

接下來，完全沒有問題，看得到的就是「呂赫若的〈牛車〉發表於東京文學評論」。

11 台灣始政四十週年紀念博覽會

一九三六年，「台灣總督府舉行台灣始政四十週年紀念，開盛大博覽會。」那時候我滿十一歲，我還記得我已經回到故鄉龍潭住下來了，我父親也帶我去參觀那博覽會，特別是那個新蓋起來的巍峨壯觀的公會堂剛剛落成，那是配合日本人來台灣四十週年紀念而蓋起來的，就是今天的中山堂。聽說中山堂現在被指定爲古蹟，好像二級或三級的，它不算太老，六十年左右，不過它已經有古蹟的身分。我們台灣大體上就是這個樣子，有一百年的就相當不得了，有個房子一百幾十年的，那是最不得了的事，一、兩百年的東西在台灣有非常高的歷史價值，那是因爲我們台灣是個移民社會，而且歷史縱深很淺。

12 台灣進入戰時體制，全面禁止使用中文

一九三七年「七七事變，中日戰爭爆發。」從九一八到七七的這一段歷史，說不定各位比我更熟悉。這中間也不過幾年光景，日本搶到了滿洲還不放手，進一步正式展開了全面性的侵略戰爭。

「台灣進入戰時體制，強徵台灣青年充當大陸戰地軍伕。」這時又有一首流行的歌：（鍾老用日語唱改編歌詞的雨夜花）。這是鄧雨賢的「雨夜花」被改成「榮譽的軍夫」。本來是流行於台灣，全島的人大概都耳熟能詳的。改成日本歌詞以後，不只是小朋友在唱了，大街小巷都在唱，我都還記得常常聽到小朋友在唱，那時候我漸漸地半大不小了，怪腔怪調地在唱。現在好像耳朵裏面還會響起那些小朋友唱的怪聲怪調的雨夜花。

這一年也有重要的事情，第三項：「禁止使用中文，廢止各報中文欄，中文雜誌停刊，漢書房（私塾）被強制廢止。」這是全面性地把存在台灣民間的私塾、報刊上的中文欄通通強制把它取消掉了。不過有一個例外，漢詩欄被留下來。雖然華文全面性地被禁掉了，可是你要作作漢詩，日本人還是網開一面的，而且帶有一種鼓勵的性質。有一些舊讀書人也許日本話不會講不會聽，也不會表達什麼，那就用漢學基礎來吟一些漢詩，特別是歌頌日本戰爭，這樣的漢詩反而是受到日本官方歡迎的。漢詩欄一直到戰爭結束以前仍然是通行無阻的。

這一年的第四項：「龍瑛宗〈植有木瓜樹的小鎮〉入選東京《改造》雜誌徵文佳作。」龍瑛宗出現了。龍瑛宗在日據時代的台灣文學來說，是一個屈指可數的重要作家，他一九三七年才有處女作寫出來，而且得獎。

13 皇民化、改姓名運動

一九三九年，皇民化運動開始了。

一九四〇年，有改姓名運動，也是一種帶有強迫性的，要台灣人原來的姓名改為日本式的。改姓名時，有些人吃公家飯的，往往因為沒有改過來就受到主管的另眼看待，主管當然是日本人，他就不得不改。當然，歡天喜地很高興地改的也不是沒有。要改的時候多半會動一些腦筋，辛辛苦苦地想一個跟自己的來歷有關的日本式的姓氏。我印象很深的，有一個姓郭的同學，他改成賀哲，日本式的發音是一樣的，都讀作かく。意思是說，我雖然從郭改成賀哲，可是我仍然保留我原來的讀音。姓黃的好像丟不掉這個「黃」字，或者存心要把「黃」字留下來，所以加一個木字旁變成「橫」，比方橫川ゆごがわ，他的「黃」字還保存在裏面。我本身是沒有改的，我的親戚有改姓名的也要保留「鍾」字，就改成たか，語音方面把鍾的原來發音保留下來。這是其中很少部份的例子，就是這個樣子，可以看出當時改姓名被迫、出於無奈，所以他們想盡辦法希望能保留原來姓氏的某一種味道或者發音。

事實上，到今天都還沒有人統計過，當時眞的改姓名的佔多少百分比，我也不知道，不過這個百分比大概只有個位數，不超過十個百分比。

一九四一年，珍珠港事件發生。

一九四二年，有陸軍志願兵。

一九四三年，有海軍志願兵。「賴和逝世」。「日政府強徵台灣學生兵入伍」。「台灣文學奉公會在台北舉行台灣文學決戰會議」。就是說戰爭已經到了最激烈也是最後的階段，所以叫做決戰。我把決戰時期的台灣文學作為一個單元。

四、龍瑛宗——心靈的探索

1〈植有木瓜樹的小鎮〉——表現被殖民者的苦悶

台灣文學開花期除了楊逵、呂赫若兩位之外，第三位我要介紹龍瑛宗。龍瑛宗一九一一年誕生，今年是八十開外，人還在，現在住在台北。今年春天，新竹縣立文化中心（在竹北）剛剛落成時，辦了一個表揚文化有功的人，龍瑛宗是接受表揚的人選之一，要表揚他的文學成就。可惜表揚的時候，龍瑛宗本身並沒有辦法出席，因為他這幾年來行動已經很不方便了，當然年紀已經很大了，所以沒有辦法出席。他的代表作是一九三七年他二十六歲時所寫的〈植有木瓜樹的小鎮〉。這篇跟呂赫若、楊逵最大的不同是沒有階級意識，沒有左派的意識形態，這一點非常值得我們矚目。

台灣文學到了龍瑛宗的手上又產生了一個重大的變化。同樣是描寫殖民地人民，殖民地人民受到很多委屈，受到欺壓，受到歧視，種種苦楚都有。不過，不從階級意識的角度來切入，所以龍瑛宗在這一篇小說裏面，主要是探索殖民地統治下的一個台灣青年內心裏面的苦悶。什麼苦悶呢？比方說他中等學校五年畢業了，開始時找不到工作，後來在鄉公所找到了一個助理會計的職位。做一個公務員，很明顯地馬上要置身於差別待遇當中。如果是日本同事，同樣的學歷、同樣的資格，他的職位一定更高，同時他的待遇也就更高。台灣人公務員，中學畢業的，當時薪水大概是三十元左右，如果是日本人，同樣是中學畢業的，也許有五十、六十元，幾乎多了一倍。這個多了一倍當中有所謂加俸，對於所謂的內地人（日本人）有六成的所謂加俸。比方序薪的時候一個三十元，一個四十元，差別十元，不過日本人這邊在四十元之外還另加加俸六成，四六二十四，加起來變成六十幾元，整整一倍有餘。這是一進這個機關裏面馬上會面臨的一個差別待遇，很嚴酷的一個事實。這是第一個受到的衝擊，內心苦悶馬上就產生出來了。工作方面，人家是頂頭上司，你是下屬，他對你可以隨便吩咐你、叫你，或者差你做一點什麼，不當一回事。這樣的苦悶就會累積下來。龍瑛宗筆下的陳有三就想：我要怎麼樣才能夠把這種差別待遇至少在我內心裏面解除呢？他有一個競爭對手，他覺得，同樣的學歷、同樣的資格一定比不過他，他要想辦法有更高的資格。於是他就訂了一個計畫，要考普通文官考試（普考），考完了要考高等文官考試（高考）。據我所知，以前簡化說成普文、高文，不管是普文或高文，要先經過檢定的考試，普通文官的檢定考試通過了，就可以考普文；高文檢定考試通過了，就可以考高文，考取了就變成高等文官，在公家機關做事時馬上就變成一個高等官了。從前所謂的高等官，在學校裏面很常見，資深的校長多半是高等文官，或者高文待遇，就是准高文，在學校裏面是領高薪的。一般行政機關像鄉鎮公所就沒有高等官，鄉鎮上面的郡（如桃園郡、中壢郡、大溪郡是當時桃園地區的三個郡）的長官叫做郡守，多半是資深的，大郡的郡守會有高等官的頭銜。郡上去就是州，桃竹苗以前就是一個州，州的長官叫做州知事（州長），當然是高等官，州政府裏面應該有幾個主管也是高等官。日據時代台灣人沒有當過州知事的，當過郡守的好像有兩、三個，都是高文考取的。

龍瑛宗筆下那個青年就想往這條路上走，他拼命地讀書，可是他的待遇非常微薄，生活上有很多困難，而且他有個好朋友又害上了肺病，這個好朋友的妹妹是他內心裏面所愛慕的。生活的苦悶、工作上的苦悶、加上愛情方面又有苦悶，龍瑛宗就靠這樣的局面來探索殖民地統治下的一個台灣青年內心裏面的痛苦，所以說起來這也是殖民地文學，當然是錯不了的。跟楊逵、呂赫若的意識形態掛帥的作品比較起來，在深度方面爲台灣文學帶來一個新的境界，這一點是可以肯定的。

2〈杜甫在長安〉——中文作品

龍瑛宗在戰後停筆了很長一段時間，因爲他從日文過渡到中文，花了幾十年的歲月。大概十好年前，他也開始用中文創作。《日據時期台灣小說選》這本書裏介紹龍瑛宗，說他中文寫得如何如何。根據我的觀察，這樣的說法並不太正確。二六〇頁中間：「光復後他持續以日文寫作，一九八〇年更以七十高齡，克服語文障礙，寫了首篇中文小說〈杜甫在長安〉。」其中還有一些零零碎碎的用中文寫的東西發表出來。我覺得他用中文寫的東西並不算挺好，寫得很勉強的樣子。

五、張文環——風俗作家

還有一位剛剛我們在年代表裏看到在日本記錄上說他的作品在中央公論發表，而且得了獎的，剛剛我已經提到，日本幾位學者翻遍了《中央公論》都找不到這篇作品，也找不到張文環這個名字。後來有一個日本學者，專門針對這一點做一個考證的文章，因爲後來有一篇作品〈父親的微笑〉，好幾年以後才在台灣發表。做考證的這位學者用懷疑的口吻說，這篇作品可能就是在記錄裏面的所謂的〈父親的顏面〉。父親的顏面就是父親的臉，爲什麼這樣翻譯，我也搞不清楚，大概是因爲日文就是「父親的顏」，所以就翻譯成「父親的顏面」，如果我來翻譯，就是「父親的臉」，非常清楚。

〈閹鷄〉、〈滾地郎〉

〈閹鷄〉是張文環相當有代表性的作品，寫台灣民間的種種切切，五、六十年前台灣民間大概就是這個樣子。我特別要向各位報告一下，龍瑛宗也好，張文環也好，他們寫出來台灣人的種種切切，是六十、七十年前台灣社會上一般民間的生活，他們都把它描述得非常生動，你仔細看會覺得置身七十年前台灣的社會，非常有趣。不過張文環一九〇九年誕生，一九七八年就過世了，沒有活上七十年，他的代表作現在被認爲比較可觀的、重要的，就是一個長篇。他也是跟龍瑛宗一樣，戰後停筆了一段很長的時間。不過，龍瑛宗過渡到中文，張文環就沒有，他到過世爲止，沒有留下一篇用中文寫的作品。後來過了二十好幾年，他寫下了一部長篇，在日本出版，中文譯本的書名是《滾地郎》，原文是「在地面上打滾的人」或者「爬在地面上的人」。這本書也是寫台灣民間生活爲主的，一個窮苦農家的生活爲主。剛剛我提到過台灣農民在日據時代過的生活都是相當淒慘的，貧窮，生活根本沒有什麼保障，比方生病的時候如果要看醫生，醫藥費是付不起的，只好退而求其次，找一些所謂的漢醫，把把脈、開一些草藥、中藥。連這樣的錢都花不起的，再退而求其次，就求神拜佛了，去廟裏面求一些香灰一類的東西當藥來吃。這些農民的生活大體上就是這個樣子。這本書裏面所描寫的就是這樣的農家一家三代人的故事，他們的生活簡直可以說就像在地上爬一樣，生活非常悲慘，也反映出日本人統治下台灣農家生活的種種，我們可以很清楚地感受到那種貧窮的狀況。現在很多人都不知道貧窮爲何物，我們台灣要找到眞正的窮人，好像已經不容易了。當然，今天貧窮的人一定還有，三餐不繼的還有，不過我們不容易找到這樣的人。在六、七十年前，這樣貧窮的人可以說非常普遍，比比皆是。我們從這些文學作品，可以很清楚地掌握到台灣那時候的社會狀況。

張文環和龍瑛宗也有相同的一點，就是沒有階級意識在裏面。不過，他們兩人之間也有所不同，龍瑛宗主要是一種心靈的探索，這也是他在文學裏面所要追求的一個目標。張文環被稱爲風俗作家，就是說他對台灣民間生活、習俗種種都有很深入、很生動的描寫，剛剛我提到，單單看他的作品就可以體會到當時生活種種，意思就是這樣。這兩位，現在我們都可以認定是日據時代台灣文學重要作家中的兩位。

下一次就進入決戰時期的台灣文學。剛剛藍老師提過，下次就從我的作品當中提出幾篇來作爲討論的對象，主要有關創作技巧方面的。以我自己來講，寫小說確實是一種相當有趣的心靈活動，所以每篇小說都有它不同的成立動機、背景，特別是心理方面的背景。我們要探討技巧的時候，針對某一篇來談，當然也可以，探討那一篇作品是怎樣成立的。進而我們說不定也可以領略到一般情形下小說創作又是怎麼樣、怎麼一回事，都是值得我們來探討、來交換意見的。有關這方面，我回去翻翻我那本書，決定三篇或四篇，然後請大家影印出來稍微看看。

再提醒一次，各位如果有什麼問題，先寫成條子，下次我來到的時候就交給我，我想這樣的方式是最好的。

今天就到這裏，謝謝各位！

（一九九六年十二月廿六日）

台灣文學十講之七

——小說創作種種（上）

各位老師大家好！國曆新年剛過，我在這裏向大家拜年，恭祝各位新春快樂，年年如意！

上次藍老師稍微跟我提過，好像有人希望換換口味。不曉得是不是這個意思，反正就是希望我能談談創作的經驗那一類的，特別是有關一篇作品，一個作家是怎麼樣把它弄出來的，創作的心理過程方面，希望我談一談。目的是在欣賞小說作品的時候，是不是可能會有一個跟過去不同的欣賞角度，或者理解的角度，或者進入小說背後的一些隱藏在小說作品裏面的境界。

一、小說是人類心靈活動的產物

這個提議，當然我是非常贊同，不過我首先要向各位提的就是，小說本身就是一個怪胎，並沒有一定的過程啦、創作的心理狀態啦、或是作品成立的動機等等，每一個寫小說的人，都有所不同。同樣是一個寫小說的人，他在不同的作品裏面也會有不同的狀況。所以我說小說是一個很怪的東西。事實上，小說作品，差不多可以說是人類心靈活動應該產生而產生的，當然有歷史的脈絡可循。不過事實上從很古很古的一些文獻記載或作品可以看出，人類心靈的活動裏面，好像一直在需求著有這麼一種文學形式誕生出來。所以小說的誕生應該是很自然的。不過今天的情形當然不同，我們知道現在是電子媒體佔有了所有欣賞藝術作品的空間，特別是文學方面的。文學，本來是文字的藝術，既然是文字，當然是一個字一個字堆砌起來的，相當地艱困，一個字一個字地寫，欣賞的人也一樣，必須這樣一個字一個字地看下去。今天我們在電子媒體上所看到的，聲光化電，欣賞起來輕鬆愉快，在家裏靠在沙發上，雙腿翹得老高，一面抽煙或喝茶都可以。眞的認眞地來說，要欣賞文學作品，情形恐怕是相當不同，多半需要聚精會神地一個字一個字地看下去，跟欣賞電子媒體，特別是電視，大大地不相同。很自然地，小說欣賞幾乎一大部份被電子媒體的欣賞佔去了，很多人寧可看電視，那些傻瓜做給傻瓜看的節目，好像也看得津津有味，邊看邊笑，這種情形非常常見。我家裏就是這個樣子，明明是無聊的節目，做節目的人在自己講自己笑，看的人也跟著笑，那些傻瓜做給傻瓜看的，那些傻瓜在笑，看的傻瓜也跟著笑，像神經病一樣。我家裏也有中學生，迷起來眞是不得了，書包還沒有放下來，電視先打開，或者明明要上學去了要趕交通車，只要還有一分鐘、兩分鐘，照樣先把電視打開看一下，到這個地步，讓人覺得非常地寒心。

這些都是閒話，不過小說欣賞的角度，對創作過程的好奇，特別是心理過程，或者小說成立的動機一類的，算是小說創作的奧祕，每個作家有他不同的狀況，同一個作家每篇作品說不定也都有所不同。可是，他是一種奧祕，是屬於一個作家主觀的東西，這一點大概是錯不了的。當然對於有志於或希望能夠寫寫小說的欣賞者，我想這樣的奧祕是相當寶貴的，我要公開出來，一般來講，恐怕應該收束脩囉，哈哈!當然這是開玩笑的。今天我把一己的小小的經驗向各位報告，作爲一種參考。我並不是一位多麼好的小說家，寫了一大堆有啦，又臭又長的也有啦。不過說起會傳世嗎、算不算是非常好的傑作呢?當然是談不上。我大概可以被歸類爲很平凡的小說寫作者，作品本身平凡，我的經驗恐怕也一樣的平凡。

1 小說的起源——在詩和劇本之後

(1)中國

剛剛我提到電子媒體，當然是最近幾十年才有的。小說這個東西，在各種文學表達形式方面，好像是最近才有的。我說最近，是比較上而言，比方說中國的，各位都是唸中國文學的，恐怕比我知道的更多更熟悉，好像是明清以後漸漸地才有所謂的明清小說出來。前陣子我在電視上看到中國那邊做的電視劇三國演義。三國演義，不但是中國，台灣也一樣，甚至很多國家都有它的翻譯本。我還記得第二次世界大戰戰爭時期，台大有一位黃得時教授，我不知道他是翻譯還是改寫的，在報紙上連載，就叫做三國演義，寫出來的和原來的三國志演義，應該是完全雷同的，劉關張諸葛孔明那一類的都完全一樣。這就是說，日本人也滿欣賞這樣的東西，聽說也有日本人做的三國演義卡通影片，我沒有看到。剛剛我提的是大陸上做的電視劇三國演義，我偶然看到幾段，然後就連續地看。我爲什麼被吸引住呢？剛剛我譴責電視劇是儍瓜做給儍瓜看的，不過有時候我家裏有人在看，我偶然瞄幾眼看到三國演義，結果被吸引住了。被吸引住，無關編導演樣樣都好，不是這個意思，我也不會批判他的編導演各方面到底好不好，我也不太清楚。他吸引我是因爲我最早看的幾本中文書，其中就有一本三國演義，那是線裝書，前面有幾幅插圖一樣的畫像，每一回結束的時候：「且看下回分解」，所以叫做章回小說，羅貫中就是元明之際的人物。三國志演義、水滸傳、東周列國志、包公案等等章回小說都是，一般所提的章回小說還包含今古奇觀那一類的。中國這些舊小說，大體上可以說可能是宋朝末或元朝，主要在明清兩個朝代。歷史上有一種說法，就是漢文唐詩宋詞元曲，就是文章開始發達出來了，然後就有詩的表現最好的年代，然後又有長短句——詞出來，到宋詞爲止，主要採取的詩、散文、隨筆的形式。當然最早我們也看到楚辭、詩三百等，詩的傳統非常長。散文，用我們今天的散文這樣的眼光來看當然大有不同，比方先秦諸子百家留下來的東西，用今天的眼光來看當然不太一樣，那東西叫什麼呢？我也搞不太清楚，不過更接近一種思想的闡發，或者哲學的一種理論性的東西。所以，在中國方面如果談到文學，可以上溯到兩千幾百年前，不過一直都維持著詩、散文的形式，甚至一些散文隨筆也有押韻的。演變到唐詩宋詞，好像碰到牆了，沒有出路。剛剛我提的人類心靈活動的需求——講故事、聽故事，一方面可能是因爲好奇；一方面是要打發一些空閒的時間，然後才有元曲出來，在那個階段，我們看不到小說的影子。所以，主要是宋末的年代，到了明清就成爲明清小說這樣差不多已經固定的說法，這就表示明清的小說才眞正到了一個盛況的年代，這是中國的狀況。

(2)西洋

我們在西洋也看到了類似的情形。西洋跟東方，在文化的演進上是大有不同的，比方說古代希臘羅馬時代留下了很多希臘悲劇、羅馬悲劇的不足，那是兩千幾百年前留下來的悲劇。爲什麼那時候會有悲劇呢？是不是像元曲一樣要給一般民衆觀賞的？不是，根據我所了解的，需要悲劇是要在神明面前表演的一種祭典。中國古代祭神又是採取什麼方式，聽說現在留下來很多祝辭，比方甲骨文很多就是祝辭之類的。中國古代那些人在祭神時是唸唸有詞的。西洋那邊像希臘羅馬則已經在演戲了，所以有希臘悲劇大量地留存到今天，我們都還可以欣賞得到。我以前是靠日譯本欣賞的，我家裏現在還保有好幾本希臘羅馬悲劇選集，非常有趣。古代希臘羅馬還有一種，就是吟遊詩人，我猜想那時候文字的普及率是不成話說的，非常非常非常少，屬於貴族階級或者聖職者等少數中的少數才懂得文字。這種情況下，就自然會產生吟遊詩人，一面做音樂一樣地吟唱一樣地，把詩唱給一般民衆聽。聽說那時留下來的，今天還可以欣賞到古代吟遊詩人的叙事詩，那個年代跟中國的楚辭不會差很遠。

西洋方面也是詩和劇本走在前面，然後才會有小說出來，騎士小說、古典小說，還有一些浪漫的，然後有寫實的。小說這個東西也不過兩三百年的歷史，跟明清小說的歷史不會差很遠。《紅樓夢》據說有兩三百年，以長篇小說來說，聽說是屬於世界性——全世界最早的一段期間。日本人的《源氏物語》是三、四百年前一個女作家寫下來的，我們這裏有台大教授林文月的翻譯本。這個翻譯本我沒有看，不過我知道《源氏物語》是大部頭的，我猜想它的篇幅比《紅樓夢》還要大。我很小的時候就很奇異地有這樣的印象，它當然是古典的，不過內容包羅萬象，表達的一些優美的地方跟現代小說比起來不遑多讓，這是一個很奇異的現象，不過應該也是一種刻意才是。

我們已經明瞭了所謂小說這種形式發展出來還是比較近期的東西，我們台灣當然又晚了好幾拍、好幾十年、一兩百年都有。我們台灣的文學發展狀況，前面幾次已經跟各位做了概略性的報告，各位老師也許還有一點記憶。台灣在特殊的社會政治環境下，當然很多都落在人家後面，比中國落後了幾年，比日本落後了幾十年，跟西洋比起來，恐怕是落後了一兩百年。

以上是隨意談一點，我希望各位對小說的來龍去脈有個概念，算是我做了一番閒談——多餘的閒談。

2 小說的重要成份是想像

小說這個東西，有關它的欣賞、創作，我希望能夠用很簡略、很淺白的方式來談。事實上我對理論懂得不多，我也不太管理論這麼一回事。小說就有這樣的好處，你愛怎麼寫就怎麼寫，只要你寫出來的東西能夠吸引人，或者能夠給人家感動，或者能夠給人家帶來一些什麼東西，那你的小說算是圓滿達成了任務。小說本來就是這樣的東西。不過我們從文學發展的狀況來看，它至少是爲了補戲劇的不足、補元曲的不足、補西洋的希臘羅馬的悲劇的不足，來傳達一個故事，滿足娛樂或滿足好奇，有這樣的目的，然後才會有小說出來。不過，除了這樣的目的以外，另外還有一個很重大的原因，比方說戲劇——就是現在最發達的電子媒體上的戲劇、連續劇或電影、天天都有無數的人在看——，這樣的電視劇或電影，它有先天性的侷限。剛剛我提到小說欣賞的人口被電子媒體搶去了大部分，可是戲劇（電影、電視劇）的表演先天上有一種缺陷，它最大的缺陷，或者有所不足，或者沒有辦法達到的境界，就是人物的內心世界。人物的內心世界，戲劇表達起來非常困難，不是完全不可能，有種種方式可以達到，不過，往往都是間接的，不像寫小說，我愛怎麼寫就怎麼寫，我說這個人內心現在怎麼樣地流動，他的思考、他的意識怎麼樣地流動變化，小說作品能夠寫得絲絲入扣。信不信由你，是我這樣認為，看的人可以相信也可以不相信。這個小說寫男主角或者女主角，現在他心靈是怎麼樣的狀態，作家怎麼知道呢？作家當然不知道，可是他可以想像。文學作品非常重要的成份是想像，所以一個男作家可以寫一個女的心裏面的活動；一個女作家可以寫男的。男的懂女的懂多少呢？很有疑問；女的懂男的懂多少呢？也是很有疑問。可是小說家就有這樣的本事，他寫起來頭頭是道，不過，這就信不信由你，作家的使命，作家的本色就是要使你相信，不可能相信的也要使你相信。所以我常常說小說家都是騙人的，我寫很多故事、很多書，大家不妨認為這是騙子在騙人。不過騙子在騙人比傻瓜做給傻瓜看的，還聊勝一籌，至少我在創作的時候，我希望我筆下寫出來的東西能夠使你相信，使你認同，使你不懷疑，如果你懷疑的話，那麼我的小說就根本不必寫了。

3 小說家走在時代前面

小說有戲劇類（包含電子媒體裏的電視劇、電影等等）所不及之處，能夠探討的空間眞的是海闊天空，也可以有超現實的、科幻的，可以上天入地。從前英國有一個非常有名的歷史學家H. G. Wells，他也有小說作品，就是海底兩千哩航行（冒險），還沒有潛水艇以前他就寫了，一個人發明了一種潛水艇，而且是用原子能發動的。那時候離開原子能研究恐怕有一百幾十年，離開潛水艇的發明也有好幾十年，他憑他的幻想，在他的幻想裏面，人類應該有一個在海裏面潛的艦艇，所以他就寫出來了。這部小說寫這樣的一艘原子能發電的潛水艇在海底冒險的故事，非常精彩，電影拍過，我在三十年前看過，還記得那個男主角James Smith的表現非常精彩，印象很深。

剛剛我提的這個例子，就是說小說家上天入地入海，而且他們變成一種預言性的，後來的人類科學發達好像跟著他的屁股在跑，他老早就想出來了，人類慢慢地憑科學研究的發達，漸漸地趕上了或者實現了一些預言家的理想。像達文西也一樣，他雖然不是小說家，不過他發明了很多東西，留下了很多美術作品，他的幻想裏面有一個在天上飛的東西。達文西是文藝復興年代、一千年左右以前的人。他畫了一個設計圖，照那個設計圖做出來，人類就可以在天上飛，當然這個設計圖今天看起來是很荒唐，用人力來推動的，不過他的理想——人類在天空飛——這樣的理想在十九世紀末，距離達文西好幾百年之後，就有人眞的把它發明製造出來。今天飛行的東西是越來越進步了，飛得又快又高又安全，這是大家所熟悉的。

小說家不但可以上天入地，還可以走在時代的前面，他幻想出來的東西有待後來的人類一一去實現，當然這是屬於特例，不過也是小說裏面所有的。

4 小說是騙人的，卻能提供人生的方向與啓示

相信各位都知道，小說主要是寫人，或者是人生。小說作品擺在那邊，是要你看到一個人，或者一個人的一生，或者好幾個人——通常不會只有一個人，男主角、女主角、配角等等，很多人物在裏面，甚至有的作品主角就有好幾位——，種種情況都有。反正就是說，小說裏面所呈現出來的是一個人生，不是一個的，也許是很多人的，也許是某一群人的，也許是某一階層的。可是小說有一個最重要的基本的：它是虛構的，就是剛才我提的「騙人的」，要使你相信的，你不能使人相信，那這小說恐怕只能說是失敗。

那麼，從看的人這邊來考察，他希望欣賞到跟自己不一樣的人、不一樣的人生、不一樣的狀況，從中領略到人生應該有什麼樣的生活方式。雖然每個人的生活方式不一樣，不過從各種不同的人生——小說裏面所呈現出來的——，然後他可以欣賞並從中得到一些所謂心靈的糧食、精神的糧食。所以以前有人說文學作品是精神的糧食，意思大概就是這樣。當然我們一個人在社會上碰到種種的苦難、徬徨，都是不可免的，我們從小說作品當中，說不定可以看到小說家創造出來的人的人生當中，得到自己人生一種解決的方向，解決的啓示。我相信，小說最大的功用應該是在這裏。所以從小說創作的人這邊來看，他也希望能夠從自己的作品當中提供一些一個人活在社會上的種種基本上的心靈狀況，就是我們要怎麼樣活過這一輩子呢。一輩子，說長不長，說短不短，起碼有幾十年間。在這幾十年當中，每個人都應該有他的人生觀，奮鬥的目標，或者做人的基本態度等等。這些東西雖然每個人都可能不同，不過我相信應該有個最基本的東西。這基本的東西因人而異，我們自己可以領悟到，或者也許從小說作品裏面領悟到，也許從宗教領悟到。最近我們台灣很多人信靠宋七力之類的，我想他是領略不到做爲一個人生的基本態度，所以他只好信靠神明，把宋七力——基本上是個騙子——當作自己人生的航行的明燈。信靠宋七力的人是不是他的人生是很空虛或者很徬徨、很苦悶，我當然不知道，不過至少某種程度他需要這樣的一種空幻的，甚至是迷幻的不可觸摸的力量，把宋七力當作這樣的力量來信靠。

我們自己去領悟人生的基本態度，或者人生觀、人生的價值，應該是每個人份內的事。你從文學作品裏面領悟到這些，應該也是很好的途徑。

二、小說創作經驗

1 題材的問題

接下來我想談一些我的創作經驗。藍老師要我指定幾篇作品，做爲例子來談。這方面說起來當然是非常容易，因爲每篇作品成立的經過，之所以會寫這樣的東西的動機，都是現成的，而且每一篇都有不同的情形。一個立意要寫寫小說的人，可能他第一個面臨的困境，應該是題材的問題，不容易找到題材。我很多很多年以前，情形也是一樣，那時小說雖然看得相當不少了，很多西洋名著、日本名著，自己認爲看得差不多了，可是一旦自己拿起筆來要寫，情形就完全不一樣。若是碰巧碰到一個自己認爲好的題材，可是寫起來非常地艱難，有時候不能終篇，開了個頭就不知道怎麼樣寫下去，或者勉強寫完了，自己覺得不但不喜歡，還面目可憎，種種情形都有。反正就是深深地感覺到寫一篇小說實在是不簡單。這是開始的時候很多人都會面臨的一種幾乎是共通的問題。我爲什麼這樣講呢？因爲後來我交了很多文學上的朋友，特別是年輕的，他們都有類似的話向我投訴，怎麼樣解決這樣的困難？老實說，我也不知道怎麼樣解決。在我個人來說，就是要靠歷練、靠經驗，也就是說寫多了，好像比較能夠克服這樣的困難。雖然稍微有積了一些經驗，這樣的困難還是同樣存在的，不過漸漸地懂得怎麼樣來解決。

2〈阿枝和他的女人〉

(1)瞎廟祝

我特別要提出我做爲例子的幾篇小說，比方〈阿枝和他的女人〉，這是《台灣作家全集鍾肇政集》編者彭瑞金選的，他沒有告訴我爲什麼選這幾篇，他選這篇的用意在哪裏，我是不太懂得。我這篇作品是個很典型的例子，寫一個做乞丐的瞎子。我寫這篇小說，最早的是我們龍潭街尾有一所小廟，祭一些無主的骨骸，這跟神明好像八竿子打不著，可是照樣有人拜，特別是一些從事賤業的女人。聽說對於從事這種行業的人非常靈驗，會保護她使她生意興隆。我也不是特意要看看什麼，是偶然地走到那邊。目前那邊周圍都蓋滿了屋子，本來小廟前面有一口蓄水池，現在塡掉了，小廟本身現在變成三層樓高的巍峨大廟，當然裏面服侍的神明同樣是那些無主的骨骸，聽說香火滿鼎盛的。有關這篇作品寫作的年代，我剛剛有一個作品的胚胎一樣的東西在我心裏面萌芽產生的時候，我放了很久都不知道怎麼寫，我只知道那小廟旁邊的一個小屋子住著一個瞎子，大概三十歲上下的，年輕力壯的，雖然天氣已經開始轉涼了，我看到他打赤膊，只穿一條短褲子在那裏走來走去。而且他養一群鷄，那群鷄滿山遍野地跑，他叫牠們要餵牠們的時候，那些鷄通通會回來。他明明看不見，可是他知道他的鷄有多少隻回來了，或者哪一隻沒有回來，或者被人家偷走了，他一下子就會明瞭。對他的鷄，跟眼睛看得到的人一樣，非常地熟悉，我就覺得很奇怪，眼睛瞎的人憑什麼知道他的鷄？這觸發我一種好奇心，甚至這瞎子可以做爲小說題材，他那種很特殊的生活，他住在那裏就好像廟祝一樣，每天把那小廟前前後後打掃一番。他就住在小廟旁邊的屋子裏，三餐也自己煮，有一次我甚至看到他在屋子裏忙著生火煮飯的樣子。我很希望能夠把他寫進我的作品裏面，或者把這個人的生活情狀等等寫成一個獨立的短篇小說，可是我不曉得怎麼樣著手，不曉得讓他含有哪些內容、哪些故事。

(2)雲遊乞丐

經過了多久我現在也想不起來，這都是幾十年前的事了，跟現在的社會大大不一樣的年代。那時候還有很多的乞丐，而他們往往都不是單獨行動，他們會三個兩個結夥從一個村落到另外一個村落，就這樣繞來繞去地去乞討。晚上住哪裏呢？像那樣的小廟是他們最恰當安歇一個晚上的地方。此外，就是市場。今天的市場跟以前不一樣，以前賣豬肉的一間間的攤子連在一起，像龍潭那個舊市場，中間是通路，兩邊都是賣豬肉的攤子，那個地方晚上完全空下來，沒有人在那邊，有的話就是一些野狗啦貓啦。有一次我聽說那市場來了一小群的乞丐，好像三四個、四五個，有大人有小孩；有男的也有女的。我聽到的是，那一小群乞丐，有個男的相當上了年紀了，有個女的也是中年以上，那兩個人晚上就躲在豬肉攤子下面在玩遊戲。說這個話的人就忽然給我一個奇異的感受。當然乞丐到處流浪乞討，男的還是男的、女的還是女的，男的跟女的在一起會有一些行動，那是很自然的。不過在一些人身上發生這樣的事情，而且街坊鄰居也在傳聞，這對我來講是很奇異的東西。我就想，這兩件事情：小廟裏的瞎子和流浪的乞丐，特別是那個女的，是不是能夠把他們拉在一塊？這靈光一閃的這樣的念頭，就造成這篇小說的誕生。我就運用我的想像力，這個女的，年紀不妨讓她大一點，這個男的是年輕力壯，跟普通的瞎子給人的印象不太一樣，普通的瞎子行動不方便，幾乎談不上有什麼運動的，行動也是很緩慢。不過，小廟裏那個年輕瞎子雖然也是乞討維生，不過他有一付很好的體格，很像個男人。這個男人配上個女的會怎麼樣呢？這是想像的開始。各位如果看過這篇作品，就知道這中間通通是我想像出來的，除了那個男的瞎子乞丐是實在的人物。不過實際上我並沒有跟他講過什麼話，也沒有問他生活上、感情上的事情，他個人內心裏面的話，我沒有去探聽，沒有跟他交談。我塑造出來的人物，我認為在我的筆下活起來了。這篇小說就是這樣成立了，綜合起來就是這樣的情況。

3 題材需要觸發

小說要找到一個恰當的題材，特別是對於一個初學的人來說，是一件相當困難的事情。往往你以為碰到一個自己認為相當好的題材，可是這個題材往往也是需要某種東西來觸發，然後才具體化，然後你才可以下筆，作品才能夠產生。這是這篇作品成立的一些經經過過。

我為什麼提這個呢？也沒有特別要談的意思，不過很明顯地我還記得這篇作品就是這樣成立的，尤其我早期學習寫小說的時候所碰到的一些困難，自己認為抓到一個題材了，可是寫不下來，沒有辦法把它完成，必須要有另外一件東西來觸發它，或者跟它結合。這篇就是兩件事情結合在一塊，也許另外一件事情變成一個催化劑；也許只是一個引導的力量；也許是一個啓示，等等各種情況都有。比較早期的時候，我跟朋友談或寫信的時候，有時候我會講到：「最近我好像有一種感覺，好像有作品的感覺。」這在沒有小說創作經驗的人，恐怕很不容易理解，不過也許可以理解。心裏面好像有個題材在醞釀，在開始發酵，自然會有一種感覺——好像有作品了，有這樣的感覺——有作品的感覺。可是，感覺本身是不能成為作品的，不過也不一定，有時候這個感覺很快就衍化變成一篇短篇小說，然後就可以下筆把它寫下來，成敗是另外一回事。反正要完成一篇作品，要寫一篇作品，大概有這樣的情況，然後使作品產生。

4〈中元的構圖〉

(1)大岡昇平的小說的觸發

另外一種，比方〈中元的構圖〉這篇作品怎麼樣產生的？最重要的一個原始的動機就是我看日本的一個得過芥川獎的作家大岡昇平寫的一篇小說。第二次世界大戰時，他被日軍徵去服役，當了個小兵，被派到菲律賓。當然日本軍開始的時候勢如破竹，這種情況是有的，後來以美軍爲主的盟軍反攻菲律賓成功，把菲律賓的日軍打敗。被美軍打敗的日軍，有所謂死亡的行軍，日本兵被美軍追著趕著逃，在逃的當中，他們沒有糧食、沒有軍火，甚至手上的武器大半都丟掉了，因爲他們連把槍帶著走的力氣都沒有了。很多在路旁累得坐下來打瞌睡一樣的，就不再醒來死在那裏。後面走來的人發現坐在路旁軍帽蓋著臉的，把軍帽拿開，是一個骷髏，已經死了很久了。我剛剛提的這位作家的這篇作品，就是吃人肉的故事，我受到很大的衝擊，日軍把生病快要死亡的戰友的肉煮來吃，因爲他們餓得沒有東西果腹的時候，最後只好把夥伴的肉拿來充飢。吃人肉的故事，當然不算非常稀奇，鬧飢荒的時候，有什麼大災難的時候，聽說往往會發生的。我爲什麼受到那麼深刻的衝擊呢？因爲我本身也當過日本軍——不過我沒有到過海外，沒有上過火線，只在台灣——，有那種感同身受的深刻的意味。如果我是在菲律賓，戰友先死了，我餓得不得不把他的肉割下來煮來吃，我會想像這樣的事情發生嗎？是這樣的很強烈的、很深刻的衝擊。所以，我在想，也許有一天說不定我也來寫這樣的故事。台灣兵很多也是被派去菲律賓的，然後九死一生回來的也有。我就沒有聽過台灣的人被派到菲律賓然後回來的，有透露過這樣悲慘的狀況，報紙上也從來沒有提過。我是第一次在一個日本作家的作品裏面看到這樣的情形。當然這是發生於日本兵當中的事，可是我們台灣人也有曾經是日本兵的，說不定在他們身上有可能發生的。這樣的想法、這樣的衝擊，變成這篇作品的最原始的胚胎。

這個原始胚胎怎麼樣構成這篇作品，當然是靠想像。丈夫被日本人徵去打仗，回來了。家裏的老婆已經改嫁了，小孩也長大了。這樣的故事是相當常見的，說不定各位也聽過這樣的故事，在你的族人親戚鄰居當中，這在台灣是非常常見的。我把這樣常見的故事引進到我這篇作品裏面。這篇作品的構成最基本的就是吃人肉的問題。我記得當時還有一個因素，就是《台灣文藝》剛剛創刊不久。《台灣文藝》創刊於一九六四年，現在算起來已經三十幾年了。我被創辦人吳濁流央求，希望我盡可能地多交一些作品給他發表，我當然答應了，而且吳濁流把《台灣文藝》審稿的任務交給我。我那時候就有個想法，《台灣文藝》當然不會有反共抗俄、歌功頌德的東西，那些東西是不可能有的，絕對排斥，是沒有商量餘地的。其次，我希望技巧上、內涵上能夠帶有翻新的味道，有前衛的想法的、前衛的技巧的更理想。我看人家的稿子有這樣的標尺，我自己寫出來的東西也希望能夠做到這樣的要求。剛好那時台灣有一些人標榜現代主義，比方早《台灣文藝》幾年創刊的《現代文學》，雜誌名稱就是「現代」，標榜現代，事實上他們創作方面來講，也不見得非常非常前衛，不過他們介紹卡夫卡、喬伊斯等前衛性的西洋作家，希望能夠把一些世界文壇上的一種新風引進來，這樣的作風是非常明顯的。當然我也不是要步他的後塵的意思，事實上我也覺得非常有需要，台灣的文壇都是歌功頌德、反共抗俄、戰鬥，老是這一套東西，我們希望有新的東西出來。

(2)引進新思潮

所謂現代主義，西洋那邊二十世紀開始的時候，漸漸的就有了，比方剛剛我提到的James Joyce、Proster這一類現代二十世紀的大師，他們的作品非常前衛。第一次世界大戰結束以後，就有個新風吹起，什麼達達主義，一種新的文藝思潮在歐洲漸漸產生，而且風靡一時。我們現在來講現代主義，當然落後了人家幾十年都有，不過，雖然落後了，這條路子還是要走，因爲我們的文學歷史比較淺，在淺的歷史當中，是不是把人家長的歷史從頭來一次呢？就是把文學演進的各階段，我們在比較短的期間一個一個地體驗過去。你沒有對於舊的東西的認識，那麼你在迎接新的東西的時候，一定會有所徬徨。我的要求，在審稿之際的一些標尺，我標出了一個「新」字，我自己也希望能夠有新的東西。所以這篇〈中元的構圖〉，各位看的時候會發現到，它所描述的有時候是跳過來跳過去，有時候在前面有時候在後面。這就是說，一篇作品如果照事情發生的經過一件件寫下來，就會有個編年體一樣的東西。我寫作品通常有這樣的準備，我用一條線來表達年代的演變，比方這是一九四〇，現在是一九九〇，我這篇作品大概是六〇年代寫的，比較早期的，這些事情應該是一九五〇年代發生的。假定有一件殺人的案件發生——殺人的事件總是比較容易吸引我們的注意，有一個女的被一個男的殺掉了，那麼警察查了半天，也許兩年以後才破案。可是這件事情的前面還有很多恩恩怨怨，他們兩人衝突發生以前又是怎麼樣？比方這一男一女是在兩年前認識的，開始談戀愛，一年後他們同居了，又過了一年，男的把女的殺掉了。這就很容易地可以看出這個編年體的故事。

現在我要把這個故事寫成一篇小說。最近我常常看一個演日本電影的電視台，十點到十一點播出的。有一個特搜課，專門辦案子的。有一個案子開始是有人被殺了，兇殺案發生，一定有它的來龍去脈，特別搜查課的刑警開始查案，所有的手段都用上了。在查案子當中，有時候會回溯到他談戀愛時的情況，接著又查出他們在哪裏同居。這個電視劇，絕對不會照順序來演，時間上忽前忽後，繞來繞去，最後才破案。我們可以清楚地看出來，這個故事的結構是怎麼樣安排的。

(3)小說結構之美

我這篇〈中元的構圖〉當然不是推理小說，沒有必要把事件發生的經經過過、來龍去脈完完全全地交代，不過還是很明顯地可以看出來，這篇的每一段每一段列出來，照年代次序安排的時候，你會看出這篇作品的構造是怎麼樣形成的，它的結構是怎麼樣的。欣賞小說的樂趣，就是看出它的構成，它構成的巧妙會把你牢牢地吸引住。比方剛剛我提的殺人案件，一個兇殺案發生了，像劉邦友案子發生了，不一定要劉邦友這樣一個縣的行政首長，通常一個老百姓被殺掉了，大家興趣會被引過去，這是一定的。那麼，小說開頭的時候是不是強烈地吸引你看下去？如果是的話，那麼這個作家在結構方面下了一些技巧，也許是小技巧——要吸引人的小技巧，讓你欲罷不能、手不釋卷。這樣的小技巧，在小說創作裏面並不是什麼重要的需要，不過有些時候需要的，否則你寫得拖拖拉拉地，看半天還看不出有什麼戲在裏面，那這個小說就不容易得到人家的欣賞，不容易得到人家的共鳴。

如果各位想明瞭一篇小說的結構是怎麼樣安排的，就像我剛才說的，你在閱讀當中，留心它的前前後後是怎麼樣安排的，爲什麼開始會有這麼一件東西、這麼一個人物、這麼一件事情出現呢？最早出現的這場戲是不是會使你感到很有趣？你會情願花一些時間來看下去？這樣想的時候，你就知道這篇作品的結構安排得是不是巧妙。在藝術作品裏面，有一種經常會被提到的，就是藝術之美，就是結構之美。我們看一幅圖畫，美術作品如果是最簡單的畫一個花籃，雖然很單純的一盆花，可是也許這個畫家對花朵的安排、花籃的形狀、空白等等，都有他匠心獨運的地方，所以才會有這麼一句話：「結構之美就是藝術之美」。一件藝術作品都有這樣的成份，都有結構構成的美的因素在裏面。小說作品，我相信也一樣，應該看出它的結構是怎麼樣的。

(4)前衛的手法處理本土的題材

〈中元的構圖〉我還有一個意圖。中元是我們台灣重要的節日祭典，是祭拜孤魂的，在台灣是一個普遍性的祭典。牽涉到祭典，有一些傳統性的祭儀，比方中元要放水燈、要普渡等等有幾個不可缺的，這些也可以說是非常傳統土俗的，有泥土味的。我用一種比較尖銳的、前衛的技巧來處理這樣土俗的題材，會成爲什麼個樣子？這是我在這篇小說裏面所想要嘗試的技巧。

5〈骷髏與沒有數字板的鐘〉——父子之愛

〈骷髏與沒有數字板的鐘〉是和〈中元的構圖〉差不多時候寫的，同樣是用現代化的、前衛的（當時來講）手法來處理一些本土的題材。這篇作品也有一個產生的胚胎。有一個很年輕的我教過的學生來看我，他跟我說最近碰到一件很特別的事。他爸爸死掉已經過了好多年，最近才撿骨正式埋葬。我們客家人都有假葬和正式埋葬兩期。第一次假葬過了三年或五年後，挖開墳墓把骨頭撿起來，然後才正式地葬。他告訴我說，他父親的骨頭撿起來了，那撿骨師傳要他遵照古禮，骨頭上還沒有完全掉盡的一些肌肉，要用嘴巴把它咬掉。嘴巴怎麼可以咬？可以的，因爲用金紙、銀紙墊著，做個樣子把它咬下來，撿骨師就會好好地把骨頭弄乾淨，不過第一口一定要孝子動一下嘴巴。他說撿骨時那個撿骨師傅逼他一定要用嘴巴來咬，就像我剛剛提的那樣墊著銀紙做個樣子咬了一下。以前我沒有聽過那樣的事，覺得很有趣。這是台灣，特別是客家人，也許是代代相傳的一個習俗，表達一個孝子對亡故的父親的孝心，用最隆重的方式把父親的遺骨弄乾淨，這是孝心的表現，我是這樣解釋的。這件事情後來就是我寫出這篇作品的胚胎。我把死人頭部的骨頭比做沒有數字板的鐘。從前的鐘用彈簧來走的，有兩個齒輪，看起來就像人死掉的骷髏一樣，好像從來沒有人這樣聯想過，我是這樣聯想，把他構成一篇小說，主要是要描寫那撿骨的場面。

6〈大料崁的嗚咽〉——兄弟之情

〈大料崁的嗚咽〉情形有一點不同，這是我老婆告訴我的她娘家的故事。她父親有一個哥哥就是這篇作品裏面的男主角。我太太告訴我她那個伯父很可憐，有癲癇病，而他有濃濃的兄弟手足之愛，這很動人。家長也幫他娶了一房媳婦，這個媳婦當然有狀況才會嫁給這樣一個人，我覺得很動人，還有他死亡的樣子。他可能是因爲後母的關係，雖然他的腦筋先天不足，不過還可能萌生厭世的感覺，他可能覺得活在世上沒有什麼意思，沒有生趣，所以才選擇那樣的死法，不過我沒有寫清楚，他很可能在河邊放牛時癲癇發作了，然後就倒下來剛好倒在水裏面，馬上就淹死了。這篇作品是有眞實的背景，沒有很多想像的空間，因爲從頭到尾眞實的故事就擺在那邊，不必我再加想像，就可以把這篇作品寫出來。

7〈馬拉松・冠軍・一等賞〉——山地部落文明的迴光返照

我有個女兒唸輔大的時候參加山地服務隊，我那個女兒是四十六年次的，那時很流行山地服務，她那時候跑到特富野部落去服務，剛好碰到山地部落的運動會。我女兒告訴我，那些山地人說到要參加運動會，都很高興，走路要兩天，帶很多個便當，那便當是飯糰，大概帶好幾個，可以吃好幾天，從他的部落走到運動會的會場——大概是小學的地方。當然這寫的是三、四十年前的事，現在山地的小學都有現代化的設備了，三、四十年前還沒有那麼好。這個部落的居民爲了要參加運動會，大老遠地帶便當、露宿，走到參加馬拉松的地方。我女兒告訴我她看到聽到的狀況，我就賦予它一個故事，像這裏所寫的，山地部落的文明、文化，他們固有的語言，固有的風俗習慣消滅以前的一個迴光返照。這樣的思考之下，我就用長途競跑的場面來把它寫下來。這篇小說原始的胚胎，就是我女兒跟我提的，原住民走路走一兩天那麼久去參加運動會。寫出來，大部分都是靠我的想像，還好我對山地的種種還懂得一點點，在這以前我也寫過一些山地的故事，像《馬黑坡風雲》，後來還有兩部山地組曲寫出來。

今天就講到這裏，謝謝各位！

（一九九七年一月七日）

台灣文學十講之八
——小說創作種種(下)

三、洪醒夫

〈散戲〉

(1)時代背景——鄉土文學開始抬頭

各位老師，大家好！

剛剛藍老師跟我提了一下，上禮拜我談的有關小說創作的一些屬於內幕那一類的，聽說各位老師對這方面比較有興趣。當然這方面我也很願意跟各位聊一聊，比方說剛才藍老師提到的洪醒夫的〈散戲〉。這篇作品確實可以像解剖一樣地來分析。可是經過這麼多年，詳細內容我並沒有辦法在腦子裏面追憶出一個比較完整的印象。我只記得那一篇是參加聯合報小說獎的得獎作品，模糊地記得恰巧是我去參加評審工作的那一屆。雖然過去有一些相當深的印象，現在想起來，我是記不起來了，只記得他是拿我們台灣傳統戲劇的沒落爲主題來寫的。如果我記憶沒錯的話，這篇作品得獎已經有十五、六年那麼久了，當時那個年代剛剛是所謂鄉土的東西漸漸地受到重視。各位老師當然都知道我們這邊社會上、文化上，還有教育方面也一樣，都是崇中輕台，中國的東西才是一切，屬於台灣的，根本得不到重視，不但得不到重視，而且還是排斥的，受到相當嚴重的排斥。特別是台灣文學發展經過當中，來自政治的一些干擾，阻礙了台灣文學的發展。日本時代就是這樣的，戰後幾乎可以說是變本加厲，來得更嚴重，因爲白色恐怖的戒嚴時代，長達三十好幾年將近四十年那麼久。在這麼長的戒嚴年代當中，屬於台灣本土的東西，發展受到阻礙還不打緊，作家也好、社會上的人士也好，往往有一些莫名其妙的災禍降臨頭上。這種狀況我看過很多，我本身也是在這樣的年代偷生苟活的，保住了一條命，沒有受到太強烈的壓迫。精神上的負擔當然始終是非常沈重的。

當時本土的東西漸漸地抬起頭來，爲什麼呢？因爲一九六〇年代開始，台灣經濟起飛，七〇年代開始，台灣的經濟漸漸地穩定在成長的路上飛躍地成長。所以這當中就有一些民主化的需求，在國際上也發生跟美國斷交、跟日本斷交、跟很多很多的邦交國斷交。因爲退出聯合國以後，台灣的外交節節敗退，這當中就有一股民間的力量，現在人家都不理我了，國際上變成好像一個孤兒一樣的，而且崇洋媚外的風氣一直都很強盛。所以有人就想到，是不是我們也有些東西呢？我們自己的東西難道不值一顧嗎？就有所謂鄉土文學漸漸抬頭的這麼一回事。還有加上釣魚台運動。釣魚台運動是我們受到外國的欺負，所以我們要反抗。剛剛好發生釣魚台歸屬問題，有所謂保釣運動，好像去年也吵過一次，事實上二十幾年前就有過了。社會上各種情勢發展，很多人回頭要來看看我們自己的東西，這就是鄉土文學運動的一個開端。這當中，很多人發現我們台灣傳統的東西失落了，因爲不受重視、不受保護，台灣傳統的戲劇是其中重要的一環。也許各位小時候看過野台戲，隨著成長的歲月當中，這些東西漸漸地沒有了。當然一方面電子媒體的興起，搶去了觀衆也是原因之一，不過我想更重要的是有關方面只懂得保護國劇。比方說，國劇的觀衆也漸漸沒有了，同樣是在時代潮流之下會被衝得無影無踪的東西，政府方面就懂得去保護所謂的平劇（平戲、國劇），利用電視來保護它，每個禮拜各台都有個國劇時間。國劇，演戲的也好，文武場的，他們有表演的機會，就可以保護他們的飯碗，甚至用國軍裏面的什麼機構讓它存續，那些國劇人員聽說都有軍人的身分，或者是軍中文職人員。事實上怎麼樣，我不太了解，不過反正他們有沒有表演都有一口飯吃，這是很具體的保護方式。

(2)以台灣傳統戲劇——歌仔戲——沒落爲題材

台灣的戲劇就沒有這麼幸運，一路走上沒落的路途，到最後幾乎完全消失，剩下各地方偶爾一年有兩、三次野台戲的演出，拜拜的時候。光是靠這樣的演出，那些傳統戲劇的從業員沒有辦法生存，自然就會一路沒落下去。

洪醒夫抓到這麼一個題材，表面上是描寫台灣傳統戲劇——就是歌仔戲——沒落的狀況，事實上也影射出台灣文化方面的沒落，台灣本土的（這是現在的說法，那時候還沒有說什麼本土）傳統戲劇沒落的經過。當然這是個好的題材，不過影射出來的是整個台灣文化的失落。我想洪醒夫的重點應該也是這樣。

(3)技巧高

這篇作品的技巧，當時也受到很大的讚賞，否則不會得獎。洪醒夫很年輕的時候就開始寫小說，他死的時候也不過三十幾歲，是車禍死的。他在唸師範的時候就因爲向我編的《台灣文藝》投稿，所以很早就跟我認識了。他當兵的時候在我住的龍潭附近的一個營房，所以假日就有機會來看我，因此我們幾乎每個禮拜都會見面互相交換意見。當兵完之後，他小說越寫越好，當時被認為是新進的而且是有力的一個新人，好比《台灣文藝》上發表的，他就得過吳濁流文學獎，我記得是先得兩次的佳作獎，第三年就得到正獎，可以說是很有才華的。

四、小說、散文、詩

1 戰後台灣文壇

(1) 散文大行其道

有關小說創作方面，今天我也沒有事先準備，不過也不妨跟各位聊聊。小說這個東西，上禮拜我已經有一個很簡略的介紹，多半是屬於我個人之見，不一定符合坊間很多很多的文學理論、創作理論那些書裏面的說法。今天我想跟各位提一下，小說跟散文有什麼不同，跟詩又有什麼不同。我們這裏的文壇，所謂的散文大行其道，戰後以來一直都變成一個常態，因為散文多半是千把字、一兩千字，了不起三千字就很長了。有一段期間，報紙上幾乎每個副刊都是散文的篇幅佔有了最大部分，因爲它是一篇千把字的，寫的人也許經營起來比較容易。副刊編輯這邊也覺得小小的一塊園地裏面，要容納比較多的東西比較有變化，各種菜色都有，散文就得到更多的青睞。我覺得很奇怪，爲什麼散文在我們這邊的文壇變成那麼風行、那麼受歡迎的東西。根據我的觀察，寫的人有這樣的方便，編輯也有他的方便之處。除了這兩者之外，還有欣賞的人這邊，一篇短短的文章，幾分鐘就可以看完，也許可以得到一點滿足，說不定也可以得到感動之類的。散文的發展，因爲我四十幾年前開始寫作，當然也看得很多，我學中文從這些散文得到若干啓示，這是不可否認的。因爲寫散文多半需要很豐富的詞藻，文字上要寫得很漂亮很美很動人，所以有所謂詞藻豐富這樣的說法。像我這種學中文半路出家的，最大的困難就是詞藻不夠用，在一個寫文章的人來說，詞藻不夠是很嚴重的事情。因爲有很多場合，我都找不到恰當的字、恰當的形容詞來表達我的意思，這當中我就需要大量地去吸收這些辭彙。散文剛好提供了很多這方面我的需要。

(2)女作家當道

我現在還記得很淸楚，一九五〇年代這段期間是女作家當令的年代，很多那時候出道的女作家——當然都是從中國大陸那邊過來的——，憑她們那種豐富的詞藻，盡可以發揮，而且擁有大量的讀者。到今天這種情況還是改變得相當有限，寫散文的照樣很吃香，特別是目前的副刊，我們都可以看出來，短短篇幅千把字的，甚至更短的東西，都可以得到比較多的發表的機會，也得到比較多的被欣賞的機會。不過我今天也發現到，詞藻豐富，特別是大量的成語的運用，對於文學創作會構成一種傷害，而且相當地嚴重。成語的濫用會造成沒有獨立的思考。創作就是要「創」，你老是用人家的成語套進去來表達，就違反了創造的本意。所以我漸漸地對這樣的散文沒有那麼喜歡，不想看，老是那一套寫家庭瑣事、身邊瑣事，轉來轉去不脫離自己身邊的那個小圈子。

2 西洋文學以小說——尤其長篇小說——爲正宗

本來我就是主力放在小說的創作方面，當然從短篇開始，然後寫長篇，末了就變成專門寫長篇的。在我的觀念裏，因爲我過去所吸收的，除了我爲了要豐富我的辭彙而刻意地用心去讀，可以看到書上這樣的東西之外，我主要的學習、欣賞的對象以西洋文學的翻譯本爲主，其中也有不少日本文學的東西。日本文學我當然是直接用日文來看，其他西洋的英、法、德，還有種種西洋的文學，是靠翻譯的東西來看。在這樣的學習和欣賞的過程當中，並沒有像我們這裏常見的散文的地位，完全沒有。日本文壇、西洋文壇都一樣，至少留存下來的都是長篇小說居多。比方有一部世界文學全集幾十本當中，小說至少佔了百分之九十五，留下來的小部份，在我欣賞過的西洋文學當中來看，就是劇本。像我們常見的這種散文類的東西，完全沒有。爲什麼呢？因爲文學的正宗（說正宗不曉得對還是不對）應該是小說，特別是其中的長篇小說。在一套世界文學全集裏面，長篇小說恐怕佔三分之二以上都有，另外小部份，最有名的短篇小說作家的作品還是有，比方莫泊桑、契軻夫、安徒生等等，這些靠短篇小說成名的，在世界文學上揚名立萬的，短篇小說還是有，不過人數就相對之下少得很多。所以主要就是小說作品。

3 散文（包含小說）與韻文

小說跟散文怎麼分別呢？小說有一定的脈絡可循，就是有個故事，這個故事就交織在作家所要表達的主題，在這個主題的旁邊這樣轉，轉到最後有一個結果出來，大概這樣的就是小說。散文則不一定有什麼情節、故事、組織、結構，只是一個小小的感觸、小小的發現，或者他要發洩一份一己之私的感情，都可以有五六百字、千把字的東西寫出來。事實上在西洋正統的文學觀念裏面，小說是被歸類爲散文的，非散文就是韻文。各位老師是唸中文系的，比我更清楚，散文跟韻文，大別之就是這兩種，不是詩就是散文，包含小說在裏面，這是正統的說法。我們這邊好像跟這種情形相當不一樣，因爲散文變成另一種被認爲是正統的文學的表達形式。那麼散文跟韻文分開來，韻文當然就是詩爲主，有些詩採取詩劇的方式，比方最有名的德國的歌德寫下來的詩劇，到現在在世界文學史上佔有非常重要的一頁。其他西洋國家的作品當中也有這一類的東西，不過數量不多，主要還是小說爲主，因爲小說可以得到更多讀者的欣賞。欣賞詩，一首詩的篇幅往往很短，也許五六行、也許幾十行，也有發展成敘述詩的幾千行都有，因爲詩需要用最簡練的文字來表達，所以欣賞上就比較需要高層次的欣賞者才能夠進入其中。小說就變成一個比較大衆化的，大家都可以欣賞的，因此小說這種文學形式就變得非常發達，發展得很快。

4 短篇小說

小說又可以分成短篇、中篇、長篇這三種。事實上有一種見解認爲小說只能分成短篇跟長篇兩種，中篇也是屬於長篇這一類的。我們這邊文壇上的說法，用字數來區別，比方這篇小說最多可以到兩三萬字，以下就歸類爲短篇小說，四五萬到七八萬字大概就是中篇，超過這個字數就變成長篇。這樣的區分是很機械性的，不一定很正確。不過我們大體上可以說，短篇小說應該是用比較簡練的表達方式，把某一個人物，某一件情節，某一個狀況場面交代出來，而在其中賦予作家所要表達的主題，這樣的東西叫做短篇小說，這是一個很籠統的概略性的說法。因爲它採取的必須是一個簡練的方式，所以篇幅就比較短，通常一個短篇小說有一萬字左右就可以十分地有個迴旋的餘地，可以表達清楚了。有時候也會拉長，比方說人物比較多，情節比較複雜一點，就變成兩萬或者兩萬多甚至到三萬字，我也是便宜上用字數來表達。這樣的短篇小說，內容上往往比較單純，有它的單一性，不會很複雜，人物也不會很多。

(1)短篇小說舉例

短篇小說也可以很短，兩三百字的，我很早以前看過一篇聽說是最短的短篇小說，不過雖然短，它已經表達出一個完整的東西出來。這篇小說寫的是，戰爭剛剛結束，有一個士兵回到他的故鄉，他一心急著要回到他的家。晚上來到街上，他碰到一個女人，在路燈下本來是看不太清楚的，那個女人向他打了個招呼說：「你要到哪裏啊？是不是到我那邊休息一下呢？」那個男的歸心如矢，不過因爲被喊住了，所以就上前一看，發現到這個女的就是他所想望趕快去見的從前的女友。到這裏這故事就結束了，就這麼十幾行字，而且不是每一行都是完整的一行，對白也許幾個字就佔了一行，這樣的長短行湊起來十幾行而已，可是它完整地表達了一個意象。這是戰後的一個偶然發生的，也可能是到處都會發生的一個狀況，表達出一種人心的荒廢，這個荒廢來自哪裏？來自這個女的，戰爭期間她的丈夫或是情人出征了，出征打仗很可能一去不回的，所以她生活無著，只好站在街頭拉客。這樣的荒廢當然是戰爭造成的。現在這個男的很僥倖地保住了一條命回來了，說不定他打仗的時候念念不忘的是他的情人，現在他回來了當然趕快要去見他的情人。結果在這個方式下，這種狀況下兩個人碰面了。這篇小說到這邊忽然就結束了。從這篇小說裏面，也許我們會看到反戰的思想，也許我們會看到人心的荒蕪，也許我們看到人的內心裏面所存在的一種對生活、對生存、對家庭、對愛情的種種心情上的想望，隱藏在裏面，應該是非常動人的一篇短短的小說。

(2)奥亨利的〈最後一葉〉

小說可以短到幾百字、一千字左右。從前美國有一個短篇作家奥亨利，寫短篇成名的，他投稿的時候都用明信片，當然可能字寫得很小，一張明信片裏面就把他創作的小說寫出來。也許這麼一張明信片翻譯成中文變成兩千字左右，也許變成一千多字。他很多短篇小說都是這麼樣的篇幅，很短很短。以前的課本裏頭好像就有一課〈最後一葉〉，描寫一個生病的人快死了，窗外看得到樹葉，冬天冷風吹來，樹葉紛紛掉落。可是他看準了一片葉子，他想：「那片葉子還在的時候我就不會死；那個葉子掉下來，說不定我就會死掉。」把這個情況抓住，變成一個非常有意思的可能三分鐘可以看完的一篇小說。還有一篇寫兩個人年輕的時候很要好，他們互相約好十年(或二十年)後再回到這裏碰面，然後就各往東西創造自己的事業去了。十年(二十年)後，他們回到原來的地方，這兩個好朋友當中，一個變成警官，一個是幹了很多強盜之類的壞事的被通緝的人，當然他們互相不知道對方目前的身分，直到碰面了點煙時才發現到彼此的身分——一個是要抓壞人，一個是要被抓的——這樣對立的身分。這篇小說也是短短的篇幅，寫到兩人抽煙點火的時候看到對方的臉，因爲二十年前他們記憶裏面的那個的相貌，經過二十年已經轉變掉了，才發現到對方是警察；對方是被通緝的罪犯。點火的刹那間，這個小說就結束了，表達出人性的滄桑，很有意思的。他專門用短篇小說來表達，甚至一張明信片的篇幅都可以表達清楚。

當然，字數，就是篇幅往往也可能決定一篇小說的內容的好壞，不過不是絕對性的，不是很決定性的。像剛剛我舉的例子，可能三分之一的明信片就寫出來的，也可能像奧亨利那樣的用一張明信片來寫。我以前也經過這樣的鍛鍊，因爲那時候台灣的報紙副刊，最長的一篇只能有兩千字左右。一篇小說用兩千字來表達，這是要求你怎麼樣用很簡練簡扼的方式把你的意思表達出來，你的人物盡量地緊縮爲兩個三個四個，不能超過五個六個，在簡單的故事，簡單的人物當中，把你的意思表達清楚。

5 創作長篇小說

(1)人物表

後來我漸漸地開始寫長篇，我有一個創作的一得之祕，我寫長篇一定先要有一個人物表，我要讓這個人在我這部小說裏出現，那麼這些人人物物、男男女女、老老少少，我要先做一個表。這個表，包括他的年紀、外貌、臉像上的特徵，比方他眼睛特別大、水汪汪的眼睛，這也是條件之一，或者她左邊有顆美人痣，也很容易地就給她一個特徵，一看就看出來。還有，她是高的還是矮的，胖的還是瘦的，一定要寫清楚。就是說一篇小說幾乎還在醞釀的階段，這些人物就已經很清楚地在我的腦子裏面形成了，我就把它記錄下來做一個人物表。這個人物表，因爲是長篇，所以人物會很多，不過其中的夠得上稱爲主角的，大概不出四五位、五六位，也許會集中在其中的一個兩個身上，其餘的也許有十個或二十個就是所謂的配角，不管主角配角，通通要排列出來。不過有一個很有趣的現象，我在寫到半途的時候，忽然覺得我需要另外一個人物來撐這個場面，也許讓他來節外生枝。因爲我覺得非另外再創造一個人物，沒有辦法把我這個故事、情節或者主題表達清楚，那麼我就會在原來的人物表上另外再增加，本來應該是多餘的，不過我讓他上場了，就變成書裏面不可缺少的人物。這不是很好的方式，不過因爲有這樣的需要，所以讓他好像忽然冒出來一樣。我們在電視連續劇上面常常看到這樣。電視劇快結束了，可是因爲看的人多，收視率好，他就增加兩個三個四個人物，喧賓奪主都有，這個電視劇本來只有三十集的預定，延長到四十集、五十集、六十集都有，不停地增加拖長。在小說創作來說，這並不是正常的，甚至也可以說是一個很不好的示範。在我的作品裏面，我希望儘可能地照我原來的意思讓它發展下去。爲什麼？因爲你任意地讓人物增加，讓情節節外生枝，原本的目標，原本要表達的主題，說不定會模糊掉或者走味走掉，這是應該避免的。

(2)年代表

長篇小說的創作，我個人的做法通常是先有人物表，再來是年代表。年代表在一篇短篇小說裏面也非常有需要。當然，有些短篇並沒有複雜的情節，所以年代表並不一定有需要的。不過如果你要讓一篇小說雖然單純，你在表達上追求一些比較複雜的效果的話，也許年代表是有需要的。比方現在很流行的推理小說那一類的，往往現在、過去、過去的過去，穿來穿去的，這時候一份年代表就變成不可少的，要不然前後的關係也許會忽略掉，也許失落掉，也許忘記。在長篇小說，我覺得年代表是必需的，這個年代表除了需要時代，主要是歷史的問題。比方某一年有釣魚台事件發生，然後某一年中日建交，（或者台日斷交。我們習慣說是中日斷交，事實上是中日建交、台日斷交。跟美國的關係也一樣，應該是中美建交、台美斷交。我想這也有需要分別清楚的，因為這是全世界都行得通的說法。我們這邊自己在喊中美斷交，在國內還可以，拿到國外去，人家就莫名其妙了，中美哪時候斷交過？根本就沒有，只有中美建交或中日建交。）像這樣的一個時代的大事件有需要加進去。男主角哪一年誕生的，他幾歲的時候有過什麼樣的事情，在年代表上一一註明。主角是這樣，配角也儘可能地把他安排在年代表裏面。眞的要開始起筆了，看從哪一段開始，這個道理跟上次我所講的短篇小說的結構的問題是差不多的。隨便從年代表裏面哪一個時代，哪一年份來開始寫都可以，都無妨，主要是你怎麼樣來處理前前後後的事情。爲了求得一個比較好的效果，小說創作者往往懂得一開頭就讓戲上演，就有戲可以看，讓讀者在欣賞的時候覺得一開始就有戲在開始演了，就被吸引住了，然後一路地看下去，而不會半途而廢。那是小說創作上最起碼的一個技巧。

(3)蒐集資料

年代表成功了，接下來就可以開始寫。不過各位當然都可以想像得到，一篇長篇小說從醞釀到眞的寫下年代表、人物表，然後開始執筆，這中間往往是要經過相當長的時間。因爲旁邊一定要有某些資料有待蒐集，比方剛剛我提的保釣運動，它爲什麼發生的，你一定要了解清楚。還有作品中的人物跟時代事件是不是有直接的關係呢。因爲我們讓它有直接的關係就可以使這部小說脈絡更清楚。比方說這個男主角二十歲的時候就碰到什麼重要的社會事件或者政治事件，這樣看起來一下子就明瞭這個男主角是屬於哪個年代的人物。比方說現在我有一部長篇小說，頭一句就寫：「日本人無條件投降的時候，這個男主角某某在哪裏，怎麼樣迎接了日本人無條件投降這個大日子。」那麼，我在開頭的時候就這麼講，看的人馬上明瞭過來這個男主角是哪個時代的人物，日本人投降以前他應該是接受日本式教育的，日本人投降以後，他的身分從日本國民改變爲中華民國國民。像這樣的事情不用我講大家都可以明瞭，這也是年代表所起的相當積極的作用，可以讓作品當中某些事物不待你來交代，可以讓讀者自然明白過來。

蒐集資料當然也是相當困難的，因爲牽涉到多方面的。比方說我寫《台灣人三部曲》，其中第一部的時代背景就是乙未抗日戰爭。乙未抗日戰爭就是西元一八九五年。甲午戰爭一八九四，然後有清朝戰敗、割讓台灣這樣的事實發生。我希望蒐集的資料就是有關這一件歷史事件，它的前前後後，雖然不一定我在作品裏面會把一些資料拿出來，不過作爲一種重要的參考，因爲我在寫的當中，時時刻刻都不能忘記這個是乙未戰爭那個年代的狀況。時代背景對於一部長篇作品確實是非常需要的。當然也有例外。我說例外，各位老師不太明白，小說是千變萬化的，怎麼樣的情形都可以成立，只要你筆下有個交代清楚，或明的或暗的、或顯或隱，讓讀者明白，這是一個寫長篇的人一定要做到的。

6《怒濤》

(1)牆上的彈痕、血痕

蒐集資料除了時代背景以外，還有，比方我寫乙未抗日戰爭，戰爭的情況、在哪裏發生過，什麼戰事，這個戰事的情況如何等等，都需要蒐集一些文獻資料來明瞭。比方到目前爲止我最後一部長篇小說《怒濤》，這部作品的原始動機——當然我本來就有寫二二八的預定，我一直沒有寫當然是受到時代的影響，這是最大的。其次，有一次我到某一個地方，有一個朋友嚮導我去參觀一面磚牆，牆上有很多洞。那個朋友告訴我，二二八事件時對面一幢二層樓的幾十年歷史的古老房子，那房子看起來是戰爭時期建的，沒有好的材料的。這邊一堵牆，那邊一個矮牆後面有個庭院有好幾棵樹，那古老的房子就在那裏。這邊的牆爲什麼會有大小的洞呢？那個朋友告訴我，那是彈痕。因爲當時那個房子被國軍徵用，有很多國軍住在裏面，在外面的是本地的青年，他們拿槍去攻打那個房子，那房子裏面的國軍，有強幾十倍的火力，機槍、迫擊砲、步槍等等，這樣掃射過來，所以在這邊的牆留下了很多彈痕。這個彈痕有那火磚崩掉的，打一個小洞、一個大洞的。那個朋友告訴我，好多年以前他還看到在這個牆上可以挖到子彈，子彈打進去卡在裏面。現在都被挖光了，那子彈都扁扁的。他聽他的前輩說，最早的時候，除了彈痕之外還有血痕，發黑的。血痕容易被雨水沖刷掉，不過聽說留了有幾年那麼久。

(2)二二八的禁忌

這個牆給了我很大的衝擊，有血痕，就表示說有人就在這前面被打死，而且子彈穿過他的身體打到後面，血噴上去。這個場面就光是這樣簡單的說明，已經可以聯想到這場戰爭是怎麼打的，火力的強大弱小，人數的多與少，都有明顯的對照。然後年輕的台灣孩子在那邊死了好多好多，不是幾百幾千那麼多，可能是十幾二十個，這都是聯想的。我的內心裏面一直在想：我是不是把當場在腦子裏形成的一個想像的場面讓它活起來做爲我的小說的一個場面。我寫的《怒濤》，這個場面幾乎成爲一個胚胎一樣地在我的腦子裏面發酵很久很久。不用說我不必另外找一個像上次我在講短篇小說的時候，我本來有個事情想寫的，遲遲沒有辦法下筆，後來另外一件事情發生了，剛剛好這兩件事情碰在一塊，結合在一塊的時候，這篇小說就自然形成了。《怒濤》這部小說並不是這個樣子的，本來就有，我是要寫二二八。我的《台灣人三部曲》、我的《濁流三部曲》，寫到台灣光復日本人無條件投降，我就沒有辦法寫下去了。爲什麼呢？因爲有二二八在那邊，而二二八幾十年來都是禁忌當中的最大的禁忌，台灣人是不能碰的，不能提到它，所以沒有辦法寫，放在那裏。不是我有意地放在那裏，它本來就有的，可是它沒有辦法發洩出來，沒有辦法顯露出來，沒有辦法冒出來，我一定要把它壓下去，讓它躲在我的心胸最底層的地方。然後等另外一個故事來觸發嗎？也不是，等到解嚴。各位不曉得還記不記得，解嚴，戒嚴令宣佈解除了，然後有好幾年之間戒嚴的狀況還是存在的，我那時候弄了一套書叫做《金陵春夢》。被移送叛亂犯，那是解嚴以後了，解嚴以後還有叛亂犯。後來過了幾年，有100行動聯盟，那是民間的一個社會運動。100行動聯盟就是說，刑法第100條規定你在策劃一個叛亂這樣的事態的時候，你就是叛亂犯。叛亂犯是什麼呢？是反抗政府，拿刀拿槍來跟政府打，這才是叛亂，有行動。沒有行動，我仍然可以判你叛亂犯，解嚴以後還是有這樣的狀況。所以你不能單純地說，現在解嚴了我什麼都可以寫了。不是，解嚴了還要再三、四年，然後才眞地完全解除了，特別是100行動聯盟運動成功，刑法100條犯意的部份被取消之後。當然你叛亂拿刀拿槍有部隊有武器來跟政府反抗，那是叛亂犯，沒話講。而犯意的部份，光有這樣的意思，是不能構成叛亂罪行的罪名的。解嚴以後過了幾年，才眞的在言論方面沒有禁忌，百無禁忌的年代才出現。這時候也就等於說，我這部小說可以寫了，我的《濁流三部曲》、我的《台灣人三部曲》的共通的第四部可以寫了，然後才有《怒濤》這部作品出來。剛剛我提的磚牆留下的彈痕，也是推動我一定要把這個寫出來的因素當中之一，不是重要的因素。因爲看到那一堵牆，然後聯想到一些東西，然後這個場面一直存在我的腦子裏面。當我執筆開始寫二二八的時候，這個場面很自然地成爲我這本書裏面的一個場面之一。

剛剛提的就是長篇小說在準備的階段應該有哪些準備工作。長篇小說，其實說起來也沒有什麼稀奇的，你對時代的掌握有一個清楚的概念，對於一些形形色色的人物有個清楚的面貌，然後讓他們在書裏面活動，在我筆下讓他活起來，讓他去行動，也許是唸書，也許是談戀愛，也許做什麼什麼，讓這些人物在我的筆下、在書裏面行動，一部長篇小說就寫成了。

7 大河小說

(1)外國的大河小說

我常常被說是在台灣文學當中大河小說的開山級的人物。開山鼻祖是不敢當啦，開山是有啦。台灣過去沒有這麼大部頭的東西，我的《濁流三部曲》寫出來了，那是三本書寫成的，至少篇幅上大約可以形成一個大河小說。大河小說是什麼呢？簡單說，篇幅很長的。篇幅長，自然它的內容是很複雜的，也自然地裏面會有很多很多的人物，有主要人物，有次要的人物，也有小配角。故事方面往往複雜多奇的，就像一條大河流一樣。我不知道台灣最長的河流有沒有一百公里，人家的大河是用千公里來計的，長江黃河不用說啦，還有許多世界性的大河流，美洲大陸也有，歐洲大陸也有，非洲大陸也有。聽說最早說起大河小說這個詞的是法國人，因爲他們產生了多位大長篇的作家，比方巴爾札克，比方雨果，比方羅曼羅蘭。篇幅很長的小說的形貌，就像一條大河流一樣，有很多支流。支流又有小支流，因爲在歐美這麼寬廣的土地上，小河流集合成中河流，中河流幾條會合起來變成大河流。所以這個大河，不但它的主流是很長的，而且有很多的分支，就像一部小說很長的，它有一條主線，可是副線、支線很多，就像一條大河一樣。然後這麼多大大小小的支流會合起來，就像一部小說一樣，有大的主線的情節，還有副線的。這麼多的情節、這麼多的人物，構成一部小說，會很長很長。現在日本人比較喜歡用大河小說這個詞，日本也出過一些大河小說，不過好像沒有特別有名的，像《戰爭與和平》、《約翰克利斯多夫》、雨果的《悲慘世界》，這麼大部頭的東西，日本也有，不是沒有，而且很多的。不過像剛剛我舉的這幾個歐洲的大文豪所寫的，沒有那麼有名就是了。

(2)台灣的大河小說

我們台灣到目前爲止，我有兩部，就是《濁流三部曲》、《台灣人三部曲》，我的高山組曲寫了兩部，第三部沒寫，也是同樣的理由，牽涉到二二八，到現在還沒有寫出來。李喬《寒夜三部曲》也是三本書。另外他最近的《埋冤一九四七埋冤》寫二二八的，不過就內容來說，分成兩部當中，前面的一部是記錄性的像報導文學一樣，他跑遍了整個台灣，訪問那些二二八受害者遺族，把一個個故事記錄下來，第二部才有一點文學創作的味道。另外東方白的

《浪淘沙》，這是目前為止台灣出現的最長的一部，三本書總共有兩千好幾百頁，我的兩個三部曲都只有一千二百頁左右，文字上來講大概是七八十萬字。

8 發表《台灣人》的曲折經過

(1)三腳仔

我這個《台灣人三部曲》也有一些曲折的。本來我很久就有一個想法，我要把台灣被日本佔領的五十年代做為時代背景來寫一部很長很長的小說。幾乎我開始寫作的年代，特別是我剛剛有了自信認為我可以寫東西了，確實可以寫了，這時候就有這麼一種想望，就是說把台灣被日本人統治的五十年代，用小說的方式寫出來。其中第一部書名叫做《沈淪》，本來的書名就叫做《台灣人》，我記得那是一九六〇年代、民國五十幾年那一段期間就開始寫了。剛好碰上《公論報》復刊。《公論報》戰後很早就有了，一個叫做李萬居的從大陸回來的自由派的辦的。從大陸回來的，他們都享盡榮華富貴，比方謝東閔，這些人戰時在中國替重慶這邊做事的。戰時中國那邊也分成兩個，一個是在南京的汪精衛政權；一個是在重慶的蔣介石政權。

台灣過去的不外就是靠這兩邊。你靠汪精衛這邊就倒楣了，汪精衛本身在日本人投降以前就死掉了。戰後日本人投降，這些南京政府的，不管是中國人或者台灣人，通通變成漢奸、戰犯，都要受裁判的，很多被處死。台灣過去中國那邊的，也有小部份是屬於南京那邊的，當然在南京的年代他們也享受過短暫的，也許可以稱得上是榮華富貴的一段風光歲月，不過不很長就是了。靠重慶這邊的，眞是不得了，眞的是勝利國家的要員，特別是回到台灣變成接收大員。

吳濁流在他的《台灣連翹》這部書裏面提到二二八發生的時候，國民政府爲什麼會抓那麼多台灣的菁英份子，那些大陸過來的，他們怎麼會知道誰可能會反抗國民政府?就是因爲有人提供一份名單，國民政府就照這個名單抓人，然後一個一個把他處死。提供名單的人是誰?當然他們是對台灣相當熟悉的人物，不外就是去大陸靠重慶這邊，戰後回來的，那時候被稱爲三隻腳的。在台灣，三隻腳的說法很早就有了，從前說日本人是狗，我們是人，狗是四隻腳，我們人是兩隻腳。而當日本人走狗的，他不是狗也不是人，所以是三隻腳的。日本時代就有這樣的說法。戰後，狗沒有了，換來了豬，台灣人靠那邊的就變成三隻腳。這個名單，吳濁流的《台灣連翹》就有明顯的交代，那些名字我現在也忘記了，唯獨不能忘記的是吳濁流列爲第一名的。這個第一名的名字，吳濁流自己把他塗掉了，他給我的影印本(他是用日文寫的，我翻譯的)上塗掉了，仔細看才辨別出來這三個字。現在不妨向各位透露出來，吳濁流提出來的有五六個，都是三隻腳的，他從側面聽來的消息，說這個名單就是這些人提供的，國民政府就依照這個名單一個個抓來幹掉。所以台灣的菁英份子在那一場浩劫當中，差不多被抓光、被殺光，就是因爲這份名單的緣故。

吳濁流是一個非常值得一提的作家，他的書也非常值得一看，我認爲是台灣人必看的書，一定要看。他說我們這一代人是亞細亞的孤兒，亞細亞的孤兒是什麼？亞洲有什麼孤兒？有，台灣人就是那個時代的亞洲的孤兒。詳細的情形下次再向各位報告。

(2)《公論報》復刊

我在寫這部《台灣人》時，剛剛好那時候有個《公論報》復刊。《公論報》爲什麼會垮掉呢？那李萬居是三隻腳的沒錯，不過他站在反國民黨的立場、反國民黨的角度，所以他辦的《公論報》的言論比較自由。台灣光復早期，言論還相當開放的，不過開放的期間非常地有限，下次再向各位報告有關台灣戰後文學發展的狀況。

戰後短暫的期間，有相當蓬勃的民間言論，靠種種報上發表出來。李萬居辦的《公論報》的言論，跟胡適掛名的《自由中國》，同樣是站在批判的立場辦的，一個是半月刊、一個是日刊報紙。因爲他的言論批判得讓那些當權的人受不了了，所以想了種種的方法把他弄垮掉了。黨方面安排當時台北市議會的議長接辦，保留《公論報》三個字。接辦沒有多久，這樣的報紙就變得沒有人看的了。雖然那時候開始戒嚴了，有些反對言論市場還是滿大的。沒有反對言論，這個報紙就沒有人看了，結果就垮掉。垮掉以後，因爲有關方面的禁令之一就是報禁，不能新設一個報紙，申請執照是不會准的。想辦報的人就想辦法，好比《公論報》已經垮掉了，可是它的執照是不是有效我不知道，反正可以再一次用這個舊的執照來發行報紙。《公論報》就這樣起死回生復刊了。負責復刊的一個朋友也是大陸過來的文人，他來約我寫長篇連載給他。那是一九六四、五年那段期間。這時候我《魯冰花》之外，《濁流三部曲》差不多都寫完了，我也正在開始寫另外一個三部曲，就是《台灣人三部曲》，第一部我已經開始寫了，我記得已經寫了差不多有三、四萬字的樣子。《公論報》復刊，報社方面鄭重其事地請我吃一頓飯，告訴我：「我們報紙是爲台灣人而辦的。」那時候來講，這是很新鮮的說法，「希望能夠爭取更多的台灣讀者，所以我們副刊也是台灣作家爲主力。」這是當時我都想像不到的說法。我就很高興地答應了。

(3)《台灣人》稿子被查扣

當時我的《台灣人三部曲》第一部《台灣人》已經有三萬多字，我就把稿子交給他，然後繼續寫下去，我是邊寫邊登的。因爲《公論報》垮掉停刊，然後要復刊再次發行，首先有試刊，看看機器轉得好嗎，人員調度，各崗位的工作順利嗎。試刊第一天報紙出來，馬上被命停止，原因就是〈台灣人〉這個連載。聽說是警備總部看到試刊頭一天，就跑到報社要他們暫停，因爲他們要審查這一部連載小說《台灣人》，把我的稿子帶走了。整個報紙的試刊就停頓下來。當然一份報紙要發刊不是那麼容易，籌備了好久了。雖然停止了，過了不多久，又開始試刊，《台灣人》這個連載就沒有了。我的稿子就在警備總部那邊，報社的人告訴我，現在稿子被拿走了，沒有辦法再連載了，要等他們審查完畢以後再看看情形。我這三部曲的第一部的寫作就這樣停頓下來。我內心裏面當然也很火大，只有三、四萬字的東西，要看不用一天的工夫也可以看完啊，爲什麼把它扣住呢？作品也許沒有問題，可能他們認爲我這個人是有問題的，所以扣在他們那邊很久很久都沒有還我，我也有一點心灰意冷的樣子。過了多久呢，我透過報社的人幫我想辦法，但是過了一年都有吧，好長的時間，好不容易稿子才要回來。那這東西我就不想寫了。試刊頭一天，「台灣人」三個字用我寫的筆跡刊出來，我有剪下來留下來，我當時覺得這個東西很珍貴，我這個作品可能會胎死腹中，不過頭一天也許幾百分之一已經登出來了、發表了，有「台灣人」三個字在那邊，我非常珍視它。可是現在我要找那份剪報可能找不到了，那個東西在哪裏呢？也許我的那些一大堆拉拉雜雜的垃圾堆裏面可以找出來，我也不耐煩去找，不見了就算了。

(4)〈台灣人三部曲——第一部沈淪〉刊登於《台灣日報》

還有下文，又過了一、兩年的樣子，另外有一份報紙——《台灣日報》，有一個編輯朋友又來要我提供一個長篇連載。《台灣日報》最近才又開始改變一個新面目，因爲它本來好像是國防部或者軍方接過去辦了好久，十幾年都有。本來在許信良選上桃園縣長的那個年代，《台灣日報》帶有相當濃厚的反對色彩，當時許信良麾下就有一批人馬專門在推銷《台灣日報》，許信良好像希望能夠透過《台灣日報》來宣揚他的民主理念、他的反對理念。結果很明顯，不久《台灣日報》就受到很大的壓力，辦不下去，就被買走了。誰買走了？國防部。聽說那時候花了兩億買的那個執照。那就變成軍方的或者國防部的宣傳的報紙。這十幾年間要死不死的，國防部啦、黨啦編列很多的預算，好像推不動的樣子，不過聽說在台中方面還有一些銷路，特別是軍中規定要買的要訂的。最近辦不下去了，虧得太多了，現在各種報紙言論都百無禁忌的，誰要看你的？聽說現在《中央日報》也沒有人看，道理是一樣的。去年就鬧過《台灣日報》停刊誰接手來辦的問題，後來有一個叫做司馬文武的，還有另外一個人，他們和工商界老大、金主又辦起來了，好像去年十月份復刊的。我剛剛提的是許信良還沒有上台的年代。

當時《台灣日報》要我提供長篇連載，我就想到這部舊稿了。我想，還是〈台灣人〉的話，說不定歷史重演，又被警備總部抄走也說不定，所以我就在萬不得已的狀況下，把題目改為〈台灣人三部曲第一部沈淪〉。開始登的時候就是這樣，很囉唆一大堆——台灣人三部曲第一部，正式的名稱是沈淪兩個字，這次就沒有出問題了，順利地連載完，然後第二部、第三部一路地寫下來，三部都寫完。

今天就到這裏，謝謝各位！預祝各位春節快樂！

（一九九七年一月十四日）

台灣文學十講之九

——台灣文學成熟期／戰後初期

各位老師，大家午安！好久沒有見面。剛剛我跟藍老師稍微聊了一下，我想，各位老師有什麼意見可以提出來，我們來交換交換。結果他說沒有，因爲各位老師都很忙的樣子。那麼就照預定向各位做一個報告。我們這個講座好像也到了尾聲，下禮拜就可以結束了。不過我預定中好像還有不少想要報告的，因爲已經沒有那樣多餘的時間，所以我就簡單地把其餘的部份向各位報告。

一、時代背景

1 禁用漢文

記得上次除了各位提出來的問題以外，我所預定中的是講到台灣文學開花期，就是戰前的部份。戰爭開打——第二次世界大戰開始，民國二十六年七七事變開始——，總共打了八年間的戰爭。這中間台灣文學的發展，從歷史上來考察，可以發現進入戰爭那個階段，也正是台灣文學纔開花期以後，進入成熟的階段。不過這當中有一件事情，很值得我們重視的，就是剛剛好戰爭開打那一年——民國二十六年，戰爭是七月七號開始的，在那以前的四月份，日本官方頒佈了一項命令，就是所有的報紙雜誌的漢文(中文)欄通通要取消。當時很多文學刊物或報紙，絕大多數是中日文並列，就是說，用中文寫的照中文登；日文寫的日文登。這樣的狀況，由於這一項禁令，中文部份全部取消，不過日本人也留下了漢詩欄。日本人對漢詩好像情有獨鍾，我記得以前也稍微提過了，五絕、七絕，五律七律，長短句等統括起來是漢詩。不過日本人主要是七絕、五絕最多，律詩比較少。日本人爲什麼喜歡漢詩呢？因爲日本人多半是從小唸漢學的，特別是維新以前，漢學是他們學問的基礎，幾乎也是學問的全部。明治時期一些日本做官的，都會謅幾句漢詩還會作詞。我很吃驚地發現到，明治時期，不管是帶兵的或是政治家，都會做漢詩。日俄戰爭時戰功彪炳的乃木將軍，後來來台灣做總督，他留下的一首漢詩是大家都熟悉的，聽說這首漢詩用中國漢學家的眼光來看，水準是非常高的。那首漢詩我現在也還背得出來。

戰爭開始了以後，台灣文學進入成熟期，是因爲當時出現了幾位非常優秀的日文作家，就是前面我提過的呂赫若、龍瑛宗、張文環這幾位。其中龍瑛宗第一篇處女作發表，是在那一年的四月份。所以戰爭開始以後，台灣的文學進入成熟期，這樣的說法應該是相當可信的。同時中文作家從此失去了發表的園地。

2 實施配給制度

決戰時期，有幾個特點，因爲戰爭打起來了，台灣社會上一般民間生活起了很大的變化。我也是在那個年代漸漸地長大起來的。戰爭結束，我剛滿二十歲，戰爭開始打的時候，我是十二歲（實歲）。所以整個八年戰爭時期也正是我從少年漸漸長大，然後變成一個日本帝國陸軍二等兵。所以這期間台灣社會的狀況，我相信我了解得相當清楚，因爲我身在其中。那時候各種物資漸漸地缺少了，所以日本官方就採取一種配給制度，米、糖、鹽等等樣樣都要配給，不能夠隨便買，當然衣料也是。黑市漸漸地風行，變成黑市社會。配給的米不夠吃，你要用黑市比較高的價錢買一些以補食糧的不足。所以那時候種一些地瓜、花生，都可以賣到好價錢的。農家也被命所有收穫的稻穀一定要交出來，官方會算好你可以留多少自己吃用。這些農民就把自己用的偷偷地省下一些來賣黑市賣好價錢，這種狀況是很常見的。當時也出現官方的所謂的經濟警察，到家家戶戶去搜，搜到你偷藏米糧的話，會受到很嚴厲的懲罰。所以有些農民把餘糧放在屋後的山上。那時候沒有人會偷人家的東西，你隨便蓋一個草寮，把自己的米三袋、五袋放在那邊待價而沽，不會有人偷，就是怕日本警察——經濟警察，也有台灣人做經濟警察的。被他搜到了，首先就是幾個巴掌，耳光刮得你頭暈轉向，然後叫到警察派出所，還有一頓好打。這都是戰時因爲生活狀況變動而產生的。

二、當時文學狀況

1 作家被動員

文學方面剛剛已提過有一些很傑出的日文作家出現，所以進入成熟的階段，日本官方也並沒有放過他們。在發表方面只要不違反國策，沒有反戰的內容，都可以得到發表。當然，你要反戰，不但是不能發表，還會變成所謂的思想有問題的人物，受到監視甚至被抓起來。我特別要向各位介紹的是，當時我們台灣青年漸漸地因爲日本官方戰爭打了多年以後，兵源的補充變成一個很大的問題，所以需要從台灣民衆當中抽一些年輕力壯的來當兵，所以志願兵制度就登場了。這是一九四二年——戰爭結束的三、四年前就有志願兵，首先是陸軍，然後海軍的，像我就被逼得志願了很多次，陸軍的志願了兩次，海軍也志願了一次，結果很幸運地落榜。雖然很幸運地落榜，可是後來日本人實施徵兵制度，我出生的那一年剛好是第一屆的適齡役男，結果還是當上了日本兵。作家方面，也被動員。所謂動員不是到前線打仗，而是把作家，日本人也好、台灣人也好，集體地下鄉去體驗戰時生活。作家一般來講是住在都市裏面，日本人弄起來的作家文化人的動員，讓他們下鄉去看看一般農民的生產、工廠裏面的生產。那時候高喊增加生產量，大家拼命地在工作，讓這些作家去看，然後寫一些報導文學或者把他寫成小說諸如此類的。就是逼他們要交出所謂的「戰爭協力」的作品。所以每一個作家，不管你願不願意，都被動員，像我們所熟悉的楊逵，他被動員寫了很多的有關增產的文章，現在我們還可以看到。楊逵的作品，現在中央研究院有一個小組正在策劃，大概今年年底或者明年會有楊逵全集出版，他所有的文章，包括他所寫的信——當然他寫的信是日文，都會把它翻譯過來集中出版。像楊逵這樣充滿反抗精神的人，他日據時代坐牢坐了十次以上，每一次都是三個禮拜或兩個禮拜，了不起一兩個月，聽說他坐牢十幾次，合起來不到半年的樣子。他也寫了很多這一類的文章。戰後，國共打得很激烈的時候，楊逵寫了一篇短短六、七百字的〈和平宣言〉，呼籲國共雙方不要打了。結果被判叛亂，在綠島待了十二年。一篇短短的文章，自己的同胞把他判十二年，日據時代他實際地從事文化協會、農民組合這樣激烈的反抗活動，只差沒有拿武器。這樣的反對活動，每一次被抓去，坐牢就是三兩個禮拜。所以我們從戰前戰後這樣的簡單的比較，看出台灣人民是怎麼過來的。

2 皇民文學

(1)改信仰、改姓名

這當中我們又發現到，作家除了被動員以外，也有一些皇民作家出現。爲什麼叫做皇民作家呢？日本在戰爭打起來以後，就推行皇民化運動，就是要把台灣人整個地改造成日本皇民。講的話當然是日本話，生活起居方面也希望能夠盡量地日本化，家裏拜的是日本的神。那時候台灣到處都有的廟通通被廢掉，日本人取了一個名稱：「寺廟神升天」，讓這些民間的神明，從土地公開始，關公、媽祖、觀音等等一大堆的神都升天。然後家家戶戶都有一個日本式的「大麻」，那是要拜日本神社神的。

還有就是改姓名，改成日本式的姓名，我的同學、朋友當中，改姓名的也有。不過我現在仔細一想，比方我後來唸彰化青年師範學校，整個學校改成日式姓名的好像也沒幾個，十個人當中了不起有兩個，恐怕三個都不到。所以台灣人改姓名的在人口的比例上，我相信並不很多，日本拼命地在提倡，可是實際上台灣人願意這樣做的，為數並不多。同樣的情形在朝鮮，他們名稱不一樣，不叫改姓名而叫「創氏」。朝鮮人跟我們漢人類似，有一個姓，比方金泳三是姓金的。把這個姓改掉就叫做創氏，名字也改為「郎」或「雄」之類的。台灣就簡單地說是改姓名。這是皇民化的具體方式——信仰、姓名的更改。當時出了一些皇民作家，就是順應日本人這樣的皇民化政策，寫一些文章就是要鼓吹大家改姓名或者志願當日本兵、當皇軍。

⑵周金波

有一個很有名的皇民作家周金波，戰後他隱姓埋名了差不多四十年。他在日據時代皇民化運動剛剛開始的時候，從日本留學回到他的故鄉基隆開業牙科，他就開始小說的創作，好像第一篇就叫做〈志願兵〉，寫一個年輕人一心要當日本皇軍，想盡辦法，甚至把手指頭切開，用血書來表達他的志願。聽說當時是很轟動的。可是戰後二二八的時候，甚至二二八以前，他就是一個反抗國民黨接收人員、反抗國軍的具體活動者，很激烈的一個反抗人物。可是文學方面，我不曉得他是不是怕人家知道，也有可能，他姓氏也換掉了。幾年前他突然出現，首先在日本的一個台灣文學研究會，他應邀去發表演講。日本有一批學者專門在研究台灣文學的，也有個聚會叫做台灣文學研究會。他被邀去演講。他把藏了四十幾年的內心裏面的話通通透露出來，而且他堅決表示他是無怨無悔的，他寫一些皇民作品，他絕沒有後悔。後來，兩三年前清華大學也有過一次國際性的台灣文學研討會，這個人又露臉了，應邀去參加一個日據時代作家的座談會。在台灣可能那是他第一次在文壇上露臉。那一天我剛剛好不在，那個會議有三天的議程，第一、第二天我參加了，第三天我另外有事，沒有參加那個座談會，就沒有跟他碰面的機會。我在《自由時報》的專欄上曾經特別地把他介紹一番，表示他是「吾志一以貫之」。他是不是到現在還有那個皇民思想呢？我是不太清楚，不過他對於自己過去所作所爲並沒有什麼翻悔的意思，他認爲他那樣做是對的。我猜想戰後他有那樣激烈的反抗活動，這是對於中國或者來自中國的那些貪官污吏還有那些亂七八糟的國軍所產生的反感，那種反感可能使他內心裏面認爲他當年所作所爲並不算什麼嚴重的錯誤。

(3)寬容看待皇民作家

皇民作家另外也有幾位。我對於所謂的皇民文學，採取的是比較寬的尺度來看，因爲一方面日本人有這樣的壓力，日本人給台灣民衆——包含作家在內，有一個很沈重的壓力，在那種狀況下不得不寫一些也許是違心之論也說不定。在違心的狀況下寫下來的東西，我們今天再拿一種比較嚴苛的眼光來看，是不是很公平呢？我個人稍微有所懷疑，所以我在編民衆副刊的時候，我也找一個皇民作家陳火泉，他有一篇被認爲是皇民文學代表性的作品，我請他自己翻譯出來在副刊上連載，那篇作品題目叫做〈道〉，聽說差一點得了芥川文學獎。他在翻譯的過程當中，做了一些補充，就是發表的時候被日本編輯刪除的部份他把它補起來。當然這只是他個人的說法，我們也沒辦法找到什麼原稿來對照，也許他只是戰後另有所思改動的也說不定，這都是懸案。不過目前日本方面有一些學者對所謂的皇民文學下了很大工夫的，也有很多論文我都過目過了，對於台灣的皇民文學，有的取比較嚴厲的批判的眼光；有的當然也稍微有所同情的。正像戰後我們所看到的，有些反共的、戰鬥的、歌德派的，情形是不是一樣呢？有它類似的地方。所以有人就罵我說：你對皇民文學這麼寬大，對於反共作品、歌德作品那麼嚴厲，不公平。我被罵得有一點啞口無言。這都是題外話。

三、吳濁流

1《亞細亞的孤兒》

(1)小說內容大意

皇民作家一個一個出來，不過其中我們也發現到有一個轉入地下的地下作家，那就是吳濁流。我手上這一本厚厚的《濁流詩草》是他的漢詩集，他一輩子作的漢詩，他自己說大約有三千首，這個數目是非常驚人的。我今天帶來的這本前衛出版社最近重印的《亞細亞的孤兒》，我剛剛說轉入地下，主要是針對這部作品而言的。因為很多人被動員到鄉下去看工廠而寫一些戰爭協力的文章，還有皇民文學一篇篇出籠的當中，吳濁流就躲起來，默默地、偷偷地寫他的這部傳世之作，叫做《亞細亞的孤兒》。簡單地說，這裏面所寫的是，有一個台灣青年，接受了日本教育，後來又唸總督府國語學校，畢業以後就成了一名正式的公學校老師，就是小學老師。在教書的時候，他有一個日本女同事，兩個人因為文學的關係，經常有接近的機會，甚至也產生一些情愫。日本官方發現到了，就把這兩個人拆開，一個調東一個調西。這個台灣男孩受到打擊，他覺得在故鄉待不住，就跑了，書也不教了，跑到日本去唸書，唸了一段期間，他就去中國大陸。那時候戰爭已經開始打了，他一心想要報效祖國，當時他就是有那樣的祖國意識、祖國情懷。這本書對於他從小怎麼樣接觸到上一代人所傳達給他的有關祖國的種種，都有詳盡的描寫。他到了他心目中的祖國以後，他這才發現到他心目中的祖國，跟他所接觸到的，親眼所目睹到的，有很大的距離。那邊的落後啦這些都不用講，像現在去觀光的人第一眼看到的恐怕就是落後、貧窮等等。這裏面所寫的大概是五、六十年前，除了落後、貧窮等等之外，他發現到祖國的同胞對他並不友善，把來自台灣的，明明是自己的同胞，可是在那邊的人看起來，這些台灣人就是無家可歸的，當日本人的鷹犬欺負中國的，不把台灣人當作自己的同胞、當作同一族類。他發現自己並不受歡迎，他當然受不了，可是他回到自己的故鄉台灣，日本人照樣還是用猜疑的眼光來看他。不但是猜疑的，根本就是二等三等的國民，台灣人的地位跟日本人比起來當然差很遠，這就產生了一種很奇異的感受。日本人如果說是殖民母國，這個殖民母國對這些殖民地的子民是有嚴重的歧視，嚴重的差別待遇，這母國不把台灣人當作是他的孩子。那麼他的祖國呢？回到祖國他親眼目睹到貧窮、貪官污吏等等，另外祖國的人民對他並不友善，把他當作是日本人的鷹犬，祖國也不要他。那麼台灣人變成孤兒了。他有這樣的孤兒意識，所以這部書的名稱就叫做亞細亞的孤兒。

(2)探討台灣人的認同問題

台灣人的認同問題，這幾年被談得很多，這本《亞細亞的孤兒》恐怕是最早用文學作品來探討的一本書。所以今天它就變成殖民地文學的代表性作品，同時是台灣文學裏面的經典之作，特別是探討台灣人的認同問題，這本書的評價自然地會非常地高。不過我說認同問題，這裏面並沒有非常明顯地把它提出來，我們只能說從這個題目就可以約略地猜想得到作者的用意。他把自己說成是孤兒，殖民地子民必然地變成孤兒是宿命嗎？是命運中註定的嗎？把這樣的疑問拋出來。

2 戰時台北街景

吳濁流在寫這本書的時候，戰爭已經打得越來越激烈了，甚至經常有盟軍的飛機臨空攻擊，那時候他在台北工作，很多台北人都疏散走掉了。當時台北有二十幾萬人，是台灣第一大都市，除非要上班、工作，其餘的都疏散了，因爲怕空襲。我也還記得走在台北街頭，商店的櫥窗大玻璃通通貼上紅紅的紙條，因爲空襲的時候炸彈爆炸了，玻璃會被震碎，好像貼了那樣的東西就比較保險。現在想起來是很怪的，炸彈來了，貼紙條管用嗎？還有，人行道、停子腳上用水泥磚頭砌一個小小的可以容身的地方——防空壕，人可以站著側身到裏面躲一下，我記得要蹲下來都沒有那麼大的空間，家家戶戶都有。柱子旁邊有水槽，也有的是槽裏面放沙的，空襲的時候火燒起來，用沙或用水救火。沙放久了，有人就播一些菜籽，有青菜長出來，那時候買青菜都不容易，什麼東西都沒有。這是我記憶裏面模糊的台北街頭的景象。

3 偷偷寫《亞細亞的孤兒》

在那樣的情況當中，吳濁流的家人也疏散到他的故鄉——新埔跟龍潭中間的鄉下，他一個人在台北上班，偷偷地寫這個。聽吳濁流說，他隔壁不遠就是台北的警察署，經常有特務、特高、警察在那邊來來往往。他寫了一些就把稿子塞在木炭籠子裏面，每個週末回家時就把這樣的東西帶到老家藏起來。他怕被日本人看到，也怕空襲的時候燒掉，是這樣辛辛苦苦寫出來。日本人投降以前，全文就脫稿，當然他當時並沒有想到在日本人統治下這麼樣的一種書有見天日的機會。說起來也是很奇異的，吳濁流先生很可能隱隱地感受到日本人終有失敗的一天，那麼日本人戰敗了，台灣人當然會有不同的局面出來。我相信他內心裏面有這樣的期望。到了那時候，他這麼一本書就可以見天日。他應該有這樣的想法。果然在戰後他用日文寫的這本書才有了發表的機會。

4 吳濁流生平

有關吳濁流的生平，需要再介紹一下。吳濁流是一九〇〇年出生的，一九七六年過世。前面所提的周金波，比吳濁流整整年輕二十歲，一九二〇年出生，目前還健在。《亞細亞的孤兒》這本書裏面的主角是總督府國語學校畢業，剛好吳濁流本身就是受過這樣的教育的。他從故鄉的新埔公學校畢業，然後考進總督府國語學校。所謂國語學校，國語是指日語，國語學校分成國語部和師範部，師範部是要培養公學校老師的一個教育機構，後來師範部改制成爲師範學校，就是目前的國立台灣師範學院。

5 創辦台灣文藝、吳濁流文學獎

吳濁流在文學方面，在戰後所留下來的足跡是非常巨大的，除了作品以外，一九六四年他創辦《台灣文藝》雜誌，這是戰後第一份純文學的雜誌，當然完全是本土性質的，到目前超過三十年了，這份純文學的雜誌還在繼續出版。一九七六年吳濁流過世以後，經過好幾位朋友接辦，期間也有小小的停頓，像目前就在停頓狀況。他剛剛過世的時候我也接辦了六年間，吃了很多的苦頭，因爲屬於本土的雜誌向來都是不賣錢的，反正頂著「台灣」兩字，在過去的歲月當中，好像註定地都要受苦。

除了雜誌以外，他也辦了一個吳濁流文學獎，到現在還每年頒一次，沒有間斷。

6《無花果》——二二八小說

他戰後的作品是繼續用日文創作，只有少數比較短的東西，他才用中文創作。有一次他告訴我，要寫長篇的東西還是日文比較能夠得心應手，思考方面也比較順暢。因爲日本人投降時，他剛剛屆滿四十五歲，算是一個半老的人了，所以他學習中文方面比較差一點，跟我們這一輩年輕的好像是不太能比，所以他日文寫出來的東西都需要靠翻譯。我特別要提出他的《無花果》、《台灣連翹》兩部作品。最近前衛出版社把《無花果》印成這麼漂亮的書，總共是十册做成一套，叫做「台灣文學名著」。這第一批十本當中，我記得就有《亞細亞的孤兒》、《無花果》、《台灣連翹》。《無花果》和《台灣連翹》這兩本，主題就是二二八。《無花果》這一本比較早，恐怕二十好幾年前他就寫下來。因爲他老家在新埔，他來回都會經過龍潭，常常跑到我家裏來，我們接觸的機會非常多。他辦《台灣文藝》總共十三年，其中有十一、十二年是我幫他看稿子，所以我們接觸非常之密切，交往非常密切。

他要寫《無花果》時，他告訴我說他很想寫二二八，不曉得怎麼寫才可以。像我這樣膽小如鼠的，聽到要寫二二八，即使是別人要寫，我都會害怕。戰後文學圈裏面有很大的禁忌，其中最大的是二二八，大家的觀念裏頭，二二八是不能碰的。他告訴我他想要寫，一直在想，還沒有想到用什麼方式寫才不會被抓起來。後來他想了一個方法，就是用寫自傳的方式。他來告訴我說：我現在要寫了，要寫二二八，用自傳的方式來寫。從日據時代根據他生平所親身經歷過的種種，這樣一路寫下來，寫到最後的大約十分之一不到的篇幅才提到戰後的部份、二二八發生的狀況，輕描淡寫的。我就動員了幾個朋友把它翻譯出來，在《台灣文藝》連載，大約十幾萬字，不是很長。連載的時候很多人都替他害怕，說你這樣的東西發表出來，後果堪虞。也有奉國民黨部之命來向我提警告，說你跟那些不三不四的雜誌發生關係不好哇。我說我沒有哇。我裝傻說我有關係的只有《台灣文藝》啊。我知道他們指的明明就是《台灣文藝》。這個警告當然我也不把它當一回事，我心裏面想：如果不好你就把它查禁。那時候白色恐怖的恐怖度比較減緩一點，也許我想得很天真，查禁就可以完事嗎？我那時候是這麼相信的，查禁了就算了。結果什麼都沒有，也沒有查禁。後來我又幫他在一家出版社把它印成單行本，就馬上查禁了。很奇怪，那些警備總部查閱這些出版物的，是不是故意的，《台灣文藝》的銷路不多，看的人也寥寥無幾，所以放它一馬沒有查禁。單行本出來情形就有所不同了，所以要查禁。是不是這樣我也不知道。

過了很多年以後，我記得是十幾年前，我第一次到美國做了好多場演講，那邊的鄉親也搞了個台灣出版社，印一些國內看不到的、被查禁的書，比方第一本就是彭明敏的《自由的滋味》。那是用英文寫的，有人把它翻成中文，國內當然沒有辦法發表、出版。台灣出版社的台灣文庫第一本就是彭明敏的這麼一本書，我那時候在海外也是第一次看到，剛剛好碰到台灣文庫賣出了第一部的時候，我記得是一九八四年。《無花果》就列在第二本。國內看不到的在外面就看得到，當時台灣是戒嚴的年代，很多書都會被查禁，查禁書是不當一回事的。在國內查禁的屬於本土的，因爲名稱就是台灣出版社出的台灣文庫，頂著「台灣」兩字，應該是台灣本土的東西，《無花果》在國內被查禁看不到了，國外的鄉親則很自由地可以看到這麼一本書。

7《台灣連翹》

過了一段時間，吳濁流又告訴我，《無花果》裏面二二八寫得還不夠，應該更詳細地把它寫出來。他告訴我的大意是這樣的：你們這些年輕人，戰後的事情，特別是戰後初期，知道的有限，像我這一輩的看得比較多、比較透徹，所以我這一輩的不寫的話，將來就沒有人會寫了。所以他一心要把它寫出來，這樣經營出來的就是《台灣連翹》。《台灣連翹》也是採取一種自傳的方式，一路寫下來，書的後半就進入戰後，所以他花在二二八事件本身的篇幅也應該有三分之一以上。他所知道的通通寫出來，包含他看到的、聽到的，還有一些朋友偷偷告訴他的。為什麼是偷偷告訴他呢？因為吳濁流當過新聞記者，相識滿天下，有些從戰時到中國，戰後回來的所謂三隻腳的，他也有很多的朋友。其中有一個同樣是客家人，在吳國禎那個時候當了省政府民政廳長，不久就下台了。這個客家鄉親就偷偷告訴他二二八的時候國民黨是怎麼抓人的。對台灣哪些人應該注意，國民黨應該不懂啊，為什麼所有台灣有代表性的，最突出的菁英份子幾乎是一網打盡？他怎麼知道要抓這些人？抓這些人的用意非常明顯，一方面是他們在日本時代會反抗日本人，現在台灣光復了，也是會反抗國民政府。有這樣的判斷。那個偷偷告訴他的人說有些戰後才從中國那邊回來的，這些人熟悉台灣內部的狀況，所以提供名單給國民政府，國民政府就根據這個名單來抓人。

(1)稿子交託給鍾肇政

我們再反過來看，這些戰後從中國回來的，他為什麼要提供這樣的名單？當然邀功是第一個原因。還有更重要的，就是這些回來的人看到誰比他們優秀，不管學識、人格上各方面比他們優秀，這些優秀的台灣人的存在就是他們升官飛黃騰達的最大阻礙。所以希望能夠把這些人除掉。提供名單的人是誰呢？《台灣連翹》有把名字列出來。當然吳濁流寫這本書的時候，這些提供名單的從中國回來的所謂三腳或者半山都死掉了，列在第一名的還在。他寫的時候就準備像《亞細亞的孤兒》那樣，這本書目前不能發表，不過若干年後另有機會發表。在這樣的心情下經營出來的。所以他死以前大概一年左右，就把原稿的影印稿交給我，他另外用藍色的筆在最後空白處註明：這本書現在不發表，十年或二十年後留給後代的人去發表。我認為這幾句話是向我說的，所以我就把原稿藏起來，等到他過世十年——一九八六年，那一年我第二次到美國，那時台灣文庫提出了十幾本書，主持的人問我還有什麼國內看不到的書可以出版，我說我手上有一部吳濁流的遺稿，而且八六年剛剛是他過世第十年，是他告訴我的十年或二十年後才發表。現在十年已經到了。海外台灣文庫的人希望把它印出來，我也要實踐吳濁流交代我的一些遺言，所以從美國回來以後，我就把它翻譯出來。

(2)送到海外出版

翻譯出來，問題也來了，我這稿子要怎麼送到國外去呢？我的信件經常都會被查閱，查得很嚴厲，那我這樣的稿子一定寄不出去的。在那以前有一次有個蓬萊島事件，就是馮滬祥控告陳水扁他們那件事。馮滬祥是不是抄襲呢？海外的鄉親做了很多的研究，判定馮滬祥就是抄襲的。這樣的研究論文交到我手上要我發表，我就找《民衆日報》把它發表出來了，可是我這個剪報要寄給海外的鄉親看，就是寄不出去。我就想到這當然是在郵局裏面給警總的人攔住了。那吳濁流的《台灣連翹》怎麼辦呢？沒有辦法。海外的人找到高雄一個做生意的朋友，想請他用傳眞傳出去。可是我跟高雄那個朋友連絡的結果，我告訴他這個稿紙有幾百張，他就嚇住了。幾百張的稿紙傳眞到國外去，那個傳眞費是不得了的，他就退縮了。剛剛好到暑假的時候，我有一批日本朋友過來了。以前在文化大學當交換教授的，我那時在東吳大學開幾堂課，經常有來往的。這些來文化大學教書的日本朋友，到了台灣以後對台灣文學發生了興趣，所以後來變成台灣文學研究會的核心人物，就是那批人。後來他們每年都會帶學生過來這邊研習，學一點北京話。那一年暑假他們又來了，我就靈機一動，請他把我這部稿子帶到日本然後寄到美國去，他一口就答應了，把這部稿子分散開給每個學生帶一點，以避免引起注意。就這樣順利地帶出去，順利地寄到美國，也順利地在美國出版。《台灣連翹》就是這樣出來的。

(3)連載、出版、查禁

當時有個立法委員許榮淑辦了一本《深耕》雜誌，她說要連載《台灣連翹》，後來不知道爲什麼沒有連載。另外，謝長廷等幾個朋友辦的《臺灣新文化》也說要連載，我就把稿子交給他。從創刊號開始連載到第六期，六期查禁了五期。《臺灣連翹》這本書在國內的命運非常地坎坷，許榮淑那邊把書印出來也是偷偷地印，甚至連我自己都不知道就印出來了，印出來馬上被查禁。查禁的命令下來，這本書的命運就不一樣囉，有的人把被查禁的書偷偷地拿去賣，不是擺在書店賣，而是自己背一包一本一本推銷，賣到我那邊來叫我買。我嚇了一跳，我還沒有看到書就要賣給我。反正國外第一次出版，國內許榮淑《深耕》是第二次，第三次，我那時候想辦南方雜誌，我自己來印，因爲查禁很暢銷，會有錢賺啊。印出來照樣查禁。一連被查禁了三、四次。

那時候我也盜印了一本《金陵春夢》，厚厚的八本，香港出的，那是寫老蔣其實不是蔣家的人，是一個沒有飯吃的人，爸爸去外面打工就沒有回來。媽媽帶著小孩替人家幫傭，流浪到浙江來到蔣家幫傭。蔣家的那個老頭看到那個女的沒有老公，人又長得不錯，就把她收爲偏房，他就變成蔣家的人。把這個經過寫出來，官方當然查禁這部書，那是臺灣文藝出版社出版的，發行人就是我。最後把我傳去，法院也來傳。法院來傳的時候，應該是叛亂罪。可是法院的那個檢察官說：「這個案子怎麼判得下去？沒有辦法判啊。不管，不管。」他是當面這麼告訴我的。我差一點成了叛亂犯。那時候我也準備坐牢，要我坐牢就坐一坐。我坐牢出來了身價也不同囉。那時候有這樣的想法。這是題外的笑話。

後來臺灣因爲解嚴，當然不再有查禁這回事，臺灣文庫的每一本書，前衛出版社也都重版。這是有關吳濁流的著作的一些趣事。吳濁流的事蹟，簡單地報告如上。

四、戰後初期

1 文友通訊

接下來進入到戰後。有關戰後臺灣文學發展的狀況，我們這個講座開頭我在講我自己的時候，已經把戰後初期的狀況向各位報告過了，不過有一件事情好像沒有提，就是文友通訊。一九五一年我開始寫作，過了幾年以後，我是名實相符的一個退稿專家，那時候我一心希望有一些互相鼓勵、互相切磋、互相安慰的文學的朋友，可是我身邊一個都沒有。剛好那時候有幾位臺灣作家嶄露頭角，他們得了中華文藝獎金委員會長篇小說的獎金，比方廖清秀得獎是一九五一年，鍾理和也得了一個長篇小說的大獎。那時候我就想到，戰後經過也沒有幾年，臺灣人當中已經出現過可以寫出得獎作品的人物，我覺得非常了不起，我希望跟他交交朋友。我所不知道的可能另外還有，人數不可能很多，是不是有辦法把這幾個人集中起來，辦一點什麼活動之類的事情呢？我一直在想。當時我是非常需要這樣的文學的朋友，我寫第一篇稿子時，甚至稿紙是什麼樣子都不知道，我是這麼樣的一個鄉下無知的年輕人。後來我就想到文友通訊。通訊，只是互相通信而已，比方我們這些志同道合的臺灣人寫文章的——當然還不算作家——，互相通信就很麻煩。我想到我可以集中起來，那時候我在小學教書，刻刻鋼板啦、白報紙那一類東西是有現成的，只要花一點時間就可以做出來的，我就開始準備這樣做。我調查了一些名單，大概是八、九個，當時已經開始寫作的，這是民國四十六年，一九五七年，現在算起來剛剛好四十年前。我的方法就是每個人寫作、生活的情形、閱讀的心得等等，都可以寫給我，我把它印成一個小小的油印刊物分寄給大家，我列爲重點的就是作品的輪閱。要我把作品原稿通通刻成鋼板，當然不得了，所以把原稿一個傳一個地寄過去，從某甲寄給某乙，然後丙丁戊，最後輪到我這邊，同時各人把自己的意見也寫給我，我就把它油印出來，分發給大家，就是這樣的工作。然後我也記得有一件很嚴重的事情，就是文學的工具的問題。日據時代我們都是講日本話寫日本文的，戰後日文通通禁掉了，從頭開始學習中文、白話文，必然會面臨一個問題，就是爲什麼沒有我們自己的文章？爲什麼我們必須用人家的文字工具來創作？這樣的問題。當然這個問題明目張膽提出來，可能干犯法紀，說不定會抓起來。說起抓起來，那時候是很嚴重的年代，很多被打了一個小報告，打小報告說起來當然是很嚴重，不過當時的狀況你必須體認到，你身邊到處都有一些特務在睜著眼睛看你的行動聽你講的話，你講的話如果有批評，批評黨、批評政府啦，小報告就會打上去。所以言行時時都要留心，特別是一種集體性的活動。比方你參加一個同學會，說不定他抓人的時候就照你這同學的名單這樣抓。還有你桌上的玻璃板上有一張集體的團體照，抓人的時候其中一個人有問題被抓到了，發現到一個團體照，那麼這個團體照裏面的人都會有問題了，大概是這個樣子。所以我做這個文友通訊的工作，事實上也有一點冒險的意味。不過我一心要做，我想非做不可，而且我也天眞地覺得我做的純粹是文學的工作，我決不批評誰不罵誰，更不用說罵什麼黨罵什麼元首。是在這樣的想法下，就開始做起來了，不過我只做了大約一年半的樣子。文友通訊的全文，我最近想把它印成書，內容是我跟鍾理和來往的信件，文友通訊的全文並不多，大概是三、四萬字。那些信件是在座的錢鴻鈞幫我整理的。這本書的書名就叫做《臺灣文學兩鍾書》。我有一本書叫做《臺灣文學兩地書》，臺灣跟加拿大的東方白，我跟他來往的信件印成一本書，是前衛出版社出版的。《臺灣文學兩鍾書》也將由前衛出版社出版，把我跟鍾理和來往信件印出來，文友通訊就當作附錄。

2 鍾理和

我跟鍾理和經過這樣的書信來往，特別是文友通訊爲中心，建立起來的友誼，我跟他是從素昧平生直到他一九六〇年逝世，都緣慳一面，沒有見過他，沒有碰面的機會。他在世的時候，參加我這個文友通訊，他的作品也提出來給大家輪閱，評價是很高的，大家都對他讚不絕口。這樣的作品他提出來給大家輪閱的，是故鄉四部，合起來總共不過兩、三萬字，大概只能夠稱爲一個中篇小說，不過是從四個短篇小說湊成的。雖然我們對這篇作品評價那樣高，可是投稿出去照樣被退，投了幾個地方都被退，終究沒有得到發表的機會。他的《笠山農場》是一九五四或五五年得獎的，是中華文藝獎金委員會的長篇小說第二獎，第一獎從缺。那一次的長篇小說獎第三獎有兩位：彭歌和王藍——當時所謂的自由中國文壇兩巨頭，把這兩個巨頭壓在下面了，所以當時就有一種說法：因爲鍾理和把兩個巨頭壓在下面，所以他註定了到處被退稿。有沒有這回事現在當然也沒辦法查考，怎麼樣我們也不知道，反正鍾理和一直到文友通訊的階段，經常被退稿。

(1)代鍾理和投稿

文友通訊結束了，鍾理和的作品一篇一篇地寄來給我，因爲他住的地方是很偏僻的美濃鄉下，離開美濃的街路還有四、五公里，他說他報紙也看不到，更不用說有什麼雜誌刊物可以看，所以他不曉得把稿子投哪裏好。他把作品一篇篇寄給我，我就代替他來處理，代投就是了。在那個階段，我是有幾篇作品發表出來，當然還是一個經常被退稿的人物。不過文壇上好像也開始有那麼一點點的知名度，因爲我發表了幾篇有人說是相當不錯的短篇小說。那時候《聯合報》的主編是林海音，她應該算是苗栗縣人，在北京長大，恐怕不太有臺灣意識。不過她在編副刊的時候，好像眼光相當地獨到，特別是對我們這些剛剛冒出來的臺灣作家，我相信是另眼看待，採稿是不是把尺度放寬，這是很難說的啦，我認爲我們的東西也不輸給人家，沒有必要人家來放寬尺度，我們有這樣的自信，不過事實上在別的地方我們仍然是退稿專家。我接到的鍾理和的稿子就一篇篇地轉寄到林海音手上，她也差不多一篇一篇地把它發表出來。所以，鍾理和在他晚年的最後兩年期間，他有很多舊的稿子、新寫的作品，多半都有了發表機會。

今天我們很容易地可以在前衛出版社看到《笠山農場》，還有《臺灣作家全集》裏面也可以看到不少篇他的短篇作品。

(2)鍾理和生平

簡單地說，鍾理和因爲他在戰爭期間在中國那邊半流浪地過了好幾年的生活，鍾鐵民和他的大妹妹，一個是在滿洲出生的；一個是在北京出生的。在北京的時候，他就有一本薄薄的短篇小說集出版，叫做《夾竹桃》，現在也可以看到，應該是最早的還是習作階段的他的作品集。戰後回來，有一段時間他在故鄉的一個初中當國文老師，可是不久他就生病不能教書了。他生的是肺病，當時有一種特效藥——徽素——新出來，很容易可以醫好，可是那種針藥當時非常昂貴，一般人是買不起的。他就到台北療養院醫病，用傳統的方法把得病那個肺的七根肋骨鑿掉，所以他在文章裏面也說，他一個人只剩下半個人。有篇文章他描寫自己躺在手術檯上，肋骨一根一根地拿下來丟在那盤子裏面「噹」的一聲。有一段很動人、很恐怖的描寫。這是實在的事，是他的親身經歷。

(3)「平妹」和鍾理和紀念館

他的作品，自傳性很濃厚，這是大家都看得出來的，特別是他描寫他的太太。他的太太在他的作品裏面叫做「平妹」，變成臺灣文學永恆的女性。這位平妹女士現在還健在，八十好幾歲了。鍾理和是民國四年誕生的，剛好比我大十歲，我們臺灣虛歲的算法，今年他應該是八十三歲，他太太比他年長三、四歲，大概是八十九歲了，年紀很大，聽說現在還很健康，每天都會到鍾理和紀念館去打掃、開門。不過最近好像比較衰弱了，打掃好像也很吃力了，所以紀念館只有假日才開放，平常是不開放的。紀念館裏面陳列著很多鍾理和的遺稿，後來日子久了那遺稿的字跡漸漸淡掉，紙張也會變黃。現在眞蹟沒有陳列出來，只陳列影印本。我寫給他的很多信件，幾個朋友寫給他的信件也全部都陳列，不過，當然現在都是影印本。另外他很多照片都陳列在那個館裏面。各位老師如果有機會南下，比方帶學生畢業旅行之類的，在擬計畫的時候，不妨把鍾理和紀念館列爲參觀地點之一，我想是很有意思的。最近我也在策劃吳濁流紀念館、鄧雨賢紀念館，到現在都沒有成功。鍾理和紀念館也是一樣地一波三折都不只，開始的時候是大家募一點錢，可是一直都沒有辦法蓋起來。經過了辛辛苦苦的募款階段，好不容易才蓋起來，它就變成紀念文學家的第一所紀念館，而且是民間蓋的。官方蓋的，林語堂紀念館那樣的東西是有，我們本土的而由民間來做，它是第一座。現在我在策劃的吳濁流紀念館，將來變成第二座，說不定鄧雨賢紀念館會更早弄出來也說不定，鄧雨賢是音樂家。這樣的藝術家的紀念館，我相信是非常有需要的。

時間到了，今天的報告就到這裏，謝謝各位！

（一九九七年三月十七日）

台灣文學十講之十

——座談會

各位老師大家午安！

今天算是最後一堂。好幾個月以來，跟各位老師一起討論台灣文學的種種，面臨這最後一堂，我也有一些感觸。我是有些理念、觀念的東西，希望能夠提出來向各位報告，不過我一直覺得很慚愧，就像開頭的時候我也稍微提到，我個人多半是屬於不學無術這一類的，雖然寫了一些東西，積了一些經驗是有，學問方面恐怕是談不上的。我要衷心地向各位致歉。

今天早上有一群台北的一個成人寫作班——說是寫小說爲主的，聽說也有幾位最近才得獎的，也有寫電視劇的，已經有一些基礎的，不是很年輕的，中年階層的——到我家裏來坐了兩三個小時，討論了一些有關創作的問題。中午我跟他們一起吃飯，喝了一點酒，很擔心今天會語無倫次地亂講一通。不過我想大概也無妨，因爲我們希望很自由地把內心的話毫無保留地吐露出來，我也特別希望各位老師能夠表達一些意見給我參考。今天第二節課時，請藍老師主持，看看大家有沒有什麼意見發表。有關這幾個月來的種種，提出一個檢討或者一個期望等等都無妨。

一、第一個台灣文學系成立

在進入本題以前，我今天有一些想向各位提出來報告的。就是今天我的行程，除了剛剛提到的早上的之外，下一程我還要趕到台北。台北今天有一個活動，叫做台灣第一個台灣文學系成立酒會兼記者會，兩點半到四點半。我們這邊三點以前結束，我就需要趕到台北，也許趕得上酒會的最後一段時間。台灣成立的第一個台灣文學系是在私立淡水工商管理學院（今真理大學），他們申請成立台灣文學系，聽說已經好幾年了，同樣申請的靜宜大學，到目前還沒有核准的消息。今天是第一所台灣文學系成立了，會有一個這麼樣的活動，而且這個系將來可能發展成一個台灣學院，包括台灣史、台灣文化、台灣文學等等幾個系。目前成立的是台灣文學系，主持、策劃的是目前在東京一所大學教書的張良澤教授，他這幾天就有電話給我，希望我一定要參加。我覺得一個這麼有意義的活動，也有需要去露露臉、去看看。

有關台灣文學系，這幾年來向主管機關申請，變成不稀奇的事，申請、被打下來，再申請，這樣的狀況反覆了幾次。不過也是這兩三年，以前根本是談不上的，不可想像的。在立法院裏面，也有過成立台灣文學系的聽證會，彭百顯、林濁水等幾位立法委員主持的，我個人也都參加過。這就是說，經過國會，還有民間的，比方台灣筆會、我們這些本土作家等等，向主管機關爭取，大力地爭取。也是拜這幾年來所謂政治的、經濟的、文化的，各方面的本土化之賜，今天我們好不容易地才看到正式地可以成立一個台灣文學系，我個人身為台灣文學圈內的一份子，自然也是覺得滿高興的。

二、第一屆鄉土文學研習營

1 由官方主辦

相關的還有一件事情想提出來向各位報告。上周六是台灣北半部高級職業學校國文老師的鄉土文學研習營的第三天，我去參加了一個節目，就是座談會。有關這個研習會的內容，我覺得跟我們這幾個月來在這地方所辦的也是研習類型的這麼一個活動，是有所雷同的。他們的課表裏面，可以說淸一色是研討有關台灣文學的種種。事實上，名稱叫做鄉土文學研習營，只是避免使用「台灣」兩字。鄉土文學，然後演變成本土文學——這幾年來被提出來的說法是本土文學——，從鄉土文學而本土文學，名稱上是有一些變化，不過事實上不外是台灣文學的意思。好像藍老師當初跟我接觸的時候，就提到是台灣文學，並沒有什麼鄉土文學、本土文學這樣的說法。所以我們可以說，所謂的鄉土文學或者本土文學，事實上就是台灣文學。官廳來辦這樣的活動就必須把「台灣」兩個字去掉。它是教育廳所主辦，台灣北半部的高級職業學校，規定每一個學校要有一位老師來參加，所以總共有八十好幾位來台北劍潭的青年活動中心，參加爲期三天的研習。

官廳來辦，這個事實，我覺得意義就很不凡，是過去所不可想像的，官廳怎麼會來辦這樣的東西呢？現在居然開始辦了，而且是第一屆，很可能有二屆、三屆、若干若干屆，年年辦下去。不過我主持的這場座談會，當中有一些學員所反應出來的，現在想起來是很有意思的。有的人說，從來都沒有聽過這樣的言論，就是說有些講員拚命地強調台灣文學。因爲很多講員多半是在大學裏面教書的教授，像淸華大學的陳萬益、呂興昌、呂正惠、胡萬川等等，他們淸一色是本土的。而本土的，從意識形態來看，姑且可以分成左右兩派。純本土的應該屬於右；偏向左翼的，好比社會主義、共產主義則屬於左。這兩邊的老師都有。事實上這次的研習營是由龍潭農工主辦，因爲我也住在龍潭，所以負責的龍潭農工的老師第一個就是來找我。我建議他去找清華大學的陳萬益老師，由他來安排課程。課程總共十堂左右，其中包含兩堂戶外的參觀，看一些古蹟，到三峽看看老廟啦、古老的街路啦等等。在課堂裏上的有關台灣的文學的語言方面的、小說方面的，還有一些所謂的台語詩——用閩南語寫的詩，各方面的課程都有。

2 語言的問題

座談會的時候，那些學員所反應出來的，有的講員從頭到尾講閩南話，他堅決不用北京話來講。這些研習的學員當中，有些是聽不懂閩南話的，比方說外省籍的或者客家籍的，他們聽不懂，只好兩個鐘頭坐在那邊發呆。他沒有當作一種缺點來提，不過他反應了這樣的意見。有的反應說，有些老師所講的台獨味道太濃重，像這樣的研習營不必強調統獨的問題。有些很可能是外省籍的學員，表現出相當強烈的不滿。這使我稍微想到，如果有這樣的意見向主辦單位反應出來，是不是這樣的研習營辦了第一屆以後將來就無疾而終呢？那對於很多希望知道一點台灣文學種種的老師來說，是一種很不公平的狀況。事實上很多參加研習的老師都表達出他們從來都沒有接觸過這樣的有關台灣文學的種種的一些看法、一些言論、一些深入的分析討論等等，說是第一次接觸到，有大開眼界的感覺。憑這種種的意見反應，我就覺得這樣的研習營實在有必要每年都辦，甚至每個學期都辦，一年兩次也都是應該的。

我的那堂課結束後我就走了，聽說還有個檢討會之類的，結果如何我是不得而知。不過我是很希望這樣的研習會還會辦下去，就像剛剛藍老師所提到的，有關我們自己的文學，身爲國文教師的人，確實是需要懂得一些。對於未來講課方面，也許有一些參考的東西。還有我個人感覺的，因爲這一次劍潭的研習營，講課的主要是在大學裏面教書的，也許有一些相當深入的分析、討論等等。像這樣深入的討論，對於實際上從事教學的高職的老師，參考價值如何，我想是相當有疑問的。這都只是我個人的關心，事實上如何，我也是不太清楚的。龍潭農工編的研習營的學員手册，裏面有幾篇論文，我看是陳萬益的手筆，在別的地方發表過的，滿有參考價值。這個手册可以從龍潭農工要到，各位如果有興趣，不妨要來看一看。

禁不住地我就會想到，我們武陵這邊所辦的跟劍潭這次的研習營，基本上我們這邊好像是強迫中獎，每一位老師都要參加是嗎？（藍老師回答：沒有）願意參加的就參加？（藍老師回答說是）劍潭的研習營是每一個學校選一位，我想這一點是不太一樣。這邊是單一的學校，大家是同事，將來要作什麼討論之類的，應該也是很方便的，我特別希望各位老師將來經常有交換意見的機會。上次我也稍微提到彰化高中、台中一中、台中女中等等，他們成立了學生的文學社團，搞得相當有聲有色，如果各高中高職也能夠普遍成立的話，讓學生多去接觸文學作品，特別是鄉土的、本土的東西，我相信對他們是很有幫助的。我也發現台中一中有幾個高中生，顯露出不凡的才華，雖然作品還不算很成熟，不過至少他已經懂得怎麼樣運用一些技巧、運用他的思想，來組織一個作品。作品的成功與否是另外一回事，能夠運用屬於他本人的一些技巧、思想等等來創作，這本身就已經相當值得我們給予鼓勵，說不定將來會有一些優秀的作家出現。這就變成延續台灣文學的香火，就像今天早上來我家裏談的，雖然是家庭婦女居絕大多數，不過她們除了對於創作有興趣之外，也希望能夠懂得一些我們台灣的文學。所以，像這樣文學的香火多方面來延續，我們台灣的文學應該才會有更發展的餘地。

也許各位經過我們這幾個月來的接觸，說不定會有一些觀感。比方說，我也常覺得這七、八十年來台灣文學的發展，雖然有清楚的軌跡，不過大體上來說，至少我個人覺得，這是主題掛帥的文學。主題掛帥就是說，這些作家都有一種使命感，也許他要提出他內心裏面的對於社會改革的強烈意念，還有對於強權君臨在台灣這個小小島上的一些執政者——不管是日本人也好或者來自中國大陸的也好，都是一種強權式的——，對於強權，站在一個文學家的立場，提出他的反抗意念。像這樣社會的改革，很多方面的改革，反抗強權，最早的時候就叫做反抗日帝。這種把人民內心裏面的意念，作爲一個作家的良心，用小說的方式、用文學的方式表達出來。這樣的主題掛帥的作品，也許有人認爲是比較粗糙的。文學所追求的當然是精緻細膩的東西，像我們在很多外國的文學裏面所看見的，是很細膩精緻的，並沒有這樣的強烈的使命感包含在裏面。強烈的使命感在文學裏面當然也可以存在，不過並不是必須的。在台灣來說，至少本土文學範圍裏面，好像變成必須的，台灣文學就是有這樣的傳統。七十年前日本人統治的年代，就表達出那些作家詩人反抗強權的、反抗殖民者的意念，在作品裏面表達出來，而且變成傳統。所以在比較細膩精緻的表現方面，是有所欠缺的，這是社會政治狀況等等所使然的，說起來是不得已的。不過將來如果我們台灣全面性地民主化了，不再有強權，總統是我們選出來的，各級行政首長是我們選出來的，各級民意代表是我們選出來的。不過目前爲止，台灣這樣的民主，還有一點表面化的樣子，這是不是眞正的民主化了呢？民主的思想是不是能夠達到每個人的內心裏面呢？我個人還有一點疑問，就是說全面性的眞正的民主化，我們還要走一段相當艱辛的路子。如果未來台灣也像目前的歐美、日本等民主的先進國家那樣的，那麼，文學家作爲他的使命的社會改革、反抗強權種種，就不一定需要在文學裏面表達得那麼明顯。那時候我們台灣文學就可以走向精緻化、細膩化的境界也說不定，這是將來的事情。

剛剛我提到我們學校這個類似研習的講座，和劍潭的研習營的差異，我們這邊講的人是單一的人來講，並沒有意識形態方面分歧的狀況。從結果來看，效果是哪一邊比較好，我也很難加以判斷。至少我個人並不取尖銳的意識形態的說法，我個人本來是屬於比較溫和這一類的。

現在消息傳來台灣文學系正式成立，未來台灣文學系的畢業生能作什麼工作呢？在中學裏面教國文好像不一定很適合，這是未來亟待解決的問題。不過至少可以說在台灣文學的傳佈上、發揚上，有它積極的一面，至少可以讓一些台灣文學系的學生懂得台灣文學的種種，而不像各位老師這樣國文系唸出來，對台灣文學一直都是隔閡的、陌生的。

三、戰後的台灣文學

1 戰後第一代——作品不大敢反映當時社會

今天我預定要講的是戰後的台灣文學。因爲這是最後一堂，很明顯地，有關戰後台灣文學的發展種種，沒有辦法多談了。不過我們回想一下開頭我提到我自己的種種，在我那樣的經過跨越語言這一代的作家，現在在台灣文學史上被歸類爲戰後第一代台灣作家。戰後第一代，差不多都是跟我一樣唸日本書長大的，戰後才開始學習中文，很吃力地邁向寫作的道路。第一代作家還有一個特色，因爲他們做爲一名作家所成長的年代，同白色恐怖最嚴重的、最恐怖的年代開始，這樣一步步走過來的。所以他們的作品當中，很難看出對於當前社會的反映，特別是戰後台灣社會變遷狀況的描寫，恐怕是非常有限的。而最多的是描寫日據時代的故事。因爲第一代作家多多少少經歷過日本經驗，被日本人統治的那個年代，所以對於日本人統治台灣的年代比較有深入的領略，甚至有親身的經驗。他們筆下出現的也是這個年代爲主。這中間我禁不住地要向各位報告，這是我個人的經驗，因爲寫作的時候禁忌非常多，經常都要小心翼翼地處理筆下的種種，牽涉到對當前社會的一些反映，甚至一些批判等等，寫起來是格外地不容易，也是格外地危險。像《魯冰花》那樣要提出一些批判，必須用比較委婉的、不露痕跡的方式提出來，結果也是造成我個人的一個困擾，我變成一個經常被監視的黑名單的人物。我在這樣的狀況下必須延續我個人的寫作生命，所以就把筆觸向日據時代的故事觸探。剛好國民黨統治下，一些反日抗日的內涵，是比較受到鼓勵的。也不是迎合國民政府的需要，所以才寫那些反日抗日的東西，是因爲只有那樣的題材可以讓我來好好發揮。如果你說：你們這些人都是迎合政府的文藝政策的、反抗日本人的。這樣的解釋，這樣的判斷，當然也不算錯誤。所以目前有人提到，第一代作家內涵是相當貧瘠的，特別是對於當時的社會，比方二二八、白色恐怖等等，根本不敢去揭發，不敢去描寫。事實上，根本沒有這樣的機會，沒有這樣的時代背景，沒有這樣的安全性來讓我們這些第一代作家來寫。直到最近解嚴以後，情形改觀，才有一些描寫戰後種種的東西出現。

2 戰後第二代——中文較第一代作家流利

接下來是第二代作家，包含李喬、鄭清文、黃春明、陳映眞這些作家。第二代跟第一代有什麼不同呢？第一，是出生背景稍微有異。第二代作家有的接受過很短期間的日本式的教育，然後是中國的教育，就是國民政府來到台灣以後所實施的大中國傾向的教育，他們接受的比較多，像李喬，跟我相差十歲左右，就是說日本人投降的時候他是十歲，黃春明、陳映眞的年紀也差不多，他們接受的教育當中，有日本教育——是屬於比較少的部份，戰後他們也有機會接受戰後的中文教育。所以至少很簡單的一個比較就是，中文運用起來比較能夠得心應手，因爲在學校階段裏面，至少運用文字的基礎，已經得到了完成，加上自己的努力，他們的文章會很漂亮，文章寫得更通順更美，這一點是不用說的啦。不過從文學的成就上來看，也許各位也知道，享有大名的，除了李喬之外，像黃春明很早就成名了，陳映眞也是，鄭清文也是，其他還有好多位，像七等生都是很有名的，而且早在三、四十年前就成名了。他們剛剛在文壇出現的時候，就有一股新銳的氣象。比方五〇年代末期，比文友通訊稍後的時期，那時候他們就開始發表作品，而且一出來就受到矚目。張良澤也是那個年代冒出來的新銳作家，二十歲都不到還在唸師範的時候，就有很不錯的作品開始出現在文壇。我記得大概是五〇年代最後一兩年到六〇年代最早一兩年。這三、四年間，他連續地發表一些作品，受到矚目。黃春明、李喬等等也是那個時代出來的，這就是第二代作家。

我認爲《台灣作家全集》分得相當清楚，日據時代是第一套，戰後第一代是第二套，然後戰後第二代、第三代，分成三套共五十本。由這樣的分類方式我們也清楚地看出來，日據時期作爲第一代的話，戰後就變成總共有三代作家，這也是相當合理的分類方式。

現在剩下一堂課的時間，請各位老師提出高見或問題，讓我們大家來交換意見。

藍老師：鍾老師有沒有打算要寫像《無花果》、《台灣連翹》這種自傳式的作品？您的《怒濤》寫到二二八，二二八之後有沒有計畫要寫什麼？

陳宏銘老師：我是生長在二二八事件發生以後，那時候台灣人的生活普遍都很貧苦，很多人穿的衣服都是用那時候美援的麵粉袋做的，身上的衣服印著「中美合作」。我母親認爲我會長大，所以我的褲子跟裙子差不多。我國小時，下課時間在走廊走，同學之間都會開玩笑，把對方的褲子拉下來，隨口就溜出「幹」字。以後說這個字就變成了口頭禪，沒什麼壞的意思。我在國防醫學院唸書時，那時是白色恐怖時期，我們醫科所有解剖用的屍體都是被槍斃的，有一次就槍斃了七個人，大部分都是用卡賓槍從後面槍斃心臟，子彈彈頭只有一點點。我們要用注射筒把防腐劑甲醛打進屍體裏面，打不進去時，「幹」那個口頭禪隨口又出來了。所以我說我們台灣鄉土文學就是那個字。後來我轉到國文系，想要寫小說發展台灣文學。寫到現在沒什麼成就，但是我喜歡寫，晚上寫一寫，怕被人家看到。

我教書以後，「幹」這個口頭禪就改掉了，因為當老師要文雅一點。我有一個朋友跟女朋友約會，他女朋友遲了半個鐘頭才姍姍來遲，他心裏很急，那個口頭禪隨口說出來，結果被他女朋友打了一巴掌。有一次我在校刊寫了一篇童年往事，寫到我阿公，我阿公很喜歡說那個字，但是我不大敢把那個字寫出來。我想請教鍾老師，如果把那個字寫出來，是不是有什麼鄉土文學的氣氛？我是覺得這樣很親切，不知道這樣寫出來有沒有關係？

藍老師：我補充一點。我最小的弟弟有一段時間住在美國，有一次跟一個台灣去的朋友見面。很久沒有講台灣話，兩個人一碰面，不約而同地第一句就是那個字，然後才很親切地開始交談起來。

四、台灣文學系的展望

劉老師：首先謝謝鍾老師，從上學期到現在，灌輸了我很多台灣文學的理念。從前我對台灣文學的認識非常少，今天鍾老師說台灣第一所大學的台灣文學系要成立了。我有一個很深的感觸，我認為台灣文學的傳承不應該靠一些鄉土的文學研習營。可是，過去我在大學裏面跟一些老師接觸，我曾經問他們台灣文學的情形。因為有一些大學裏面，頂多設一個或兩個台灣文學的學分而已。我問他們，將來台灣文學是不是會變成很熱門的顯學，他們的回答卻是否定的。第一，考慮到台灣文學系的成立，課程是什麼？它能成爲一個系嗎？我是不清楚，想請教鍾老師。研究台灣文學是不是只有本土的東西？台灣文學當然是關懷本土。語言文字一定會牽涉到詩經楚辭等等，如果沒有這些的話，台灣本土的東西夠不夠份量成立一所學系？

另外一個疑問，依鍾老師您推動台灣文學這個工作，您認爲台灣文學的展望是什麼？我們台灣文學不可能老是關懷過去，在那種悲情的被打壓，那種奴隸性格。未來台灣文學發展的方向是什麼？比如說未來台灣文學的語言敘述是用閩南話或用客家話？假設是用閩南話來寫，有很多有音無字的，要如何克服？我們知道從元朝以後，國語一直走向典雅化，國語裏面有很多優雅的辭彙，寫出很多美麗的篇章。但是客家話和閩南話一直不是站在官方語言的立場，它的發展相對地就走向通俗化。這樣一來有很多人有個錯覺，認爲台灣文學發展的路線可能如剛剛鍾先生所說，是粗俗的。這可能需要時間來磨練。諸如此類，不知道鍾先生您對台灣文學未來的發展，您預期的期望是什麼？請您點出來，讓我們後輩來努力。

1 台灣學將是台灣文學系的最終目標

鍾肇政：有關台灣文學系成立的架構，他們寄給我的邀請書裏面就有課程表，藍老師會影印給各位。事實上，台灣文學系所包含的相當大——有關台灣的種種，我想未來的發展就是台灣學(Taiology)，應該是可行的，甚至有可能成為一個台灣學院，剛剛我已經稍微提了一下，台灣學院是未來的最終目標。

劉老師：我打個岔，這樣一來就變成台灣文化學系了，不只是台灣文學，範圍較大了？

鍾肇政：是的，我剛剛提的就是，台灣學包含天文地理文學文化，都可以包含在裏面，這是未來必然的趨向。剛剛所提的，台灣文學系將來會不會被打壓、出路的問題等等，目前可以預料到的問題應該是相當多，這是淡水工商管理學院在策劃的過程當中必須面臨的問題，我們是局外人，沒什麼好說的。不過，台灣文學被壓迫了這幾十年，我想差不多到了可以翻身的時候。像上一堂我也稍微提了一下的，明明是有關台灣文學的研習，為什麼要說是鄉土文學研習營？這是沒道理的，甚至說是本土文學研習營。我想乾脆就用台灣文學就好了。就是因為官方方面，像最近達賴喇嘛來訪的事情，張京育說達賴喇嘛是中華民國國民。

像這樣的說法，我相信他不是那麼白癡，達賴喇嘛根本不是中華民國的國民。他爲什麼這樣講？說不定他觀念裏面還有個大中華的指向，中華民國的憲法本來就包含蒙古西藏新疆，也許他一個做官的人不得不這麼說。

同樣的道理，台灣文學的研習爲什麼要取一個鄉土文學或者本土文學這樣的名稱呢？說這是一種對台灣文學的打壓也可以，或者說這是一種不得已的、過渡期間的一個表達方式也未嘗不可以。不過這樣的狀況過渡了以後，問題就會消失。

2 語言問題必須解決

另外，語言的問題，這是我個人的看法。剛剛我也提到，在劍潭的研習營上，有的老師從頭到尾清一色都用閩南語來講，一定有人聽不懂。假使有一、兩個聽不懂，那你逼他這兩個小時坐在那裏鴨子聽雷，這並不是很妥當的事情。有的人堅持用閩南語，我想他有他的理由，也是沒有辦法的事情。語言問題現在我們必須面對，台灣是多族群，比方外省籍的，他的母語各省的都有，不過現在可以統一成北京語爲國語族母語，還有閩南語族、客家語族、原住民語族，分明的四大族群，這是存在沒有人能夠否認的。當然有人說原住民現在已經差不多沒有了，他們的語言也消失了。現狀是這樣，不過你不能不承認他目前在部份人當中還存在，也受到非常的重視，原住民族群的問題受到很嚴重的重視。

(1)彼此學習、互相尊重

語言方面怎麼解決呢？我一直在想這個問題。因爲我做客家運動，這許多年來常常會想到這個問題，很多客家人不講客家話，他寧願講閩南話，寧願講國語，把自己的語言丟掉了，甚至不會講不會聽。這個情形是很普遍的。閩南語族這邊也有一些人不會聽不會講自己的母語。將來是不是語言要統一呢？像國民政府來到台灣超過五十年了，獨尊國語的教育，閩南語也好，客語也好，被打成是不入流的、沒有水準的語言，甚至有消滅這些地方語言的做法。今天我們大家都明白過來了，這樣的做法是一種高壓式、強權式的，並不正確。應該每一種語言都受到重視，應該加以保護、保存，讓它延續下去，這才是正確的。因爲每一種語言都是人類寶貴的文化遺產之一，其中絕沒有優劣之分，沒有高下之分。這樣的語言政策，將來勢必要由未來的政府，不管是國民黨、民進黨都一樣，讓政府採取這樣的方式，打破過去尊重一種語言而蔑視其他語言的做法，一言堂的做法必須要改正過來。

(2)文學上的語言亦須解決

到那個時候問題就來了，語言是不是須要統一呢？因爲閩南語族群居絕大多數，用閩南語來統一可以嗎？那就歷史重演，又跟以前用北京語作爲國語，把其他語言打掉一樣。所以現在我們必須要時時刻刻留心思考，怎麼樣讓各種語言都得到很好的保護，有保存下去的機會。所以，我個人有一個理想的境界，聽說新加坡、瑞士都是這樣，他們是多語言的國家，老早就把語言的問題解決掉。我們台灣還沒有解決，有些沙文思想的人阻止這樣的解決，國民黨強權是不用說的啦。聽說新加坡現在所採取的方式，政策上規定，存在新加坡的英語、閩南語、華語、土著的語言等等，都同列爲官方語言。至少在法律上是平等的，都是官方語言。一般交談的時候，你認爲哪一種語言方便，就用那一種語言。我相信這是一種很好的方式。瑞士的德語、法語、瑞士土語等等，起碼有三、四種，每一個國民大約都懂三、四種語言，你用甲種語言跟我交談，我就用甲種語言回應；你用乙種的，我也可以用乙種的回應，甚至你用甲我用乙，也可以交談溝通，這也是一個很美的境界。台灣將來是不是會走向這樣的境界，我還不知道，不過我認爲這才是理想的。

牽涉到文學，問題就比較複雜。我用客語來寫，做爲一個客家人，這是應該的。可是我用客語寫出來，閩南語族的可能都看不懂，北京語族的也可能看不懂。這怎麼辦呢？如果說將來語言問題能夠全盤解決，文學語言也自然解決嗎？你寫閩南語，我客家人看得懂；我寫客語的文章，你閩南人或者講北京語的人也看得懂，有這樣的文學語言將來會建立起來嗎？當然是大有疑問，要等將來自然發展，目前我不知道。不過我的理想境界是，至少交談上，嘴上的語言，每個人至少懂得三、四種。現在很多客家人起碼懂三種以上的語言，客家人大部分都會講閩南語，北京語當然不用說了。閩南語系這邊，聽得懂客語的，我想是非常有限，當然這跟每個人的語言才華無關，環境使然。客家人常說：「我們客家人很強，你們的閩南語我會講會聽，我的你就不會啊。」這有什麼好誇耀的，是自然環境變成這樣的。所以我們將來能夠發展成各種語言可以互通，縱貫線往西是閩南語的；往東是客語的，這交界的地方——竹北——是雙語的，閩南人用客家話跟客家人交談；客家人也可以用閩南語跟閩南人交談，互相用對方的語言交談，聽說在竹北這樣的情形也不見得很常見。這也是一個種族融合相當美的境界，將來能夠這樣的話是很好的。

(3)粗俗用語在文學上的使用問題

有關粗俗的、口語化的話，我舉一個例子。現在有個年輕的大概四十幾歲的作家吳錦發，他的作品裏面經常可以看到「幹」這個字，他文章裏面提到某一個人，開口就是「幹」，他描寫的時候，「幹」就出來了。我以前也運用過，比方我在淡水中學唸書，那地方的人很喜歡用「空幹」，一開口就是「空幹」，不是罵人，變成口頭禪。你們這裏有「空幹」嗎？（大家笑）「空幹」知道嗎？

藍老師：知道。就是被人家——

鍾肇政：後來我寫一篇作品，名字我忘記了，好像是寫民間故事那一類的，我就讓作品裏面的一個人物，他的口頭禪就是「空幹」。報紙上登出來以後，有好幾位讀者寫信給我說，看到那兩個字感到很親切。因爲是平常聽慣的，可能是台灣北部的，或者台北某些地區就有這種說法。所以，由這些例子來看，我想粗俗的語言上小說作品裏面，並沒有什麼不可以，沒有什麼不對。我也聽說有些在台灣的外省作家，很喜歡用他家鄉的口語。口語，當然有聽起來文雅的，也有粗俗的，都有。在作品裏面運用一下，至少在對白裏面有時候可以使這個人物，使你的表達變得很生動、逼眞，不但是沒有必要排斥，甚至也是有需要的。你要刻畫一個人物的時候，能夠順著他的口氣讓他來講話，是人物刻畫的成功條件之一，我甚至這樣認爲。

所以，我一直都在強調，台灣文學自古以來，至少在我的感覺裏面，一開始就是翻譯的，日本時代我是用人家日本文、日本語來表達。比方說「幹幹幹」這三字經，用日文只好用「ばがいやろ」，你用華文來寫的時候就是「他媽的」，也是經過一道翻譯的手續。將來我們用本土語言來創作，如果純粹本土語言創作是很困難的時候，至少口白的地方完全運用本土語言，本土語言的一些粗俗的話把它帶進來，我相信是沒有什麼不可以。

五、自傳體小說

1《濁流三部曲》

關於我以後會不會寫自傳體的小說。我自傳體的小說是《濁流三部曲》，把我自己生命史上的一段加以小說化的。比方第一部《濁流》是寫日據時代我中學畢業考不取上級學校，在大溪當一年小學代用教師時所接觸到的形形色色的人物，有日本人，有我們台灣人，也有一些山地的原住民，特別是一些日本女人——女老師，我在那裏面描寫「我」跟女老師中間有過一些感情上的什麼什麼。第二部寫我去當兵，也是根據我本身親身的經驗加以構成的，當然是自傳性很濃厚。第三部《流雲》就寫到戰後，戰後我怎麼樣學習中國語文，對於自己的祖國——中國，那種祖國情懷，那是祖國情懷破滅以前（祖國情懷破滅，在當時當然沒辦法寫，我也不敢寫）種種內心裏面的話，很純潔的、愛國的—愛中國的、希望祖國強大的。那麼，台灣跟中國結合起來就會形成一個強大的祖國，沒有像台灣人被日本人欺負那樣的、不再被人家欺負的這樣的祖國。是自傳性很濃厚的。《濁流三部曲》就是我自傳性作品最明顯的。

2 作品難免會帶有作家個人的色彩

另外也還有一部自傳性的作品，但是一直都沒有再印，那本書恐怕不容易看到，其他還有。不過，以自己親身經歷爲主來寫的作品，也就是自傳性濃厚的作品之外，有很多帶有個人色彩，不敢說那是自傳性，不過有個人的色彩。就像從前有個偉大的法國作家福樓拜耳，他寫包華莉夫人，他說：「包華莉夫人就是我」。一個男的作家怎麼說他筆下的一個女的就是他自己呢？這中間透露出來的道理，就是說每個小說裏面的人物，不外都是那個作家的分身。本尊在寫東西，寫出來的就是他的分身，這樣子比喻大概就可以很明瞭地說出其中的一些奧妙。

爲什麼會這樣呢？比方一個男的寫一個女的，這個女的是他的分身，這是什麼道理呢？一個男的當然不可能是一個女的，不過他描寫出來的那個女的，雖然外表是個女的，也許有很美的外表，不過她內心裏面，她腦子裏面所思所想，是作者靠虛構想像出來的，所謂分身就在這裏。所以，我寫的一個女的，她在想什麼，其實不是那個女的在想，是我在想，我替她設想的，在我想像中她會這樣想，所以我就這樣寫下來，分身的意思就是這樣。各位看小說的時候，欣賞小說也不妨把這樣的想法放在念頭，就是說這個小說人物，這個故事很動人，不過基本上它是騙人的，你如果是感動了、有所共鳴了，那你被騙得團團轉。寫小說就要騙人，我騙得過你，讓你感動，讓你起共鳴，這是我的本事；讓你看出來你這個作家是騙人的，那我就失敗了。我要讓你相信，讓你感動，讓你起共鳴，讓你得到一些東西，說得好聽些，就是讓你的靈魂得到洗滌的機會，讓你的靈魂提升一點點。這樣說是很了不起，事實上，我也只是有這麼一個理想而已，我是做不到。可是一個作家應該都有這樣的理想。

桃園高中老師：我很謝謝鍾老師以及武陵高中的這幾場演講。我對台灣本土的東西都有點興趣，我是教國文的，我覺得台灣文學應用在課本上是滿好的。目前的教材比較偏重論說文，抒情文較少，抒情文的份量又是以中國早期新文藝作家爲主。現在可能漸漸要珍惜我們台灣自己本土的語言、自己的作家。我覺得接觸到這些是很寶貴的，有很多是我以前不知道的，像二二八事件，一直到很後來我才知道有這件事，爸爸媽媽從來不曾講。最近我有一個想法，就是想多去了解父母以前的生活。我覺得這塊土地上的人們，以前的生活是很苦的，不光只是物質上的拮据，心靈沒有辦法得到自由，我覺得很可憐。最近我都在讀台灣作家的作品，像吳濁流的《台灣連翹》裏面講到早期日據時代的台灣學生都是次一等的，學校教員的待遇也是低人一等，一般的人民也想反抗，但是沒有辦法。這樣一路讀下來，我覺得滿難過的，這可能是我們的一種悲情。這種悲情，如果我們感覺爲什麼要去讀，讀它不是很無聊嗎？現在生活都那麼好了，再去講那些感傷的事情做什麼呢？我有時候問我母親過去的事情，她總是說，過去那些那麼苦的，有什麼好講的？可是我覺得也許這些文詞不能像唐宋古文八大家這麼樣的優美，鍾鍊得那麼好，可是畢竟它是從這塊土地生長出來的東西，我們爲什麼一直不肯去面對它呢？我不是站在什麼黨派的立場替他們講話，只是認爲應該珍惜自己的東西，希望能在教學上帶給同學一點這種想法。我覺得高中還是很注重升學，對於成語的記憶，課文的講解，有時候流於太瑣碎的記憶內容，學生也常常跟我要分數，我常常覺得很無奈，怎麼教書會教到這樣的地步？我能夠教給他們的東西，好像這一年和未來十年都是一樣的，沒什麼變化可言。我身為一個老師，我站在講台上，是不是有些話我不能不講？或是我講的話還要有些顧忌？或者我根本沒有時間教給他們我想教給他們的東西？我感覺其實教書的限制很大，覺得很無可奈何。

六、文學作品為時代提供廣闊的視野

鍾肇政：我簡單地說一下。有關台灣或是二二八，包含在台灣整個歷史裏面。比方你向你母親問一些事情，當然是非常需要，不過，光是你父母的閱歷，恐怕也是相當地有限。現在普遍地，上了年紀的人對於過去的種種，還有一種保守心態，還不如說有一種恐懼心態，還不敢講。這當中有文學作品提供了廣闊的視野，比方說，李喬對於二二八做了三年間那麼久的切切實實的田野調查，他聽到哪裏有受難的人，他就找到他家裏去問他的未亡人，問他的兄弟姊妹，他的訪問記錄恐怕可以寫三、五本書都寫不完。他濃縮成《埋冤一九四七埋冤》這麼一部書，兩本厚厚的，前面一本主要是他訪問記錄為主，後面一本把它寫成小說的樣子。這麼一部書是李喬辛辛苦苦去調查訪問寫出來的，他訪問的範圍從台灣頭到台灣尾，從西到東都有，可以一覽無遺那件悲慘的事件發生的當時，我們台灣的狀況是怎樣的。文學作品當然可以提供這樣的視野，可是目前這樣的文學作品被看的不挺多，像李喬這本書，了不起只賣了兩三千本，就是說看的人相當有限。這就連帶地會如這位老師所說的，要向學生講一點什麼都不敢講。不敢講，這樣的心態，就是剛剛我提的，一種恐懼的心態。警備總部還在的時候，留下來造成我們台灣人每個人心裏面都會有一種恐慌、一種害怕、一種恐懼，深植在台灣人內心裏面。隨著我們台灣民主化以後，這樣的恐懼感我相信會漸漸地淡化，漸漸地消失。能夠消失是最好的，我也很希望那一天在不會太遠的將來就會到來。像我現在在講壇上肆無忌憚地，什麼我都敢講，不像以前我會想：講這個妥當嗎？先會有個考慮，下筆時也一樣，我寫這句話妥當嗎？可以嗎？安全嗎？安全變成第一個考量的基礎，說起來是很悲哀的。可是事情已經這樣過來了，好不容易地今天我們看到了初步的民主，我也覺得有這麼一種日子到來，是很高興的。

時間已經到了，我們請藍老師來作一個結論。

藍老師：做結論我是不敢。我們很感謝鍾老師這麼長時間地，幾乎是一年，七十幾歲的人，從龍潭那麼遠的地方跑來我們這裏，讓我們非常感動。我們自己是不是會那麼認眞去做一件事情，持續做那麼久？以我們這種年齡的人有時候都會想要偷懶一下，鍾老師這種毅力就很值得我們學習。

其次，我看鍾老師的心理年齡好像不比我老。上一次鍾老師來的時候坐在那邊，靠在石頭上抽煙聊天。有一次我還看到他自己一個人看著藍藍的天空，穿著牛仔褲，穿著布鞋，穿著比我還輕便的衣服，躺在那邊。我就想：七十幾歲的人還可以那麼年輕，我四十幾歲卻有老氣橫秋的感覺，心理上好像年齡比他還大。看到那一幕景象，讓我感觸頗多，我想，說不定我年齡越大，也會越小越年輕也說不定。鍾老那一幕年輕的景象，一直留在我的腦子裏面沒有消失。

台灣文學，對我或者其他老師來講都是個處女地，我們接觸的很少，像我們四十歲左右的人，在大學裏面完全沒有這一類的東西，我們有開現代文學的課，不過都是以大中國主義的作品爲主，台灣文學根本沒有接觸過。之所以接觸，是自己買書零零星星地看，幾乎都是興趣，無師自通的。

最後，謝謝鍾老師！（大家鼓掌）

鍾肇政：以後有什麼需要討論的、交換意見的，我隨時候教。我要感謝每一次載我來的錢鴻鈞博士，清華大學物理學博士，非常感謝他。

藍老師：他是我們學校校友，是陳麗貞老師的學生。

鍾肇政：謝謝各位！

（一九九七年三月廿四日）

附錄

一、探索者、奉獻者
——鍾肇政專訪1

時間：一九九七・八・廿一　上午九：〇〇～十一：三〇分
地點：桃園縣龍潭鄉鍾肇政宅
採訪、整理：莊紫蓉

鍾肇政先生出生於日治時代，接受日本教育，戰後重學中文，漸漸開始以中文創作小說。數十年來，寫作不輟，完成《台灣人三部曲》、《濁流三部曲》等大河小說及多部長、短篇小說。此外，也有不少翻譯作品，將日本文學引介到台灣。擔任《民眾日報》及《台灣文藝》主編期間，鼓勵提攜不少年輕作家，對台灣文學有極大的貢獻。

莊紫蓉（以下簡稱莊）：鍾老師，您好！首先請您談談童年生活好嗎？

鍾肇政（以下簡稱鍾）：我出生於九座寮，是離我目前住處約一公里遠的鄉下。我的老家有一個相當大的祖堂，曾經是龍潭最華麗的祖堂。來台灣第一代是貧窮的農民，到了第二代就變成一個很可觀的地主，因此，所蓋的房子就相當講究。那棟房子能維持百年歷史，是相當不容易，但是年代太久，房子老舊，經常漏水，三、四年前拆掉重建，非常可惜。

我們的祖堂，後面一片樹林，前面有一條天然的水溝，不遠處有一座筆架山，遠方是中央山脈，有鳥嘴山、插天山，還可遠眺雪山，周遭的環境很美。現在闢建高速公路，從我老家前面經過，屋後的松樹林也被砍伐，雖然又種上雜樹，但是，整個天然景觀因此遭到破壞，失去了原有的自然氣質。

我的來台第一代和第二代都是文盲，第二代有五大房，其中一房很能幹，家大業大。但是因爲不識字而吃虧的事經常發生，於是開始培養下一代，讓第三代讀書，那就是我曾祖父。

我曾祖父將近三十歲才開始讀書，雖然讀得不錯，但是好像比起七、八歲就啓蒙的人，總是差一些，他參加幾次科舉考試都沒考取。當時必須赴台灣府（台南）考試，據說他最後一次考試時，一起赴考的還有兩個他親自調教的子姪，我曾祖父被懷疑是替姪子當槍手而遭逮捕，那次他們都沒有考取，我想，他們是具備客家人老實的個性，不懂取巧，投機或走後門，這也可能是屢試不中的原因之一。

沒考上科舉考試，就再回來教書，日本人統治台灣後，不願意受日本統治，我曾祖父就帶著子姪們回大陸原鄉，只留長子在台灣管理田園，並且將田園的出息匯去原鄉供曾祖他們生活。然而他們在大陸坐吃山空，終非長久之計，只得又返回台灣，我曾祖父仍當私塾漢文老師。我祖父是長子，必須掌管家務，所以沒有讀書。

日治時期，在日本統治下，不懂日文是會吃虧的，於是我父親(長孫)被選中去唸日本書。我父親八歲時日本人來台灣，十六歲進學校唸書，四年後，在日本老師鼓勵下，越級考上台灣總督府國語學校，四年後畢業，被分發到中壢、龍潭…等等好幾個公學校任教，我們隨著父親遷居各處，我自己在龍潭老家居住的時間很短。

我父親結婚後，一連生了五個女兒，第六個才生下我——父母盼望很久的兒子。當時正遇上世界經濟不景氣，日本也受波及。我父親教書的資歷很深，薪水很高，據說他的薪水相當於兩個新進教員的薪水，於是日本政府鼓勵他辭職。父親離職後返回老家居住一段時間後，就全家遷居台北，那是我四歲時的事。在台北住了三、四年，我也進入太平公學校就讀，不幸大姐生病去世，父母親傷心地帶我們離開台北返回龍潭，開一家雜貨店，不過，讀書人做生意，注定不會很成功。我八歲回龍潭就讀公學校，直到畢業，畢業後到台北淡水中學（今淡江中學）讀書。

莊：錢鴻鈞博士爲您整理的年表裏，提到「您八歲從頭學習客家話」，您不是從小就會講客家話嗎？

鍾：我母親講閩南話，父親講客語，所以從小我是雙聲帶。但是，四歲搬到台北住的三、四年間，和福佬人接觸，都是講福佬話，回家也是講福佬話，客家話只會聽不會講，八歲搬回龍潭後，常被譏爲「福佬屎」。

我就讀小學期間，至少有五年住在龍潭，父親開的商店距離老家有一公里多，我們常常回老家。當時我祖父已過世，我祖母經常來我們店裏，每個星期都會來街上教堂做禮拜（我們家從我祖父那一輩開始信基督教）。不久，戰爭開始，物資缺乏，生意不好做，日本政府爲戰事而動員，不少教員被徵調去當兵，各地缺乏教員，我父親就到大溪教書。那時我在淡水中學讀書，住在學寮（學生宿舍），李登輝先生是高我一期的學長，我們曾經住過同一間宿舍。在我記憶中，李登輝先生學生時代很用功，無論有沒有考試，每天都很認真地讀書。上次他來我家，談起往事，在他的印象中，我在學生時代喜歡看課外書，不太用功。

莊：您的童年，住過龍潭、台北、桃園等地，您對哪裏有較深刻的記憶？

鍾：還是對龍潭的記憶較深。我們在台北居住的時間不長，我又還很小，依稀記得我們是住在港町，靠近淡水河，附近有怡和行等洋行。我們的住處是一家賣福州杉的店，屋後經常堆放一根根的木材。從屋後廣場往右，可以看到圍有柵欄的洋房，裏面有人在打麻將等活動，右邊望去，則是有美麗花園的怡和行。我們住處後面就是淡水河的水門。颱風來時，水門就關閉，可以看到浪花洶湧的情形。屋前是港町，就是現在的貴德街，颱風一來，街道都淹水，小販以門板做船，載著青菜，蚵仔肉等等叫賣的情形，還留在我的印象裏。

我從小就是個影迷，住台北港町時，常常跟著我母親、阿姨們到大舞台、永樂座去看歌仔戲、看電影。那時常常有中國來的生意人來我家談生意，他們離開之後，我父親就會說：「這些長山人，隨便吐痰，眞不講究衛生。」這是我小時候住在台北的一些模糊記憶。

幾年前，莊永明、吳榮斌和我三人到博物館看卑南出土文物展，看到幾千年前住在卑南地區的人，能夠做出那麼精細的器物，令我受到很大的感動，於是下決心要寫一部以卑南人爲題材的小說，這就是《卑南平原》這部小說的緣起。他們二人又陪我去小時候住過的大稻埕，看到李春生紀念教會、陳天來的房子都還在。我們進去看拆除了一半的李春生故居，想起來小時候經常來找擔任李春生帳房的姨丈和阿姨，不禁興起一股思古的幽情。那一次的大稻埕巡禮，是促使我寫作《夕暮大稻埕》的動機。

在我更小的時候，我剛出生不久，父親被派到內柵（石門水庫附近）一個僅有六、七位教師的學校擔任主席訓導。現在我還保存有當時的照片。

總之，我童年時，家境還算不錯。我老家有廣大的土地，不過，子孫衆多，到我祖父時，手上的土地並不多，我父親有三兄弟，所分得的土地更少，因此，土地上的收入有限，都是靠父親優厚的薪水維持家庭的開銷。

莊：您的父親對您有什麼樣的影響？

鍾：影響一定是有的，但是，那是無形的，很難說出具體的影響。錢鴻鈞就認爲我對父親很崇拜，不知不覺間受到很多影響。

莊：小時候我住在嘉義鄉下，看到鄰居種木瓜樹，當樹苗長大到某個程度時，就移種別處，這樣，木瓜才會長得又高又壯。您小時候住過好幾個地方，這對您的成長有什麼幫助？是否讓您的生活經驗更豐富？

鍾：我倒沒有這種感覺，只覺得一下子又搬家了。我的童年生活大概是集中在龍潭地區。

莊：剛才您談到龍潭祖屋附近風景很美，小時候有沒有爬過插天山或筆架山？

鍾：插天山是距離很遠的，筆架山是在石門水庫附近，好像也叫溪洲山，過去有煤礦，晚上都可以看到燒焦煤的火光，這兩座山我都沒爬過。有關龍潭的記憶是很多，我特別要提的是，一個偶然的機會，我開始懂得看課外書。當時，《少年俱樂部》和《譚海》是我必看的兩本雜誌，才十歲左右的我，已經會塡寫四聯的劃撥單到日本訂閱雜誌。

莊：那兩本雜誌的內容是什麼？您看了好幾年吧？有沒有哪些部分印象較深刻？

鍾：內容以小說、故事爲主，也有漫畫，那兩本雜誌我看了好幾年，其中有很多故事、小說，至今仍記憶深刻。例如有一個連載小說，寫一個日本密探到中國，穿中國人的長袍，以便收集情報。有一次，他坐在火車上，不小心手上的東西掉下來，他立刻併攏雙腿以防止東西掉到地上，這是日本人的習慣，因爲日本人習慣穿長褲，若不併攏，東西會掉下地，中國人則穿長袍，東西只會掉到長袍上，不會掉地上，所以腿不必併攏，結果身份被識破了！這樣的描寫給我一種奇異的感受，從日常生活的小小習慣，表達出生活上、文化上的不同。經過了六十多年，我對那樣的描寫還有印象，我還記得那密探被抓後，槍斃的情景都有詳細的描寫。

此外，推理小說也是我愛看的，有的是日本人寫的，有的是改寫西洋作家的作品，當時沒有「推理小說」這個詞，而叫做「偵探小說」(日本式的説法是：探偵小説)，日本當時的祖師級的推理大家叫江戶川亂步，我也有很深的印象。後來，這些兒童雜誌不能使我饜足，於是再去找成人看的，專門刊登探偵小說的《新青年》月刊來看，開始接觸到福爾摩斯、柯南道爾等等西洋偵探故事。

莊：您小時候看那麼多推理小說，是否影響您偏向推理性思考？

鍾：我想不起來有這樣的影響，當時只是看得津津有味。另外，日本的武俠小說例如宮本武藏，單行本的劍豪小說等等，我也看了不少，覺得日本武俠小說比較平實而能令人相信，不像中國武俠小說的胡搞。

莊：除了推理和武俠小說之外，您小時候有沒有對其他類別的文學作品也感興趣？

鍾：那倒沒有，當然，我看的那些雜誌，除了刊登探偵小說之外，也有其他如少年小說，描寫劍道的小說也有。劍道是中學必修的課程，我讀小學時還沒有劍道，只是從小說看到。記得我看過一篇小說，描寫一個劍道選手在比劍時倒下來，對方正要用劍刺他時，他已先用劍砍到對方的手而贏得比賽。一個倒地的人，不輕易認輸，奮戰到最後而得到勝利，這個故事令我印象深刻。

小時候看過的小說很多，留下印象的也不少，以上是其中幾個。

莊：您在戰後才開始用中文寫作，在日治時代有沒有嘗試過用日文寫作？是否想過要創作小說？

鍾：日治時代用日文寫日記、寫信是有，但是沒有正式寫作。當時著迷於小說，崇拜作家，認為是遙不可及的，從來不敢想要成為作家。小時候我倒是感覺自己的才華是在音樂方面。在我七、八歲時，有一次「抽糖」抽到一個小口琴，就自己把玩吹奏歌曲，我只要聽過的曲子，就會記譜，有很好的音感。記得那時去教堂做禮拜唱聖詩，聽到我叔父唱不同的音調（後來才知道那是第二部），和大家所唱的音調融合在一起，聽起來很和諧動聽。這對我是一種啓發，我在學校上音樂課唱歌時，也模仿叔父唱第二部，自己覺得很和諧優美而陶醉其中，但是被音樂老師認為是叛逆，一向書讀得很好，從未挨罵的我，卻因此被罵得很兇，這件事至今記憶猶新，那位老師現在還健在，九十好幾了。

莊：您也會彈琴吧？

鍾：那是戰後回到龍潭國小教書時才開始學習的，以前根本沒有學音樂的機會，日本政府在戰爭時期排斥西洋音樂，更無緣欣賞古典音樂，所以我中學五年期間的音樂課是唱日本謠曲，那和西洋音樂完全不同。

莊：在您的《台灣人三部曲》和《濁流三部曲》裏，出現不少山歌，那些山歌歌詞是您配合小說裏的角色而創作的，或是傳統的山歌？

鍾：有的是自創的，也有採自傳統山歌。

莊：您寫過一本《名曲的故事》，那是西洋古典音樂的介紹吧？

鍾：對，戰後初期我在龍潭教書，應該多找些唱片來聽，但是鄉下地方不容易找到古典音樂唱片，只有日治時代留下來的一點點破舊的唱片。所以，欣賞音樂的機會很少，一些普通的音樂常識，都是從閱讀中得來的。而戰後我開始學習文學創作，要看很多書，練習用中文表達，那是我生活上，甚至生命上的一大挑戰，更無暇專心欣賞音樂了。

我第一篇文章得到發表的機會，使我體認到二十歲之後才從頭學習一種新語言的人，也不一定就不能使用那剛剛學會的語文做爲表達的工具。這個發現對我是很大的衝擊，我就想：也許我可以開始寫作吧！童年時那種「作家是可望不可及」的想法就逐漸改變了。

莊：剛才您談到小時候看的劍道小說，比劍時即使已經倒下去了，仍然能夠奮力一擊而獲得勝利，這種精神是否也影響您養成不隨便服輸的個性？在戰後才開始學中文，比起從小學習中文的人，是處於弱勢地位，然而卻能不受限於不利的條件而努力創作，終於有了相當可觀的寫作成果。

鍾：我自己倒不覺得是受到哪種精神的影響，我就是要嘗試使用新學會的語文來表達，就這樣開始寫作。剛開始，我是先用日文思考，用日文寫草稿，再辛苦地譯成中文，經過這樣的階段，然後逐漸走上文學創作之路。就這樣自然地發展，並沒有一個特定的，要成爲作家的目標。而當我發現到我使用剛剛學會的語文所創作出來的作品，也有發表的機會時，這就將我過去的想法——作家是遙不可及的——完全顛覆。

莊：您是這樣自然地走上寫作之路，而經過多年的創作生涯，到後來會不會感覺非走這條路不可？

鍾：我倒是沒有這種想法或感覺，反正就這麼自然地寫下去。

莊：我閱讀您的作品，往往感受到一股積極樂觀的精神，這是不是您本身的人生觀？

鍾：樂觀積極的人生觀，是受到時代，社會推移的影響。我十二歲到二十歲是戰爭的年代，也是接受徹底的日本教育的年代，後期更有皇民化運動，這幾個因素加在一起，培養出不很濃厚的民族覺醒，嘴裏說自己是日本人，內心則是有一種自覺：我們和日本人是不一樣的，本島人(台灣人)和內地人(日本人)的差別是很明顯的。不過，我們接受日本教育，自然會受影響而養成日本精神。所謂日本精神就是濟弱扶傾，富正義感，做一個堂堂的日本人。

在日本統治下，台灣人被日本人欺負，我小學、中學、當日本兵時，都有這種感覺。戰爭結束，日本無條件投降而離開台灣，這個歷史事實爲我們帶來莫大的歡欣鼓舞，我們不必再被日本人欺負了，這是一種很切身的感覺。同時，我們有一個祖國——中國，台灣就要回到祖國的懷抱，這也是很切身的感覺。過去，日本人教導我們：中國是落後的國家，擁有龐大的土地和人民。台灣則有進步的工業技術，卻缺少資源。台灣回到「祖國」的懷抱，那麼，中國豐厚的資源，加上台灣進步的科技，將可建立一個強大的中國，不再被日本人、西洋人欺負。我們這一輩的年輕人，當時所關注的就是如何以進步先進的台灣，帶動整個中國走向強盛之路，那不僅是官方所宣傳的，建設三民主義的新中國而已，而是一個美麗的夢想。不久，中國的公務員、商人、軍人等等陸續來到台灣，這個夢很快就破滅了，那就是二二八事件。

莊：剛才您談到日本教育是要培養堂堂正正的日本人，富有正義感。記得小時候我們也經常看到「堂堂正正的中國人」這樣的標語，就您的認知，所謂「堂堂正正的日本人」和「堂堂正正的中國人」有何不同？

鍾：基本上，「堂堂正正」的含意是很好的，教育出一個堂堂正正的日本人或是一個堂堂正正的中國人，都是很好的事。然而，事實上我們所看到的中國人，根本談不上堂堂正正，而是落後、落伍的。

剛才我講到二二八事件打破了台灣人將祖國建設成強國的美夢，接著國民黨政府徹退到台灣來，實施恐怖政策。台灣人的美夢徹底破碎，只能求生而已。例如我二、三十年來就乖乖地當一個國民黨制式教育體制下的小學教師。當然，除了教書之外，我也從事文學創作，就這樣一路走過來。

莊：從日治時代台灣人被日本人欺負的體驗，到戰後建設祖國美夢的破滅，您的人生觀似乎一直是積極樂觀的，是嗎？

鍾：日治時代，日本人灌輸給我「堂堂正正做人」的觀念，就是積極樂觀的精神，這和時代有關係。例如吳濁流先生的作品，表現出一種孤兒意識。他在戰時到中國大陸，或許心中有投效祖國的意念。然而他在中國大陸看到了人性墮落、政治、經濟、社會的腐敗落後，尤其是發現到他心目中的祖國同胞對台灣人並不懷抱好意，根本沒有同胞的親情，甚至懷疑台灣人是日本人的走狗。換句話說，祖國並不需要台灣，在甲午戰爭後，把台灣拋棄了，從那時開始，祖國心目中並沒有台灣人的地位，而且用懷疑的眼光看待台灣人。至於日本對於台灣人則是歧視的態度，台灣只是他們南進的踏板，台灣人只要好好地皇民化，當日本兵去打仗，那是日本所需要的，其他方面他們並不一定需要台灣人。於是，台灣人就變成孤兒，孤兒意識就是這樣產生的。我這一代的成長背景不同，我沒有到過中國大陸，沒有親身體會日本人所說中國的落後。我只知道日本教育所灌輸的「做一個正義、正直的堂堂正正的人」，人生的價值觀就在這樣的基礎上建立起來了，自然就有樂觀進取的心態，沒有孤兒意識。

另外，表面上我的作品要強調祖國意識，事實上那是因我必須保護自己。民國四十六、四十七年，我開始注意到，經常有監視的眼光在我周圍，那是白色恐怖很嚴厲的年代，寫作是帶有危險性的工作，寫錯一句話往往會遭致逮捕、監禁的後果。當時我急於建立台灣文學，所以在《文友通訊》裏強調台灣文學。「台灣文學」這四個字本身就是禁忌，帶有危險性，我就說：我主張的台灣文學是中國文學的一部分。事實上，我內心裏的台灣文學是獨立的，剛開始，台灣文學有日文、中文和台灣話文等不同的文字所寫的作品刊登在報紙、雜誌上，那不是日本文學，也不是中國文學，自然就是台灣文學，就是這麼簡單的邏輯，不必深奧的理論或深刻的思考，就可以判斷的。這是我心中一直都存在的信念。

莊：台灣人有特殊的歷史背景，一八九五年以來，歷經日本和中國國民黨的統治，但是，台灣人和日本人不同，也和中國人不一樣。在您心目中，台灣人的形象是什麼樣子？

鍾：這是我一直要探討的命題，我的小說就是想要塑造台灣人。所以寫《台灣人三部曲》，那並不是所謂的歷史小說。《公論報》復刊時我寫連載小說，我就把《台灣人三部曲》的第一部給報社，題目就是〈台灣人〉。復刊的《公論報》試刊的第一天就將那篇小說刊在副刊上，上面印著「台灣人」三個字，警備總部馬上來查，稿子被帶走，結果，整個報社因而延後半個月才發行。〈台灣人〉四、五萬字的稿子被取走，一、二年後才被我要回來，改名為〈台灣人三部曲第一部——沈淪〉在《台灣日報》連載，安全地刊登，沒有被抄走。

你問我台灣人的形象，我想，每個人都有不同的體會、不同的看法。做為一個文學家，我筆下塑造出來的台灣人形象，是我主觀的想法，不過我希望能夠具有普遍性，代表某一部分台灣人的形象。二千一百萬台灣人，每個人都不相同，而其中可能有共通的地方，是很難說明那共同的部分。

莊：是不是因爲台灣人仍然在形塑當中，所以不容易找出共通點？

鍾：不一定吧？隨著時代的演變，每個階段的台灣人都可能不太一樣，例如我剛才所說，吳濁流時代的台灣人，具有孤兒意識，我這代則是樂觀進取的，我有光明的目標。如果加以形象化：我，一個台灣人，曾經受日本統治，現在回到祖國懷抱，將來要建立一個強大的國家。這是一種包裝，事實上，其眞正含意就是「台灣人」，這就要靠讀者自己判斷了。一部作品完成之後，僅從作品來探討，是一種判斷，如果加上作家生平、成長經過，時代背景等等因素一起考慮，可能會產生不同的結論。

莊：您的作品中所描寫的台灣人，往往表現出堅毅的精神，家族觀念很強，這是您心目中理想的台灣人嗎？或是您的周遭就有很多這樣的人？

鍾：我沒想過理想的台灣人，或是未來的台灣人應該是怎麼樣，這是很難有個集中點來思考。不過，我是有個思考的方向，以我而言，在我成長過程中所接受的日本教育，具有樂觀進取、正義感等等人性正面的精神，這不只是台灣人或是日本人，而是人類共通的積極面的人性。我想，就在這種自然的模糊（不是創造性的模糊）當中，說不定會凝聚成一種形象。

莊：《望春風》是您根據鄧雨賢的故事所寫的小說，像這種以眞實人物爲模特兒的小說，作家在寫作時必須考慮到多少歷史事實？他有多少可以發揮想像力的創作空間？

鍾：我認爲作家可以發揮的空間是無限大的，小說家就有這樣的自由和權利，不管有沒有眞實的人物做模特兒，他所塑造出來的人物就是他心目中的那個人物的形象，有事實根據時，盡量使之接近事實，例如日治末期的人物，不能拿到戰後五十年的人物身上來體現。除了必須忠於眞實人物的部份之外，其餘的應該允許作家去想像，小說本來就是虛構的，小說家有最大的自由來塑造。《望春風》是小說，說它是傳記也未嘗不可，因爲有事實根據，有實在的人物，不過，說它是純粹的小說也沒有錯。像東方白《浪淘沙》的處理方式是很正常的，有幾個眞實的人物做爲創造的背景與根據，時代背景和眞實人物的重要經歷不能背離事實，其餘的部分是他想像創造出來的，關鍵就在「創造」兩個字。

莊：請您談談一九九五年到日本參加馬關條約一百年紀念活動的情形。

鍾：那是呂秀蓮辦的活動，她組一個團到馬關，也邀我參加，參觀馬關條約簽訂的地方，召開記者會，當時有幾位日本學者發表談話，我也講了十幾分鐘的話。呂秀蓮在立法委員任內，一直從事推動外交路向的工作，進入聯合國是其中一個目標，民間外交也是她著力的地方，前年的馬關條約一百周年紀念會也是這個範圍內的活動，她認爲這在外交上會有積極的作用。台灣因「馬關條約」而脫離中國，在日本統治下過了五十年，接著又被國民黨政府統治五十年，以此突顯出歷史、追求獨立的意象。

莊：您在辦《台灣文藝》時，是有很多困難，但是也有很多收穫吧？

鍾：當然有收穫，在我主辦的那六年間，《台灣文藝》可以說是內容最豐富，文學水準最高的時期，大家都願意把最好的作品給我刊登。我擔任《民衆日報》副刊主編一年多期間是和辦《台灣文藝》的時間重疊，我手上握有培養新人的兩個工具，吳錦發、王幼華、彭瑞金等等是當時的新秀，現在都是文壇活躍的作家。這些都是辦雜誌、編副刊的成果。

莊：編雜誌收穫很多，不過，對您個人的寫作有所影響吧？

鍾：那對我的寫作是造成很大的影響，那段期間，我的寫作幾乎停頓。我把《台灣文藝》交出去後，《卑南平原》、《高山組曲》等等好幾部作品就陸續創作出來。一九九〇年代，我成了社會運動家，擔任台灣筆會會長及台灣客家公共事務協會會長，李喬說我是「文運重要推動者，也是社會文化改造運動者。」在「推動文運」方面，一九九一年，我帶客家人上街頭，也帶筆會的作家詩人上街頭，這好像是過去所沒有的事。

另外，我擔任筆會會長兩年間，開始舉辦「台灣文藝營」，兩屆都在嶺頭山莊舉行。

莊：最後請鍾老師爲我們講幾句話，感謝您接受採訪。

鍾：我曾經說過，台灣文學是掙扎的文學，是血淚的文學，我以身在其中一份子，覺得非常榮幸。我這一輩子，幾乎把整個精力投注在文學方面，我也覺得有若干成果、若干收穫，這是最感榮耀的一件事。台灣文學發展七十多年來，目前依然在掙扎之中，依然需要付出血淚，未來台灣文學的發展，希望有更多的人付出他們的血淚，做他們的掙扎，讓我們台灣文學能夠更欣欣向榮，更發展，有更多的作家，更多的好作品出來，這是我最大的心願。

（刊登於一九九八年八月《台灣文藝》第一六三、一六四期合刊本）

二、女性、愛情、文學
——鍾肇政專訪2

時間：一九九九・七・廿七　上午九：〇〇～十二：〇〇
地點：龍潭鄉鍾宅
採訪、筆錄：莊紫蓉

莊紫蓉（以下簡稱莊）：請您談談曾經出現在您身邊的女性，以及愛情。

鍾肇政（以下簡稱鍾）：我一生下來好像就被女性包圍住了。我上面有五個姊姊，我誕生的時候，家裏面除了我父親跟剛剛下地的我，其他都是女的，萬千寵愛集於一身的那種狀況是很容易想像得到的，特別是我那些姊姊。我很小的時候，五個姊姊當中的兩個就過世了，所以事實上我身邊有三個姊姊和我母親。有幾件事是後來才聽到的：有一段時間我晚上哭起來就不停，我母親晚上常常不能睡，想盡辦法要讓我止哭，吃了很多的苦頭，甚至因爲晚上不能睡，因而眼睛都腫了起來。

那時我父親在大溪鎮鄉下的小學——內柵——教書，在我最早的記憶有這樣的情景：我在學校的走廊玩，不知道怎麼抓到的一隻老鷹，記憶中那隻老鷹和我差不多高，嘴巴彎彎的、眼睛閃閃發光，現在我已經想不起來有什麼恐怖感，只覺得好玩，有時去抓一些青蛙來餵牠。那時我好像就很調皮了，老師跟學生在教室裏上課，我——多半是一個人——在走廊玩。

我上面那個姊姊的名字很特別，叫做連弟，因爲我父親連生了好幾個女兒，心裏有一點恐慌，就爲她取了這個名字，意思是：她連下來會有個弟弟。我跟這個姊姊相差三歲，比較親近，我現在留下來跟她的一張照片，是我穿著西裝、戴一頂帽子、騎著一輛小三輪車，她站在旁邊。最近有一個幫我整理照片的年輕朋友看到這張照片很驚訝地對我說，從這張照片裏我們的穿著來看，在當時是貴族化的家庭。

事實上在內柵那段時間，我的記憶非常有限。有一件事是後來我才聽說的：每個晚上我一定要吃紅豆湯當點心，我的大姊（我叫她大阿姊）和二姊（小阿姊）每個晚上都要去買紅豆和一小包糖（現在想想覺得不對，不必每天晚上買啊，買一包一斤或半斤就可以分好幾次來煮了）。聽說有一次我沒有吵著要吃點心，我姊姊就以爲我忘記了，可以省一次上街買紅豆的麻煩，沒想到她們剛剛這麼想的時候，我又開始吵著要吃了。我在家裏就這樣成了一個中心人物，小小年紀什麼都不懂，大家都疼我、愛我。

我不記得是幾歲時搬到台北的，倒是有幾項和女性有關的記憶，就是我那個阿姨。我母親姓吳，那個阿姨姓李，是我母親的表妹。她十幾歲就到我家幫忙帶小孩，我大姊姊、二姊就是她背大的，她的歲數可能跟我大姊沒差多少，了不起多個五、六歲。後來我父母親幫她作媒嫁給我父親的同事(代用教員，大溪人、姓邱)，他們結婚後，我那姨丈就辭掉學校的工作上台北到大稻埕的首富李春生家做收租之類的工作。那時李春生已經過世了。我阿姨住在李家，是跟老闆娘很親近，很受到頭家娘信任的女管家，那頭家娘的皮包是由她來管的，很多佣人也歸她指揮，每天的菜單由她決定，權限好像滿大的。

我們搬到台北好像就是那個阿姨介紹的，我不太清楚我父親工作的那家從廈門進口福州杉木到台灣來賣的商店，是不是就是我阿姨頭家的關係企業，或是另一個頭家也說不定。我們就住在港町(現在的貴德街、陳天來宅斜對面)，街路盡頭就是李春生大宅子的後門，李宅前門是永樂街(現在的迪化街)，街路兩旁都是一些商店、染坊，只有李宅沒有開商店，大門深鎖，從前門進入往裏面走，越來越大，像迷宮一樣，我自己都不敢走。店門口雖然不是商店，不過門口經常有一輛黑頭仔車（轎車），多半是頭家出門時坐的。

我那個阿姨非常疼我，因為她受我母親照顧很多，另外我父母幫她作媒，她老公有一個很安定而不錯的工作，所以她對我們很好，有時我們全家會到她頭家那裏坐坐、逛逛。那頭家好像有幾個老婆，其中當時還在的被稱為「蓮清官」，我阿姨名叫阿蔥，有些下人就叫她「阿蔥官」。她本身也是下人，不應該被稱為「官」的，可是好像她權勢很大，所以很多人也這麼叫她。李家有木匠、泥水匠、廚房採買、年節做年糕的、做鹽漬醬菜的等等各有一批人都由她管。我阿姨常常邀我母親去看歌仔戲，我記得當時台北後車站旁邊空空曠曠的地方就有一家戲院，好像叫做新舞台。我記憶很深的是永樂座戲院，在永樂市場對面、城隍廟旁邊，那是我經常走動的地方。

莊：這個阿姨對您很好，除了經常請您全家到頭家那裏玩之外，有沒有其他具體的事情？

鍾：她沒有小孩，他們夫婦倆在那個大宅子裏有一個房間，我去他們家首先就會跑去那個房間，她在那個大宅子裏威風凜凜的，經常有一些零嘴可以吃。後來我的五姊過繼給她，我父親又另外找了一個我姑媽的女兒、跟我五姐一般年紀的，也給她做養女。

我一年級時就搬離台北了，搬家的直接原因是我大姊染上了傷寒、過世。那時我年紀還小，模糊記得聽到大人談論此事說，日本人因爲要撲滅傳染病，不但把病人隔離、住院，還把病人住家全面消毒，周圍用草繩圈起來，不讓人進出。也聽說若是病人醫不好，就把他毒死。那是一種傳言，不一定可信。我大姊得了傷寒住進馬偕醫院時，家人不能進病房，只能從窗口望望。隨後我母親也得了同樣的病，我母親就怕了，不敢去西醫那裏拿藥吃，因爲去西醫那裏很快會被轉到大醫院住院隔離，於是她就回來鄉下老家，聽說吃羚羊犀角等中藥吃好了。當然她的病沒有經過檢驗，只因爲病狀跟我大姊相像，就認爲同樣是傷寒。後來我姊姊死了，不久我們就搬離了台北，我父母親好像很傷心的樣子。大姊那時二十歲，有一個婚議正在談，對象是我老婆的一個叔叔（我們鍾家跟她們張家上一代、上兩代都是教漢文的先生，我曾祖父曾經被聘到她們張家去教漢書），好像已經談到要訂婚的階段了，那個男的決定要跑到中國，打算結婚後雙雙到中國去。結果我大姊死了。

我虛歲七歲進一年級，我一直有一個記憶：跟母親或姊姊在街路上逛時，我就喜歡看女人，覺得這個女人好美好漂亮。我好像有一點早熟。

莊：您喜歡看的是年輕的女人囉？

鍾：對。那是模糊的記憶：我跟大人在亭仔腳走，對面有穿著時髦或是嘴巴塗得紅紅的女人走過來，我特別有印象，那種嘴巴、口型、髮型(那時好像開始有燙髮了)，我覺得很美，帶有一點色情味的欣賞角度。那時才六足歲，也許五歲開始就有那種狀況也說不定，現在是想不起來了。

我們搬回龍潭以前在桃園住了一陣子，我父親在桃園找到了一個工作，不過期間很短，我二年級時已經回龍潭了，一年級第一個學期在台北，第二個學期(九月到十二月)在桃園，新曆年過後(一月到三月)是第三學期，二年級時我已經在龍潭入學了。在桃園時我的記憶很少，我的五姊已經給我阿姨做養女了，大姊過世、二姊結婚了，家裏就只有我父母跟我，在桃園時生了一個妹妹，人口簡單了，沒有一大堆女性包圍在我身邊。桃園有我的舅父，也有大我一、二歲的表姊，我只記得剛剛搬到桃園時找不到教室，是表姊帶我去教室的，那是一年級第二學期。

搬回龍潭後生活環境完全改變，我父親在街路上開了一家小小的雜貨店，賣香煙、鹽等專賣品，還賣一些日常用品。我開始有做禮拜的記憶是在龍潭，每個禮拜天，住在老家的祖母、叔叔他們都到街路上來做禮拜，我跟我父母親也去做禮拜，不過我父母親多半只能有一個人去做禮拜，因爲有一個人需要看店。禮拜做完後，祖母、叔叔等一大票人都會到我家來吃飯。

我三年級時的老師是我父親以前教過的學生，對我相當另眼看待，也很疼我，因爲我功課很不錯。有一次休息時間大家在玩，忽然那位老師大聲宣佈說我將來長大了要娶某某同學做老婆，同學聽了就大聲歡呼叫了起來。我好像被什麼咒語詛咒了或是忽然中了邪、著魔了似的，念念不忘那個女生，如果用比較極端的形容，那可能就是一個初戀的樣子，那時我虛歲八歲、滿七歲。他這麼說過之後，我怕跟那個女同學接觸又渴望跟她接觸，有這樣怪怪的感情。

直到小學畢業都有這種感情是沒錯，可是，畢業後那個女同學考上第三高女，我第一次考試沒考取，跑到私立中學去唸書。我功課比她好，可是她考取了而我沒考取，我有一份自卑感又有一種很矛盾的感情。比方上學校時，我的學校在淡水，必須住校，她好像住台北親戚家裏，假期結束返校時有時候會坐同一班車，我心裏的那種自卑感一直在作祟，甚至不敢當面面對她，更不用說跟她講點什麼話或是寫個信給她，那根本是談不上的。

那位男老師有個妹妹低我一屆，第二年也考取了第三高女，假期結束返校時，有時我也會跟她碰頭坐同一班車。她會寫信給我，我想不起來我有沒有回信給她，因為我住校，學校在這方面管得很嚴，中學生跟女性有什麼來往、書信往返等事都被禁止的，特別是我們住校生，一舉一動都很容易被教官、舍監所掌握。我不記得有回信給她，所以感情的萌芽幾乎是不了了之的。

可是，這兩個女性一直都活在我內心裏面。

我中學二年級最後或是三年級開始時，因為戰爭已經開始打了，小商店沒什麼東西好賣，日本人採取統制經濟，賣的東西越來越少，還要實施配給制，不太容易維持一家商店。也是因為戰爭的關係，日本人教員大批地打仗去了，學校缺乏教員，我父親就被拉去教書，地點就在大溪山裏面的八結（現在叫做百吉）。記得是因為我第二個妹妹從小害百日咳，應該入學的時候身體太弱而沒有入學，第二年官方忽然規定某一段期間誕生的才可以入學，我妹妹出生日期超過了一點點，有失學的可能，我父親就動了腦筋，把她帶到八結我姑媽那裏入學，準備讓她在八結念一學期再轉學回來。我妹妹在八結常常哭得很厲害，我父親常常要在那裏陪她，那邊的校長就勸他乾脆在那裏教書。於是我父親就去那裏教書，我家也搬到山裏面去了。

我假期結束要回學校，是從八結走二個鐘頭翻過一座山到大溪（現在的百吉隧道那時還沒有），然後到慈湖再走到頭寮，從大溪搭鄉下的巴士到鶯歌才坐火車。到鶯歌有時候會碰到那二個女學生。一方面我離開故鄉了，碰面的機會越來越少，另一方面心裏也害怕，有這種感情問題產生的話，學校方面是會處分的，有一些後果會很難承擔的，所以我也沒有什麼樣的行動。

中學畢業我再考上級學校沒有考取，在大溪當了一年代用教員。然後我去彰化唸書、去當兵，就一直離開故鄉，直到日本投降我當兵復員回來，那時我父親已經調回故鄉的三和國小當分校主任（戰後分校獨立，我父親就當校長）。因爲我唸師範，所以當兵回來找工作自然就往學校方面去找，剛好我母校龍潭國小有機會，就過來教書。這時候我才知道那二個女性的下落。她們都結婚了，那個姓黃的畢業以後一直在母校教書。我民國三十五年回來教書時她已經結婚離開了，我沒有碰到她。另外一個姓李的也結婚了，而且不久聽說她病死了。她怎麼會病死的呢？她有一個哥哥在日本留學得了病回來療養不久就死了，那時戰爭還沒有結束，他臨死以前再三希望他妹妹嫁給他的一個家在宜蘭的同學。戰後那同學從日本回來，他們就結婚了，沒有多久她也死了，聽說同樣是肺病。我那時聽了這些消息很傷心，我想她的婚姻大概不是很順利、很幸福，所以抑鬱而終。我有這樣的想像而替她難過。

那個姓黃的，從我小學三年級時被那老師說我將來要娶她到現在已經過了六十幾年快七十年了，心裏面一直都記得那個老師講這些話的神情、同學們歡呼起來的樣子，還有很長的歲月心裏面一直都有那個女的，那個樣子都還記得很淸楚。我甚至當兵回來從山裏面來到街上站在龍潭的大潭邊，遠遠地望著、心裏想：我是不是會很偶然地碰到那兩個一直在我內心裏面的女性呢？可是，沒有，從來沒有碰過。這許多年我們開同學會時她很少來參加，教過的學生開同學會有一、兩次她從台北下來參加，就跟我碰頭了。我在辦客家電台，她有什麼意見會打電話來跟我連絡，還有那麼一點點連絡的機會，就只是這樣而已。最近一個電話好像是有關我幫陳水扁助選，她打電話來給我很大的鼓勵。這兩個女性就到這裏為止，沒有什麼了。

我唸中學時，很多故鄉的女孩子寫信給我，同樣的理由，我連回信都不敢寫。好像很無奈的，事實上也是這樣，我也沒有覺得我需要有一個通信的女朋友，校方嚴厲的規定當然也是原因，而我自己也覺得不是很需要這樣通信的友誼。

我在大溪當代用教師約一年的期間，有幾個女性進入我的內心。第一個是我隔壁班的老師，她和我同時到那個學校去服務，我所記得的是我那時虛歲十九，她虛歲才十七，日本女學校畢業之後馬上到台灣來。她還保持了一份天眞，當然——我覺得她很美。我大她二歲，不過在我的感覺裏，她是比我更成熟的一個女性，我有這樣奇異的感覺。因爲在隔壁班，同樣是剛剛開始工作的菜鳥，她經常向我求助，要我幫她指指點點的。比方我先學會彈風琴、教唱歌，她根本不會彈風琴，我們就必須交換教學，她有一門功課給我教、我有一門功課給她教，我教她的就是音樂。就這樣接觸很快地增加了，很快地就有一些默契，我個人的感覺上是有一種感情的萌發。

另外有一個女性，她老公被征去打仗。——這些我都寫在《濁流》裏面了。

莊：《濁流》裏的谷清子嗎？

鍾：她本來也叫做清子，小說裏我把她的姓改掉。當然她已經是結過婚的女人，還沒有小孩，一個人住一間宿舍。我們有一些事情經常會接觸，自然就會親近，就像我那本書所寫的，大概就是那個樣子。我心裏面當然對那個年輕的、很天眞的、處處要依賴我的女同事，內心裏面比較惦掛著。

這時候日本人極力鼓勵志願兵的活動已經開始了。從前台灣的行政區域劃分爲幾個州，州是很大的，比方桃竹苗是新竹州。州下面有很多郡，大溪是一個郡，包含大溪、龍潭、復興等三個鄉鎮，多半是三、四個鄉鎮變成一個郡。郡叫做郡役所，等於是郡政府，跟現在的縣政府差不多，志願兵、青年團歸郡役所管。

這時，我下面那個妹妹在桃園開始唸女學校，她本來借住在我舅父那邊，後來我在大溪教書，她就來大溪跟我一起住。在大溪鎮上我有一間分成六席榻榻米的兩個房間的宿舍，中間有紙門，我跟妹妹一人住一間。我妹妹有一大堆女同學，幾乎每個晚上都會來聊天、玩，有好幾個會在那邊住。我虛歲十九，跟中學時代不一樣的是，我有很強烈的對女性的憧憬。隔一個紙門就有三、四個女學生，都是十五、十六歲的妙齡少女，如果那時候我不能自持的話，我會有越軌的行動，那是很容易發生的。那些天真的女學生有時候會跑到我這邊來玩，從後面把我抱住等等諸如此類的少男少女玩在一起，所以我有時候就想入非非。——我在《濁流》裏有寫這些事情嗎？

莊：有寫一點。

鍾：還好啦，沒有怎麼樣啦。

莊：那不容易控制哦！

鍾：很不容易呵！

莊：您是靠什麼力量來控制的？

鍾：不知道。我大概不是很會亂搞的那一類，如果很會亂搞的男孩，三、四個，四、五個女孩都會被玩掉的，那是很可能的。

大溪當教員的一年間，本來應該發生一些嚴重的事態，結果是沒有，很平安地度過。你認爲怎麼樣？我如果很會玩的話，這樣是有所得呢或是有所失？不會玩是有所損失嗎？

莊：我覺得不是。

鍾：不是呵，我也這樣覺得，那不算損失啊！當然有一種想法說：啊！可以玩的你都不會玩，有好吃的你都不去吃，那不是損失嗎？——我是不這樣覺得。

莊：那時候社會上的風氣怎麼樣？

鍾：是很封閉的。

我個人來講，帶有一種日本式的潔癖，並不是很光明的事情，我就不理它。日本人滿道學的，表面上。

我在大溪當老師那段期間，另外也有幾個在我心裏面留下了若有若無的印象的女性。

在小學裏面除了教小朋友以外，還有另外的任務，就是組織青年團，由學校老師指導訓練。那時候教師非常有權威，例如有些青年團裏的男生也有高頭大馬的，有些比較兇的日本教員會刻意地打這些大個子。每個老師都會分到責任區（一個村、里），我分到的是月眉（當地有李騰方古宅），有幾個女青年很喜歡跟我聊聊天，跟我比較接近，不過還是師生的關係。其中有一個喊口令的女學生就像我在《插天山之歌》裏面所寫的一個喊口令的女青年。奔妹是我創造出來的，實際上並沒有那麼一號人物，她的模特兒就是我訓練青年團時的那個女孩子，她完全是日本女性的樣子，她模仿得還算很不錯。後來日本徵求護士（特志看護婦），她去志願，而且錄取了，被送到海南島或是什麼地方，我不太清楚。當時她很喜歡跟我聊聊天，談一些她看的書等等，在我內心裏面留有印象，應該可以說是幾乎不帶感情成份的。當然如果我要把它移到有感情成份的那種關係也是很容易可以達到目的的，不過我事實上沒有。她給我的印象我把它轉換成《插天山之歌》的那個女主角。那個女主角是有個模特兒，不過模特兒終歸只是模特兒，奔妹有那個女青年的味道是沒錯，不過我另外把她塑造成山裏面的女孩，也當女青年，她喊口令是一個人在山裏面學起來的，所以有很宏亮的嗓子。——我好像把那個女的塑造得相當成功的樣子，是照我的意思來塑造的。

莊：您剛剛說那個月眉的女青年帶有日本女性的味道？

鍾：她喊口令就是當小隊長或中隊長，甚至整個女青年隊都是由她指揮。指揮就是帶有一種權威性，神氣活現的。不曉得可不可以說那是帶有一點日本味的，不過以當時來講，大概就是那個樣子。

以後我去彰化唸書、去當兵這段期間，我有寫在《江山萬里》裏面。當兵時有一個女教員有所接觸是沒錯，不過不像書裏面有那麼直接的。事實上我一直在生病，當兵的那段歲月雖然不長，可是過得很痛苦、虛無，是很黑暗的歲月。

戰爭結束，我回到母校來當老師。有些感情上的事情是回到母校才發生的。我好像很坦白地寫過哦，有嗎？

莊：是〈我的第七個初戀情人〉嗎？

鍾：啊！No, No, No.

莊：是〈青春〉吧？寫兩個女同事，一個好像年紀比較大，常常會請您一起吃飯。另一個常跟您一起彈琴。

鍾：我想起來了，有兩個女老師，一個是基督教牧師的女兒；一個是穿紅衣服的女孩。我有沒有這樣寫？

莊：有。

鍾：那就是了。我分到一間教員宿舍，那個牧師的女兒也有一間教員宿舍，她住一個人，我也住一個人。她特別照顧我，一方面因爲同樣是基督教徒。那一年的聖誕節，她邀我到她的宿舍一起吃飯、過聖誕節，我當然同意了。那是晚餐，我模糊記得桌上點了蠟燭，她要我跟她合唱聖誕節的聖歌「平安夜」，她要我唱低音部她唱高音部。開飯以前先唱這麼一首聖詩，然後禱告之後才吃飯，都由她主動的。她告訴我：我們要一起唱一首詩哦！我說：哪一首？她就說第×首，我一時想不起來，對基督教我沒有她那麼的專心一志。

中學時我也常常去做禮拜，就是淡水那個很美的、有尖頂的教堂，那時每個禮拜天上午在大堂有閩南語禮拜，下午在下面可坐二、三十人的小廳是國語(日語)禮拜，我都是下午才去參加禮拜。有些高年級男同學也去做禮拜，說是要看女學生。淡水女中(後來叫純德女中)專門招收女生，我們淡水中學是男校，很少有機會在一起，只有做禮拜時才會一起，其實那是姊妹學校，同一個校長。以後唸彰化青年師範、當兵，完全沒有做禮拜的經驗(在當時的社會風氣下，做禮拜是有一點被排斥的），完全跟基督教隔閡。

所以她說第幾首我也搞不清楚，我手上好像也有那麼一本聖詩，是日文的讚美歌，我現在想不起來有沒有去翻來看一下，反正我必須很用心地看譜才唱得出來，離開譜我就唱不出來，而且是低音部。當時雖然沒有唱得很好，不過很順利地，這個節目過關了。

跟她的關係也一樣，我總可以跟她很親密的，可是結果我都沒有，這是同樣的一種潔癖的感覺。

我跟她不只是有這樣宗教上的來往，她常常邀我去吃午飯。她的午飯是一早起來就煮好一天份，至少兩餐份的飯，用學校不用了的日本掛圖把飯鍋子包起來，放在棉被裏面保溫。冬天，到她那邊就不必吃冷飯。我也是自己燒飯，但是中午總是冷飯隨便吃一吃。她算是很照顧我，這就造成另外一個女同事吃醋的感覺。——我有沒有這樣寫？

莊：寫了一點點。

鍾：沒有很明顯的交代是嗎？

後來那個牧師的女兒考取了金陵女大。金陵女大是很有名的學校，在南京。那時候政府很鼓勵台灣的學生到中國去升學，有一種公費生，在台灣考取了，先在台灣經過一段時間的語文的訓練，然後保送到那邊的國立大學，有公費給台灣學生唸書的機會。我彰化師範認識的那個姓沈的好朋友考取廈門大學，他去唸英文。這個女孩好像不是公費生，似乎是透過教會的關係。她走的時候拿了一盆她種的小盆花給我說：我走了以後你要把這盆花當作我哦，好好地澆水。我被她這樣講了以後，心裏有一點輕微的痛楚，或愧對朋友的感覺，可是那時候我已經迷戀另外一個女孩了。

莊：紅衣服的女孩？

鍾：嗯！穿紅衣服的。

很奇怪呵，人的命運很難叫人預料的，如果沒有那個紅衣服的，說不定會有不一樣的狀況出來。

這些經經過過也沒什麼特別啦，那紅衣服女孩後來也結婚了，新郎不是我，有這樣的狀況。這些是很平常的男男女女的交往。

不只是那個教會的女孩，另外也有幾個女同事，分明可以感覺出來很喜歡跟我接近的，這些也不算什麼啦，大概每個人都差不多啦，平平淡淡的，過眼雲烟。

就這樣啦！沒啦！

莊：您剛剛談到的幾個女孩，從小學的同學、學妹，到教書時的同事，您都沒有講到她們的長相外表、言行舉止、性情如何。

鍾：這有需要嗎？寫小說時必須交代清楚筆下人物長得什麼樣子、高矮肥瘦，讓讀者根據你所描述的憑空塑造出一個人物，寫小說是必須的。我現在是談談那種好像有又好像沒有的一些感情的經經過過而已。

莊：我是想知道鍾老喜歡的是怎麼樣的女性。

鍾：哦！——外表嗎？

莊：外表以外還包括性情等等內在——

鍾：我眞正付出感情的只有那個穿紅衣的女孩，其他的就像剛剛我提的。如果拿她來做爲一個我喜歡的女性的典型，她——當然，情人眼裏出西施，是讓我覺得有一個美的外貌的，其次就是對文學有興趣的，還有對音樂有興趣的。我喜歡的就不外乎看書啦、文學啦、音樂啦，這方面興趣相同的話，對感情的醞釀就會有多一層的催化劑。比方，我寫的字被認爲很漂亮，她也是一樣的，寫一手很美的字。如果拿那個牧師的女兒來比的話，她同樣的有相當可觀的一些藝術的素養，當然看譜、彈彈琴之類的是相當有根基的。然而，外貌確實就是不如那個穿紅衣的，至少她的臉不如紅衣女孩美，又比我年長一、二歲的樣子，這是成爲她不能完全把我的心抓住的因素。文學方面，她介紹給我看的，有一部是約瀚班揚的《天路歷程》，當然，那是宗教性的書，可是它也是經常會被提起的世界名著之一。還有一些日本的宗教家寫的書，她也幫我找了一、二本的樣子。還有一本後來拍成電影「暴君焚城錄」，那是日本人翻譯的，書名沒有譯，用片假名標出原來的書名《Quo vadis》，就是「主啊！你往哪裏去！」，那是宗教文學叢書之類的套書。我在彰化唸書時已經看過這本書了，是住在后里的那個同學借給我的，因爲他「V」的發音很強烈，Quo vadis 的va，他把下唇咬緊，蹦出來的發音，我記得很清楚。還有「Madame Bovary」他那個「V」字發音很清楚，我記憶很深。那個教會的女孩借我的，可能是另外一種版本。

根據我的經驗，一個女性第一個吸引住我的，當然是從外貌開始。

莊：您跟那個紅衣服的女孩都喜歡文學，你們曾經討論過什麼書，您還記得嗎？

鍾：不記得。——應該有才對呵。

我跟那個教會的女孩同事的時間並不長，討論的多半是宗教。——對啦，她使我覺得很難親近，宗教的因素也是其中之一。因爲我不肯上教堂做禮拜，她有時候會勸我要多上教堂、飯前要多禱告，我就不太喜歡啦。我曾經被她拉著去她家裏吃過幾次飯。他父親本來是龍潭教會的牧師，我來這裏教書時，他已經調到中壢去了。去她家裏見她父母親，一起吃飯等等，對我是一個並不是很愉快的經驗，她父親很嚴肅，不過他倒不會要我上教堂。她母親常常會問我：你有沒有上教堂？你有沒有禱告？——這些我都沒有。而且，她母親是很不好看的一個老婦人，使我覺得很難接近的那種老婦人。她家裏有六、七個或七、八個姊妹，沒有兄弟。

那時候因爲有另外一個女朋友，所以越發地覺得很難以接受這個女性。她和我談談宗教的事情、教會的事情，應該是有吧，我記不太淸楚了。

另外那個穿紅衣的，她跟我談的多半是日本文學，還有和歌之類的。她有很多需要向我請教的，我確實比她懂得多很多，她本身已經懂得相當不少了，可是有關文學方面的，經常是她向我請教。

大概就是這樣。

莊：音樂方面呢？

鍾：音樂方面哦，——她開始彈最初步的《拜耳》，彈了很久，經常是單調的melody，我就覺得何必練那個，我也是沒有練，馬上拿曲子來彈。因爲沒有從教本一步一步開始，是彈得很辛苦，不過我還是彈得出來，「少女的祈禱」之類的曲子，我很快就練會了，她搞了半天還沒有練到那個地方，她是規規矩矩地從教本開始彈，我覺得她彈了好久好久都還在彈《拜耳》。我跟她一起教書也沒有很久。不久她就結婚了。就像我小說寫的那個樣子，我是很眞實地把那個故事寫出來。

莊：您的小說裏面的愛情的發生，很多都是一見鍾情的。譬如《插天山之歌》裏面的志驤第一次見到奔妹就被吸引住了。您覺得愛情大多是這樣發生的嗎？

鍾：有第一印象，就被吸引住了，換一種說法也就是一見鍾情，大概是這樣。不過一見鍾情也需要有後續的條件，你可以一見鍾情，可是後來就一個東一個西也是很平常的，除非有第二次、第三次的接觸，感情才會眞正發生，要不然就沒了。

我寫的多半是一見鍾情嗎？

莊：我感覺好多都是這樣，譬如《八角塔下》裏面，志龍第一眼看到阿純，心裏就一直有阿純的影子在了。

鍾：我忘記了，我怎麼寫的想不起來了。小說裏那女孩叫做阿純是嗎？

莊：是。

鍾：我的作品裏面很多阿純。

莊：很多文學家或藝術家一輩子談了很多戀愛，例如歌德、畢卡索。愛情好像跟藝術、文學很有關係，甚至有人說，有愛情，創作才會源源不斷，是這樣嗎？

鍾：是，愛情是藝術的一種動力來源，很多藝術家都是這樣，不管是音樂、美術、文學，很多例子都顯示出男女間的愛情是藝術創造的重要動力之一。反過來說，沒有愛情來作爲動力的話，他的藝術活動就會沒有嗎？或者減少嗎？那是很可能的，這是一般情形，大體就是這樣。有的人沒有愛情，他文筆就停了，或者畫筆也停了，很多這樣的例子。

你大概希望看看我是不是也有這樣的狀況，是嗎？

莊：是啊。

鍾：大概有類似的情形，不過並不明顯。我的藝術活動，比方小說的創作，主要的動力來自於一種自發的創造的慾望，另外是一種使命感，還有來自於被時間追趕的感覺。被時間追趕。我在小學教書教了很長一段時間，我讀書寫作的時間是非常有限的。可是，爲什麼我會寫相當多的東西出來呢？那是因爲我不住地有被時間追趕的感覺。比方說，暑假有四、五十天的不必上課、不必工作的日子，這是很可觀的一段假期，在我來講。暑假快來了，我一定要有一個工作計畫，我要配合這個暑假來工作、來創作、來執筆的。於是我就形成一種被時間追趕的感覺，我這個暑假一定要有東西出來。我有這樣的感覺，第一次的經驗就是《魯冰花》，寒假快來了，寒假二十一天有三個禮拜，包含過農曆年。在這個寒假裏，我希望有一個可觀的東西留下來，一種時間在鞭打我，從後面追趕我。寒假就變成一個我要好好大獻身手的、好好有作爲一番的一種時間感覺。幾十年間，這個都一直在推動我。

我的創作的衝動，或者創作的慾望可能也是很強烈的，不知不覺中在驅策我，我拼命地要執筆、要寫東西、要有東西出來的。

另外，則是使命感。我們台灣有一些東西必須用文學的方式把它留個見證、留個記錄。這是屬於使命感的，是開始寫《濁流》才有的，我要記錄那一段戰爭歲月、戰後的歲月。《濁流》寫下來，就等於是我利用《濁流》的執筆，練就了寫長篇的初步的身手，我知道我可以寫了，可以向很大的題材勇敢地去挑戰，我有這樣的自信。那是經過《魯冰花》到《濁流三部曲》，這中間我寫了至少這四部長篇小說，更早的在學習的階段不算啦。比方鴻鈞幫我整理出來的《圳旁一人家》，寫得那樣子，我自己都不敢看的。

所以，要依靠愛情來作爲藝術活動推動的力量，在我來說幾乎沒有，可以這麼講，我有另外推動我的力量，在我後面或者在我內心裏面活動著，讓我去執筆、去痛苦、去吃苦。——寫長篇眞的是吃苦，人家在休假，我幾乎都沒有休假，苦苦地工作，這就是我的一輩子了。

莊：有沒有可能過去的愛情，譬如那穿紅衣服的女孩，雖然已經是過去的事了，但是那種感情還在、還有一股推動的力量？

鍾：在我自己來說，比方那個紅衣服女孩，當然她在我內心裏面存在是沒錯。但是，當我拿起筆來的時候，她只是我作品裏面的一個人物的模特兒，我寫出來的人物跟實際存在過的人物，也許有它類似的地方，不過，完全是另外一個存在。我相信並不是原來有這個模特兒才觸發我去創造這個人物，她只是題材的模特兒。因爲那種感情生活變成過去式之後，有一些風聞，說那個女的其實對我並沒有那麼投入，或者我們分開之後，對我並沒有好的說詞等等。經過第三者或是第幾者的一些風聞，我聽到了之後，不一定把它當成眞的或是實在的，可是多多少少會有一點衝擊。無論如何，我把過去那一段歲月當作是很寶貴的、很神聖的，雖然它漸漸地消褪、漸漸地沒有了，可是基本的東西一直還存在的。我是不忍心把它說成過去那段錯誤的歲月啦、青春的錯誤啦，我是沒有這種想法。

事實上那個女的下場並不好，我在書裏寫過嗎？

莊：我看到的是沒有。

鍾：她有三個小孩，正常的婚姻生活大概有五、六年左右。聽說她老公精神分裂沒有辦法工作，也沒有辦法自己生活，必須在瘋人院過一輩子。她就必須自食其力來撫養三個小孩，好像吃了不少苦，實際的狀況我也是不太清楚。人間的際遇往往是很難預料的。我寧可把那段歲月當成是美好的。不美好的東西，我們就不要去記掛了，比方分離時的痛苦，那種痛苦經過歲月的沖洗以後，變得很淡，以至於沒有了。

莊：我的意思是說，您剛才說的那種美好的感覺還在，這是不是也可以形成創作的推動力量？

鍾：大概沒有，就算有的話，也是很微弱、很少很少的。了不起就是當我執筆要塑造一個女性的時候，就拿那個穿紅衣女孩來做模特兒，她會提供我一個我容易掌握得住的外貌、個性、言行種種，是一個現成的模特兒，所以我寫起來覺得很方便，很容易地就可以把這個女的塑造出來。說有推動的力量，我不敢說沒有，不過，恐怕是很少很少的。大概是這樣子。

莊：我覺得您筆下的愛情都很美、很浪漫。

鍾：你是指我寫的那麼多本書裏面的愛情的故事嗎？不是特定的某一個愛情故事？

莊：不是特定的。

鍾：聽我說的這些，事實上一點都不浪漫，是嗎？我剛剛提的是很眞實的、沒有做假的、沒有虛構、也沒有誇張的。

莊：我覺得您剛剛所講的還是很浪漫。鍾老，我亂講話您不要介意。我想，您現在如果再談個戀愛——

鍾：哦？現在怎麼會談戀愛？

莊：年紀沒關係啊，年紀多大都可以談戀愛啊，歌德七十幾歲時還談戀愛啊。

鍾：事實上三年前德國一趟旅行回來，我是準備寫歌德的，是創作的小說，題目就叫做〈歌德文學之旅〉，不像小說題名的小說題名。我把歌德當作墊板一樣地墊在下面，天馬行空來寫我的小說。我會把我自己的行踪，還有歌德的行踪，重疊在一塊。已經有一些相當具體的構想，大概每篇五千字，寫個十篇左右。後來都沒有去寫，這很糟糕的啦。眞的，我事情也是很多。——不過雜務多不應該影響我的創作才對，我向來就是有很多雜務的，可是我從來都不讓它影響我的創作，我寫《怒濤》時就是這樣，那時我當台灣筆會和客家公共事務協會等兩個會的會長。又在自立晚報弄了一個筆會月報，每個月要寫一篇；自由時報弄了一個客家人月報，也每個月一篇，我每個月就固定要寫兩篇專欄。兩個會長當下來，雜務當然很多。我寫《怒濤》是每天早上寫兩個半到三個小時，大概會有一、二千字，寫到三、四萬字左右就交給自立晚報發表。當然有一點冒險，也有一點懷疑：我那麼多雜務當中，我可以寫長篇嗎？

昨天我整理一些東西，看到我留下來的自立晚報連載第一天的報紙，第一版有我的彩色照片：「國寶級作家鍾肇政新著〈怒濤〉今天開始連載」，另外還刊了小說裏面的一句話。我的照片登在報紙第一版的還有一次，那是我當客家協會的會長，去找許信良談事情時，高天生到現場去採訪，拍了一張彩色照片登在第一版。我生平就這兩次彩色照片被登在第一版，一個文學家有照片被登在第一版，這是絕無僅有的。〈怒濤〉第一天登出時，上面是好大的「怒濤」兩個字，那時候有很多日文，報社沒有拿去打字，是用手寫的。

那大概是七、八年前，我是六十開外開外了，還有那種本事，當兩個會長，每個月一次的專欄要寫兩篇，還寫長篇連載。現在呢？什麼都沒有了，現在寫連載會要我的老命。去年一年間寫自由時報的專欄，就覺得寫得很苦，八百字到九百字，有時候寫兩天、三天，這樣子怎麼寫連載？或許我跑到山裏面躲起來，什麼都不管啦，也許可以寫，哈哈哈——。不過，那也不一定啊。

談戀愛？開我的玩笑，不敢談了。歌德可以談。歌德最後一次談戀愛是七十三歲，三年前我去德國時就是那個年紀，那時我好像有一種心理作用，認爲歌德可以談，我也可以談。哈哈哈——實際上我是沒有，也許也不敢談，我用小說來談，我在想像裏面來談，這就是一種藝術，可是——也落空了。我把一些資料放在一個很大的信封裏面，到現在還放著，沒有再動它。

我要寫的那種東西，一方面是表達歌德的一種深邃的藝術、他的愛情觀、愛情方面的行動，七十幾歲的去追十幾歲的女孩，這不是平常人可以做的。可以有一些也許是有趣的，也許是很特別的東西寫出來。——很可惜呵，沒有寫出來。

莊：有機會的話，還是可以談戀愛吧?!

鍾：有機會的話？——對，說不定最後歸到機會的問題，機遇的問題。

（刊登於一九九九年十月《文學台灣》第三二期）

三、音樂與文學——鍾肇政專訪3

時間：一九九九・八・十二　上午
地點：龍潭鍾宅
訪問、整理：莊紫蓉

莊：鍾老，這首菩提樹的歌詞是我一個長輩印給我的，不知道是不是您以前所唱的歌詞。

鍾：不是，這跟我這一本歌本一樣。你那長輩怎麼會有呢？

莊：她日本時代讀嘉義高女。

鍾：日治時代台灣沒有幾個高女，台北有第一、第二、第三等三個高女，第三高女主要是台灣人女孩唸的，第一、第二是日本人女孩讀的學校。台北就是這三家比較古老的，新竹有一家。嘉義有嘉義農林學校，日本時代的農校就叫做農林（農業、林業）學校。台南好像有一女中、二女中，高雄有高雄女中，屏東就一所農校，宜蘭有女中和農林學校，花蓮也是有女中和農林。大概是這樣。

這個菩提樹的日文歌詞是你親戚印給你的？她是嘉義高女畢業？

莊：是。她讀書時是戰爭期間，畢業時應該是戰爭結束了。她說她們以前都是唱這個詞。

鍾：我以前自己看書學的菩提樹的歌詞不是這個，大體的意思是一樣的，翻譯的人不同，會有一點差異。戰後，中學音樂課本也有「菩提樹」。

莊：昨天我自己試唱一下日文歌詞，感覺和中文的不同。雖然我不懂日文的意思，但是用日語唱出來卻覺得有一點感傷的味道，用中文來唱似乎沒有那種感傷味。

鍾：中文譯詞是要給中學生唱的，我想大概是這個緣故。日本人是不管這一套，忠於原文是第一個原則。幾年前我發起一個宏願，想找一些世界性的名歌配上客語的詞給客家人唱，特別是適合小學、國中年齡層的。我從小就唱很多世界名歌，那是共通的，不管是戰前戰後的日本，或是戰後的台灣，甚至其他很多國家可能都一樣，就是那幾隻歌。這樣的歌，曲調優美動人，幾乎每個人都很熟悉的melody，配上客語的詞，很容易地可以讓青少年來唱，那等於是學習客語的一種手段。現在的小孩子都不會客語了。河洛語的也有一樣的情形，只是人多勢衆，挽救起來比較沒有那麼吃力，目前的情況是這樣。所以幾年前我就一直在收集一些世界名歌，有一個朋友的老婆是音樂藝術博士（日本人），我請她幫我尋找，她就把她手上的一本世界名歌選集給我。我以前買的是《世界名曲101首》，是我戰爭時期買的，我就是憑那本書自己看譜學唱了很多，起碼有十好幾首，舒伯特的菩提樹、小夜曲倒不一定是買了那本書以後才學會的。現在都沒有人唱，可能是我沒有去找來聽，我想唱片、CD應該會有，你錄給我的那幾首歌是從唱片或CD轉錄來的吧？是你自己有的是嗎？

莊：是。可是用日語唱的就比較少見。

鍾：我們這裏懂日語的比較少。你錄的是原文？

莊：對，是德文。

鍾：你今天準備很多問題要問嗎？

莊：沒有很多，主要是唱歌。

鍾：唱歌呵——，最近跑得很累。咳嗽的話，嗓音恐怕不太好。

莊：這樣呵——

鍾：現在哪裏還會唱歌！

莊：上次訪問您時，聽您哼了一小段「平安夜」，聽起來聲音很不錯，很厚實。

鍾：我有唱嗎？

莊：講到那個教會的女孩時唱的。

鍾：哦！我是用日語唱嗎？

莊：對，您唱了一小段。

鍾：很有味道是嗎？

莊：是。

鍾：得到國家文藝獎，麻煩一大堆，明天說要一起吃吃飯，商量得獎人要做一些好像是爲國家文藝基金會宣傳的事——拍得獎人的電視專輯、開座談會、駐校藝術家、接受媒體訪問等等。以前報上也有得獎人的一些報導：黃春明到哪裏當駐校作家啦、發表什麼講話啦。周夢蝶、黃春明好像都跑高雄中山大學，那麼遠我才不幹，我不想去。最近我跑兩趟南部跑得很累。

莊：南部很熱。路途也太遠。

鍾：也不是多麼遠，坐飛機比較便捷，可是我跑松山機場就要兩個多小時了。我不是單純地計程車叫來：「松山！」就可以上飛機，我還有一大段路啊。

媒體報導，公共電視要做我的專輯。我說專輯就免了，這一兩年內我的專輯起碼都有五、六次了，是很多人在電視上看到的，不是我亂講的。作家身影我自己的部份接受訪問就有四、五次，而且到處跑，吳濁流的、鍾理和的又各找我三、四次，合起來就十好幾次了。哈哈！越老就越懶，說懶也沒錯啦，不過會變得很煩。一樣的，訪問我做專輯不外就是那些，談的是差不多的，出外景也是這裏的名勝古蹟走走看看、拍幾個鏡頭啦，每次都一樣。周玉蔻做了一次，楊照又做，吳念眞也做，行政院委託的什麼公司又做了至少二次，做出來以後我也不知道有沒有放映，這只是文學方面的。客家方面的次數只會多不會少，眞的是有一點煩，很懶啦，這些麻煩能免則免，有這樣的感覺。

到學校去當駐校藝術家，如果非去不可，希望能讓我選，我會選一個很近的學校，跑起來不會很累的，比方元智大學。大約二年前，我一連去演講了二、三次，他們剛剛成立了國文系，好像去年才招生，由文學院長兼系主任，他說有個台灣文學資料室，一整個教室那麼大，他帶我去看看，牌子是有了，裏面三、四個書架，書架裏頭是空的。我內心裏面就覺得很奇怪，空蕩蕩的房子讓我看什麼呢。他說請我來當這裏的負責人，安排設計、開幾門功課。我記得那時已經確定國文系要招生了，我不敢接，說：「我已經七十幾歲了。」他說：「沒關係啦，你身體還好得很。」那時有過這一類的交談。結果我還是不敢去，心裏面就有一種負欠的感覺。所以這次的駐校作家如果讓我選，我就選元智大學，看看他們有關台灣文學的研究室已經做出來沒有，如果還沒有，我可以提供一些意見。我是這麼想的。

這次到南部去，我在鍾鐵民家住了一晚。我兒子開車，到員林一帶就開始下雨了，到西螺休息站第一次停下來休息時已經下大雨了，就在大雨中一路南下。我兒子在台南有個老同學，已經約好先在他那裏吃個午飯，下午約三、四點就準備到美濃。我兒子同學說不必跑高速公路，可以跑省道出阿蓮到美濃比較近，約四十分鐘可到。我們經過阿蓮就到月世界，路都淹水了，又轉回來，那同學自己開車在前面帶路，說要跑山路，鑽來鑽去迷路了，上大岡山又下來還是回到楠梓，繞了很多路。

我兒子那個朋友很好意地幫我們在一所很大的廟訂了房間，但是那香客房很不理想。那朋友就邀我們到他家去住，說他家的房子很大。結果他家是養豬的，那養豬的臭味我就受不了啊。還好鐵民一下子就趕到了，那裏離鐵民家很近，是鐵民媽媽娘家的親戚，和我一樣姓鍾。鐵民說：你會過敏，住這裏不好啦，到我那裏去。我跟我太太就被載到鐵民家，離開那讓我受不了的空氣，好恐怖！就這樣在鐵民家住了一晚。

第二天到美濃窯，也是去看看老朋友。然後去參加下午四點半的頒獎，報老闆要留我們吃飯，我說要趕回家，六點稍過才上路，回到龍潭差不多一點了。

雖然台灣這麼小，可是從北到南跑起來也是有點累。閒談太多了。

我本來應該先照這個歌詞學唱一下，但是都沒有，恐怕不會唱得很好。

莊：這首歌中間有兩段變調。

鍾：對啊！我以前唱的也是有變調。我唱唱看，如果不好我們就取消。你爲什麼沒有選小夜曲而選菩提樹呢？

莊：因爲聽您說過，從以前到現在，每次聽菩提樹都會感動落淚。唱小夜曲也可以啊。您這本裏面也有小夜曲吧？

鍾：歌詞都不一樣，唱起來沒有那麼順口。我這兩天呼吸都不很順暢，恐怕唱歌有困難。

莊：這樣哦。

鍾：（鍾老先對著喉嚨噴藥，然後唱「菩提樹」）試試看，聽聽看。（播放剛錄的鍾老唱的菩提樹）——不行，音不準。

（接著鍾老唱「小夜曲」一小段，鍾老憑記憶唱以前所唱的歌詞，但高音拉不上去）

莊：要不要把音降低？

鍾：不行不行，好像要咳嗽一樣，很勉強。

莊：我們不要用在紀錄片，就隨意唱唱好媽？

鍾：你聽聽是嗎？剛才自以爲歌詞還記得一些，事實上都忘了。來！（唱「小夜曲」一小段）不行，唱不起來。算了吧，不要了。現在呼吸道有毛病，不適合唱歌的時候。

莊：可能去南部剛回來比較累。

鍾：有可能影響了一些。很沒用啦，衰老，老衰啦。你要補充問什麼，我們就聊聊吧，唱歌就不要了。

莊：談談音樂，好嗎？

鍾：可以啊，你要我談音樂的什麼？

莊：您喜歡唱歌，現在還會哼哼唱唱嗎？

鍾：很少。比方洗澡的時候唱唱啊，有些人很喜歡洗澡的時候唱歌。很早以前，浸在日本式的浴桶裏面，歌就來了。現在沒有那個東西了，多半是隨便沖一沖很快就解決了，沒有那種悠閒。洗澡是悠閒的、很享受的，現在沒有了，所以很自然的唱歌的時候就減少。

好像心情上也很有影響，忽然地、莫名其妙地有些melody就冒出來，就開始哼了，沒有特別的去找什麼歌來唱。很奇怪的，有時候有一隻自己所知道的很古老的歌的melody忽然會冒出來，連續地好多天會冒出同樣的melody，雖然期間不是很長，那段期間就經常唱那隻歌。

我特別喜歡菩提樹是，戰爭剛剛結束，我回到鄉下父母親那邊，那時受創很深，精神上、身體上都有一些傷害，前途茫茫的一種危懼感，害怕未來的日子。我聽覺受到傷害，想到將來，不知道怎麼過下去，所以常常跑台北去找醫生治療，都沒有顯著的效果，他們說聽神經因為發燒或是被藥弄壞了。我父親那個地方本來有個不是很大的日本部隊，裏面的軍醫好像對我很虧欠，不像以前佩著大刀、神氣活現的軍官。他介紹我一個很好的藥，說是對恢復聽神經很有幫助的，叫做PILOCARUPIN。我就到台北找了很久都沒找到，根本就沒有那種藥，也許那個軍醫是在國外的醫藥刊物上看到的。戰爭時很多美軍到南洋去打仗，南洋有瘧疾，瘧疾本身會發高燒，治瘧疾的特效藥對一些神經、感官都有影響，特別是聽覺。因爲有那樣的狀況，所以開發出來的藥，台灣根本就沒有。

我心理上和身體上受到雙重的創傷。

當然，那時也有受到鼓舞的，比方說，日本人管不到我們了，不必被人家欺負了，有這樣的歡欣鼓舞，這是所謂的光復。這歡欣鼓舞是很快就破滅了。八月份日本投降，我九月份復員回來，十月份過第一次光復節，在街路上有遊行，我也跑到街上去看熱鬧，有一種很熱切的對整個社會、整個國家的期望。

另外，我也想到要學一些不是用日語日文唸的書，比方北京話。街路上有三、四家補習班，我去聽聽，發現每一家所教的都不一樣，那怎麼辦？我要學哪一個才好？有一個說是從廣東回來的，唸過中山大學，他講的幾乎跟客家話沒什麼差別。我就想，我不要唸什麼北京話了，用自己的客家話來唸，很用心地開始唸漢文。我去台北找醫生，每次都會買一些書回來，日本人寫的有關中國的書的，唐詩三百首有一本厚厚的用日文來解說的，我用心地看，約略可以領略到平仄等作詩的規則，我不用北京話唸，而靠自己的語言，平仄聲很分明。中學時唸了一些日本人教的李白、杜甫，唐宋八大家的文章都有，是用日本話唸的。現在改用自己的語言，就有不同的感受。很多字都不會唸，沒有字典，就去找漢文先生來學。——這些我都寫在《濁流三部曲》裏面了，大概就是那個樣子。

我的心情反映在音樂方面，我時常帶著《世界名曲101首》，或是日本人寫的有關漢文的書，從家裏（在半山腰上的日本式宿舍）走下來到河邊、橋下看書時，常常唱菩提樹，很奇怪的，那歌詞對我那時候的心情產生了共鳴，歌詞裏面所寫的那種境遇，跟我的心情有類似的地方。

莊：在那之前您就會唱菩提樹了嗎？

鍾：當然會，不過感受沒那麼深。因爲歌詞跟我當時的精神狀況有一點產生共鳴的地方，只能這樣說，並不是它把我的心情用歌詞寫出來，而是有一種共鳴。事實上這首歌也是寫一個年輕少年的心情，跟菩提樹有關的：

在一個泉水邊，有一棵很大的菩提樹。
我常常都嚮往那樹蔭，

到樹下去作一些夢，
在樹幹上刻下一些很美的語言。
無論是高興的時候，或是悲哀的時候，
我都會跑到樹下去。

今天我又來到那裏，在樹下，附近是黑漆一片
我把眼睛閉起來，
那樹枝輕輕地在搖，好像在向我細語著說：
「來吧！我的好朋友，這裏就有幸福。」
風正吹過來，涼涼的風從我臉上掠過，
我的帽子被風吹走了，我沒有去撿拾，
我就走了。

現在，我離開那裏很遠很遠了，

不過，我耳邊還是可以聽到「這裏有幸福」這樣的細語。

我已經離開很遠很遠，
可是一直都可以聽到那細語：
「這裏有幸福！」

這本書上只寫作曲者和翻譯者的名字，原來的作詞者是誰？

莊：德國詩人穆勒(Muller)。

鍾：小夜曲呢？

莊：我不曉得，您這本世界名歌上面沒寫嗎？

鍾：沒有。(鍾老一邊在翻看歌本)奇怪，這本沒有收很多小夜曲，有Brams的，不是那麼有名。Largo、Drego這些小夜曲都沒有，這本是昭和五十三年出版的，不是很舊的。剛剛我們談到哪裏？

莊：談到您特別喜歡菩提樹的原因。

鍾：對了，那時我多半是帶一本書到外面走走，不是看看書就是唱唱歌。唱歌，我是從小就很喜歡的，好像我在文章裏面不只一次地寫過我對音樂的感覺，唱歌的情形等等。你另外還想問什麼嗎？

莊：您也喜歡小夜曲，而小夜曲是一種情歌。您在什麼心情、什麼狀況下會唱小夜曲？那種心情和唱菩提樹時有什麼不一樣？

鍾：菩提樹跟我那時的心理狀況是會產生共鳴，小夜曲則是多半被曲調melody所吸引，比方舒伯特的小夜曲，在我的感覺裏面算是千古絕唱，再沒有更能使我內心裏心血發生共鳴的，這光是曲調的問題。而我唱的時候就會掉眼淚的還有好幾首——（哼一小段歌劇詠嘆調），這首歌我唱的時候就會掉眼淚。菩提樹也一樣，而菩提樹是另外有一種心靈的感應。「菩提樹」裏泉水邊那棵菩提樹，給這個少年心靈帶來那麼大的安慰，我也希冀著、非常需要安慰，特別是戰後那一段對我來講是很黯淡的歲月。《世界名歌101首》裏面很多隻歌都給我留下一大串的回憶，比方說有一首紡織的歌（鍾老哼唱一段，接著再彈鋼琴）。就這麼一段反反覆覆兩三遍。

這首歌和那個紅衣服的女孩有關。我介紹她唱這隻歌，我彈琴，她站在一旁唱，當然是日本歌詞。有過一段這樣的回憶。

還有一首也是我非常喜歡的：La Paloma

莊：鴿子？好像是義大利的歌曲。

鍾：不是，應該是西班牙，在古巴，La Paloma是一個古巴的港口，是嗎？我記不太清楚了。（鍾老邊哼邊彈，隨後紫蓉接著跟著鍾老的琴音哼）這也是101名歌裏面的一首。大約二、三年前，我在竹東山區的一個遊樂區辦了一個客家文化夏令營，有一個晚上是客家之夜—聯歡晚會，在竹東農產推廣中心的演藝廳舉行，林享能來了，主持人就央他上台唱一隻歌，他就唱這個。他說他在西班牙、古巴等很多地方考察農業，好像在古巴待了一段時間，他說在古巴學唱了這隻歌，是西班牙語的。他唱得相當不錯，我說這個傢伙很有兩下子，很有藝術修養。

莊：鍾老，您都記得怎麼彈啊。

鍾：這是隨便亂彈的。我教小朋友唱歌，隨便伴奏，不合規則，不是照樂譜彈的。要教那麼多歌，每隻歌要照樂譜彈伴奏，那是很麻煩的。我就隨便湊一湊，彈彈和音，聽起來好像滿像個樣子的，事實上是騙人的。

莊：小夜曲也可以彈嗎？

鍾：小夜曲當然可以彈，不過舒伯特小夜曲，鋼琴好像不太適合。

莊：這樣哦！有鋼琴譜，我想學，可是一直學不起來。

鍾：嘻！嘻！嘻！（彈舒伯特小夜曲）大概是這樣，它本來是小提琴的曲子。（彈Heykens小夜曲，紫蓉在一旁哼melody）這是Drigo的——嗯？Heykens？忘記了。

莊：鍾老，菩提樹呢？

鍾：菩提樹哦！（彈菩提樹）

莊：鍾老，如果您彈的這幾個曲子讓周導演在片子裏當作背景音樂來用，好嗎？

鍾：我現在是沒有照譜隨便亂彈的，這樣的隨便來的也可以的話，當個背景音樂不是很明顯的，很多毛病讓人家聽出來會鬧笑話的。內行的一聽就知道這個是騙人的。外行的聽起來，像你說的：很好聽啊！也許有這樣的感覺，事實上是騙人的。眞的是這樣，不騙你。

還要談什麼？我剛剛是不是談一個段落了？我談到那時經常拿一本歌本或一本書到外面去走，經常看譜學唱時，或者稍微唱熟了，內心裏就會有感應，有時候感動得掉眼淚；有時候會受到一些鼓舞，都有啦。這中間，很多打仗時唱的一些軍歌之類的，有時候也會冒出來，不是故意的，而是自然地會唱出來，不過多半還是唱這樣的歌。

莊：講到軍歌，《插天山之歌》結尾時就有一首軍歌，那是您寫到那裏時心裏自然出現那首歌讓您寫進去，還是您特意安排的？

鍾：錢鴻鈞說他發現到安排這首歌是有我的用意的。末尾我說：怕什麼，就來唱預科練之歌吧。錢鴻鈞忽然發現到，爲什麼要怕？有什麼好怕的。我說「不會再害怕」這個語言背後有個反映出來的時代背景。那時當然是沒什麼好怕的，我爲什麼說「不要怕」呢？唱日本軍歌爲什麼是怕呢？因爲我寫的時候是戰後國民黨的統治平穩了以後有白色恐怖，高壓統治，台灣民間已經相當平穩的了，經濟發展漸漸開始了。在那個階段唱日本歌還是個禁忌。我爲什麼說不要怕呢？就是因爲反映那個時代，那個時代唱這歌是禁忌。可是我說「不要怕」，這「不要怕」的當中就根本跟那書上寫的時代背景完全無關的，反映出來就是寫的當時我內心裏面的害怕，因爲國民黨一直想要抓我，我就像書裏面那個男主角，我拚命地跑啊，我人是沒有跑，可是我有一種逃的心理作用，自然就反映在那本書裏面。

事實上我是要寫這麼一本書，說我是反日、抗日，我是很忠誠的，我並不是共產黨，我沒有搞台獨。李喬告訴我，立法院那些老賊傳言我是在台灣的台獨三巨頭之一。這樣的說法你聽過嗎？

莊：我聽您講過。

鍾：我講過？在哪裏講？

莊：您給我的信有講過。

鍾：很多來自外界的消息，都在告訴我面臨危險的局面。所以我趕快寫一部書來表達我不是什麼台獨、也不是共產黨，也沒有反國民黨，我要寫反日抗日啦，我符合國策的呀。這裏面有一些複雜的心理作用，現在談起來並不是很有意思的啦，很多人都不會相信，「哪有那麼可怕的？」這要當事人才知道，搞不好被抓起來坐牢做個十幾二十年的，更不好的就被槍斃掉了，我看得很多，那是經常發生的。在那個階段已經脫離了最嚴厲的白色恐怖的年代，可是恐怖感依然存在。經過那一段歲月的人，就像李登輝講的，晚上睡覺也不能安穩地睡，說不定早上起來天還沒亮時人家來敲門就把你拉走，不敢放心地睡，就是這樣。那樣的年代，我就變成一個很大的目標，哪有台灣作家長篇一篇篇連載的？沒有，戰後沒有，根本都沒有。台灣作家當中寫長篇的、在報紙上連載的，我相信就只有我一個，在一九七〇年代以前。一九四五年日本人投降經過二十幾年，《魯冰花》是一九六〇年。一九六〇開始十幾年之間，我在報上連載了十幾個長篇，這是別無分號的，台灣作家就是這麼一個很顯著的目標。

所以，剛剛提的台獨三巨頭，哪裏冒出這樣的說法，我也不懂。另外，有很多事情明明都是把箭頭指向我的，比方說民衆日報的陌上桑當時還在台中辦了一個刊物《這一代》，我交給他一個連載的東西，他都被當面警告說：這個人的作品不能登。他偷偷地告訴我這樣的事。那時我是台視的基本編劇，固定每個月要交一篇劇本，因爲怕故事重複，先交簡單的故事大綱。我準備要寫台灣人三部曲的第二部、第三部時，就想先交幾個月份甚至是一年份的故事，不必每個月交。結果被退了回來。也沒有告訴我爲什麼不採用。基本編劇不被採用的幾乎是沒有過的，除非你的故事跟別人雷同。這分明是有一個壓力。有很多這一類的，恐怖的感覺越來越重。我這個房子蓋好沒多久，後面租給人家，有一個警備總部或是調查局的來租房子住，後來我才知道那是來調查我的。我小學教過的學生，在鄉公所、郵局、服務站等等都有，他們經常會警告我，說有人來查我、查我的信，我上臺北有人跟踪，這些消息在那段期間經常有。我內心裏面就很害怕，想擺脫那種恐怖。怎麼擺脫呢？沒有別的方法，那麼我寫個長篇在中央日報連載，那是黨報，黨報肯定我，是不是可以解決這樣的困擾呢？這是我所能選擇的唯一的方法。很快地我就趕出《插天山之歌》。寫完了才覺得這是我《台灣人三部曲》第三部一樣的時代啊，那怎麼辦呢？乾脆把它當作第三部。所以，《台灣人三部曲》本來的構想不會有《插天山之歌》這麼一本書。《插天山之歌》是把我在逃命的那種心情反映出來，要擺脫那種恐怖感的，希望國民黨中央的黨報能夠產生一種保護我的作用。我的意思你懂呵?!

最後我安排那個場面，爲什麼要唱日本軍歌？不要害怕。剛剛光復當然沒什麼好害怕的啊。那是國民黨軍隊來了，恐怖統治開始以後才會有唱日本軍歌會有恐怖的心態出來，中間已經隔了十幾二十年。那故事背景本身不會有什麼害怕不害怕的，不過我在寫的時候、那個時代背景就是我在怕的，我把那種害怕用一句話寫出來。通常的人不會感到有什麼奇怪，事實上這是很奇怪的，沒什麼好害怕的啦，日本人投降了。日本人剛剛投降，我來唱日本歌，這沒什麼好害怕的。

所以，錢鴻鈞他感受到我那個不用怕、怕什麼這樣的說法，他另外有所感覺。他告訴我，林瑞明寫過這本書的評論，他對我在末尾安排唱日本軍歌很不以爲然，他是沒有領略我那種內心裏面很隱微的心理狀態。

這是有關音樂的一些回憶。《插天山之歌》算起來有二十好幾年了。

莊：您在寫《插天山之歌》時的心情是害怕的，那時經常會出現在您腦海裏的歌曲是什麼？或是對什麼音樂比較有所感受？

鍾：很可能就是予科練之歌，哈哈哈！也許是我想到把那種害怕的心情用那句話來代表出來，所以就用了予科練之歌。那以後我就常常唱，有一段期間我常常唱。那首歌很好聽，你聽過嗎？

莊：沒有。

鍾：很好聽的（哼予科練之歌，唱完咳了好幾聲）。有軍歌的那種節拍，有一種悲壯、傷感的melody。日本人就喜歡那個調調，雄壯裏面帶著一種悲傷，很多軍歌都是這樣。還有嗎？

莊：鍾老，昨天有沒有睡好？

鍾：還不錯啦。（咳）

莊：好像咳嗽比較多，比我上次來的時候還咳得多。

鍾：最近都不好，眼睛也更花了，耳朵也更差了。我這個耳機塞久了耳朵好像有一點破皮，會痛。外務也很多，剛剛跑一趟台南去演講，回來沒幾天又跑高雄。

莊：客家史的總序完成了嗎？

鍾：我負責的是頭一本，叫做總論。最少要三萬字，三～五萬字，我想哪有這麼多事情好寫。總共有九本，我那個總論以外還有八本，八本都有序論，這八本序論我都要過目，把每一本簡單地提一下，要不然我湊不出三萬字啊。現在已經交來的有三、四本，其他的還沒交來，交來的部份我已經處理好了。我那個總論，前面大概八、九千字，從編這套書的來龍去脈談起、有關客家的種種，然後就一本一本地介紹，已經交來的四本已經介紹好了，大概不到二萬字。其他的四本交來之後，我就一樣地每本花個二千字左右介紹一下，最後再加一段結尾，湊成三萬字或多一點，應該是沒問題啦，字數會達到需要的字數。我現在就在等那幾本，那些大牌的都是要拖拖拖，本來今年六月份就應該印出來，根本沒有交的佔了一半以上。每一本本來預定二十萬字，現在有一本六十五萬字，把什麼田野調查、記錄都放上去。我審查時就建議是不是可以緊縮到四十萬字，後來也沒有下文。有的利用暑假出國去充電、或是幹嘛——，也還沒有回來。現在稍微再等一下，等秋涼，我負責的部份是差不多了，三分之二、至少一半是有了。我現在寫這種東西就變得相當艱難，本來很簡單可以寫的東西，現在一整天寫三、四百字，了不起五、六百字就很高興了。一整天當然不是一整天在寫，早上起來八、九點，泡個茶，大概九點半寫到中午，這中間這裏摸摸、那裏看看，大概寫一個多小時，寫個三、四百字，五、六百字。有時候很生氣，爲什麼變成這樣呢？是不是再抽煙抽一抽？有時候會想抽煙。

莊：您從年初感冒戒煙以後就一直沒再抽了？

鍾：差不多是戒了，基本上是沒有抽了。有時候人家說，你抽抽玩一玩吧。我就說，好吧。抽著玩是有的。——戒煙也沒什麼用啊，一樣啊，也沒有好起來。哈哈哈！沒有戒可能更壞啦，戒也不見得好。

莊：鍾老，我如果一、兩個月或是隔一段時間來跟您聊聊好嗎？

鍾：什麼都不管是嗎？

莊：嗯。不過，怕打攪您。

鍾：這無所謂啦，聊一聊。今天下午還有一個要來採訪的，明天國家藝術基金會說要聚一聚、吃吃飯，剛剛我跟你提了。有一個文建會委託的要做得獎人的專輯，每個人半小時，明天下午二、三點會來，先交換一下作專輯的意見，然後陪我到台北參加國家文藝基金會的聚餐。話講得很多呵。

莊：今年一月二十日您生日那一天，聯合報登出您的生日感言，您說：這一輩子寫的不夠多，講的還不夠多。

鍾：很久了？

莊：今年一月。

鍾：我講過這樣的話。寫的不夠多是嗎？讀的也不夠多。

莊：講的也不夠多。

鍾：講的哦？講什麼呢？談的啦，談戀愛啦！（鍾老用一種帶一點捉狹的語氣笑著說）

莊：哦？您是這個意思？

鍾：開玩笑的啦。

（刊登於二〇〇〇年八月《台灣文藝》第一七一期）

四、「台灣文學」——鍾肇政的鄉愁

錢鴻鈞 二〇〇〇・七・四

關鍵辭彙：

台灣文學的鄉愁、省籍意識、反外省人反中國人、台灣意識、鄉土本土、祖國外國、脫中國意識、台灣文壇、自由中國文壇、獨立自主、支流、自然的、選擇的、保護、日據時代台灣作家、戰後第一代作家、第二代作家、外省作家、前獨立國家時期、台灣中國民族雙重意識、台灣中國文化雙重意識。

序章、省籍意識與台灣文學的鄉愁

問題的提出與切入點

「台灣文學的正名與定位問題」素爲學術界所喜探討[1]~[2]。尤其對葉石濤所建構的台灣文學史與對葉石濤個人的台灣文學運動歷程，獲得很深入的瞭解[3]。但是想要以過去學術論文，來瞭解鍾肇政個人的文學認同歷程，似乎有許多不足。尤其像「一九六〇年代的台灣作家，自然的認爲台灣文學是中國文學的一環。」這樣的論斷，似乎無法套用在鍾肇政身上。拙文則認爲，鍾肇政於一九五一年寫作開始就有「台灣文學」的概念。大致是一九五五年，他就瞭解到台灣文學的定位問題，及未來的屬性，認知到台灣文學與中國文學的關係是一個「可選擇與認同」的問題。而且「選擇」的結果也並不一定就「自然的」將台灣文學歸於中國文學的一環。至於台灣文學的起源，這類文學史的問題，相信他也有所瞭解。其詮釋當然也有其個人立場的。

對以上問題，本文提出「台灣文學的鄉愁」與「省籍意識」兩點來切入。「鄉愁」表達他一貫的堅持與追求「台灣文學」四個字，毫無鄉土、本土這樣替換的說法。「省籍意識」則幫助瞭解他在戒嚴下的所有文學宣示的內在意義。而這兩點，其彼此關係是密切的。鄉愁來自思慕，台灣人不能擁抱台灣文學，這不是很值得探討相關的台灣人的歷史與命運嗎？壓迫者如非統治者、外省人、中國正統意識論者，又還是誰呢？在本文關鍵詞彙中，充滿二元的對立性，希望在本文中，能清楚以這些對立性詞彙清楚的描繪出在一九六五年代鍾肇政內心深處的眞正認同。

「鄉愁」的抒情字眼似乎很不合學術論文，不過正也表示此文要「證明」鍾肇政從來就認爲台灣文學一直是獨立自主，是有困難的。反抗性是的確在其血液中，而不可能在戒嚴時期有明白的表達。這情況如同要證明他血液深處存有打倒國民黨的要素一樣不可能，沒有直接證據，何況他只是一個「純潔」的文學家。在無可「證明」之下，只能建築於研究者是否願意這樣去想。所以，本文也僅僅是幫助讀者能夠以這個角度去琢磨而已。

幫助的方法就是檢查其「省籍意識」。而很奇異的，對葉石濤也是可以由此得到相同的認識❹，這是另外一個台灣文學鄉愁者的典型。要進一步的釐清何謂「省籍意識」前，有必要事先說明，就如同若不透過日本的殖民統治，則無法瞭解台灣的現代化一樣，這有避免語意上誤解成有感謝日本殖民政府之意。而省籍意識正是瞭解鍾肇政的意識上「選擇未來方向」的必要途徑，要先避免被誤解爲他是一個狹隘的人。說他狹隘，毋寧說他是一個富有高尙情操的台灣人道主義者。

省籍意識的界定

省籍情結，在鍾肇政的認知上也就是反中國人、反祖國的情結，本質上與反帝國、反殖民、反迫害無異。就是說，省籍意識的界定，並非此字面上，因襲中國大陸各省所存在的地域問題而已。這是一個獨特的特殊的區域所產生的地域情結。雖然後來習慣稱「省籍情結」，不過恰恰就是一九七七年葉石濤所提出的「台灣意識」。也與一九六五年葉石濤所提出的「鄉土意識」有重大關聯。與日據時代的台灣文學精神也是一脈相通的。就如同今日的說法「族群意識」，在鍾、葉一代人的理解來講，也只是省籍、台灣、鄉土以外，多一層閩客與原住民問題罷了。奇異的是，鍾肇政的作品，完全是沒有閩客與原住民的族群問題，換言之，只有本省外省衝突下所造成的意識。更進一步的講，今日鍾肇政的認定是已經沒有「外省人」，只有在台灣的華僑與後期移民的台灣人，與戰後祖國接收的中國人認定有些微差異。其使命感的志向與作爲，與反抗的精神，應該都需以此根源來探討。

進一步說明，「外省人」指涉的對象原本就是取代對「祖國來的人」、「中國人」的說法，這樣的詞彙可說是模糊了「本省人反中國人」意識上的意義，成爲「反外省人」也就是稱之爲「省籍意識」。有如日本時代，出現「本島人」模糊了「台灣人」的說法。趣味的是，光復後的一段時間，內地人也就是日本人離開了台灣，中國人卻取代了日本人而被稱爲內地人的講法，奇異的延續了殖民時期的統治與被統治階級的稱呼。在這「省籍意識」等名詞的取代的過程中，經過一段混亂的認知期，其結果往往也是被本省人接受而成爲習慣用語，因爲有著大家都是中國人的共識。只是很快的外省人又變成「豬」、張柯羅(又或音譯為清國奴)、支那人的認定，本省人又變回台灣人而不是中國人。這樣的說法，在二二八期間達到最高峰。而外省人看台灣人的過程中，也有不認爲你是純正的中國人而是皇民，或者就單純的說你是台灣人，且認定有分離意識的不信任態度。

就像今天，我們發現，我們後輩已經有台獨意識了，我們常常就會說，台灣有很多老一輩的外省人其意識形態行爲表現，根本就是中國人，與對岸中國人無異；或是有很多明明是信奉正統中國意識的台灣人，僞裝著進步的人道的左派階級思想，一付淸高在上的做作，我們說他是假中國人。我們後輩原先對「省籍的對抗意識」，進一步認知爲「反中國的意識」。

而那種「省籍衝突」在二二八的幾年間，在外省人那邊看來，也瀰漫著是因爲台灣人受奴化教育太久，而在思想裏根本就仇恨中國❺。這種看法，不也有一種接近客觀層面的事實嗎？也因此更激起受「奴化」教育的台灣人，更加的對中國人激憤罷了。的確仇恨中國人，仇恨同族的「外省人」，或是欲洗淨自己骯髒的中國人血液，等等意識形態就是在此肇端了，這是一種民族的分裂。清朝割讓台灣，還可以自我安慰清朝是滿族人。那同樣是明朝的後裔，中國人更邪惡，整個國家人民像土匪，這又該怎麼想呢？或許也可以解釋，台灣人因爲受「奴化」太久了，不再有民族意識，所以我不要做中國人了，或許還是做日本人好。或者有另外一種反省，漢族根本就是卑劣的族類呢？台灣人何去何從？我相信這種沈痛的反省，在鍾肇政內心中不知道浮現幾次。總之，鍾肇政並非民族主義者、種族主義者、社會主義者、政治運動者，他只是文學家，他希望的是擁有如歐洲那樣的、我們自己的、小而美的、民主的國家理想，甩脫建設強大中國的美夢。

鍾肇政便曾經抓住了「光復」與「降服」在一九四五年八月十五日所產生的混亂的詞彙，將之表現在一九六二年的文學作品《流雲》。作品中清清楚楚的批判「光復節」在十月廿五日而非八月十五日的荒謬，寫下「這豈不也是人類的類乎自欺欺人毛病的一種流露嗎？」❻。台灣人對這種質疑，其實很普遍存於戰後那一段日子。這點原本不算是鍾肇政的什麼創見的，也不是很明顯的講了什麼該「殺頭」的話，也不是涉及文學藝術的問題。但比起來，一、一九八九年才有歷史學者對此「光復節」意義的討論[7]，二、而有關歷史文化的文本分析，在提及台北市政府辦理「終戰五十年落地生根」引發的「光復節」爭議，「自然的」忽略了《流雲》這本小說的存在[8]，三、今日所謂精通後殖民論述的學者從未見及討論《濁流三部曲》後殖民問題。綜合三種情況，可說種種台灣的學術落後文學創作久矣，任何理論深度或許也不比這位作家表現出「脫殖民性」與拒絕「異化」的深刻性。鍾肇政在《濁流三部曲》暗藏著顛覆統治者的歷史性「書寫」，台灣人的國家民族認同的流動性叙事手法，其細膩表現是空前的「文本」[9]。亟待學術界探討作者的「書寫策略」與架構出適當的「閱讀策略」幫助讀者進一步閱讀。（另外，順道指出，不知道多少政治人物，從《濁流三部曲》《台灣人三部曲》《寒夜三部曲》等文學作品，取得台灣歷史的奶水，政治人物在在誇口台灣需要人文教育、要建設成文化大國等等，筆者寡陋，卻極難聽過對台灣文學一點感恩之意，實在有違政治家風度。）

當鍾肇政在作品中，描述光復後不久的時代，「含著興奮的淚水，回歸祖國的懷抱」。台灣確實有一段歷史，在剛剛脫離殖民統治時期，台灣人想著終於獨立自主了，許多人大夢初醒，我原來是中國人、支那人。他們有爲建設新中國新台灣而拼命學習祖國語言的誠摯純潔的心。不過在經歷二二八後再講到「回歸祖國懷抱」，事實的經歷卻是祖國父母很快的痛宰強姦了台灣「同胞」一頓。這「祖國懷抱」變成了多麼的諷刺與可笑，經歷過這一段混亂的時代的台灣人，台灣人的心聲、台灣人的未來將寄託於何處呢？紅色中國？愛爾蘭模式？美國式獨立？聯合國託管？高度自治？還有那樣多弱小國家殖民地戰後都紛紛獨立的模式，尤其同是日本殖民地的台灣的兄弟國韓國也獨立了。在二二八那一段時光鍾肇政的血液也曾經沸騰過、內心的仇恨滾燙，後來就隨著局勢漸漸淡化，卻一直是暗暗伏流著，思想不斷在沈澱。

可以推論，鍾肇政可不就是一開始就認知目前在台灣老一輩的外省人其實就是支那人、張科羅、阿山嗎？而從事文學工作後，他也很快的領悟到，所謂的中國文學、中國文壇、自由中國文壇，不就是這些外來者霸佔者的文學與文壇嗎？所以「台灣文學就是台灣人的文學，毫不需要政治性意義」以及「《台灣人三部曲》毫沒有政治性意義」，我們便知道過往他實際是懂政治、但有潔癖謹守文學家本份。其作品中如果有獨立的意義，那也是讀者自行領悟，作品自然放送的。如同，今天雖然可高喊獨立的時代，他也不願意小說被改成《台灣國民三部曲》，他是文學家，是台灣文學的運動者。

各章大綱

以下分四章說明本文兩個重點：A、鍾肇政對於台灣文學的定位一直是抱持獨立自主的認定，他並不選擇台灣文學要成爲中國文學的一支。B、說明鍾肇政對台灣文學的啓蒙過程與追求的堅定，叙述在「省籍」壓迫下的鍾肇政對「台灣文學」四個字的鄉愁。

第一：鎖定一九六五年代與外省籍文人的來往，考察鍾肇政的省籍意識，及其界定，其強度是一種疾惡如仇的意識形態。這是其一切行爲的基礎與特色之一。

第二：來自於官方的中國文學論述與鍾肇政台灣文學論述的比較，進一步的瞭解鍾肇政的心靈世界在「台灣文學的定位上」選擇獨立自主的方向。

第三：說明日據時代作家及戰後第二代作家對「台灣文學」的認知狀態，凸顯鍾肇政對於「台灣文學」認定上的差異比較。這中間的分野，「省籍情結」佔有特別的意義。以此觀察出鍾肇政在國家與文學上並非「自然」的認同什麼。而「認同」對他而言，是一個值得判斷、思考的「主題」，但並非「問題」。他很淸楚「台灣人」認同在政治性與文學性的區別。

第四：闡述其「台灣文學」意識發展的過程。鍾肇政在台灣文壇被外省人霸佔的情況，變成了退稿專家，「台灣文學」追求不得，荒涼，被壓抑，被歧視，鍾肇政要經過了三十年以上的努力與煎熬，才得以稍稍抒解「鄉愁」。

在展開敘述之前，仍必須聲明，「台灣人」「外省人」的分類二分法充斥本文，但是這是「前獨立國家時期」下的習慣用語，且論點多應用在舊時的戒嚴時空。在沒有新的命名與共識前，當然仍要避免傷害不同族群的「台灣人」彼此間的感情，不過「台灣文學」的解釋權仍舊是嚴肅的主題，不容任何台灣人、中國人以無意義的字眼「寬大廣大」予以「台灣文學」精神與傳統的傷害與扭曲。

一、一九六五年代鍾肇政的省籍意識

林海音被歸類於中國人

在一九八七年，鍾肇政仍舊認定林海音是台灣文學之寶⑩。這是由於一九五〇年代末期，唯有其主持的聯副，在自由中國文壇上，給予鍾肇政等台灣作家較多的發表機會，特別是鍾理和。不過假如其中有同情味才給予刊登的話，鍾肇政是不會領情的，他認為自己並不比聯副的許多外省作家差。事實上，相較於林海音自己的女作家圈子，給予這些「渺小」的省籍作家，多少同情與關愛？鍾肇政是頗覺得疑慮的，像鍾理和死後，《笠山農場》才得以受「垂憐」而刊載於聯副，使得今日的鍾肇政，還很覺得為鍾理和抱屈，該算絲絲的對林海音的不滿，又有點自覺情緒化的無奈心情。

在一九六四年底鍾肇政詢問林海音《台灣作家叢書》出版的可能。林海音回答說「我知道你一向是個台灣文學主義者」⓫，林海音也未說不肯幫忙，而是說明這樣的書很難出版的客觀情況。又說「既然如此的『台灣』，是否應當有本省籍出版商來熱心，才更有味兒呢？」語意上，不無趁機又對這個「如此台灣」的鍾肇政，再下一分「規勸」之意。

一九五七年，鍾肇政辦《文友通訊》，不知何故，林海音竟能看過這些東西。使得鍾肇政對於拿給林海音看的文友通訊成員，非常不以為然，覺得文友多事。《文友通訊》是伙伴的東西呢！是強調台籍作家自己「圈內」的活動！「台灣文學之寶」林海音，鍾肇政眞正的意思還是指其為台灣文學的「圈外」人士啊！雖然，鍾肇政於一九五八年刊登於林海音主編的聯副，有兩篇〈文友書簡〉，其中鍾肇政多次提及了「台灣文學」，或許會令人認為林海音此時是不排斥

「台灣文學」四個字的。而後來林海音也於《文星》等雜誌推介過省籍作家，也幫忙美國新聞處與台灣人牽線，推介台灣人作品予以翻譯成英文。（筆者推測，這正是林海音日後在聯副下台的原因，與美國人走太近了，美國新聞處當然負有情報任務的。一九六三年四月廿三日林海音採刊諷刺詩〈故事〉，得到的指控是欲加之罪何患無詞，林海音早被情治系統盯上了。）

一九六四年林海音稱鍾肇政是「台灣文學主義者」，這讓鍾肇政於一九八〇年代在文章中，表達受到譏笑，至今難忘，可謂是傷害了鍾肇政對「台灣文學」的鄉愁依戀。復加鍾肇政又感到過往的志向如此純潔與執拗而自傲。或許從〈文友書簡〉中的一段話「台灣文學，恕我用這我所杜撰的，尚不為任何人所認可的名詞」可以略知鍾肇政當時孤臣孽子般的心情。一九六四年林海音批下「主義」兩字未免讓鍾肇政太沈重了。事實上，黃娟告訴筆者，在一九六二年左右多次私下聽及林海音談到鍾肇政過份標舉「台灣文學」，言下之意不無鍾肇政太區分省籍地域。鍾肇政當然也是知道林海音是不以為然的，或許鍾肇政尚對林海音還抱有一絲絲同鄉情誼，再加上自己客家硬殼的反骨「人家越不聽，你越是堅持自己的志向」，繼續向林海音鼓吹「台灣文學」四個字，終於惹來「台灣文學主義者」的譏笑。而當在繼續鼓吹時，鍾肇政心裏還是「在偷偷地笑，並告訴自己：台灣文學有什麼不好？台灣文學主義者有什麼不對？」

或者林海音對其也有恐惹分離意識的警告呢？鍾肇政也是有如此善意的解答。但不免也是受冷水一盆的感受吧！

在一九六〇年林海音偕同夫婿參加文心的婚宴，自覺未受到在座省籍作家歡迎，深感氣氛尷尬，尤其台籍作家大談日語的情況爲然。其自認自己極能談的，而責怪是因爲地域觀念作祟，或想到是因爲她有個外省丈夫？那麼這是說，鍾肇政這批省籍作家是有地域性狹隘的排他觀念嗎？

這種省籍的鴻溝，格格不入的原因，以今日來分析，就是同民族之內所發生的殖民現象所造成，這段歷史，鍾肇政是身在其中的。在往後的日子裏，鍾肇政與林海音越相熟悉，也越視之爲完全就是祖國來的人，同是客家鄉親的基本情誼，彼此早就淡如輕烟了。

林海音被排除於《台灣作家叢書》之外

一九六五年，鍾肇政終於編輯了《本省籍作家作品選集》（原計畫名為《台灣作家叢書》，「台灣」不見了，連「叢書」也改為「選集」。為避免「台叢」被認為係「台獨」之敏感性。）表面上冠冕堂皇是爲了展現本省人在光復二十週年受祖國慨然相助的成果，台灣人從精神上回到祖國懷抱，將來光復大陸，這支台灣筆隊必能發揮壯大的貢獻[12]。究其實是鍾肇政對外省人的示威吧。而林海音之不被考慮其中，那是極端自然的。在《本省籍作家作品選集》第六輯編輯的話有謂：

> 收在本輯的都是女作家，但省籍女作家自然不祇這幾位，在本叢書裏的第五、七輯裏也都有。在我國文壇上，前些年有陰盛陽衰之說，不過在本省文壇，有個時期情形卻恰恰相反，在光復後第一代作家們正在獨撐本省文壇之際，女性作家竟一位也沒有，直到黃娟於民國五十年崛起，才有了萬綠叢中一點紅之概。不過這種情形早已過去，目前的女作家可以說人材蔚起，洋洋大觀了。
>
> 也許有人要對上面的說法表示異議，並舉出林海音爲證。不錯，林海音也是本省籍，苗栗縣頭份人，她不但是本省文壇之寶，亦是我國文壇之寶，她之享有盛名，可說與自由中國文壇同其歷史，不待編者詞費。但是，她的文學造詣是在大陸上培養的，而且在大陸時即已成名。她表示參加本叢書與否都無所謂，而我們也覺得留下篇幅介紹更需要介紹的人，似乎更具意義，也就沒有請她提出作品來參加。多年來她除了努力地寫了不少傑作以外，提攜後進更不遺餘力。當本省文壇在萌芽時期，她辛勤地培植灌溉，光復後第一代作家差不多都受

過她的扶持與獎掖，她的眼光與魄力，實在了不得，其功績更在台灣文學史上佔有崇高的一頁。本叢書的編輯工作得力於她的地方也著實不少，這兒一併表示編者個人的深摯謝忱。

鍾肇政的意思是非常明白的。林海音雖然說參加本叢書與否無所謂，鍾肇政當然知道這是文人謙虛之詞罷了。但也就自然的順應此調。

還有更明顯的省籍意識可觀察鍾肇政編輯另一套叢書，《台灣青年文學叢書》十册中被「硬塞」了兩位嫁給外省人的作家。鍾肇政對她們就是覺得格格不入。我不知道他們往後實際的交往上發生什麼事情，不過我覺得會講出「多一隻腳，有什麼了不起」等話語，可以讓我們知道鍾肇政對於祖國來的人的反感，連帶對嫁給祖國來的人也無法接受。我們要認識其對於「台灣文學」的認定與界定，這樣的情況是不能忽略的。甚至，在一九六〇年代對某人也有張科羅、支那人、四腳、狗去豬來、阿山仔的講法與認定，且這種講法一直延續到今日鍾肇政的內心。這是光復後在二二八事件期間，普遍報導於報章雜誌的反歧視與仇恨心理，並且還被注入這個時代的台灣人血液裏。

因此，我也明白了。一九六〇年代，雖然也有幾位善意的外省人，參與《台灣文藝》也好，幫忙鍾肇政修改《流雲》的作品⑬，甚至也有外省人編輯自己講出「今後中國文壇應由青年作家和省籍作家共同擔負，那些老牌作家們應個個自殺以謝天下」⑭。鍾肇政也必須對他們存有戒心，若說是省籍意識造成，該進一步的說明這中間有個害怕被告密的，存在於省籍間的不信任感。也就是說台灣人要吐露心底的聲音，就像不斷強調「台灣」兩字，不加任何修飾，其危險不言可喻，輕者惹來譏笑、被視爲狹隘，重則「分離意識」加身，也就是「台獨」也就是叛國，要判死刑。這般省籍鴻溝，對於瞭解鍾肇政深層心理是很重要的。而相對的，鍾肇政面對的是台灣作家，那就是伙伴囉，主動報以熱切親密的態度，相去不可以道里計。

以上，其實皆並非私人的問題，但會產生私人情誼的鴻溝，台灣第二代作家與外省人的交遊或許很少有此情況吧！又或許第二代作家在當時也視鍾肇政爲代表的第一代作家的狹隘固化嗎？尤其是面對台灣文學之寶——林海音的例子，恩怨情仇態度上的差異，在當時只有第一代作家自己才能理解，或者就指明說是像葉石濤這樣典型的台灣文學的鄉愁者作家，彼此才能理解吧。果然，一九九九年國民黨與長年打壓台灣文學的媒體主辦的「台灣文學經典」事件，就有原是民進黨文宣部主任的陳芳明竟也說出「台灣文學不應排他」以表示「寬容」主張，似不尊重「台灣文學」原有的精神傳統、模糊了這次事件本身荒謬，爲何他不處理台灣人、台灣教授、台灣社會仍處於「後殖民時期」，仍須大大的「去殖民去異化」呢？不問問《濁流三部曲》《台灣人三部曲》《寒夜三部曲》《怒濤》《埋冤一九四七埋冤》的台灣古典文學地位，斤斤計較於張愛玲不知爲何方人物，實有失學者風範，或一時失言也算是人之常情，否則二〇〇〇年五月十日陳芳明在蕃薯藤論壇發表〈歷史解釋權的復歸〉，對於故宮與國史館「改朝換代」怎麼會一反文學經典事件，說「長期存在於學界的偏頗心態，可能到了需要調整的時候。」何況並非將張愛玲納入台灣文學就叫寬容吧，鄙文認爲應將張愛玲納入世界文學的領域才見寬大，這或許就是目前流行的「後現代」理論吧？此事件令人遺憾，台灣文學雖已可發出獨立自主的聲明，但是此時此地，仍須對「搶奪」台灣文學解釋權，與對「台灣文學」的狹隘指控予以嚴正駁斥。

鍾肇政與存有善意的外省人交往尙得小心翼翼、不得交心，對於霸佔文壇、反共歌功頌德作家、軍中作家，就有「就是因爲這些外省人編輯、阿山編輯，所以中國文學才這樣落後」的說法，語意上不無爲台灣文學、台灣人出一口悶氣的意思。因此鍾肇政對中國人的看法，是需要我們進一步的想像。並不如一般所認爲，他很「自然的」毫不疑慮的就說自己是中國人，或者「自然的」認定台灣文學是中國文學的一支。

二、鍾肇政在戒嚴時期的台灣文學史觀與外省人的中國文學論述

選擇獨立與自主的台灣文學

一九六九年，在台灣的中國政權漸漸在國際上失去代表正統中國的地位，故找余光中編一套巨人版《中國現代文學大系》，即表示希望在世界文壇上，在台灣的中國作家仍是代表中國的⓯。在一九八九年余光中復又接續巨人版的文學大系，編輯一九七〇年後在台灣的文學作品名稱亦爲《中國現代文學大系》，此刻則以抹殺台灣文學的獨特性與獨立性成爲余光中的在大系中總序的重點之一⓰。由一九七七年鄉土文學論戰的著名文章〈狼來了〉，可知余光中扮演的角色，此人代表的是統治者的打手。但是其卻也代表著外省人的意識形態，在中國文學史觀、中華民族論述上與鄉土文學論戰的另一方——中國民族鄉土派與西化現代派——的外省人一樣，都是中國人霸權論述的立場。台灣鄉土派永遠是渺小而卑微的。不過以上兩套

大系，台灣人若不被編入，今日想想，那可是大笑話了。台灣作家在中國文壇的存在，可成爲他們統治台灣的正當性啊！在台灣的代表中國的作家是否該要感謝台灣作家呢？

於一九九三年余光中發表〈藍墨水的下游〉說：

「這四十年裏，大陸陷入低潮或瀕於停頓，也爲時不短。藍墨水的上游雖在汨羅江，但其下游卻有多股出海。然則所謂中原與邊緣，主流與支流，其意義也似乎應加重估了。」⓱

文意裏充滿余光中遭遇到來自「眞正的中國」的歧視，欲提高自己在台灣的中國文學的地位，眞令筆者有今夕何夕之感慨。結語裏他又說：

「島，原來只是客觀的地理侷限，如果再加上主觀的心理閉塞，便是雙重的自囚了。但是反過來，大陸原是寬闊的空間，但是如果因自大而自閉，也會變成一個小島，用偏見、淺見之海將自己隔絕在世外。」

這段話眞可謂太陽底下無新鮮事，很難期待在台灣的中國人能吐出象牙來，高高在上臭不可聞，台灣人的想法在他眼中，註定是狹隘閉塞的。也明顯表達其作爲戒嚴體制下統治者的打手，在解嚴後面臨中國與台灣無處立身的困境，是否「希臘的天空」是其絕佳的去處。

回到正題，我們觀察一九七八年，在時間上，這是以上兩套大系編輯時間的中間點。鍾肇政受邀擔任外省人主導的《當代中國新文學大系》之《小說第二集》的編輯，鍾肇政在導言說：

> 筆者一直堅信，台灣的文學，從歷史、地理背景及人文環境而言，有其不可移的特色，因而在整個中國文學史上，是可以自成一個體系的。易言之，台灣文學有其獨特的地位，且又當然而然被包容在整個中國文學之中，構成相當有力的一個支脈。基於這種見地，我們也可以說，五十餘年來的台灣鄉土文學與夫中國文學，確有其不可分割的整體性。故此，編纂一套完整的，包含五十餘年來的每個階段的代表性作家的代表性作品的書，也就是筆者多年來懸爲理想的工作。這是件大工程，以目前而言，筆者祇能說應俟諸來日。⑱

這一年恰是鄉土文學論戰之後，可以知道這個大系，是官方收編論戰的各派系的動作。鍾肇政說台灣的文學是「可以自成一個體系的」，「台灣文學有其獨特的地位」。我認爲這部份是其眞正要表達的。文中可看出，他有濃烈的鄉愁，他想編一套自己的《台灣作家全集》。而另外又強調說「在整個中國文學史上」這部份，應是自我保護的說法。

我說「支脈」等言，這是鍾肇政採取的「保護」的說法。此時，台灣的政治越發敏感，自稱代表中國正統的國民黨政權似有被「黨外」推翻之勢，而第二年果然爆發美麗島事件，台灣人受到二二八以來的最大彈壓。鍾肇政此刻手握《台灣文藝》與《民衆日報》兩大刊物，極力培養台灣作家，堪爲台灣文學界的龍頭。上述在導言中的說法，苦心昭然，極力的要凸顯台灣文學的地位，且又注意安全上的問題。

觀察一：目前學術上對這樣的言論，都肯定這僅僅是一種「台灣主體台灣本位」的論述⑲，學術界依鍾肇政的語意上判斷其目的有1.提升台灣作家的地位，確立台灣文學的地位，使外省人與官方能肯定省籍作家。2.一種與外省人的競爭意識，希望能被肯定爲中國文學、中文文學最重要的一支。3.進而進入世界文壇，提升台灣文學也就是中國文學的地位。那麼台灣文學當然是中國文學最光耀的一支。

觀察二：一個令人感到悲哀的「假設」，即鍾肇政強調了台灣文學自成一體系與獨特的地位，而其也認爲台灣文學是中國文學的一部份，一般而言就不必再強調台灣文學與中國文學的關係，不過他還是喊出這一部份。如此的宣告，眞是顯示出台灣作家的苦楚，因爲尙須中國人對台灣人忠誠度的考驗，必須不斷向中國的統治者表現一種「發自內心」的「忠誠」的狀態。這種尙須忠誠度考驗的「台灣人悲哀」，很難相信會發生在鍾肇政身上，或任何人身上，除非你「不碰」或「不懂得碰」台灣人命運的問題，你必須對此「考驗」問題作一個了斷，臣服或者是反抗或是妥協。

觀察三：假設他知道台灣文學的界定問題，是「可以自由的認同與建構」，他何以不選擇台灣文學不是中國文學的一支這樣的路線呢？而且解嚴後，他正式提出台灣文學的獨立宣言，鍾肇政若非早有認定台灣文學是獨立自主，不就是說，他有一個態度上的轉變，那麼他爲何轉變呢？是「受政治情勢的影響？受新生一代的理論？受統獨的影響？」這些答案，都難以令人信服。也就是說，以上的反面論證，是難以理解本文敘述的「省籍意識」與鍾肇政標舉「台灣」的作法。

觀察四：我們可以深一層問，有什麼跡象，他在內心深處裏，知道台灣文學的界定是

「選擇的問題」，一如「中國人」在他內心裏是「可選擇的認同問題」，而非「自然的本質的問題」。當他在講，台灣文學是中國文學的一支之時，這就是證據。因爲所謂的「一支」這就是一個界定的問題，當年日據時代張我軍喊出「台灣文學是中國文學的一支」這條他認爲台灣文學應走的路線，也正表示張我軍知道，台灣文學還有其他路線可走。事實上日據時代的台灣作家就有其他路線的主張，自主獨立的，甚至後來也有「皇民」的。所以，我說不管鍾肇政是否選擇台灣文學獨立路線，至少他極懂得「保護」自己，懂得「選擇」。

觀察五：他心中是否會疑問，雖然台灣新文學的起源有受中國五四運動的影響，也有用中文發表。在精神傳統上與祖國文學反封建反帝國的民族意識相通。但是日據後期台灣文學皆以日語發表。而在他個人的文學歷程而言，受中國五四白話文學與世界文學、日本文學各有多少影響？他如何衡量自己的文學屬於中國文學與否，又甘心於將被外省人打壓的台灣文學定位爲中國文學的一支呢？就像詹宏志在一九八一年「不小心」脫口引用東年所說「這一切，在將來，都只能算是邊疆文學」（《書評書目》93期），被同代台灣作家、評論家猛批猛打，可憐詹宏志變成台灣人的出氣筒。那麼，鍾肇政的出氣筒與尊嚴，可憐都只能藏在內心裏，還好他心臟很堅韌強壯、智慧深遠，才得以長久不發而長命百歲。他一直是有台灣文學的尊嚴，時間上並非一九八〇年或一九七〇年後吧！自一九五七年在《文友通訊》開展台灣文學運動，他開喊的就是台灣文學要在世界文壇佔有一席之地，還有喊出「我們是台灣新文學的開拓者」，志氣不輸任何人。

觀察六：在鍾肇政心中台灣文學倒底是否「選擇」獨立於中國之外與自主的路線，戒嚴時期或許只可能在葉石濤與鍾肇政往來的信件，才可能隱約透露出來吧！也因爲第二代作家在一九六五年代，可能想都沒想過「台灣文學根源的問題與定位的問題」。葉石濤說：「高××及×弦都是極狡猾的傢伙，就是因爲這批人專橫跋扈，中國文學才無從發展。」雖然說是一九七九年寫給鍾肇政的信，但是將中國文學的發展遲緩歸爲外省編輯，而台灣文學在其信中自始就都獨立出現，且以台灣文學是否產生古典作品來定位，希望見到台灣作家爭取到諾貝爾獎與進入世界文壇。由上面來作比較，葉石濤的心中，中國文學就是指在台灣的外省人的文學罷了。葉石濤與鍾肇政怎麼會甘於認定「台灣文學」是外省人所建立的落後的「中國文學」的一支流呢？

觀察七：或許有人質疑，這些信件與發言都是一九七〇年以後的事情，那麼鍾、葉便都是跟著台獨政治人物的尾巴跑，才體認到了台灣文學應走獨立與自主的路線嗎？下一章，鄙文將引用鍾肇政於一九六五年同樣的以中國文學的一支，作爲掩飾的情況。一九六五年，我認爲正是鍾肇政確立了台灣文學的一年，並與中國文學正式決裂的一年。

今日站在台灣爲獨立國家的眼光，過去鍾肇政似乎在一個「前獨立國家、前獨立民族文化」的時代裏，那時候他的言論，今天若不深一層的想，是會令人感到模糊與迷惑。我們找不到鍾肇政過去有留下任何「證據」，表達同於「今日獨立國家時期下」的台灣文學獨立界定的論述，就是因爲1.「前獨立國家時期」是充滿白色恐怖的壓迫。2.他無法向第二代作家說明白，更因爲第二代作家覺醒時刻未到，他簡直是無能力對抗國民黨汲汲在台灣爲建立合法統治，對台灣的下一代進行的中國意識教育。3.他是一個文學家，並非政治人物，會強硬灌輸台灣文學獨立自主的意識形態給第二代作家，他僅能希望每一個有志於文學的台灣作家都應該要有一部《台灣人》小說。4.「前獨立國家時期」完全沒有團體的溝通、辯論，沒有共識，以致於詞彙上不可避免有社會習慣性的同於中國論述者的表達。這並非是「台灣中國雙重意識」的表現，在台獨運動者也往往有相同的習慣性的表達。就像是說「這該是咱們中國人才能發明出來的最匪夷所思、最恐怖的刑具，可以傲視全球吧！」(《鍾肇政全集17》，頁一一三)要注意到這句話是解嚴以後一九九二年在《台灣筆會月報》發表的，雖然自承是中國人，但是此刻無人會錯認他眞正的想法。

以上，未免完全以「政治獨立」的眼光看其過去行止？這有政治運動者比文學家更來得「先進」之感，不過事實上卻非如此。有一個很弔詭的觀念，在日據時代的統治者日本人向台灣人陳述過「一個沒有獨立文學的民族，是沒有資格建立獨立的國家。」文學家鍾肇政在解嚴後，很討厭人家認為只有自己「覺醒」，自己才懂得「獨立」似的炫耀姿態，什麼要「勇敢的喊出獨立、加入獨立」，不無對獨立運動者的淺薄與台灣人內部的統獨爭議，表現有如混仗與兒戲吵鬧無異，內心中深深遺憾與可笑。文學家才是最高貴的，擁有一流的心靈。

鍾肇政於今日的省籍意識狀況

「外省人」認為「台灣文學」的名詞本質上就含有一種排他性與狹隘性，外省人這一點反倒是顯得「狹隘的與排他的」的認知眞的很糟糕。尤其光復後對台灣存有日本遺毒的指控，漸漸也有「台灣」就是台獨的疑慮。一種殖民統治者的心態，要求在地人向中央盡心盡意表達忠誠。統治者說「同胞」喊得很好聽，實際是沒有平等與一視同仁。

外省人對中國的鄉愁是需要好幾代才能消解。政治上，因為文化認同的因素，除非是面對正統中國的對岸的威脅，極難與台灣人合作。演變到此，變成統獨政治混合著利益分配的問題，兩方久久無法化解歧見。

台灣人與在台的中國人的合作的例子，只發生在一九六〇年雷震等自由派外省人政治家，因應台灣政權不能永久霸佔聯合國的中國代表權，並有由美國鼓吹而產生的「兩國論」情勢，本省人與外省人政治上曾經共同推動民主與自由（參閱附二，魏廷朝致鍾肇政信，可隱約見時代一端）。註定受到蔣介石嚴厲的壓制，「合作」案胎死腹中。後又因蔣介石「漢賊不兩立」的「妙想」，台灣政權自己退出聯合國，成爲世界的孤兒。今天，蔣介石很荒謬的被共產黨政權「定位成」擁有台灣領土主權的「守護者、愛國者」。而後，台灣人要加入聯合國，演變成複雜的族群衝突，遺憾之至。

一九九〇年後李登輝在政治上提出「新台灣人」，鍾肇政則認爲「新台灣人」是台灣意識的倒退，可見政治人物畢竟與文學家是不一樣的，顯得較「心胸寬大」。或者是，鍾肇政另有感受？我們看到，政治上李登輝重新提出了一九六〇年代就存在的「兩國論」，卻得不到外省人的贊同，眞是怪事。是否族群利益現實利益的分配、統獨、文化認同糾葛成一團，需要進一步「解構」呢？才能回到一九六〇年的共識基礎。鍾肇政這種批判「新台灣人」的想法，與「台灣文學」並不需要本土、鄉土的「加持」角色，顯出鍾肇政在拿捏「台灣、台灣人」的「過去與未來」，有其相當獨特與直觀的思惟。必須強調一點，並不是有「新台灣人」思維的，對於族群觀念的心胸就比較寬大的。

文學界於一九九九年發生外省人「搶奪」（鍾肇政語）「台灣文學」的解釋權，是否早爲「狹隘的死抱省籍意識」的鍾肇政所預見呢？是的，有人既然不認同台灣文學，那麼怎麼會有被台灣文學排斥的說法呢？眞的有所謂的「本土論述的暴力性與排他性」的事實嗎？這些都是外來殖民統治意識無法靠「新台灣人」融合的餘緒吧！「台灣文學的悲情」或者謂「台灣文學的歷史」「台灣文學的主體性」的精神傳統不就是台灣的人道主義精神嗎？相對的中國文學，或是外省人在台灣建立的文學形貌，是什麼？狹隘、荒謬、流離者不用談，雖有中國民族主義之流的主張，不過後來與世界霸權中國共產政權匯合，恐怖之至。

所以我想鍾肇政的意思是「認同斯土之民者就是台灣人，怎麼又需要新台灣人呢？」「台灣文學一直是血淚的文學、掙扎的文學」其實內涵仍是寬廣無比，當我們強調台灣文學的悲情，也正是謹記愛、容忍與和平的重要之時，但絕對記取歷史嚴酷的教訓。以上的討論是否早已超越討厭政治、自稱不懂政治的鍾肇政心靈世界呢？不過，小而美的、民主的國家確實是他的夢想。

至今，對於省籍問題，在一九九〇年《台灣作家全集》總序中，鍾肇政講：

「戰後台灣文學，長久以來存在省籍界限，此爲不由否認之事實。大約自七〇年代起，由於戰後出生的一代逐漸長大，通婚、同學、同事的情形漸漸普遍，省籍歧見遂有漸趨淡薄的現象出現。在文學方面情形亦復如此。此無他，戰後一代已較少大陸情結，縱有上一代人及黨化教育之影響，長江黃河之思，畢竟是空幻的。尤其文學之構成，貴在獨立自主之思考。認同自己所生於斯長於斯的本土之寫作者，由偶一出現而至越來越多，實乃自然趨勢，無由遏止。迨八〇年代，這種現象愈趨明顯。九〇年代的台灣文學，省籍界限及地域成見之被一掃而光，應是可以預見之事。是則本土文學之益愈壯大，自是意料中事。筆者不願以此而即對未來抱過份樂觀的看法，然而在有心人努力之下，台灣文學應該有光明前途才是。」[20]

大約可以知道，「台灣文學」在外省人的認同情況一如鍾肇政預期的，不敢太樂觀，還需要再觀察。三年前的閒聊中，鍾肇政向筆者提到龍潭地區見到許多老榮民一日復一日閒閒的坐著無聊。我以爲鍾老要講這些老榮民的寂寞孤苦之處，我問鍾老會去寫他們的苦難嗎？鍾老說，他決不會去寫，是的，相對於下一代作家想盡辦法書寫，融合外省人爲「新台灣人」，他是多麼的不同。「決不會去寫」語意似乎含有台灣人有更多的苦難，以及他筆下都是歌頌台灣人精神，還有千百年前的「台灣人原型」的建構，這些他都寫不完的意思。但是我知道他是鼓勵年輕一輩的多多挖掘幾十萬來台老榮民的本身身世，或與當地女性土著結合的眞實故事。奇異的是外省後輩的作家，不大去觸及這方面的題材。鍾肇政之英年早逝的作家兒子鍾延豪，未能留下太多作品，卻寫了帶有重量性的以老榮民爲主人翁的短篇，給予眞實的人道記錄，「書寫立場」上充滿了「本省人與外省人融合後」的台灣人的正義感。來訪的外省新銳作家張大春問鍾肇政：

「您作品中的許多男主角都在現實和理想的衝突中得到『大地之母』般的女性照顧和啟發，這樣的愛往往在文學作品裏形成某種意味深長的象徵，喚起讀者對親情、友情、鄉里之情的廣泛聯想和感動。但是，用『土地』作譬喻的愛究竟有沒有地域或族群的限制呢？」㉑

鍾肇政回答：

「很長的一段時間，我早晚牽著狗散步，每次都經過一座茶園，常常有一些老兵在那裏散步，如果我們深入去挖掘他們的生活，一定有很多動人的東西。我一直認爲老兵的故事沒有人寫是「台灣文學」的缺陷，我個人對他們有一種很強烈的同情感，爲什麼這些人被忽略了呢？」

鍾肇政意思大概是暗示張大春而已，我卻強烈的感受到，鍾肇政似有很強的譴責外省青年作家未負起作家該有人道主義的社會意識關照。而鍾延豪絕對是延續了父親的台灣文學的精神。比照起張大春的訪問，以爲「台灣的愛」就是有地域狹隘問題，未能去作自我實踐、尋求解答，而在狹隘意識裏以想像中的牢籠無法脫困，兩者形成一個極端諷刺的對照。

小結

本文表達的重點即在於「省籍意識與鍾肇政對台灣文學界定的關聯」。一般認爲在一九六五年鍾肇政的意識狀態，僅僅是一種台灣文學的主體論述，但仍舊是位於中國文學之下。我覺得歷史不是這樣的，應該用「鍾肇政本來就認爲台灣文學獨立於中國文學之外」的角度來看。會有這樣的選擇，正是因爲「省籍意識」，例如，像外省人余光中以中國文學爲主體來壓迫台灣文學的論述，是不會讓鍾肇政同意，鍾肇政認爲台灣文學自有一個體系與獨特的地位。一九七〇年代後鍾肇政連政治上都主張獨立（我想這個時間點，讀者應該會同意吧），何況文學的定位呢？目前的學術研究論述總以爲鍾肇政沒有政治獨立的觀念，所以就不會認爲文學獨立。其實，文學要獨立的信念，要比政治獨立的選擇更困難，因爲有同樣是中文、文化傳承的客觀存在這一層的思考上的困難。搞台獨運動是會死人的，這的確是蠻了不起的。但是搞台灣文學，雖可加以掩飾，但文學文化工程的艱辛，我們越來越明白，實不比政治運動容易輕鬆。在這充斥政治語言的時空，實在不得不在拙文中常常一併將文學與政治提出討論。

拙文認爲，鍾肇政並沒有「脫中國文化」的概念，因爲他的民族意識、漢民族意識不強，何況鍾肇政的認識裏，並不需要有政治獨立的概念，台灣文學才可獨立，鍾肇政認爲文學本來就有獨立性，換言之，他就是主張在本質上台灣文學獨立於中國文學之外。

三、台灣各代之間在省籍意識上的分野與台灣文學的認同問題

呂正惠教授觀點

鍾肇政鼓吹台灣文學的反殖民精神，似乎能通過白色恐怖的斷層，而與日據時代的傳統接合，也因此免除了一九六五年代葉石濤對鍾肇政無知於日據時代台灣文學傳統的擔憂[22]。很奇異的，第二代以降要在一九七〇年代後，甚至美麗島事件後，才樂於打「台灣文學」的旗幟，這是因爲台灣退出聯合國凸顯出台灣人地位與未來命運的問題，所造成的本省外省青年的回歸熱。又因爲兩方回歸不同鄉土，造成往後省籍問題的再提起與激化。才會有80年代的台灣文學正名論。至此而與第一代作家的志向完全的接合。

而且也要到一九九〇年代，大家才發現，前行代諸如葉石濤、鍾肇政，原來其在一九六五年代內心裏打的，完完全全是「台灣文學」這四個字的旗幟。這也是因爲前行代作家，往往

要以鄉土、省籍來包裝台灣文學的不得不的模糊作法。作品則需要在抗日與祖國愛的情況下包裝。無法眞正的將造成省籍意識的二二八事件予以見證，刻劃台灣人眞正的心聲與悲哀。致使需要研究者進一步的以歷史眼光審查分析。

以上的情況，就是呂正惠所觀察的，鍾肇政、葉石濤這批人被「奇怪的重新發現」。而「鄉土文學」則是陳映眞、黃春明、王禎和等人受重視而炒熱的㉓。他認爲「台灣文學論述」是受到政治的影響才激化而後成立的。一九六〇年的鄉土文學或台灣文學並非是反中國的文學，一九八〇年後的反中國的台灣文學，則是政治化的影響。

呂正惠對台灣第二代以降台灣作家的政治性觀察，這是有某種道理的，或許說，這也是其早先無知於戰後第一代台灣作家的努力的一種判斷。也就是說若論及第一代作家對於「台灣文學」四個字的堅持，看做是單純的政治化，是尙須加以證驗的。事實上，呂正惠因爲有更多的學術研究與看到新資料的出土，在近幾年也修正了以往那種握緊歷史詮釋權的看法：

> 不可否認的，是戰後第一代的葉石濤，在〈台灣鄉土文學史導論〉和《台灣文學史綱》中提出類似「台灣文學獨立宣言」這樣的東西。這一論述，無疑是葉石濤根據戰後第一代的經驗，

隨著半世紀來台灣曲折複雜的歷史逐漸形成的。台灣的歷史將來怎麼走，無疑也會影響台灣文學未來的走向，正如過去一百年一樣。我相信，如果把葉石濤（及戰後第一代作家）的一生，他的創作生涯和他長期發展的台灣文學觀，做爲台灣歷史的一部份來加以思考，也許我們對台灣人未來命運的想法會更具有開放性。[24]

另外，呂正惠認爲是三十年代的作品未傳到台灣來，所以斬斷中國文學傳統對台灣文學的影響[25]。這是無視於日據時代的台灣文學歷史，而依其意識喜好下，假想的台灣文學歷史的可能動向，以求得台灣文學能復合於中國文學的說法。事實上，例如西化派的外省作家根本不需要三十年代文學，卻仍願依照父兄的血統，而有強烈的中國文學使命感啊！或者我們是否也可說「台灣日據時代新文學」的斷層，對戰後的新一代的台灣文學產生了迷霧呢？無論如何，戰後的台灣文學與中國三十年代文學、日據台灣新文學的阻隔，我們都同意是萬惡的國民黨政權造成的。

事實上，鍾肇政是閱讀過那些中國作品的，只是要依賴中日對照的版本。不僅如此，對於五四文風在台灣，一直沒有改變進步，也是早就注意到與鄙棄的。自己則困苦於，找尋代表台灣特色的的風物，突破台灣沒有日本那樣的古典的文學作品，美學的文字語言而執著而努力。

與戰後第二代以降的作家做比較

在一九六〇年代，這裏簡單的分野第二代作家的與第一代的方式，就是「省籍意識」的有無，更進一步說，是第二代作家雖然口頭上有「省籍意識」，但是並不會成爲一種堅強的意志的動力。這在作品上就表現出來，鍾肇政在一九六五年一月發表文章講：

「他們與第一代作家之間還有個不同之點，那就是作品中台灣鄉土色彩，在文學上而言只是構成作品的要素之一，其絕對價值前此尚無定論；從而第二代作家在台灣味兒上較淡，其爲利爲害也是無從判斷的。」㉖

還有一個分別是，鍾肇政說，他們至少是受「**初中以上我國正規教育**」。此點也就說明，是第二代受了中國殖民教育的影響，才有日後「脫中國化」的問題，也就是李喬著名的「毒西瓜」的文化理論，台灣人要眞正獨立，要將心中的中國文化毒性都去除。也就是說第二代可以說是有省籍意識，卻沒有台灣意識，必須經過「脫中國中心化」這道割禮。經歷上要遇到中國文化大革命、美麗島事件、甚至到天安門事件，才認淸中國政治文化的劣質，而有脫離自保之思。或者也有回過頭來細細思考幼年時代，約略接觸到的二二八事件，才有醒悟的一天。

而第一代作家，假設說是有所謂的「脫中國中心化」的問題，也要如同第二代瞭解到台灣人的歷史命運的悲哀才會覺醒，這是說不過去的。因爲第一代作家，早在二二八事件就已經覺醒與對中國的政治失望，並且對中國文化的落後有相當的體驗。二二八事件後的台灣人有可能轉而回復到日本人的認同，當然還是有人「選擇」由中國來統治台灣，也有對中國人不抱任何希望的甚至是厭惡的。鍾肇政內心裏「台灣人的命運與未來」，一直是他內心的痛與執著台灣文學的根源。在這一點上，有第二代台灣作家陳映眞解釋說，某某作家失去了中國人的立場㉗，但爲何魯迅可以《阿Q正傳》傳達中國人的劣根性，甚而柏楊可以寫《醜陋的中國人》。而獨台灣人不可批判中國人呢？這不正反應中國正統的教育使得某些台灣人茫然於選擇台灣人獨立自主追求幸福的可能選擇，我們也可以說陳映眞失去台灣人立場嗎？或者他有所謂的愛中國的大志向，卻不得不也要喊愛台灣的勉強心情，爲台灣人另尋幸福的方式呢？但是他何苦今日以台灣人身份能爲中國極權政權的上賓，向中國人尋求慰藉，與中國政權合作束縛台灣人追求民主自由與永遠和平的心願呢？

說回「省籍意識」的微妙，與表現在兩代間的「鄉土」的認知，卻有顯著的差異。故，葉石濤在一九七七年點出台灣意識，藉以導正鄉土的本意，其實就是台灣，鍾肇政則說是風土，或是說鄉土文學是國民文學[28]。更正確的說，第二代作家早先並非不知道「台灣文學」四個字，或許考慮到因爲台灣兩字帶有地方的、狹隘的、排他的疑慮的關係，而不會讓一般性的省籍意識發酵。比如說，第二代作家若說是對《台灣文藝》的認同，無寧說是對於編輯者的熱誠人格而受到吸引，是否願意堅持《台灣文藝》的「台灣」招牌，強烈需求的標的「台灣的」「我們的雜誌」，是很值得探究的，更不用說，對於台灣文學的日據時代傳統與台灣文學的未來有深入的感受。第二代作家以降與第一代作家建立台灣文學的使命感，在一九六五年代至一九七七年這段時間內，實有很大差異。

第二代的年齡相差第一代作家十年左右。光復時鍾肇政是二十歲，在感受二二八與祖國情懷的幻滅，兩代的差異甚大。而後第二代成長，正是吸收中國意識教育的時候，等於是接受另外一型的皇民化奴化愚民教育，養成「台灣中國的雙重認同結構」，但究其實，仍是一種制式教育下的中國五千年文化炎黃子孫的認同。幾乎失去了台灣人立場——無法緊緊紮根於台灣人受虐的歷史。其對於領受所謂的台灣味，也就是台灣人的心聲就淡了。這也可以說明省籍意識不成爲創作的深層心裏基礎的情況。故此，要體會台灣人的心聲也就有限了。

以上對第二代的講法，有一特例，這位先行者值得一提，那是鍾肇政於一九七七年以「台灣文學使徒」提及的張良澤，並在信件中偶對張以「イモ（蕃薯）文學」㉙掩飾台灣文學，所以張說「鍾肇政再造張良澤」。這不也就是「受了鍾肇政的鄉愁的施洗」的同義詞嗎？今日，張並以「肝膽相照」稱呼鍾老，算是不枉鍾肇政這位台灣文學的鄉愁者與之自「文友聚會」時期的伙伴友情了。一九七七年張良澤在《吳濁流作品集》總序說：

最近有人宣告鄉土文學的死刑！您地下有知，豈不大笑道：「幼稚！幼稚！什麼鄉土不鄉土、城市不城市，台灣有台灣特殊歷史背景，特殊地理環境；贊成也好，反對也罷，她已自然成爲中國文學一枝獨秀的台灣文學！」

完全是鍾肇政講法的模式，而實際上，兩個人一點也不主張台灣文學是中國文學的一支。有趣之至。

李秋鳳的例子

這裏舉出一個鍾老與戰後第二代作家的交往爲例子，已發表於《鍾肇政全集17 隨筆集一》㉚。大致是講李秋鳳來了第一封信時在一九六八年，其中一段：

「這篇鄉土味較濃的東西，用了一些台灣話的字眼和台灣調調，希望你給我鼓勵與指示，並且喚醒我們本省作家開創我們自己的遠景來！」

鍾肇政在回信中，大談台灣的人、文物、習慣、台灣特色……乃至於一種台灣語式的思考、行文風格、文體等等，並鄭重其事地加一註腳云：

「這當然無損於中國、中華民族的完整，相信你一定明白我的意思……。」

由此可推測，鍾肇政非常了然於第二代作家的國家民族的認同問題，雖然這個註腳，主要也在保護自己免受因信件檢查與監視所帶來的險境。或許也牽扯到時代上，鍾肇政對於一九六七年國民黨（為因應台灣國際地位的越形低落）所推動「中華文化復興運動」的間接的批判。

解嚴那樣多年了，李秋鳳的政治立場完全是台灣人的。不過不免對中華五千年文化有些許孺慕與讚賞的不捨態度，她認爲這仍舊是「自己的」，代表自己的文化，而且深感驕傲。或許，這是一種開闊的胸襟，但也令人覺得其對中國文化似乎仍有鄉愁之感。這種思維，似乎與經過二二八後的日據時代作家的表現頗多相似。

三十年前，她就主張在作品中使用「台灣話」寫代表「自己的文學」，以今日來看，她一直是一種文化上的台灣中國雙重意識，而將來在政治立場上是否會等待「中國的強大」而又產生改變呢？這也是日據時代的台灣人常有的心理。很多外省作家也有鄉土派，他們也贊成台灣人發展自己的鄉土文學。事實上，李秋鳳也是曾受到外省作家鼓勵繼續走這條路。不過外省人顯然是指導者的心態，而且是以中國文學的一環的限制下。相信鍾肇政對外省鄉土派作家，對李秋鳳，對自己的立場，都有敏銳的了解的。而李秋鳳回想當年，或也對她夾在台灣前輩作家與外省作家之間，有相當微妙的感受吧！

李秋鳳與鍾肇政意識上有明顯的差異。故，我很懷疑，目前學術界對於鍾肇政這一代作家，在一九六〇年代擁有的「中國台灣雙重民族主義的認同」的看法，與鍾肇政是「文化的台灣意識（相對於政治獨立的台灣意識）」的認知與界定，這些是否正確？我想書面上是找不到那個年代能夠公開或私下喊出台灣文學獨立於中國文學之外的證據。（日本時代的台灣人不也如此嗎？不易找到書面的獨立的證據，但是我們都知道他們想要脫離日本人統治的想法。）

與日據時代作家做比較

鍾肇政的省籍意識，作爲台灣意識的基礎，因爲台灣的未來一直是鍾肇政所關注的問題，戰後不同於戰前日據時代作家面臨的情況，從異民族的統治換爲是同民族的殖民統治。日據時代所要解決的異民族的殖民問題，其思想力量是來自抗日的民族主義與漢民族意識。當然，日據時代尚不存在有省籍問題的。

而經過二二八事件，日據時代作家往往仍微妙的存有中國文化的思慕意識，或者是來自抵抗日本的民族意識的「慣性作用」。這讓我們解釋爲，其對於台灣人的未來，似乎有某種

「障礙」，無法突破。另一方面，我們看鍾肇政由無民族意識到祖國情結的幻滅，他更能以「台灣人的命運」來凝視與反省二二八事件與面對未來，強烈的省籍意識只是一種特徵表象罷了，使他不會周旋於本省人也有壞人、外省人也有好人，這樣的糾葛。對於「半山」與「台奸」鍾肇政當然深惡痛絕，不過作品中大多採揚善方向，盡量痛惜台灣人立場，文學運動則極力拉近台灣人作家。

當然這只是大體之趨勢走向而言，每一代還是有許多分歧，同樣的教育與人格，判斷力、反省深度皆會有所不同。閩籍客籍的立場也會有所差異。日據作家其漢民族之民族意識，其實是不同的，在對抗日本帝國主義，文化協會的民族主義者與信奉階級問題的左派，是採用不同的意識方法對抗統治者。只是，如同日本人所分析的，這些人終究等待著祖國局勢改變而將傾向祖國傾斜㉛。戰後，這些人雖則經歷了二二八的殘殺後餘生，也就仍難免令後代子孫在觀其言論，而感到大部分的日據作家對於中國土地與古典文人抱有濃濃的鄉愁。

以上等於說，日據時代作家在日據時代的台灣意識，似乎與其民族意識混合一塊，戰後轉化成「省籍意識」「反國民黨意識」，難以有整個反中國意識的選擇，而有新國家、新文化的決心。而戰後第一代作家在二二八後的反省，生出了新的台灣意識，則清楚的知道省籍意識就是反對整個中國的意識。

無論如何，至少日據作家與第一代作家都是有著台灣人命運與主體性的認知的，精神上保有台灣人未來與台灣文學路線「選擇與認同」的自由度，而不管其選擇結果究竟如何，他們是常常在內心中或文獻上辯論這種問題。而第二代作家在好長一段時間內，接觸到像鍾肇政公開書寫「台灣文學是中國文學的一支」，後輩們是否會認爲「這有什麼好講好聲明的呢？」或者會認爲「台灣文學」是蠻奇怪的地域性名詞，根本不必強調。

就日據前的「鄉土文學」「鄉土語言」的要旨是有啓蒙大衆文化、啓蒙本地人的抗日意識，台灣話文這是一種啓蒙的工具。鍾肇政則認爲文學是純文學，是有道牆的，不讓一般民衆接近的。在台灣方言的使用上，鍾肇政著重於台灣文學的特色。他認知文學也就是語言的風格，若言也有啓蒙的成分，則是啓蒙台灣意識的作用，而後來演變成今日所採用的，對後輩的觀點而言則要以較爲精確的語言表達，即本土化。

也就是台灣意識提倡的必要，對鍾肇政言算是一種民族形態的人道主義。民族的人道主義的說法，也就是凝聚台灣人意識打倒外來政權與爭取島內權利的平等，以獲得島內居民的眞正民主與幸福。對於日據時代過來的人，無寧採取的是不分省籍的合作與樂觀的態度，面對未來。

總之，鍾肇政這個年代長大的，並沒有那樣強烈的抵抗異族的色彩，無疑是皇民化成功的一代。戰後，則在對抗祖國來的外省人統治政權，並不會因此就反對自己是漢民族是同文同種，也不會反對自己是中國人的血統，不過，其是否因此就甘於接受外省人所代表的中國統治的現狀，這是很可疑的。台灣人高度自治是二二八後普遍的聲音。不過也產生了各種託管與獨立的選擇。鍾肇政這一代人並不會因爲與外省人是同爲漢族就反對自治以外的選擇。

只是，第一代大部分人是接受現狀，仇恨的省籍意識隱藏在心，過著安安分分的無可如何的日子，否則就是被屠殺監禁，或流亡國外。這也是在解嚴以後，這代人紛紛都自然的表態爲獨立運動的堅定的支持者。因爲早就有切身慘痛經驗所造成的意識形態了。而不必如戰後第二代的台灣留學生出國以後，因爲讀到二手的資料才瞭解到台灣人歷史的悲哀而恍然大悟。故，若是我們認爲鍾肇政在一九七〇年前是懵懵懂懂於台灣人的未來與中國的政治與文學的關係。而在後來才有個轉變。若說是受國際環境影響，還是國外帶進來的思想，造成統獨激化的影響，都是說不過去的。而若說是因爲順應時勢，才轉跟著大家喊起獨立的現實主義的想法，那更是一種莫名其妙的對鍾肇政的認識方法了。

日據時代的獨立路線

其實，雖然日據時代的文化人，在經歷二二八後，以目前挖掘出的資料上顯示，並無強烈的在文化與政治上自主獨立的聲音。但這可能是這種聲音被壓制住了。因為像許多在日據時代喪失台灣人立場的，皇民啦、御用紳士，他們算是現實主義者，不會不知道將外省人趕出台灣所獲得的利益會較高。而且還有許多熱血的受日本精神洗禮的年輕人，視外省人中國人如寇仇，哪管你是否為同胞、漢人呢？就連從中國過來殺台灣人的，也認為這些台灣人都是該殺的日本人或叛國者吧！

如同在日據時代就有激烈的台灣獨立革命論。同樣的文學文化，也有獨立於日本與中國之外的建構路線，一種自信的主體的主張：

「提倡台灣話文的，站在現實的立場認為台灣是一特殊區域如黃石輝所說：『台灣是一個別有天地，在政治的關係上，不能用中國話來支配，在民族的關係上，不能用日本的普通話來支配，所以主張適應台灣的實際生活，建設台灣獨立的文化。』」㉜

「張深切把台灣過去的文學路線分為中國的文學路線和日本(與歐美)的文學路線之後，提出如下結論……。張氏的這種主張，不外乎是主張台灣文學要站在獨自的立場，……」㉝

在日據時代，較符合現實的情況是，中國文學是被台灣人視為「外國文學」，以及「祖國文學」的「雙重身份」。也有人認為中國文學對於台灣文學影響較少，也有人驕傲的認為台灣人應該扮演日支親善的角色。更有自信的看法是自認為，因為透過日文接觸到世界文學：

「台灣的新文學運動，雖是受到中國的新文學運動的影響而發生，可是，對於文學的一般理解和欣賞能力，台灣是較高於當時的中國的水準。」㉞

很難以想像這些「前獨立國家民族與文化」的想法，竟然在戰後、在二二八後都斷絕了？目前認為要到一九七〇年代，這些想法才復甦。事實上，以上的例子，是一九五〇年代後，廖毓文、黃得時、張文環對日據新文學的「客觀」觀察。雖然他們戰前是日本國籍，戰後是中國國籍，中國文學成為了本國文學，不是外國文學。經歷了二二八以後，這些作家就算有將文學復歸祖國文學的選擇，但是卻改不了日據時代有選擇獨立的台灣文學與文化的認知，認爲台灣在日據時代已經建立了獨立的文學與文化。通過這些歷史文獻，將有助於戰後「要建立有特色的台灣文學」這般論述之進一步瞭解，其眞正的含意，是否就是要建立獨立的台灣文學呢？

附加說明的是日據時代除了掛上「台灣」的名字的雜誌報紙有多起外，甚至也驚鴻一瞥出現了代稱台灣之名的《福爾摩沙》十二萬字長篇，可惜目前只留下序文而已[35]。令人想起，日據時代的台灣文人，相較於鍾肇政的《台灣人》長篇史詩的構想，其獨立自主的意識毫不遜色。

王詩琅的例子

在一九六四年的《台灣文藝》第三號上，王詩琅也提及了這句話「台灣文學是中國文學的一支」[36]我不知道其是否爲保護自己免於受到分離主義的指控。但是王詩琅在一九三六年發表〈賴懶雲論〉其中：

> 萌芽於大正八年，而於十四、五年勃興的新文學的呼聲，雖有人說是直接受到中華民國的胡適之或陳獨秀的影響，但是，主張台灣新文學是當時台灣年輕的智識階級中澎湃的近代精神之一波，怕是更爲恰當的。
>
> ……
>
> 台灣文學是受到日本文學與中國文學的交流，而一般作家受到雙方面的影響，很少只受其中一方面的影響。但是賴懶雲卻是受到單方面影響較大的人。較之日本文學對他的影響，他可說是由中國文學培養長大的作家。[37]

所以王詩琅認爲台灣文學有兩個源頭，而基本上是獨立的。雖然他也確定台灣新文學是確實受到中國文學的影響，但是說是五四運動的支流，顯然不合其認定的事實，而是台灣文學有很多的源流才較客觀。何況他說日據後期，台灣新文學是後期以日文爲主，那麼以日文作爲表達工具的台灣文學是中國文學的一支嗎？一九八二年他接受下村作次郎訪問提及：

> 談到優秀的作品，中文的有賴和；有人說在台灣人作家當中，他堪與魯迅相抗衡。實際

上，我認爲賴和並不比魯迅差。

因此，若有自由的環境，王詩琅是否甘於說台灣文學是中國文學的支流，令人懷疑。還有一個例子是日據時代被認爲是皇民作家，也參加了《文友通訊》的陳火泉，不知道把他的文學作品〈道〉歸於中國文學的一部份，他會作何感想。而中國人也不會同意的吧！

鍾肇政的選擇

同樣的，鍾肇政在近年來，對於台灣文學的定位，他並不否認台灣文學受了中國五四運動的影響，他也講到當時的台灣文學是不被承認爲日本文學與中國文學的。尤其是日文書寫的台灣人作品。實則，他是以客觀的態度否定了當年張我軍希望台灣文學成爲中國文學一支的單純嚮望。或者說，客觀的，任何人要否認台灣文學獨立自主的詮釋，在其立場而言，實在不妥。那麼，鍾肇政在戒嚴期間所喊出的「台灣文學是中國文學的一支」，非其本意，這是其爲避免分離意識的指控使然。

但是，我們以一種反向的猜測說，假如他是一種對日據時代台灣文學源流的解釋。他如何自圓於內心中對於日文書寫的台灣文學的定位呢？所以，他毋寧是一直採取台灣文學本位的看待，鍾肇政採一種奇特的辯論法：

「日文的台灣文學是日本文學嗎？不是。是中國文學嗎？也不是。其實台灣文學就是台灣文學。」

講回，在一九六五年光復節出版的《本省籍作家作品選集》第三輯，即由原名簡化的《台叢》，鍾肇政有編輯的話：

單就人數而言，省籍青年作家已經足可與非省籍青年作家分庭抗禮，甚或有過之而無不及。再就質而言，本叢書所收羅的作品，也都是我國文壇水準上的作品。事實上近年來各項文學競賽，得獎率多是本省寫作者佔上風，這也可以證明這個觀點。

我們並無意强調這種畛域之分地區之別。不必贅言，所謂「台灣文壇」亦即是中國文壇的一支，而「台灣文學」亦即中國文學的一脈；台灣文學的質、量之提高，亦就是中國文學質量之提高，而台灣文壇的隆盛，亦即意味著我國文壇之欣欣向榮。此時此地，這支強大的筆隊隊伍之崛起，實在是值得國人欣悦的好現象。這是編者要在這兒特別提醒國人及有關當局重視的一點。

這段話，本文仍然認爲，那是一種保護的表達，故鍾肇政並非就一定認爲台灣文學是中國文學的一支。但是，也並非就因此可判定其認爲台灣文學不是中國文學的一支。不過，這表示出，鍾肇政是知道台灣文學的界定問題，而且他知道並非因爲使用中文，與外省人同源同種，就自然的認定台灣文學是什麼文學的一支。鍾肇政知道，那是一種可以認定詮釋的史觀與認同的問題，而且因爲他的堅定與對台灣文學有自信、有抱負、肯努力。他毋寧是選擇「台灣文學自然與當然是獨立自主於中國文學之外的，是世界文學的一支」。（末尾提到了「有關當局」，當與在編輯此書之前，《台叢》被認為是與台獨有關的相同單位注意。也就是指警總與統治整個台灣的中國統治集團。）

四、追尋「台灣文學」的過程

鄉愁的啓航與苦苦的追尋

從一九五七年《文友通訊》創刊開始，到其後一九六一、一九六二年鍾肇政主導的兩次「文友聚會」，與一九六四年《台灣文藝》創刊，一九六五年「台灣文學獎」的頒佈。這一段期間一般論文認爲是台灣文學本土論式微的年代，由歷史來看鍾肇政當時的心靈世界，「台灣文學」在其心底，正是有如初生嬰孩巨哭呼喊的時代。而第二代作家在一九七〇年代在鄉土文學之名引領風騷後，一九七七年發生鄉土文學論戰，省籍意識凝聚於第二代作家內心，本省外省作家各個回歸於屬於自己的鄉土，「台灣文學」四個字要到一九七九年美麗島事件以後，才正式逐漸與第一代作家在省籍意識的基礎上統合起來。其後，第二代還有某種宣戰的對抗統治者的狀態，不僅對執政者攻擊，還壓倒第一代的台灣文學鄉愁者，像葉石濤就被罵慘了[38]。甚而在解嚴十多年後，對外省人的同性戀、色情頹廢等等文風，一副毫不避諱而擴大省籍衝突的作一番尖銳的批判。

一九八四年鍾肇政與《蘭亭書店》合作，有一個綜合日據時代以來的整個《台灣文學全集》計畫，來代表「台灣文學」終於獲得第二代作家以降的認同與正名。鍾肇政說終於能正式打出這個堂堂正正的鮮明旗幟。誠然是充滿血淚與倍受壓抑的心情寫照。（此計畫後來仍未成功。）

雖然經過了光復後台灣文學的斷層，一九五五年鍾肇政因其個人不斷退稿的遭遇，凝聚了台灣文學四個字。這些遭遇，與台灣文學斷層的原因，來源一致。以現在的講法，都是因爲外來的統治者，恐怖統治，扼殺本地語言與異民族的日語表達工具的發展，並且壟斷文壇、歧視本省人所致。

台灣文學意識的啓航

鍾肇政在日據末戰爭快結束的時期，漸漸知道自己與日本人是不一樣的，有某種模糊的漢民族客家人意識，但是並不認爲自己是支那人，而確定自己是日本國民。也不知道戰爭會結束。其對於未來沒有希望與憧憬的。當日本兵之前，盡量以逃避兵役爲目標，能走的職業，大概是教師一職。在當日本兵時，因爲戰友沈英凱之故，於世界文學上剛剛啓蒙，放棄古典和歌的研究。往後成爲台灣文學的領導者後，其自言當時充滿著驕傲與無知，又無前人引導，因此對日本文學也看不起，也以爲書局中標榜台灣文學的雜誌是屬於日本文學，毫無興趣。

光復後，他知道自己原來也是支那人，熱烈學習祖國語言，希望儘快的在精神上語言上回到祖國，建立強大的祖國。但漸漸知道祖國眞如日本人講的科技落後，此刻，他希望台灣的技術結合祖國資源，使台灣成爲三民主義模範省。然後，他知道這是不可能的。支那人，比日本人宣傳的還要壞。台灣同胞與祖國來的外省同胞的衝突越來越大，眼見貪污腐敗，形成了省籍意識。於是「狗去豬來」「四腳的」「張科羅」種種講法都普遍存在當時台灣人心中。

雖然如此，一方面必須在統治者淫威下生存，一方面又要洗刷自己被外加皇民的污辱，日語被壓抑，日據經驗成爲原罪。以此心理基礎，來看二二八後，其也閱讀新生報上「橋」副刊的台灣文學論戰，究其實，這不是一種文學派別的論戰，這是來自台灣爲主體的反抗外來壓制「本地」意識的論戰。「台灣文學」會成爲戰場，實際就是省籍意識的問題。

原本，台灣人普遍的肯定自己日據時代的文學經驗，自動的希望台灣文學要回歸祖國，成爲祖國優秀的一支。因爲省籍意識發生變化了。而且外省人也不信任你提出「台灣文學」四個字的動機。認爲已經光復了，有必要提出這四個字嗎？

或許，鍾肇政以一名文學青年苦苦學習祖國語言還看不清此局面。不過，種下了「台灣文學」四個字的種子，是確定的。一九四八年十一月，他爲模糊的作家之路，選擇考入台灣大學中文系。苦苦的學習以白話文寫信，但是要寫正式的文章，還必須先打日文草稿。對於「台灣文學」四個字似乎還沒有鄉愁的意味。對於中國文學的認知也同樣的是很觀念性的。不過他也知道五四白話文運動與利用中日對照版本猛啃三十年代作家作品。另外，他並未放棄以日文吸取世界文學的養分。

在中央政府遷台前，台灣人一直關心的是，中國的內戰不要延燒到台灣。對於台灣在國際上的地位，也一直關注著。隨著二次大戰結束，獨立的新國家不斷出現，台灣似乎只能嚮望愛爾蘭的作法。但卻是因爲二二八，都只能將這些嚮望埋藏於心。眞正的反抗者大都逃到國外，島內是不敢多言的，喊喊自治聊勝於無。也有另一條路，是期望產生新的紅色政權，再解放台灣。中央政府遷台後，台灣人面對的是懷有「中國人」的民族傷痕的大陸同胞，卻只會欺壓「台灣同胞」的大陸人，在五〇年代中國政權合法化穩定化的殺戮與「中國皇民的奴化」教育當中，台灣的未來，一直是當代台灣人思考的、鄉愁的一部份。

鍾肇政在一九五一年開始寫作，就很自然的知道自己是屬於台灣文學，這心情一如一九三五年代，許多台灣人雖然以日文爲發表工具，但總發表於凸顯「台灣」兩字的雜誌。一開始寫作，他就希望能寫出「台灣人的心聲」「台灣人的悲哀」，寫出名爲《台灣人》的作品㊴（請參考「附三」沈英凱致鍾肇政信函），這是以前述省籍意識造成的狀況。一九五一年的鍾肇政對於台灣文學的認知，與一九五五年的差異在一九五五年已是退稿專家自居。此時沒有伙伴，對於自由中國文壇大勢有所瞭解，終於凝聚了建設台灣文學的志向。並且筆者尚未知道是什麼原因，這一年暑假快結束時，他卻激起了要寫「台灣人」的熱情，當然我們知道他眞正實踐時，還要再累積十年不間斷的自修自學、含辛茹苦、鄉愁啃心。

當然他也夢想，希望如日據時代台灣人有自己的刊物。這是一九四九年後，台灣在政治上被壟斷了，文壇也被祖國來的人所壟斷，一個對文學有興趣的人的自然反應。台灣文學的鄉愁就是在這裏開始的。也才會有一九五七年在《文友通訊》不斷猛喊鼓吹「台灣文學」的情況產生。此刻鍾肇政似乎是有點初生之犢不畏虎。才那樣拼命的喊，比較起一九六五年代，這時幾乎是毫無顧忌。

值得大書特書的幾次「文友聚會」

《文友通訊》這裏集合一批寄生於自由中國文壇的台灣作家。因爲沒有自己的地盤、雜誌。事實上他們明明是自由中國文壇圈外的渺小台灣作家。若是要擠進中國文壇，完全是一種競爭的心理。後來要拿他們的獎，也是一樣動機。事實上他們是看不起中國文壇，也是滿懷恨意的。

一般認爲《文友通訊》旨在聯絡友誼，不過當然他們更希望有自己的雜誌與結成一個社團。一九五七年第一次的「文友聚會」，廖清秀說應該是值得台灣文學史大書特書的。廖清秀講的並不誇張，因爲他們在從事危險的連結台灣文學界的工作。這次文友聚會，實在可以台灣本土的反抗團體視之。要羅織罪名，是很容易的。而且《文友通訊》結束後，還辦過兩次「文友聚會」。這可說是鍾肇政設法延續下去的台灣文學正式組織社團前的第一步工作。或許有點像日後民主政治運動的一個沒有黨名的黨。

而後的文友聚會，一次是一九六一年在鍾肇政家中，一次是一九六二年在陳火泉家中。由於有更多年輕人加入，更形壯大了。故產生了一九六二年聚會後，陳有仁喊出「《台灣文藝》是到自立的時候了」「該是台灣文壇獨立的時候了」（請參考附四，陳有仁致鍾肇政信函）。陳有仁個人或許不會對他講的話有深刻的認識，就像是他小時候，聽到父親說「中國人褲袋這樣大個」。表示記憶了祖國的人貪污，但是卻沒有繼續思考下去。他不會懂得父親將台灣人在語意上與中國人列爲兩個範疇。但是主導文友集會的鍾肇政卻是很敏感的。完全不與陳有仁的「敲邊鼓」的言談予以呼應。避免「獨立」的意涵受到注意。

由此可證，鍾肇政集合純粹是本省籍人士的文學活動。其發展是很可預測的，內心需求也可以予以肯定。而這個聚會，在一九六三年就停辦，主因是在陳火泉家中那次遭受情治人員「包圍」所致。讓鍾肇政哪敢再辦呢？直到一九六四年，吳濁流辦《台灣文藝》前有兩個集會，算是新一代的與日據時代的台灣作家大集合。往後更因爲「台灣文學獎」（後更名「吳濁流文學獎」），靠評審、頒獎典禮，這些台灣作家的集合才細水流長。除在雜誌上以外，在日常交誼上，有了水乳交融的情誼的發展。或者也因爲《台灣文藝》的創刊，才讓鍾肇政更看清台灣文學該作個集體展示嗎？而有次年的《台灣作家叢書》的計畫。

台灣文學鄉愁的決戰年代

一九六四年鍾肇政參與了《台灣文藝》的命名，原來的建議是「台灣文學」，雖然鍾肇政後來講無所謂，一樣都標舉了「台灣」兩字，但仍可想見其對「台灣文學」四個字的嚮往。接著，應吳濁流之邀，又設「台灣文學獎」。這兩個堂堂正正的名稱，一時間，在暗淡的台灣文學的歲月中，吸引頗多對「台灣」兩字的純潔的愛好者。

比如談到《台灣文藝》是神聖的名號[40]。也有發表頗具危險意涵容易讓有關當局誤會的講法，認爲台灣的地理歷史像北歐的波蘭「被兩大國挾在當中不時受其困擾，文壇方面亦表現得很明瞭。」[41]

連外省人也在其上發表了無新意的看法，卻代表掙脫不了的需要有中國普遍性的看法與地域性的疑慮。幸未釀成，如同「橋」副刊引起的台灣文學的再一次論戰。畢竟這是台灣人主導的雜誌吧，其他外省人甚至統治者，或許也是不屑顧於此刊物的。[42]

論及此，不免感念鍾老稱爲「台灣文學巨人」的吳濁流，徹底支持與堅持鍾肇政所提的雜誌與文學獎的命名。而鍾老念及此，是否也倍增對吳老的懷念與知遇呢？[43]

爲何我認爲一九六五年《台灣作家叢書》的出版是其與中國文學決裂與中國文壇決戰的年代呢？這只是基於他編此書，遭逢了台獨的指控，而使其遭遇最危險的年代。但也是因此他被迫提出「台灣文學是中國文學的一支」的年代。前此，我也說這套書是對外省人示威。這或是一種阿Q的心態嗎？不過，這套書儼然存在。我也相信鍾肇政在人生上不得不被迫作他第一次對台灣文學的界定表態「台灣文學是中國文學的一支」時，相信他在內心裏，會呼喊著「才不是這樣認爲呢。馬鹿野郎！」

另外，我也認爲在這一年，他也凝聚了「台灣人的命運」與「台灣文學的命運」，故開始執筆一九五一年以來所想望的，他的生命主題《台灣人》，也等於說與中國人正式的決裂了。

遭受打壓與瀕臨險境

對於台灣文學，台灣兩字的鄉愁，有一個軼事是一九六八年十月，鍾肇政在台灣電視台改編《台灣人三部曲第一部沈淪》，想在電視上打出「台灣人」三個字，不過還是走不通，被改成「黃帝子孫」，鍾肇政事後甚覺一股鳥氣[44]。所以說鄉愁之慨，就是此種道理。可想而知，鍾肇政不想關心政治，或再不懂政治，也不會不知道「黃帝子孫」取代「台灣人」的意義吧？

這事情也反映出鍾肇政個人的人格特質，以客家話來講就是「死硬頸」。在一九六五年經歷過《台叢》與《台灣人》事件後[45]，人家越是打壓他，他越是堅持，想辦法對抗。鍾肇政說當年假如他被傳訊，他將會抗辯說山東人、上海人都可以，怎麼台灣人不可以？現在講的好像理直氣壯，可是我知道他當時是很怕的。

結果在一九七〇年一月彭明敏逃出台灣後，四月又經蔣經國在美遇刺，更牽動了情治單位的神經，雖然鍾肇政在前此幾年間接連得到國民黨幾個「文學大獎」。他再度被打成台獨份子了，並發生許多退稿封鎖的情況。這就是鄉愁的代價，不可謂不高。此刻，他的好友葉石濤也是得到嚴密的監視。當時莫名其妙，稿子一連被退，毫無發表空間。他們分析原因，總是無解於統治者的把戲。

本文實在無意，鑑定其爲台獨份子，實際上，他不是。不過，我相信他是贊同的。一九五六年與鍾肇政一起當日本兵的戰友摯友沈英凱帶來了消息：「台灣共和國大統領廖博士向新就任的美國總統艾森豪致賀。」鍾肇政回答說「台灣有這樣的人啊！那我們還是有希望的。」[46]可見其並不排斥台灣人的獨立運動，且是拭目以待的與抱著光明希望的。這是與最好的朋友才談得到的消息，且要拉到遠離屋外的池塘邊，才敢悄悄的講出來，可見其省籍意識的界定實在是超出省籍的。

五、結語

不論是鍾肇政講過什麼，他卻沒有否認他追求台灣文學立足世界文壇的雄心，他是一直一直往「台灣文學」這條路上直直的走。我相信，追求自主與獨立的台灣文學，這才是一路以來鍾肇政、葉石濤的眞實的選擇。就算是漢人的概念，認同中華民族，擁有中國國籍，還是不妨礙其建立台灣文學的獨立自主的目標與台灣文學繼續的壯大。一方面與中國的作家，也就是與在台灣的外省作家競賽，然後遠遠的拋開落伍的中國文學，擠身於世界文壇。

台灣文學在日據時代已經建立起來。後人可自由的將此傳統指向任何範疇。鍾肇政選擇了獨立自主。並繼續確立台灣文學的獨立自主之路。在創作上，以作品來紮實他的選擇。他說「有鮮明的旗幟（指《台灣文藝》），火力卻是內斂，深深地讓它隱藏在作品的實踐裏；如果有火光，也是作品本身放射出來的」。這就是台灣文學獨立自主的最佳寫照。[47]

鍾肇政說「台灣文學是什麼，就是台灣的文學，台灣人的文學。」就台灣文學四個字，不必穿什麼本土、鄉土的保護般的衣服。什麼是台灣人，鍾肇政給東方白的信說「凡是讀此篇

（指隱有二二八題材的）不哭的，不是蕃薯仔。」[48]鍾肇政說「凡是有志於文學的，都應該要有一部《台灣人》」[49]。感嘆，台灣作家實在是承載著許多的血淚與掙扎。鍾肇政的台灣文學的鄉愁，實在有苦苦的啓蒙後代台灣意識與精神的。

如今，台灣作家都不分前人後人，一同保護這四個字的神聖與獨立了。而且，尚有此看法「台灣文學比政治還早獨立，遠在日據時代就是獨立的」這樣的充滿自信的文學史詮釋。也有「中國文學不應當外國文學來看待，他應該是屬於台灣文學的一環，當作台灣文學的一部份來考量。」[50]

經由政治的開放，獨立自主這一點上已經達成了，鍾肇政的台灣文學鄉愁似乎解放了不少。不過，在進入世界文壇經由嚴格的考驗之前，台灣文學還需要台灣人普遍提高文化水準與文學教育，前面似乎還有很長的路。獲得世界文壇的承認後，就如同美國文學之於英國文學般，無須通過中國人的承認了。現在，鍾肇政的使命感、歷史證言的鄉愁感似乎淡薄了，或者說他也覺得該回到更廣闊的文學世界與眞正的心靈的故鄉吧！作品，永遠有個下一部。僅祝鍾老挑戰成功。[51]

感謝詞：

沒有《台灣文學十講》編輯莊紫蓉老師的鼓勵與邀稿，幾年來的idea是不可能很迅速的凝聚完成。莊老師甚至也幫我定題綱、修改錯字與最後的校對，一切等於我的論文指導者。這篇論文若是說要爲鍾肇政講什麼話，藉以說服讀者什麼；不如說是我個人對他幾年來的不斷的質疑、疑惑追尋答案，再質疑探索，因爲我很希望了解這一代台灣人的精神發展歷程。探索的過程是極其複雜辛苦，但是最後，總讓我感到鍾肇政是那樣的純粹專一，葉石濤也是如此的。他們在戒嚴體制下論述發言或有模糊處，或「不得不作一些違心之論，表達出順從的、恭順的，以求自保」（一九九八年，鍾肇政語，〈尊重與理解〉），但是其深處的精神是一以貫之的、純潔的。我也必須感謝葉石濤，讓我發現到除了鍾肇政以外，還有一個「台灣文學鄉愁者」的典型例子，這給我信心，幫助我刻劃出此文的觀點。最後，當然還是要感謝鍾肇政，在冥冥的感應下，交給我許多寶貴資料，原先我只是愛念而已，一切算是無心插柳吧！總算雖然在冥冥中取得了寶貴資料，但我並未獨自佔有這些，我是盡了編輯《鍾肇政全集》的使命的；我也充分不枉我自稱是這些寶貴資料的愛好者，我現在算是有心人了。

很高興能在這裏與讀者分享我的想法，也要感謝附錄中的那樣多先行者的看法讓我參考、引用。最後，還要感謝沈冬青、陳俊光等友人給我寶貴的修改意見，以及感謝陳有仁、黃娟的受訪與令人敬仰懷念的魏廷朝、鍾老的摯友沈英凱的信件刊出。不可忘記的是，我該感謝我在半導體公司工作的主管劉如淦博士，他一直私底下鼓勵我好好的在文學義工之路上幹，讓我放心的工作。要強調的一點，他是外省人，卻是我許多本省外省博士同事中，最富人文涵養，與廣泛閱讀文學作品者，只是台灣文學經典作品他較未觸及。令我遺憾的是在我身旁充斥著「股票談」與「汽車經」，我只能找這位外省同事談談「文學」，這點「奇遇」不可不記下一筆。

⊙引用出處：

❶陳萬益等，〈文學座談——把台灣人的文學主權找回來〉，《文學台灣》，11期，夏季號，一九九四。

❷葉石濤文學國際學術研討會論文集，《點亮台灣文學的火炬》，高雄，春暉出版社，一九九九・六。杜國清，〈台灣文學研究的國際視野〉，收錄於《第二屆台灣本土文化國際學術研討會論文集》，一九九六・四・二十。林瑞明，〈現階段台語文學之發展及其意義〉，《文學

台灣》，一九九二・六，3期，頁一二。彭瑞金，〈當前台灣文學的本土化與多元化〉，《文學台灣》，一九九二・九，4期，頁一一。林瑞明，〈國家認同下的台灣文學〉，《文學台灣》，一九九三・七，7期，頁一四。彭瑞金，〈台灣文學定位的過去與未來〉，《文學台灣》，一九九四・一，9期，頁九三。應鳳凰，〈鍾理和文學發展史及其後殖民論述〉，呂興昌，「台灣文學研究工作室」網站，一九九八・十二上網。杜國清，〈台灣本土文學的聲音〉，《文學台灣》，一九九九夏季號，30期，頁六。陳萬益，〈台灣文學學科的建立及其時代意義——摘要〉，北美洲台灣人教授協會主辦「新世紀的願景：建立一個美麗安全與永續的國家」研討會，於成大國際會議廳盛大舉行，二〇〇〇・六・廿三～廿五。其中第二日第二個單元「發揚台灣主體性的歷史與文化」。

❸游勝冠，《台灣文學本土論的興起與發展》，台北：前衛出版社，一九九六・七。游勝冠，〈葉石濤的台灣文學論〉，台北：第十九回「台灣文學」研討會演講稿，陳萬益主持，莊紫蓉整理，一九九三・十一・廿七。應鳳凰，〈葉石濤的台灣意識與文學論述〉，《文學台灣》，一九九五秋季號，16期，頁五五。

❹余昭玟，《葉石濤及其小說研究》，台南：成大中國文學研究所碩士論文，一九八九・二，

第五章。

❺戴國煇、葉芸芸，《愛憎 2・28》，台北：遠流出版社，一九九二・二，頁一二一。

❻錢鴻鈞，〈闊瓦迪斯，台灣人你往何處去〉演講稿，眞理大學：鍾肇政文學研討會，一九九九・十一。

❼陳俐甫，〈「台灣光復」與「台灣光復節」之意涵討論〉，收於陳俐甫編《禁忌、原罪、悲劇》，台北：稻香出版社，一九九〇，頁一〇五。

❽盧建榮，《分裂的國族認同一九七五～一九九七》，台北：麥田出版，一九九九，頁二五六。

❾楊照，〈歷史大河的悲情——論台灣的「大河小說」〉，《四十年來中國文學》，台北：聯合文學出版社，一九九五・六。

❿鍾肇政，〈青春的日子——悼念老友文心〉，《鍾肇政回憶錄(二)》，台北：前衛出版社，一九九八・四，頁二五三。

⓫林海音致鍾肇政書簡(一九五九～一九八二)。

⓬鍾肇政，〈二十年來台灣文藝的發展〉，徵信新聞報，台灣光復節特刊，一九六五・十二・

廿五。

⑬鍾肇政，《濁流三部曲上～下》，《鍾肇政全集1～2》，桃園：文化中心，《流雲》後記，即將出版。

⑭鍾肇政與鄭清文往來書簡（一九五九～一九九〇），《鍾肇政往來書簡集》，桃園：文化中心，即將出版。

⑮余光中，〈總序〉，《中國現代文學大系》，台北：巨人出版社，一九六九．一。

⑯余光中，〈總序〉，《中國現代文學大系》，台北：九歌出版社，一九八九．一。

⑰余光中，〈藍墨水的下游〉，《四十年來中國文學》，台北：聯合文學出版社，一九九五．六，頁五一五，

⑱鍾肇政，〈小說二集導言〉，《當代中國新文學大系》，台北：天視公司，一九八〇。

⑲同❸。

⑳鍾肇政，〈血淚的文學、掙扎的文學——七十年來台灣文學的發展縱橫談〉，《鍾肇政回憶錄一》，台北：前衛出版社，一九九八．四，頁二九三。

㉑王之樵，〈大河小說上游的長跑老兵——鍾肇政〉，張大春採訪，中時晚報，一九九四．

四・十三。

㉒葉石濤，〈鍾肇政論〉，《台灣鄉土作家論》，台北：遠景出版社，一九七九・三。

㉓呂正惠，〈台灣文學研究在台灣〉，《戰後台灣文學經驗》，台北：新地文學出版社，一九九二・十二。

㉔呂正惠，〈葉石濤和戰後台灣文學的「斷層」與「跨越」〉，《點亮台灣文學的火炬》，高雄：春暉出版社，一九九九・六，頁九三。

㉕呂正惠，〈七、八十年來台灣鄉土文學的源流與變遷——政治、社會及思想背景的探討〉，《四十年來中國文學》，台北：聯合文學出版社，一九九五・六。

㉖鍾肇政，〈光復二十年來的台灣文壇〉，自由談，16—1，一九六五・一，頁七一。

㉗陳映真，〈原鄉的失落——試評夾竹桃〉，一九七七・四，收錄於《孤兒的歷史，歷史的孤兒》，台北：遠景出版公司，一九八四・九，頁九七。

㉘鍾肇政，〈對鄉土文學的看法〉，《大學雜誌》，一九七八・十一，119期，頁六九。

㉙鍾肇政、張良澤，《肝膽相照》，張良澤編，台北：前衛出版社，一九九九・十一，序頁。

㉚鍾肇政，〈序——李秋鳳著X先生在橋上〉，《鍾肇政全集17》，桃園：文化中心，一九九

九・六，頁六二七。

㉛葉榮鐘，《台灣民族運動史》，台北：自立晚報出版社，一九八七。

㉜廖毓文，〈台灣文字改革運動史略〉，原載於《台北文物》，3－3，4－1，一九五四・十二・十，一九五五・五・五，轉載於《文獻資料選集》，李南衡主編，頁四九五。

㉝黃得時，〈台灣新文學運動概觀〉，原載於《台北文物》，3－2，3－3，4－2，一九五三・八・二十，一九五三・十二・十，一九五四・八・二十，轉載於《文獻資料選集》，李南衡主編，頁三一九。

㉞張文環，《「人人」雜誌創刊前後》，原載於《台北文物》，3－2，一九五四・八・二十，轉載於《文獻資料選集》，李南衡主編，頁三三二。

㉟郭水潭，《郭水潭集》，南瀛文學家叢書，一九九八，頁一三四。

㊱王錦江，〈日據時期的台灣新文學〉，《台灣文藝》，1－3，一九六四・六，頁四九。

㊲王施琅，〈賴懶雲論〉，《陋巷淸士》，張炎憲、翁佳音合編，台北：弘文館出版社，一九八六・十一，頁一三七。

㊳宋澤萊，〈呼喚台灣黎明的喇叭手——試介台灣新一代小說家林雙不，並檢討台灣的老弱

文學〉，《台灣文藝》，一九八六・一，98期。

39 沈英凱致鍾肇政書簡（一九五〇～一九六五）。

40 何瑞雄，〈給林鍾隆的信轉台灣文藝社〉，《台灣文藝》，1－3，一九六四・六，頁七三。

41 徐富興，〈迎合大衆乎？深掘自己乎？〉，《台灣文藝》，1－3，一九六四・六，頁七二。

42 寒爵，〈台灣文藝的方向〉，《台灣文藝》，1－1，一九六四・四，頁四一。

43 吳濁流，《吳濁流致鍾肇政書簡》，錢鴻鈞編，黃玉燕譯，台北：九歌出版社，二〇〇〇・四。

44 鍾肇政與李喬往來書簡（一九六四～一九九〇），《鍾肇政往來書簡集》，桃園：文化中心，即將出版。

45 錢鴻鈞，〈內心深處的文學魂——向強權統治的周旋與鬥爭〉，《文學台灣》，34期，二〇〇〇春季號。

46 鍾肇政，〈永恆的摯情〉，《鍾肇政回憶錄(一)》，台北：前衛出版社，一九九八・四，頁三二七。

47 鍾肇政、東方白，《台灣文學兩地書》，張良澤編，台北：前衛出版社，一九九三・三，頁一六五。

㊽鍾肇政、鍾理和，《台灣文學兩鍾書》，錢鴻鈞編，台北：前衛出版社，一九九八・四。

㊾鍾肇政，〈蹣跚步履說從頭〉，《鍾肇政回憶錄㈠》，台北：前衛出版社，一九九八・四，頁二一〇。

㊿同❶。

51黃靖雅採訪整理，〈想寫情色文學的總統府資政——專訪鍾肇政〉，自由時報，二〇〇〇・六・廿四。

◎附一　參考資料：

1. 鍾肇政，《台灣人三部曲上～下》，《鍾肇政全集　3～4》，桃園：文化中心，一九九九・六。
2. 鍾肇政，〈尊重與理解〉，《文學台灣》，一九九九夏季號，30期，頁三一。
3. 葉石濤，《石濤書簡——致肇政》（一九六五～一九九五），錢鴻鈞編，李鴛英譯，台北：玉山社，即將出版。

4. 葉石濤，《台灣文學史綱》，高雄：文學界雜誌社，一九八七・二。

5. 葉石濤，〈接續祖國臍帶之後——從四十年代台灣文學來看「中國意識」和「台灣意識」的消長〉，收錄於《走向台灣文學》，台北：自立報系，一九九〇・三。

6. 葉石濤，〈四十年代的台灣文學〉，收錄於《台灣文學入門》，高雄：春暉出版社，一九九七・六。

7. 彭瑞金，〈追尋、迷惘與再生——戰後的吳濁流到鍾肇政〉，《台灣文藝》，一九八三・七，頁四二～四八。

8. 彭瑞金，《台灣新文學運動四十年》，台北：自立晚報出版社，一九九一・三。

9. 彭瑞金，《葉石濤評傳》，高雄，《春暉出版社》，一九九九・一。

10. 彭瑞金，《驅除迷霧　找回祖靈》，高雄：春暉出版社，二〇〇〇・五。

11. 呂正惠，《戰後台灣文學經驗》，台北：新地文學出版社，一九九二・十二。

12. 呂正惠，《文學經典與文化認同》，台北：九歌出版社，一九九五・四。

13. 施正鋒，〈吳濁流的民族認同？以《亞細亞的孤兒》作初探〉，「吳濁流學術研討會」，新竹，新竹縣政府與台灣客家公共事務協會主辦，一九九六・十・五。

14. 施正鋒，〈台灣的族群政治〉，「族群關係學術研討會」，台北，台灣教授協會主辦，一九九六・十一・十六～十七。

15. 施正鋒，〈台灣意識的探索〉，共和國雜誌，11～12期，可查閱網站http://www.wufi.org.tw。原發表於「中國意識與台灣意識學術研討會」，澳門，一九九九・七・廿四～廿五，夏潮基金會、聯合國UNESCO澳門教科文中心主辦。

16. 施正鋒，〈鍾肇政的認同觀——以《濁流三部曲》爲分析主軸〉，「福爾摩莎的文豪——鍾肇政文學會議」，淡水，眞理大學台灣文學系主辦，一九九九・十一・六。

17. 廖炳惠，〈近五十年來的台灣小說〉，論文可尋於網址http://vistaiwan.fl.nthu.edu.tw/index11.html。

18. 廖炳惠，〈台灣：後現代或後殖民〉，論文可尋於網址http://vistaiwan.fl.nthu.edu.tw/index11.html。

19. 廖炳惠，〈從殖民到後殖民：幾個研究方向〉，論文可尋於網址http://vistaiwan.fl.nthu.edu.tw/index11.html。

20. 廖炳惠，〈後殖民研究的問題及前景：幾個亞太地區的啓示〉，論文可尋於網址http://

vistaiwan.fl.nthu.edu.tw/index11.html。
21. 陳芳明，〈從現代主義到後現代主義〉，魏可風記錄整理，聯合副刊，二〇〇〇・六・廿七～廿八。
22. 若林正丈，《台灣——分裂國家與民主化》，台北：月旦出版社，一九九四・七。
23.《日據下台灣新文學——文獻資料選集》，李南衡主編，台北：明潭出版社，一九七九・二。
24.《光復後台灣地區文壇大事紀要》，行政院文化建設委員會編，台北：文訊雜誌社，一九九五・六，二版。
25. 楊碧川，《台灣現代史年表》，台北：一橋出版社，一九九六・四。
26. 錢鴻鈞，〈《插天山之歌》與台灣靈魂的工程師〉，眞理大學台灣文學系，「福爾摩莎的文豪——鍾肇政文學會議」，一九九九・十一・六。

⊙附二　魏廷朝致鍾肇政信函：

肇政老師：

衷心感謝您的盡力！

謝君曾和吳老前輩面談兩個多鐘頭，雖然目的沒有達成，至少增進了彼此間的瞭解。《開拓者》由於牽涉較廣，容易引起嫌猜，大家商議決定暫時作「等待」和「觀望」的打算，等待的是情勢的變遷，觀望的是《台灣文藝》的發行成績和所得反應。我的工作負擔稍重，否則我也會去拜訪吳先生的。

我不慣於從事象牙塔式的研究工作，但因環境所限，不得不「勉強」一番。近代史範圍比較廣泛，問題也多，既然要研究，當然只好「苦讀」。可是這種硬功夫很容易使人愚笨，我本來就不夠敏，現在又讀史料，結果可想而知。

恐怕得等到暑期纔有機會去拜訪您，但願您健康，愉快，工作順利！

晚魏廷朝敬上　一九六四・三・一

♣　♣　♣

肇政老師：

信和書老早都已收到了，謝謝您！史語所的徐高阮先生把《殘照》拿去，他說要細讀一番，再作講評。

到這裏受訓，因此把回信的時間延誤了，請原諒。結訓後再找機會去「聽您的」。

祝福您

晚魏廷朝上　一九六四・三・廿九

♣ ♣ ♣

肇政老師：

久違了，近況可好？

想麻煩您一件事，芥川龍之介的《侏儒の言葉》是否有單行本？它沒有被收入《日本文學全集》，但是否另有《芥川龍之介全集》？我打聽了幾家舊書攤，問了幾個同學，都沒得到結果，只好請教您。

兩個中國的提倡者費正清(フェアパンク)和蔣廷黻來所，弄得我們忙碌不堪，這個禮拜天天有會——討論會，座談會，個別談話，會餐，鷄尾酒會，交誼晚會……苦死了！最近腦袋又笨又重，精神也差。代問新林及其他老師好

祝福您

晚魏廷朝上　一九六四・四・十六

肇政老師：

為了一本書，使您這樣操心，我眞是又感激又惶恐。《侏儒の言葉》是李敖要的，他正在寫胡適評傳（聽說老胡頗欣賞芥川此作），許是想從此找些線索吧。我本意只要打聽一下，沒有也就算了，麻煩了您，實在不敢當。

前些日子被耗掉不少時光（費正清和蔣廷黻到此地），只好晝夜加油，得忙到七月初纔能鬆口氣。

您近況好吧？6月9日是此間的院慶，歡迎北來。院電話總機是39701，39702，39703（北市），所的分機是08，如果有機會到台北來，請投資五角硬幣連絡。

問新林老師好

祝福您！

魏廷朝敬上　一九六四・五・一

◎附三　沈英凱致鍾肇政信函（李鴛英譯）：

政：

今天收到你的來信，先恭喜你完成了三千字的原稿。我相信是你就一定可以入選。屆時剪報一定要寄給我。

這封信送達時，你的寶貝一定出生了吧？令堂也一定很高興吧？眞希望能早日看到你當爸爸的神情，有時間，我也許親往致賀。在此祈求母子均安。但願是個兒子，不過我自己倒未是非要兒子不可。只是當祖母的高興就好。

你已經確確實實成爲一名文人了。文學家的生活是淸苦的，開始時可能也沒有自由之身。台灣或者可以說迄今還沒有一位眞正的文學家。我希望你能成爲台灣文藝的創立者，憑你的努力與企圖心，必能成爲台灣文壇巨匠無疑。我雖然跟文學脫了節，決心在實業上打基礎，將來如果有機會，可能進軍政界。儘管如此，我也還想寫一本或題爲「台灣人」的書。如果一輩子都不能留給後世的人一點東西，那豈不等於白活了？這一點，我早就規劃好了。不過在還不能像你那樣對自己的文筆充滿信心之前，就容我藏拙吧。我的wife一切都好，在我眼中她就是最佳伴侶。她的性情、及其他各方面，可以說都稱得上是一位賢妻。

請你保重，請向令堂及嫂夫人問好。

凱　三月十三日夜　一九五一年

政：

接到你的來信。我也正在想暑假好像快要結束了，似乎也該寫信邀你來了。

（刪）

台人文士的聯合是件好事，尤其是像你所說的那樣能出版同仁雜誌的話，我想效果會更好。眞希望我能成爲有錢人。如果你不能來的話，或許就我去吧。　請保重！

凱　八月廿三日　一九五七年

政：

收到來信跟《台灣文藝》。你的作品是相當成功的，在心情描寫方面，稱得上是台灣作家當中最出色的一位，只是對性的描寫還不夠切實。或許是因爲你欠缺玩的經驗所致。性的歡愉是很難描寫到極致的。（刪）

你的《台灣文藝》今天才開始拜讀。《台灣文藝》四字算是相當恰切的，推出這樣的雜誌，是我十數年前就懷抱的「夢想」。只不過是文藝跟我不如跟你那麼有緣。你跟文藝是先天就有緣的。

（刪）

凱　四月十日　一九六四年

♣ ♣ ♣

政：

（刪）

我對你的「台灣人三部作」抱著相當大的希望。但願它能像《大地》或《陳夫人》那樣，寫出我們台灣人的心路歷程，那才讓人興奮呢！

請保重吧！也許我心血來潮，會帶尹君到你那裏走一趟。

凱　八月十日　一九六四年

⊙附四　陳有仁致鍾肇政信函：

肇政兄：

來信收到，謝謝您的熱心看我的稿子。

兩篇拙作您所評得很對！我很懊悔我爲什麼不早送去請您評評呢？祇少經過您一看之後，會給很正確的指點。我實佩服您批評的透徹。

經您這麼一次指點之後，眞給我對寫小說有莫大的覺醒起來。如果以後，我再寫的，能做到照您指出的毛病，而加以改進。又我如能使小說的寫作上有了一點心得，則我更永遠不忘記您這次給我指正了。

《濁流》的第二部，《江山萬里》我那天一見到刊出（你回家的次日）我眞高興得要爲您鼓舞起來，比之讀了第一部時的心情也興奮得好幾倍。一讀之下題材更變，場面也爲之複雜而壯大起來，二次大戰正進入高潮的那種人心惶惶，尤其烽火、空襲、死亡的氣息，已在第一章充滿了這種感覺。和第一部含接起來可以連貫，又可以獨立，據我看來第一部已有了很完整的獨立小說了。但是一讀了第二部，就如「峰迴路轉」的進入另一個天地那樣。

昨天我到市立圖書館去借書，發現有二、三個青年人都在讀著中央報上的《江山——》這祇是我的一個小小發現。但是卻能說明您的筆下已擁有無數讀者了。是的，就大陸讀者來說：他們從你的作品裏面可以瞭解，抗戰後期的台灣一般社會和有志青年的心理之一斑情形（第三部可能您會觸及光復後一、二年間的事情）。這是很寶貴的資料，近年來在日本的小說、電影極力表現了戰後的混亂社會，無疑那是一種意識，用意在引起國際間對戰敗國的同情，可惜是台胞能以《濁流》入題材，而且能寫得比較有分量的小說，那就太少了。即使有了，也不過是短篇之作罷了。原因不外是，台胞的作家，早期的大半都因爲表現力（早期的作家，都以日文寫作）的阻礙而早就改行了。像陳火泉老先生從勝利再由「ㄅㄆㄇㄈ」學起祖國文字，自然是寥寥可數的。所以早一期的台胞作家縱使有了很豐富的經驗，具有了很深刻的思想，不免都望文興嘆了，也因此像《濁流》爲題材的，在《濁流》以前可說是沒有的。這是「台灣文藝」的一大損失，也是一段「眞空」。這「損失」和「眞空」正亟待您們（可惜理和是死了，那麼據我所知道的只有火泉、榮春和您。或許還有未經我發現的老作家）來塡滿來充實。（李榮春，他寫作在時間上都有系統的安排的，《祖》篇以至《海角歸人》以至《羅慶》雖然故事內容都是獨立的，但在社會背景，時間推進，都是有含接的，《羅慶》的時間是在卅九、四十、四十一年之間。他如有再寫別的，我相信他還是能依據一貫寫作系統而進行的。火泉年歲高了一點，經驗和閱歷都還沒有完全表現在他的筆下，好像有點「老蚌生珠」之慨。）至於台胞的青春一代的，現在一讀了《濁流》都會喚回那永遠難忘而卻是很模糊的記憶！（像我便是記不大清楚戰前戰後那時社會情況的一個）同時您也爲台灣文藝界立下一個輝煌的里程碑。以我個人，我是敢這麼肯定的說的。

× × × × ×

我特別要對您提出的是：我這二、三年來祇以一個熱愛文藝的「讀者」去參加這個「聚餐」。除了自己感到慚愧，卻也感到很高興，尤其參加了這一次，眼看比起往年幾次，都要衆多而熱烈，而且都是很有成就的，也不少都是很年輕的，這正可以證明，我台籍的從事的文藝工作者，具有很豐富的潛在活力。

不過再看到這一班祇憑大家自動熱誠的「聚餐」而還不能做到正式名目和有力的組織。祇有零星散漫的花苗潛在，就是沒有一塊肥沃「土地」來生根，來繁殖，這又是使我們最痛心的事。我要鄭重吶喊的說：「孩子長大了，必要具有獨立謀生的能力，做父親的是會老死的。」

所以，「台灣文藝」是到自立的時候了，祇要有人號召有一人號召，我相信反應者一定是衆多而且熱烈的，自然要號召的人不是隨便的人就可以的，因爲他必要是有成就的一個作家。（當然號召的人越多越好）那麼吾兄一定是最具有力量與聲譽的一個。

總之「台灣文藝」正是急於待著有力量的人來號召的時候了。

當然這號召一定會遭受到「某方面」的猜疑而禁止的。這困難便是有待我們團結起來去爭取的。不過文學藝術，是崇高的，獨立的，我們不容許渲染上了任何討厭的色彩。同時，也不要讓「某方面」以任何的作用開闢道路叫我們去走。祇要我們勇猛的純爲文學而創作，也就不怕「某方面」以什麼色彩塗抹到我們的頭上來。

說到這兒，爲了自立，我們總覺得自已還很軟弱，但是祇因我們很軟弱才傍依人家的籬下，和才作寄生蟲樣生存，不過要轉弱爲強，就要有鍛練堅強的体魄，有了堅強的体魄就不怕不能自立（誠如您前幾年的口號「創作，再創作」）。

吾兄對於省籍的作家多有聯繫，而且您又是那麼熱心文學的人，前些年您刊行《文友通訊》用意也在於聯繫台灣文友，雖然那時候參加的人是那麼少，而且也在不久便夭逝了！但是如果要寫出一部「台灣文藝史」的話，至少《文友通訊》便是台灣文壇獨立醞釀期中的先鋒。再說吾兄對這運動的功績是不可磨滅的——我敢這麼說。至於您的創作的成就在文學史上，自然是另有地位的。

我說過：「台灣文壇」是獨立的時候了，吾兄已擁有很大的聲望，更具有領導的才能與號召的力量，總之的功績正等待您來建立，您能失去這個時機嗎？

如果您要推辭讓賢，則便要龍頭無主而流產了，至少依我看來目前的情形是如此。我且舉出實例佐證：施翠峰雖則也擁有很大聲譽，可是他是不在乎這個的。他已「釋出名利」，也就不願再來做這「傻事」的。因爲他是個很重現實的聰明人，這個事實是很早我就在他話裏試探出來的。李榮春對於文藝創作雖有一股不問名利的傻勁精神，但他是個毫無聲望，也毫無號召與領導能力的人。陳火泉卻與李氏差不多，單就對於創作他已表示過「提不起精神」並且有要「告別」的意思了。年輕的一輩，祇能作爲未來的新血輪，與未來的棟樑，自然都是沒有號召能力的。不過這些年輕小伙子們是熱情充沛的，是一呼百應的應聲者，更是潛有力量的行動者！我仔細再算，還是祇有您，才具有領導、呼召能力的人，吾兄要有自知之明，就不會以爲我在作夢吧！

這裏，我希望您以可能的途徑，付諸行動，以期實現，則台灣文壇早有建樹！我只以一個愛好文藝的讀者，我虔誠的祈禱著！

最後，我祝您《江山萬里》的進行順利，並且第三部《——》也能連續和很多我們敬仰的讀者見面！專此　　即請

筆健

有仁　四月廿九日　拜（一九六二）

你對我這次建議你的「運動」你能抽空回我意見嗎？我很想知道大家的反應如何？

後記

印行這麼一本書，實在是百分之百的意外——幾乎可套用一句陳腔濫調：做夢也沒想到。

當兩位好友莊紫蓉與錢鴻鈞——是哪一位先向我提的，已想不起來了——告訴我，決定要將本書付印時，我根本就沒敢同意，我幾乎想付諸一笑。然而，他們很肯定，也很堅持，認定是一本不錯的台灣文學入門書，極具參考價値，且是過去所沒有的。我只好勉強同意，但內心裏卻無法拂拭一份難以言宣的愧赧。

眞的，它徒有堂而皇之的書名，實則只是拉拉雜雜的「雜談」，讓我深有羞於見人的惶恐。

還記得，當武陵高中的藍老師來舍，向我提議爲他們學校的國文老師同仁作此系列講座時，我是有點猶疑的。主要是因爲我只是個從事創作的寫作者，於吾台文學，談不上有任何的研究，就像我常說的，我不學無術，豈能有系統地向人家講授台灣文學!?末了，我還是被藍君說服了。

——今年度高中國文開始有本土文學作品了。而這方面，我們一無所知，如何能教學生去認識、欣賞這樣的文學作品呢?而它又是我們的文學，無可取代的……

一九九六年，該是打破幾十年來的慣例——或者該說是禁忌吧，台灣文學作品終於在時代巨輪的強大牽引下，上了高中國文課本，而那些老師們，在他們接受語文教育的過程當中，是不可能有所謂的「台灣文學」的，因爲他們都是「國文系」或「中國文學系」出身。

頭號台灣文學義工，永遠的台灣文學義工——我常這麼自許、自居，我又如何能不接受這項差事呢?

鴻鈞好像也從旁煽風點火，表示每次都會開車過來接送。記得他的物理學博士論文的執筆還正在緊鑼密鼓的當口吧。事情就這樣決定了，錢君不但開車接送，還每堂課都留下了錄音。

接下來是去年(一九九九年)，紫蓉從國文老師職位退休下來不久，一心要投入台灣文學義工之列，剛好聽了這一系列的帶子，便決定要做筆錄，留下一個完整的記錄——好像也是一開始就打算要印書的，因爲她一直在稱讚那些「雜談」——由於她自己也是國文老師，或許聽來更有所體會的吧？可是我仍是忍不住地在內心裏懷疑：它們哪裏值得這麼做啊？

繼之，每隔一段時間就有打好字的筆錄稿寄到我手上，且必附一信，說明她「閱讀」的心得，仍是讚不絕口。我還爲她常常做筆錄做到深夜甚至凌晨二點、三點，而爲她心疼不已。噢噢，兩位好友這麼刻苦，這麼勤奮，這麼犧牲，只是爲了我這些未見高明的講座！鴻鈞就曾說他是永遠的台灣文學義工，想必紫蓉也是同樣心情吧。

現在，書就要出版了。面對即將出來的這麼一本書，老覺得這個樣子實在難免「輕薄短小」之譏，而內容的譾陋，恐怕更不值得識者一哂。譬如在講述之際，由於聽講的同仁們偶有意見或要求提出，以致有些預定中的內容竟未克提及。鴻鈞就要我再湊二講，談談戰後第二、三代台灣作家，使本書能更完整。然而，我實在力不從心。近兩年來的咳嗽，千禧年開春之後忽然惡化，不但病況跌入谷底，整個體況連同心情也跌入谷底。別說加二講已無法做到，即現有的十講裏頭也偶有需要加筆之處，都無從做起，徒留心中一份難言的愧歉。

還好，紫蓉前此有三篇有關我的專訪，也早已完成筆錄，一部份還經過對外發表。我認爲三篇都經紫蓉精心設計出來的，言之有物是不用說了，並且隨處可見深入挖掘我心靈隱微之處，凸顯出一個台灣作家在苛酷的環境下掙扎、成長、奮進的過程，鴻鈞也三番兩次地讚揚說是上乘的專訪，不妨充作本書卷尾的附錄，「以光篇幅」。

是的，目前的我，就只能這個樣子了！

也是由於這樣的緣故，所以原本當作序來執筆的這一篇蕪文，也只好放在卷末，就當作爲我這一刻的心情留下一個小小記錄吧。

二〇〇〇、四、十　鍾肇政　敬識

國家圖書館出版品預行編目資料

台灣文學十講／鍾肇政著， 莊紫蓉編．
初版． 台北市：前衛, 2000[民 89]
480 面；15 × 21 公分．

ISBN 978-957-801-266-0(精裝)

1.台灣文學 -- 歷史與批評

820.908　　89013567

台灣文學十講

講　　述　鍾肇政
筆　　錄　莊紫蓉
執行編輯　陳慧淑
出 版 者　前衛出版社
11261 台北市關渡立功街 79 巷 9 號 1 樓
Tel: 02-28978119　Fax: 02-28930462
郵政劃撥：05625551
E-mail: a4791@ms15.hinet.net
http://www.avanguard.com.tw
出版總監　林文欽
法律顧問　南國春秋法律事務所林峰正律師
出版日期　2000 年 11 月初版第 1 刷
2007 年 11 月初版第 3 刷
總 經 銷　紅螞蟻圖書公司
台北市內湖舊宗路二段 121 巷 28 號 4 樓
Tel: 02-27953656　Fax: 02-27954100
贊助出版　財團法人國家文化藝術基金會
National Culture and Arts Foundation

Printed in Taiwan ISBN 978-957-801-266-0
定　　價　新台幣 500 元